定說

주몽

上

정설 **주몽** (상)

지은이 / 박혁문
발행인 / 조유현
발행처 / 늘봄
편   집 / 이부섭
디자인 / 박준철

등록번호 / 제1-2070 1996년 8월 8일
주   소 / 서울시 종로구 충신동 189-11
전   화 / (02)743-7784
팩   스 / (02)743-7078

초판 1쇄 펴냄 2006년 5월 20일
초판 3쇄 펴냄 2006년 6월 20일

ISBN 89-88151-64-x   04810
ISBN 89-88151-63-1   04810(전2권)

*가격은 표지에 있습니다.

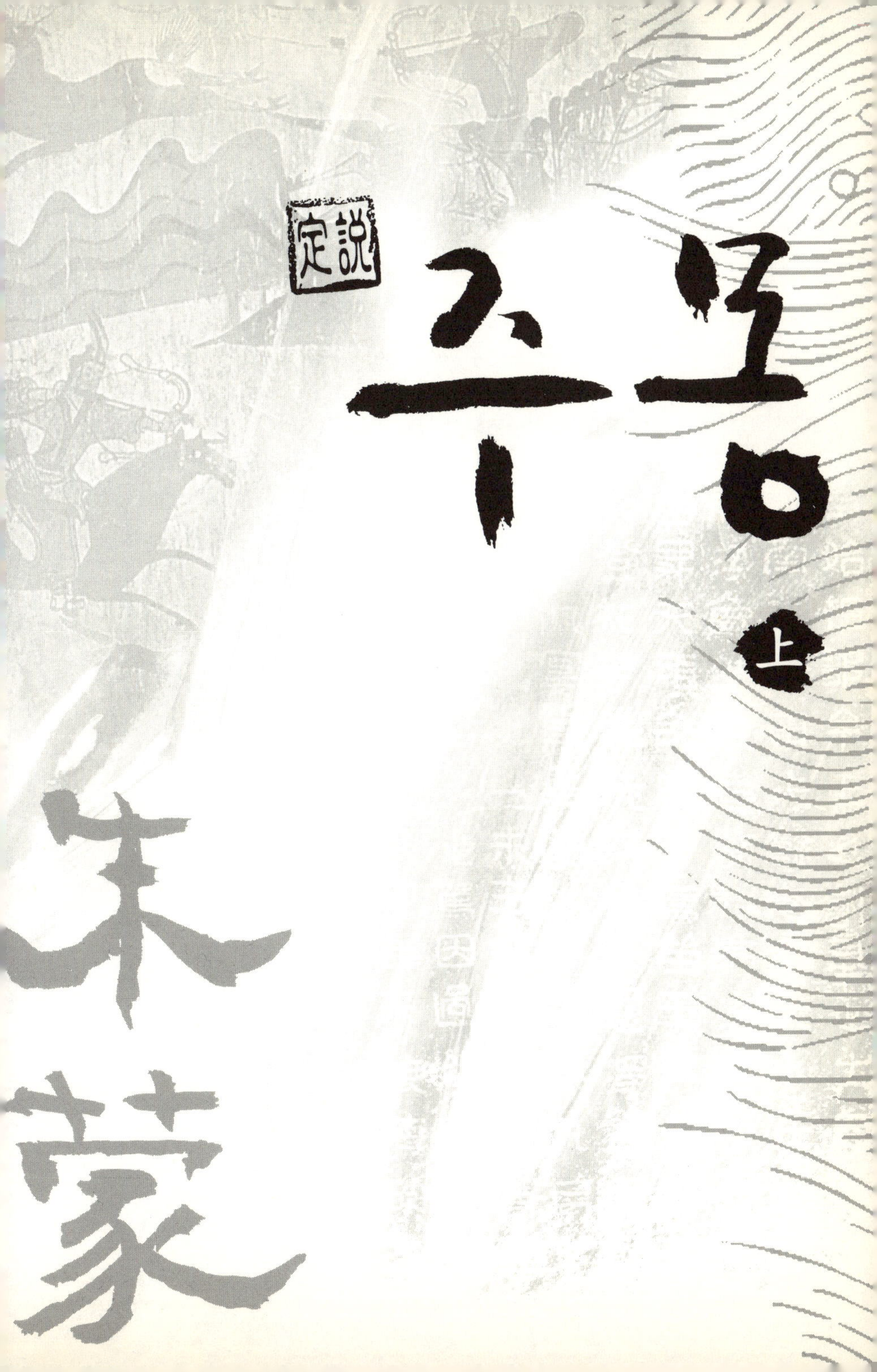
定説
수호지
上
朱蒙

차례

하권 차례

고려를 지배한 계층은 몰락한 신라 왕족의 후손들이었다. 그 대표적인 사람이 김부식이다. 그의 정치관은 고구려처럼 중국과 세력 다툼을 하기보다는 차라리 맞서기 힘든 강자에게는 사대정책을 취하여 국난을 줄이는 대신 내치에 전념하려는 것이었다. 이와 다른 견해를 가진 사람이 묘청이었다. 그는 김부식과 달리 고구려의 정책을 계승해야 된다고 생각했다. 어차피 절대 강자는 없기 때문에 고구려처럼 절대강자가 되기 위해 노력해야 되고 우리의 주권에 도전하는 자들과는 싸워야 된다는 생각이었다. 당시 고구려의 후손이었던 발해나 요나라, 그리고 그 후의 금나라는 소수의 병력으로 결국 중국의 벽을 넘어 오히려 중국을 지배하는 절대강자로 군림했기 때문에 묘청의 생각은 결코 허망한 생각이라 말할 수가 없다. 그런데 결국 고구려계인 묘청은 신라계인 김부식에 의해 진압되고 만다. 그 이후 우리나라는 신라의 문화와 언어가 큰 세력으로 자리 잡았으며, 강자에는 사대를 취하여 나라를 안정시킨 후 내치에 충실하겠다는 김부식의 정치관은 실리적 가치관으로 인식되고 있다.

김부식 식 정치는 언뜻 볼 때는 합리적인 것처럼 보이지만 실상은 그렇지 못했다. 절대강자는 계속 변하는데 그 변화를 인식하지 못하였고, 또한 안으로는 외침의 염려를 망각한 채 극심한 파벌 싸움을 벌이다 역사의 전환기에서 큰 고난과 수치를 당하는 결과를 초래하고 말았다. 고려의 무신정권 때는 절대강자로 성장한 몽골의 움직임을 보지 못하고 권력다툼을 벌이다 나라를 빼앗겼다. 조선시대 때는 훈구파와의 싸움에서 승리한 사림파들이 동인, 서인으로 다투다 일본의 성장을 감지하지 못하여 임진왜란이라는 큰 국란을 겪었고, 그 이후에도 여전히 명나라에 나라의 안보를 맡기고 새롭게 발흥한 청나라를 우습게 여기다 삼전도의 수치를 당하고 만다. 서양에서 산업혁명이 일어나는 그 순간, 조선은 청나라에 안보를 맡긴 채, 노론, 소론, 시파, 벽파로 다투다 경천동지할 세력으로 성장한 일본을 경시하여 결국 식민지로 전락하고 말았다.

지금 우리나라 기업은 정치와 달리 매우 적극적이고 진취적인 태도를 취하여 세계 곳곳에 그 세력을 뻗치고 있다. 우리나라는 정보통신 분야의 최강국이기 때문에 이런 모습은 계속 이어질 것이라 생각된다. 그러나 우리가 배운 역사로는 우리의 진취적 기상의 뿌리가 어딘지 알 수가 없다. 김부식적 가치관에 의해 우리 역사가 서술되었기 때문이다. 이러한 때 우리는 빨리 우리의 진취적이고 도전적인 기상의 뿌리를 찾아야 한다. 미국에 안보를 맡긴 채 끊임없이 세력다툼을 벌이는 김부식적인 위정자들의 모습으로는 한반도를 둘러싼 급변하는 세계 질서의 재편을 놓칠 가능성이 많기 때문이다.

따라서, 이제는 김부식이 아닌 묘청적 가치관으로 이 전환기를 대처해야 한다. 도전적이고 진취적인 우리 민족의 뿌리인 '고구려' 적 가치관을 되찾아야 한다. 절대강자인 중국에 맞서려 했던 대무신왕, 태조대왕, 광개토대왕 그리고 을지문덕과 연개소문……. 그들의 뿌리가 과연 어디에 있는가를 찾아 우리를 둘러싸고 있는 중국과 미국과 일본, 그리고 러시아라는 강대국 속에서 살아갈 방도를 찾아야 한다.

진취적이고 도전적인 고구려의 뿌리는 주몽이다. 거대한 세력인 한나라에 맞서 고조선의 영토를 회복하려는 정복군주로서의 도전정신을 가졌던 그가 바로 고구려의 뿌리다. 하지만 우리는 의외로 주몽을 잘 모른다. 진시황보다 유방과 항우와 한신보다, 손자, 공자, 맹자보다 훨씬 후세 사람임을 모른다. 막연히 아득한 옛날 알에서 태어난 설화적인 존재로 치부해 버리고 만다. 모세가 홍해를 가른 것은 믿으면서 그보다 천오백년 뒤의 주몽이 어별교를 통해 엄수를 건넜다는 사실은 믿으려 하지 않는다.

신화와 설화 속에 숨겨져 있는 비유와 상징은 옛날의 종교와 풍속과 문화 그리고 문자를 잘 이해하면 의외로 쉽게 풀릴 수 있다. 그래서 나는 향찰문자에 숨겨진 박혁거세와 김수로와 주몽이 태어났다는 알의 비밀을 풀고, 어별교(魚鼈橋)를 재해석하여 급박한 역사의 현장 속에서 살아 숨 쉬었던 주몽의 이야기를 적었다. 문헌이 턱없이 부족하지만 Faction 작가로서의 상상력을 살려, 가능한 한 실제 벌어졌었던 사실에 가깝게 재구성해 보았다.

우리나라는 더 이상 농업국가가 아니다. IT산업을 바탕으로 한 유목국가다. 농업국가는 땅이 필요하지만 유목민은 땅이 필요 없다. 21세기 유목민에게 필요한 것은 진취적이고 도전적인 기상이다. 필요한 정보와 이익을 위해 땅 끝까지 쫓아가는 정신이 필요한 것이다. 유목민은 땅에 집착하지 않는다. 만주가 우리 땅이다 아니다 싸우는 것은 전근대적인 생각이다. 다만 두려운 것은 진취적 기상의 뿌리인 고구려를 빼앗기는 것이다. 이를 위해 나는 팔기군과 연개소문에 이어 주몽을 썼다. 21세기 유목민으로 살아갈 대한국민의 젊은 세대들이 지녀야 할 진취적 기상을 심어주기 위해.

문득 나의 글쓰기의 뿌리인 '규원사화'의 저자 실학자 북애 선생이 생각난다. 고대 도서관에 먼지 쌓인 책으로 남아 있던 규원사화의 서문에는 '후세 사람들이 이 책의 가치를 알아줄 것이기에 눈물로 이 글을 쓴다'는 북애 선생의 눈물어린 말이 적혀 있었다. 해원(解冤)이 될 수 있는 첫걸음이 되었으면 좋겠다. 나의 글쓰기를 유일하게 이해해 주는 내 가족과 또 한 번 졸고를 받아 준 늘봄에 감사를 드린다.

2006년 봄 도봉산 아래에서

저자 박 혁 문

하늘과 맞닿은 캄캄한 산정에는 세찬 바람이 속인(俗人)의 접근을 막아 적막감만이 온 산을 감쌌다. 오랜 기다림 끝에 길고 긴 어둠과 차가움이 뒤섞인 하늘은 마침내 동쪽 문을 열고 세상을 향해 붉은 손을 내밀기 시작했다.

해가 제일 먼저 닿는 곳 백산(백두산), 그 산마루에는 땅속 수천 길에서 솟아난 거대한 물길이 호수를 이루어 감탄을 넘어선 외경의 신비함으로 찰랑이고 있다. 인간이 만들어 낸 색채로는 다 표현할 수 없는 붉은 기운이 이 호수 속 깊이 잠길 때 속인들은 저절로 고개를 숙이고, 그 외경의 끝에서 하늘을 만나게 된다. 그 어떤 말로도 형용할 수 없는 두려움으로 하늘의 뜻을 기다리는 것이다.

하늘의 뜻을 머금은 백산의 물줄기는 사방 수천 리 원시의 땅 만주와 한반도를 적시기 시작한다. 물길이 닿은 곳은 하늘이 주는 풍요와 평화로 가득 차게 한다. 이곳이 바로 하느님이 다스리는 해의 나라 아사달(朝鮮)이다. 부정세력이 자리 잡을 수 없는 공간이며, 인간을 향한 하늘의 사랑과 모든 인간을 이롭게 하려는 생각만이 뿌리를 내릴 수 있는 땅이다.

하지만 이천 년 동안 지속되던 하느님의 땅 아사달은 시련에 직면하게 된다. 위만이라는 속인이 단군[1]을 몰아내고 왕이 된 것이다. 위만이 하늘의 뜻을 전하는 신성한 천인(天人)으로 여기던 단군님을 내쫓을 때만 해도 그는 오래지 않아 천벌을 받을 것이라 생각했다. 하지만 그의 신변에 아무런 해도 나타나지 않았다. 숨죽이며 결과를 지켜보던, 단군의 신성에 굴복하던, 수많은 속국(俗國)의 부족장(이후 大加)들은 오히려 위만의 세력이 점점 더 커지자 그를 모방하여 독립하기 시작하였다. 스스로 가한(可汗, 기마민족의 임금)이 되어 아사달의 울타리에서 떨어져 나갔다. 삭발을 고집하던 동호족(선비족)이 자신들의 가한을 세운 후 조선에서 떨어져 나가고, 상투를 틀지 않고 변발만 하던 숙신도 하느님은 더 이상 단군과 함께 하지 않는다며 조선을 외면하기 시작했다. 상투머리를 하고 지석묘를 세우던 예맥조선만이 단군을 중심으로 한 아사달의 부활을 꿈꾸고 노래할 뿐이었다.

그러나 아무나 단군이 될 수 있는 것은 아니었다. 하늘과 땅을 잇는 영매인 단군은 씨내림을 통해서만 계승되었다. 위만에 속아 단군 자

---

1) 단군은 우리민족의 시조인 환웅의 아들 단군왕검이 아닌 제사장이라는 의미를 지닌 일반명사이다. 고조선시대에는 임금을 단군이라 불렀다.

리에서 쫓겨난 준단군은 남쪽 마한 땅으로 갔다는 소문만 무성할 뿐 세상에 그 모습을 드러내지 않았다. 하지만 세인들은 오래지 않아 단군이 다시 세상에 나타나 이천 년 동안 이어진 아사달의 영광을 재현하리라 믿었다.

백산의 천지에서 시작하여 축복의 땅 만주를 둘로 가르는 송화강변에 자리 잡은 부여국. 예맥족이 이룬 예맥조선의 칠십여 개의 나라 중 가장 강한 제후국이다. 단군이 군림할 때 예맥족은 같은 민족이라는 이유로 서로의 경계를 침입하지 않고 살았으나 준단군이 쫓겨난 후 구심점이 사라지자 제후들 간의 다툼은 끊이지 않았다. 부여국은 이들 다툼을 중재할 만한 맹주이긴 했지만 부여왕은 단군은 아니었다. 물론 준단군을 대신하여 스스로 단군의 후손임을 자처하는 부족장들이 나타났지만 이들은 순수한 단군의 혈통을 이어받은 자들이 아니었다. 단군만이 이들을 결속시킬 수 있었다. 이런 이유로 이들 예맥조선의 나라들은 위만에게 쫓겨 어딘가에 몸을 감춘 단군의 혈통을 지닌 아리(ㅇ리)씨가 나타나기를 간절히 기다리며 위만조선과는 거리를 두고 지냈다.

칠십여 개의 나라로 이뤄진 예맥조선의 맹주인 부여국에 불안한 소식이 들리기 시작했다. 위만조선과 한나라가 점점 대립각을 세우고 있다는 것이다.

"다그닥, 다그닥."

파란 하늘과 맞닿은 벌판을 뿌연 먼지로 물들이며 달려온 파발마의 다급한 발자국은 끝내 전쟁이 발생했다는 소식을 전하고야 말았다.

단군이 조선을 세운지 2224년(BC 109년) 만의 일이었다.

"위만조선의 우거대왕이 한나라를 기습 공격하여 요동군 동부도위 섭하를 살해했습니다."

위만조선이 하늘 아래 가장 강한 나라인 한나라를 선제공격했다는 소식은 부여왕 해부루를 매우 긴장시켰다. 한나라와 예맥조선은 국경을 맞대고 있진 않지만 위만조선이 무너진다면 그 다음은 당연히 자신들 차례였기 때문이다. 우거왕이 매우 호전적이라는 것은 알고 있었지만 한무제를 상대로 전쟁을 벌일 줄은 미처 예상하지 못하였던 일이다. 한무제가 누구인가 이미 흉노족을 정벌한 정복군주가 아니던가? 그는 긴장감을 가진 채 산 너머에서 벌어지는 일에 촉각을 곤두세웠다.

"권신 섭하가 조선왕 우거에게 살해된 데 분노하여 한무제는 수륙 양면으로 군사를 보내 조선 공략을 시작했습니다."

쉴 틈 없이 만주벌판을 오가던 파발마는 마침내 한무제의 조선 침략을 알렸다. 역대 중국의 어느 임금도 정복하지 못한 사나운 종족 흉노를 공략한 한무제는 무시무시한 그의 군대를 조선 땅에 보낸 것이다.

"오만한 위만조선은 이제 그 운명이 다할 것입니다. 그리고 그 다음은 우리 차례가 될 지도 모릅니다. 우리는 이에 철저히 대비해야할 것입니다."

부여왕 해부루의 참모인 아란불은 전세를 예측하며 불안한 마음을 감추지 못했다.

봄기운이 무서웠다. 어제까지 검정이었던 들판을 순식간에 연초록으로 바꾸어 놓았다. 앙상하던 나뭇가지에는 움이 돋았고 섣부른 나무들은 벌써 붉고 노란 꽃잎들을 세상에 내 놓았다. 괴괴함이 지배하던 숲에는 춘기를 이기지 못한 온갖 새들이 짝을 찾기 위해 하루 종일 지저귀며 돌아다녔다. 적막감에 쌓인 숲은 살아 있는 물생들로 인해 생기 넘치는 공간으로 바뀌고 있었다. 하지만 지난 며칠 동안 이어지는 인간들의 움직임으로 인해 숲 속은 다시 정적에 쌓이기 시작했다. 일 년 동안 기다린 짝짓기의 시간을 방해하는 인간들이 과연 무슨 일을 저지르는지 숲 속의 새들은 지켜보기로 했다.

장안성을 출발하여 겨우내 얼어붙은 땅을 달려왔던 한나라 도원수 위청은 온 천지에 가득한 봄기운을 느끼며 조선 땅에 들어서고 있었다. 한 달 동안의 행군을 통해 처음에 가졌던 긴장감은 이제 누그러지고 따뜻한 봄볕에 낮잠이나 한 숨 잤으면 좋겠다는 나른함이 그의 두 눈을 무겁게 누르고 있었다. 하지만 조선 땅에 들어온 이상 긴장해야만 했다. 그는 흉노족을 점령한 노련한 장수였다. 전쟁터에서 한 평생을 보낸 그는 긴장해야할 때와 그렇지 않을 때를 구별할 줄 알았다. 세차게 고개를 흔들어 잠을 물리친 후 부하들의 동정을 살폈다. 오랜 행군에 지친 병사들은 신기하게도 졸면서도 앞사람을 놓치지 않고 행렬을 부지런히 따르고 있었다. 전쟁 경험이 풍부한 위청은 이런 병사들을 나무라지 않았다. 하지만 어제 요하를 건넜기 때문에 이제는 조선 땅이었다. 비록 조선군이 자신들의 상대가 되지 않는다고 생각하긴 했지만 긴장을 늦추어서는 안 되었다.

"여기는 조선 땅이다. 아직 평양성까지는 멀었지만 경계를 늦추어서는 안 될 것이다."

부하들에게 주의를 환기시킨 위청은 다시 진군을 했다. 평양성으로 향하는 길은 산으로 이어졌다. 오만 명의 한나라 군사들은 길게 늘어서서 산길을 오르기 시작했다. 끝없는 지평선으로 이어진 들판만 달려왔던 위청은 노랗고 붉은 꽃으로 장식된 조선의 산을 보면서 참 아름다운 땅이라는 것을 느꼈다. 흙먼지 날리는 장안성과는 무척 대조되는 곳이었다. 봄 향기 그윽한 산속을 진군하자 피로가 가시는 듯했다. 그런데 기분이 이상했다. 뭔가가 자신을 노려보는 듯한 이상한 기분, 그는 사방을 둘러보았다. 아무 것도 보이지 않았다. 조선군이 감히 무적인 자신들을 선제공격하리라고는 생각하지 못했다. 하지만 하늘을 새까맣게 뒤덮은 까마귀 떼는 기분이 좋지 않았다.

"위~~잉"

미처 상황을 파악하기도 전에 효시가 날아들었다.

"적이다!'

위청은 다급하게 적의 매복을 알렸다. 그러나 늦었다. 그가 소리쳤을 때는 이미 조선군의 공격은 시작되었다. 화살이 빗물처럼 쏟아져 내렸다. 좁은 계곡 길을 길게 늘어서서 걷던 한나라군은 예상 못한 기습 공격에 힘 한 번 제대로 써보지 못하고 쓰러졌다. 사방에서 비명소리가 들리기 시작했다. 위청은 적의 모습을 찾으려 했지만 적은 모습을 드러내지 않았다.

"와~~"

절반가량의 군사들이 쓰러진 다음에야 조선군[2]은 모습을 드러냈다. 몇 만을 헤아릴 만한 군사들이 사나운 기세로 산 아래 들판으로 쏟아져 내려왔다. 위청은 이들의 무장 상태를 보고 깜짝 놀랐다. 철제 무기였다. 지금까지 한나라군이 변방의 오랑캐들을 공격할 때 철제무기를 들고 싸운 상대는 거의 없었다. 그런데 이들은 철제 칼과 창을 들었을 뿐 아니라 철갑으로 무장했다. 순간적으로 자신이 상대를 너무 만만하게 여겨 특별한 경계 없이 조선 땅에 들어섰다는 후회가 들었다.

한 달이 넘는 행군에 지칠 대로 지친 상태에서 기습을 받은 한나라군은 조선군의 상대가 되지 못했다. 제대로 싸워보지도 못하고 적들의 날카로운 창에 찔리고 검에 목이 잘렸다. 도저히 이 상태로는 싸울 수가 없었다.

"후퇴하라!"

위청은 마침내 후퇴 명령을 내렸다. 이제 막 조선 땅에 들어왔는데 제대로 싸워보지도 못하고 후퇴하는 것이 자존심이 상했지만 지금은 후퇴하는 것도 만만치 않은 상황이었다. 오만의 군사가 계곡에서 뒤엉킨 상태였기에 매우 혼란하였다. 조선군은 이를 놓치지 않았다. 겨우 사지를 빠져 나왔을 때도 조선군은 맹렬한 추격을 벌였다. 위청은 수많은 전쟁터에 나섰지만 오늘 같은 패배를 당한 적이 없었다. 상승(常勝)장군인 그는 후퇴에는 익숙하지 않았다. 군사들의 안전한 퇴로를 만들기 위해 애쓰던 그는 조선군의 집중적 공격을 받았다.

요하를 건넜을 때에야 비로소 조선군의 추격은 멈췄다. 하지만 싸움

---

2) 이 글에서 조선(朝鮮)은 고조선(古朝鮮)을 의미한다. 고려를 멸망시키고 한반도에 들어선 조선과 구별하기 위해 고구려 이전에 존재했던 조선을 고조선이라 부를 뿐 당시 국호는 조선이다.

을 진두지휘하던 위청은 끝내 요하를 건너오지 못했다.

"위만조선이 한나라군을 기습하여 큰 승리를 거두었습니다. 천하제일의 명장 위청도 우거에게 목이 잘렸습니다."

조선군이 위청을 죽이는 전과를 올리며 한나라군을 이겼다는 소식이 속속 예맥 땅에 전해졌다. 온 예맥 땅이 술렁이기 시작했다.

"조선 수군은 대동강을 거슬러 올라오는 한나라 수군을 크게 무찔렀고 수군대장 누선은 산속으로 도망갔다 합니다."

이어지는 소식은 같은 조선인으로서 자부심마저 들게 했다.

"기선을 제압당한 한무제가 위선을 보내 휴전을 요청했다 합니다."

한무제의 조선 침공을 보고 받은 부여왕 해부루는 긴장한 채 전령들이 전하는 전황에 귀를 기울였다. 한나라군은 단군왕검이 이 땅에 조선을 세운 후 우리나라를 쳐들어 온 가장 큰 외적이었다. 칠백 년 간의 전국시대를 끝내고 중국을 통일한 진시황도, 역발산의 장사 항우를 제압하고 한나라를 세운 한고조 유방도 흉노족에는 맞설 수가 없었다. 만리장성을 쌓고 국경을 강화할 뿐이었다. 이런 흉노족을 정벌한 황제가 한무제다. 또한 그는 어느 임금도 엄두를 내지 못한 타클라마칸 사막이라는 장애를 뚫고 그 너머 서역 땅에도 자신의 영역을 개척하여 비단길이라는 무역로를 만든 군주였다. 비록 철제 무기로 무장한 강력한 군대를 보유한 위만조선이지만 이런 적을 상대로 이길 줄을 전혀 상상하지 못했다. 그런데 뜻밖에도, 자신들의 입장에선 천만 다행스럽게도 위만조선이 한나라군의 기선을 제압하고 전쟁을 승리로 이끌었다.

비록 자신들과는 경계를 달리했지만[3] 위만이 세운 조선은 형제국가였을 뿐 아니라 위만이 무너지면 한나라와 국경을 맞대야 했기 때문에 산 넘고 물 건너 먼 곳에서 벌어지고 있는 일에 관심을 집중했던 부여왕 해부루는 큰 안도의 숨을 내쉬었다.

　조선은 서쪽으로 중국의 연나라와 국경을 맞대고 있었다. 그런데 연나라가 진시황의 공격을 이기지 못하여 멸망한 이후 많은 연나라 사람들은 조선으로 피난을 왔다. 이에 조선의 임금 준단군은 요동지방에 이들이 살만한 땅을 마련해 주고 정착하게 했다. 그런데 이십여 년의 세월이 지나면서 중국에 또 다른 변화가 생겼다. 진시황이 죽은 후 진나라가 붕괴되고, 유방과 항우가 천하를 놓고 다투는 건곤일척(乾坤一擲)의 쟁탈전을 벌어진 것이다. 그 틈을 이용해 연나라는 다시 왕을 세우고 독립했지만 이번에는 한신이 이끄는 한나라군에 점령당하고 만다. 이렇게 되자 또 다시 많은 연나라 사람들이 조선 땅으로 피난을 오게 되었는데 이들 무리 중에 위만이 섞여 있었다.

　위만은 연나라 땅에 살았지만 그는 상투를 하고 왼쪽으로 옷을 여미는 조선인이었다. 그는 연나라가 망하자 식솔들을 이끌고 다시 고국으로 돌아온 야심만만한 젊은이였다. 조선인이긴 했지만 현실적인

---

3) 조선은 지리적으로 말한, 불한, 진한으로 나룰 수 있는데 위만이 준단군을 몰아낸 후 이들 세 지역은 각각 다른 나라로 분리되었다는 신채호의 견해를 따른다. 이 견해에 의하면 부여는 진한조선(예맥조선, 이글에서는 예맥조선으로 통일한다)의 맹주가 되고 위만조선은 오늘날 요동지역인 불한 지역에 근거했으며, 말한은 오늘날 평양성 근처이다. 위만은 준왕을 몰아낸 후 철제무기를 앞세워 말한 지역까지 점령하여 위만조선은 한강이북에서 요동지역에 이르는 넓은 영토를 가진 강력한 제국이 되고 준왕은 다시 한강 너머 남쪽으로 내려가 후삼한을 세운다는 것이 신채호의 생각이다.

그는 조선인이 지니고 있는 단군신앙이 없었다. 중국의 제도와 문화에 익숙한 그는 제사장이 지배하는 조선의 통치 제도가 마음에 들지 않았다. 중국에서는 강력한 힘을 지닌 왕이 공자나 맹자, 순자와 같은 사상가들의 통치철학을 받아들여 현실적인 정치를 펼치는데 조선은 제사 의식에만 매달려 현실을 제대로 인식하지 못하는, 시대에 뒤처진 나라라 생각했다. 그래서 그는 조선을 개혁해야겠다는 큰 생각으로 준단군을 만나 나라 다스리는 법에 대해 의논했고, 그의 해박한 지식에 감탄한 준단군은 그를 요동지역의 지방장관으로 임명했다.

요동지역의 지방장관이 된 위만은 한나라와의 무역을 통해 오래지 않아 요동을 조선에서 가장 잘 사는 지역으로 바꾸었다. 이 지역은 하늘에 제사를 지내지도 않고 단군에게 세금을 바치지 않았는데도 단군이 다스리는 지역에 비해 월등히 나은 생활수준을 유지하였을 뿐 아니라, 중국의 우수한 철제 무기들을 사들여 강력한 군현으로 자라났다. 이에 준단군은 불안감을 느껴 그를 요동지방장관에서 해임하려 했다. 위급함을 느낀 위만은 조선인이라면 신성시하여 감히 넘보지 못할 단군을 내쫓을 계획을 세우고 한나라가 쳐들어온다는 거짓 정보를 흘려 단군 준을 유인하여 그를 단군 자리에서 몰아내고 조선의 왕이 되었다.

임금이 된 위만은 조선이라는 이름을 그대로 사용하였지만 제사장으로서의 지위는 무시하고 절대 권력을 지닌 중국식의 임금이 되었다. 세속적이고 현실적인 문제를 더 중시한 그는 철제무기로 무장한 군대를 동원하여 주변국들을 점령하여 정복자로서의 모습을 보이기 시작했다. 한신의 공격을 피해 조선으로 피난 온 그는 한나라의 위력을 잘 알았다. 연나라가 망한 후 한나라와 국경을 맞대게 된 조선은 언젠가는 한나라와 부딪칠 수밖에 없을 것이라 생각한 그는 재정적으로 넉넉하고 군사적으로 강한 조선을 만들어야 한다고 생각했다. 그래서 그는 정복자의 모습을 보였다. 자신에게 굴복하지 않는 지역에 군대를 보내고, 추방당한 준단군이 도망갔던 압록강 너머의 말한조선까지 공격하여 평양성을 빼앗고 위만조선의 영역을 요동에서 한강 이북의 한반도까지 넓혔다.

위만의 손자 우거는 할아버지 보다 훨씬 더 강한 정복자로서의 모습을 보였다. 그는 연나라 출신의 피난민들을 계속 받아들여 백성의 수를 늘렸으며, 한나라와 다른 조선국과의 무역로를 장악하여 많은 세금을 거둬들여 나라의 재정을 넉넉하게 했다. 이는 한나라의 새로운 군주로 등장한 한무제를 자극하여 둘 사이의 긴장감은 날로 짙어 갔다.

조선왕 우거와 한나라왕 한무제는 성향이 비슷했다. 자존심 강하고 남에게 지기 싫어하는 도전적 성격을 지녔다. 이는 결국 양국을 팽팽한 긴장관계로 이끌었고 끝내는 전쟁으로 결말이 나고 말았다. 조선이 중계무역으로 너무 많은 이익을 남긴다고 생각한 한무제는 섭하를 조선에 사신으로 보내 이의 부당성을 따졌다. 정복 군주인 한무제의 존재를 무시할 수 없었던 우거왕은 그의 항의를 어느 정도 수용했다. 그런데, 한나라로 돌아가던 섭하는 사소한 시비가 발단이 되어 조선의 호위대장인 비왕을 살해하고 한나라로 도주하고 말았다. 문제는 그 후에 일어났다. 자존심 강한 우거는 살인범 섭하를 조선에 인도하라고 요구했다. 하지만 한무제는 우거의 요청을 거절했다. 대신 섭하를 칭찬하고 오히려 그를 요동군 동부도위(東部都尉)에 임명한 것이다.

"이런 무례한 놈이 있나!"

조선왕 우거는 대노했다. 패기 넘치는 정복군주인 그는 한무제 못지않은 강력한 군주였다. 그는 곧바로 한나라 영토로 쳐들어가 섭하를 목 베어 죽은 비왕의 복수를 했다. 비록 한무제가 대단한 정복자라는 말을 듣긴 했지만 그것은 오히려 그의 도전의식에 자극을 줄 뿐이었다. 한무제는 자신이 임명한 관리가 죽임을 당했다는 보고를 받자 이는 자신을 모욕하는 일이라 생각했다. 자신의 권위에 도전하는 것은 용서할 수 없었다. 이것저것 따지지 않고 곧바로 조선 공격을 명령했다. 두 젊은이의 자존심이 곧바로 큰 전쟁으로 이어진 것이다.

하지만 첫 싸움은 우거의 일방적 승리였다. 우거는 한나라군의 공격로를 지키고 있다가 기습하여 큰 승리를 거뒀다. 바다를 건너오던 수군도 대동강변에서 조선 수군에 크게 패했다. 승리를 자신하던 한무제는 패전 소식에 대노했다. 하지만 그에게 군대는 이제 없었다. 일단은 시간을 벌어 다시 군대를 모아야했다. 그는 화를 누그러뜨리고 화친을 청했다. 조선의 높은 중계 수수료를 인정하겠다는 조건이었다.

우거는 한무제가 화해를 청하자 이는 패배를 인정하고 꼬리를 내리는 것이라 믿었다. 비록 이번 전쟁에서는 이겼지만 그렇다고 한나라 전체를 공략할 수는 없는 일이었기에 자신의 힘을 한무제에게 보여준 것에 만족하고 이를 수락하였다.

이로써 둘 사이의 싸움은 일단락되는 듯 했다.

그러나 한무제의 속마음은 달랐다. 그는 양복과 곽거병을 파견해 흉노족을 정벌했으며, 장건을 파견하여 비단길을 개척하고 국력을 대월지국까지 뻗친 사람이었다. 자신의 땅에서 자신이 임명한 관리가 남의 나라 임금에게 살해당한 것도 큰 수모였는데, 이 수모를 갚기 위해 대규모의 군대를 파견하였다가 큰 패배를 당한 것은 자존심에 큰 상처를 입는 수치였다. 이 수모는 꼭 갚아야했다. 그가 화해를 청한 것은 단지 시간을 끌기 위한 전략일 뿐이었다. 그는 웃는 얼굴로 우거와 화해의 술잔을 나눴지만 다른 한 편에서는 군량미와 군사를 다시 모으고 있었다. 이번에는 저번처럼 상대를 얕보지 않았다. 차근차근 전력을 재정비했다. 그리고는 다시 조선공격을 명령했다. 지난 번 조선 공략에 실패한 수군대장인 누대장군 양복과 순비에게 패배를 만회할 기회를 주었다. 이번에는 육전을 포기하고 곧바로 바다를 건너 평양성을 공격하는 방법을 택했다.

만주 평원을 달리는 파발마의 발걸음은 또 다시 다급해졌다.

"한나라 수군이 바다를 가로질러와 곧바로 평양성을 포위했다고 합니다."

한무제의 조선침공을 보고 받은 부여왕 해부루의 얼굴은 또 다시 심하게 일그러졌다. 서전(緖戰)부터 지난번과는 다른 양상이었다. 과연 이번에도 우거가 한무제를 상대로 이길 수 있을지 걱정이었다.

조선왕 우거도 만만한 상대가 아니었다. 약속을 깨고 한무제가 수군을 이끌고 기습적으로 평양성을 공격한 것에 대해 마냥 분노만 하지 않았다. 한무제는 신의(信義)가 없는 놈이라고 욕만 하고 있지 않았다. 평양성이 한나라군에 포위된 상태였지만 전혀 흔들림 없이 굳건히 성을 지키는 한편, 지방의 제후들에게 도움을 청하는 밀서를 보냈다. 위만조선의 강역뿐 아니라 동족인 예맥조선(진한조선)의 땅까지 사신을 보냈다.

예맥조선의 패자(覇者)인 부여에도 밀사는 파견되었다. 위만조선의 재상 성기(成己)가 직접 사신이 되어 숨 조리며 전황을 지켜보던 해부루를 찾았다. 어느 정도 예상한 일이었지만 막상 도움을 청하는 사신을 접하자 긴장됐다. 국운이 걸린 중대한 문제였기 때문이다.

"조선의 왕검께서 부여왕 해부루에게 보내는 밀서입니다."

오랜 전투와 긴 여정에 지쳐보였지만 그의 목소리는 정중하고 힘이 넘쳤다. 약한 자가 강한 자에게 짓는 그 흔한 미소도 없었다. 듣기 좋은 말로 아첨하지도 않았다. 하지만 말투 하나하나에서 무장으로서의 강한 기운이 느껴져 함부로 대할 수 없는 인물이었다.

성기는 무덤덤하게 한나라와 위만조선 사이에 벌어졌던 치열한 전투상황을 설명하며 정중하게 우거왕이 보내는 밀서를 건네며 원병(援兵)을 청하였다.

'예맥과 우리는 사는 곳이 달라 국경을 달리하고 있지만 원래 한 단군을 섬기는 같은 나라 같은 민족이다. 형제가 어려움에 처했을 때 도와주는 것이 하느님을 숭배하고 같은 조상을 섬기고 제사지내는 형제간의 도리라고 생각한다. 부여가 군사를 내어 한나라군의 후방을 공격해 준다면 그 은혜는 잊지 않을 것이다.'

짧은 내용의 글이었지만 같은 혈연임을 강조하여 도움을 청하는 글이었다.

"위만은 단군을 몰아내고 스스로 왕의 자리에 오르지 않았소? 하늘을 숭배하는 조선의 전통을 깨뜨려놓고 이제 와서 형제국임을 내세우는 것은 너무 몰염치하다고 생각지 않소?"

조선왕 우거가 보낸 밀서를 읽고 난 해부루는 질책하듯 말했다. 단군을 쫓아내고 스스로 왕이 된 위만조선의 태도와 그동안 중국과의 교역로를 막아 막대한 이익을 챙긴 것에 대한 못마땅함이 되살아난 것이다.

"우리 위만조선은 예맥조선과 상황이 다릅니다. 절대 권력을 가진 강한 군주가 다스리는 한나라와 국경을 맞대고 있습니다. 저들은 수백 년 간의 전투를 치르며 육도삼략(六韜三略), 손자병법(孫子兵法), 오자병법(吳子兵法)등 병법서가 나와 치밀한 전략 전술에 의존하여 전쟁을 벌입니다. 우리는 어떻습니까? 전쟁이 나면 단군이 소를 잡고 그 굽이 갈라지는 것을 보고 군사를 전진시키거나 물립니다. 이런 상태로는 한나라에 맞설 수가 없습니다. 우리도 중국처럼 지배체제를 바꿔야만 살아남을 수 있습니다. 제사장이 아니라 백성을 잘 살게 하고 지켜주고 보호해 줄 수 있는, 능력 있고 강한 자가 통치자가 되어야만 저들 한나라와 맞설 수 있는 것입니다."

"그래서 단군을 쫓아낸 것이오. 자기를 인정해 주고 키워 준 주인을 말이오?"

"위만대왕께서는 여러 번 단군께 그 점을 강조하셨습니다. 하지만 준단군께서는 여전히 제사장과 통치자의 지위를 양보하려 하지 않았습니다. 그래서 부득이하게, 이천 년 동안 이어져온 조선을 낯선 이교도인 외적에게 빼앗기지 않기 위해 대왕께서 나서신 것입니다. 물론 단군을 존경하는 마음이 있으셨기에 그분을 안전한 땅인 마한 땅으로 보내신 것입니다. 덕분에 우리는 강력한 한나라를 상대로 싸울 수가 있었습니다. 물론 지금도 위기에 처해 있지만 부여가 원군(援軍)을 보내 준다면 얼마든지 저들과 싸워 이길 수 있습니다."

성기는 위축됨 없이 당당하게 말했다. 하지만 수천 리 밖 수십 개의 산과 강 너머에 사는 해부루를 납득시키는 것은 쉽지가 않았다. 위만조선과 예맥조선(진한조선)은 불과 팔십 년 만에 서로 다른 가치관을 지닌 완전 다른 나라로 변해 있었기 때문이다.

"조선은 하느님이 다스리는 나라요. 하늘을 버리는 순간 더 이상 조선은 조선이 아니오."

해부루는 성기에게 훈시하듯 말했다.

"우리는 하늘을 버리지 않았습니다. 다만 단군을 버렸을 뿐입니다."

성기는 조금도 물러서지 않았다.

"단군을 버리는 것이 곧 하늘을 버리는 것이오."

"이 천년의 세월이 흐르면서 하느님이 나라를 열 때 내세웠던 홍익인간은 이미 이 땅에서 사라진 지 오래입니다. 조선은 하느님의 땅이 아니라 단군과 부족장의 땅으로 변모했습니다. 단군도 하나의 권력집단 그 이상은 아닙니다. 그들에게서는 세속적인 욕망과 권력욕만이 넘칠 뿐 신성함도 경외심도 찾을 수 없었습니다. 식솔들의 배를 채우고 권력을 유지시키기 위해 하느님을 내세울 뿐입니다. 차라리 하느님을 앞세우지 않는 것이 하느님을 욕되게 하지 않는 길입니다. 장사를 하든 농사를 짓든 백성을 잘 살게 하는 것, 그것이 하느님의 생각이고 이런 하늘의 뜻은 꼭 제사장인 단군만이 할 수 있는 것이 아니라 생각합니다."

　도움을 청하러온 성기는 오히려 당당하게 해부루의 말에 반박하며 자신의 생각을 펼쳤다.

　해부루는 가만히 생각해보았다. 하느님과 단군에 대한 생각이 너무나 달랐다. 이는 위만이 준단군을 쫓아낸 후에 세운 명분임에 분명하였다. 이제 위만조선은 자신들과는 다른 신앙관을 가진 다른 나라라는 것을 금방 깨달았다.

　처음 한나라가 조선을 침공했다는 말을 들었을 때는 어쨌든 하느님을 숭배하고 같은 조상을 모시는 형제국이었기에 군사를 동원하여 위만조선을 도와야 한다고 생각했다. 그래서 전쟁의 결과에 촉각을 곤두세웠던 것이고, 만약 한나라와의 싸움에서 위만조선이 위기에 몰리면 부여국의 명운을 걸고서라도 군대를 보낼 생각이었다. 하지만 저들이 단군을 쫓아낸 것에 대해서는 분명히 사과를 받고 싶었다. 그런데 지금 위만조선의 사신을 만나면서 그의 생각은 점점 바뀌고 있었다.

　'위만조선은 이미 다른 신앙을 가진, 몇 천 리 떨어진 지역의 나라일 뿐이다. 이런 나라를 위해 군사를 동원할 필요는 없지 않은가?

　"먼 길 오시느라 수고했소. 객관에서 며칠 쉬고 있으면 곧 답을 주겠소."

　해부루는 더 이상 성기와 논쟁을 벌이지 않았다. 대신 재상 아란불과 함께 파병에 대해 의견을 나누었다.

　"저만의 생각인지 모르겠지만 성기의 말에서 저는 위만조선과 우리는 더 이상 같은 형제국이라 말할 수 없다는 생각이 들었습니다. 우리와는 신앙이 다르고 가치관이 다릅니다. 따라서 우리가 우리의 존망을 걸고 위만조선을 도울 명분과 의리는 없다고 생각합니다."

성기의 앞에서는 자신의 생각을 말하지 않고 묵묵히 듣고만 있던 아란불은 해부루와 단 둘이 남게 되자 망설임 없이 자신의 생각을 밝히기 시작했다.

"나도 그렇게 생각하네."

위만조선에 대한 두 사람의 생각은 일치했다.

"더 이상 위만조선과 우리가 형제국이 아니라면 우리가 제일 먼저 고려해야 할 상황은 부여국의 존망입니다. 한나라가 마음을 단단히 먹고 우리를 공격한다면 얼마든지 우리를 제압할 수 있기 때문에 이 상황에서는 현명하게 대처해야 한다고 생각합니다."

"당연히 그렇지."

이들은 지금 벌어지고 있는 전쟁이 이천 년 전 헌원 씨와 치우왕의 대결 이후 가장 큰, 대규모의 전쟁임을 자각하고 있었다. 그때는 중국 땅에서 벌어진 전쟁이지만 지금은 조선 땅에서 벌어지는 전쟁이었다. 이 불똥이 잘 못 튀어 부여에게 날아 올 수도 있었고 그 불똥이 부여를 망하게 할 수도 있다는 사실을 잘 알고 있었던 것이다.

"그렇다면 무엇보다 먼저 따져 봐야 할 것은 누가 이기느냐 입니다. 만약 우리가 군사를 파견하여 위만조선을 돕고 또 승리를 거둔다면 문제가 없지만 반대일 경우 자존심이 강한 한나라 무제는 반드시 우리를 공격할 것입니다. 반면 조선이 이긴다 하더라도 우리에게 이익이 되는 것은 없습니다. 군사를 보내든 안 보내든 말입니다. 물론 껄끄러운 면이 있겠지만 두 나라 사이에는 험한 산과 강이 많을 뿐 아니라 우리의 군사력도 만만치 않기 때문에 쉽게 우리를 공격하지는 못 할 것입니다."

아란불은 차분하게 사세(事勢)를 분석했고 해부루는 묵묵히 그의 말을 경청했다.

"누가 이길 것 같은가?"

"조선이 건국된 지난 이 천년 동안 지금처럼 강력한 중국은 없었습니다. 한나라군은 흉노를 정벌한 전투 경험이 풍부한 군사들로 구성되어 있습니다. 비록 지난 전투에서 우거가 이끄는 조선군에 패하긴 했지만 여전히 강력합니다. 더구나 이들은 서전을 승리로 이끌고 있습니다. 전쟁에서 서전이 얼마나 중요한지는 대왕께서도 아실 것입니다. 제가 볼 때는 한나라군이 우세하다고 생각합니다."

"내 생각도 그렇네. 이번에는 한나라가 쉽게 당하지 않을 것 같네."

"중립을 지켜야 합니다. 그것이 가장 현명한 방법입니다. 저들에게 우리를 침공할 명분을 주어서는 안 됩니다. 뿐만 아니라 우리 예맥조선 지역도 칠십여 개의 크고 작은 나라들이 세력다툼을 벌이고 있기 때문에 군사를 빼내어 다른 곳으로 원정을 보낼 만큼 우리도 군사적 여유가 있는 것은 아닙니다."

"한나라가 위만조선을 점령한다면 그 후에 우리 예맥 지역도 공격하지는 않을까?"

"우리 예맥 지역은 산과 강이 천혜의 요새 역할을 하여 외적이 쉽게 공격할 수 없는 곳입니다. 한나라가 아무런 명분 없이 이런 위험을 무릅쓰고 군사를 보내진 않을 것이라 생각합니다."

"그렇긴 하지만 조선 땅이 이민족에게 넘어가는데 구경만 한다는 것이 께름칙하네."

"우리 예맥 지역마저 빼앗길 수 없습니다. 이곳이라도 강성해야 먼 훗날 잃었던 고토(故土)를 찾을 수 있을 것입니다."

아란불과 해부루는 여러 가지 가능성을 두고 며칠 동안 의견을 나누었다. 결론을 내렸다가도 또 다시 밤중에 곰곰이 생각해보면 그래도 위기에 빠진 조선을 도와야 했다. 그래서 다시 의논하기를 몇 차례 쉽게 결론이 나지 않았다. 하지만 결론을 내려야 했다.

오랜 전투와 긴 여정에 지쳐 충분히 휴식을 취할 법도 했지만 성기는 제대로 잠을 이루지 못한 듯 거친 피부에 정돈하지 않은 수염을 한 채 해부루를 만났다. 사흘 만이었다.

"죄송한 말씀이지만 우리는 군대를 보내지 않기로 결정하였소. 위만조선과 우리는 형제 국가라 할 만한 끈이 없어진 것 같소. 다른 하늘을 섬기고 다른 조상을 숭배하는 것 같소. 그런 나라를 위해 군대를 보내기에는 우리가 감수해야 할 위험이 너무 많은 것 같소."

해부루는 담담하게 자신들의 결정을 말했다. 듣고 있는 성기의 얼굴은 점점 일그러졌다. 하지만 그는 이내 평정심을 되찾고는 차분하게 말했다.

"비록 나라의 주인이 바뀌긴 했지만 조선은 조선이오. 이천 년 동안 이어져 온 조선의 혼은 쉽게 사라지지 않소. 당신들이 외면한다고 쉽게 망할 우리가 아니오. 다만 좀 더 힘들게 어려움을 극복할 뿐이오. 이 고비만 넘기고 나면 우리는 더욱 강한 모습으로 당신들 앞에 설 것이오. 그때는 우리도 조선의 통일을 외칠 것이오."

성기는 결연한 모습으로 섭섭한 심사를 밝혔다. 더 이상 예맥조선은 형제국이 아니며 정복의 대상일 뿐이라는 말이었다. 일종의 협박이었다. 내포적 의미를 생각하던 해루부는 화가 났다. 하지만 화를 내지 않았다. 대꾸도 하지 않았다. 이미 다른 신앙과 가치관을 지니긴 했지만 자신의 주장을 분명하고 당당하게 밝히며 돌아서는 그의 모습에서 조선의 선비다운 강한 모습을 보았기 때문이다. 어떤 상황에서도 지조를 굽히지 않으려는 선비의 모습. 비굴하기보다는 당당하게 자신의 소신을 밝히는 선비의 태도. 순간적으로 미안하고 안타까운 마음마저 들었다.

"건승(健勝)을 빌겠소."

다시 전쟁터로 돌아서는 그에게 축원했다. 만약 위만조선이 한나라에 패한다면 얼마만큼의 시간이 흘러야 그 땅을 다시 찾을 수 있을지 모를 일이라 생각하니 현실이 참 안타까웠다. 설사 땅을 다시 찾는다 해도 성기와 같은 강한 선비의 모습을 되찾을 수 있을 지는 의문이었다.

독선적인 정복자의 길을 걸었던 위만조선의 우거왕을 돕기 위해 나서는 나라는 없었다. 물론 위만조선의 제후들이 나서긴 했지만 전세를 역전시킬 만한 예맥의 제후들은 아무도 후원군을 보내지 않은 것이다. 오히려 이 기회에 호전적인 우거가 제거되기를 바라는 자들이 더 많았다.

결국 우거는 자신의 힘만으로 한나라군과 맞서야만 했다. 그러나 전투 경험이 풍부한 우거왕은 남의 도움 없이도 한나라의 침입을 노련하게 잘 막았다. 그는 군사적으로는 절대 한나라에 지지 않을 자신이 있었다. 물론 전쟁이 자신감만으로 되는 것은 아니지만 그만큼 그의 군사들은 강했고 그의 지휘 능력은 뛰어났다.

　계절이 두 번 바뀌었다. 한나라가 평양성을 포위한 지 여덟 달이 흘렀다. 그 사이 한나라 원정군은 난공불락의 성 평양을 함락시키지 못하고 지루한 공방전만 벌였다. 바다 건너에서 위만조선의 공략 소식만 기다리고 있던 한무제는 여전히 지루한 전쟁을 벌이고 있는 부하들에게 화가 났다. 지난 번 전투에서 패배했던 누대 장군 양복과 순비에게 다시 한 번 기회를 주었는데도 불구하고 이들이 시간만 허비하고 있는 것을 더 이상 용납하지 않았다.

　그래서 제남 태수 공손수를 새로운 지휘관으로 임명하여 전쟁을 끝내게 했다.

　황제의 칙서를 받고 황해를 바다를 가로질러 평양성으로 건너온 공손수는 곧바로 두 장수를 불러 호통부터 쳤다.

　"도대체 성을 공격한 지 팔 개월이 다 되도록 아직도 적 왕의 항복을 받아 내지 못하는 이유가 무엇인가?"

　"그것은 누대 장군 양복이 성 안의 조선인들과 내통하여 열심히 싸우지 않기 때문입니다."

　좌장군 순비가 그동안 불만이 많았던 듯 거침없이 누대 장군을 비난하고 나섰다.

　"그게 사실인가?"

　공손수는 화난 목소리로 누대 장군에게 물었다.

　"어느 정도는 사실입니다."

　"뭐라고!"

　공손수는 격노했다.

"제 말을 들어 보십시오."

하지만 누대 장군의 목소리는 차분했다.

"평양성은 흙을 구워 낸 벽돌로 쌓은 우리 중국의 성과 달리 단단한 돌로 쌓아 매우 견고합니다. 충차로도 파괴할 수가 없습니다. 더군다나 강으로 둘러싸인 평양성의 해자는 깊어 군사들이 쉽게 건널 수가 없습니다."

"그래서?"

공손수는 노기 띤 목소리로, 꼬투리를 잡을 말이 없나 듣고 있었다.

"적을 포위한 채 장기전에 들어가면 적은 분명히 내분이 일어날 것이고 우리가 이를 잘 이용한다면 싸우지 않고도 이길 수 있다고 생각했습니다."

"그래서?"

"다행히 성안에서 호응해 오는 자들이 생기기 시작했습니다."

"아닙니다. 저자의 말은 거짓입니다. 적들의 저항은 전혀 줄어들지 않고 제후국들의 도움을 받아 오히려 거세지고 있습니다."

순비가 누대의 말에 반론을 가했다.

"네 이놈! 어떻게 장수된 자가 적과 내통할 수 있단 말인가?"

공손수는 마침내 누대 장군을 노려보며 호통을 쳤다. 그는 더 이상 누대의 말을 들으려 하지 않았다.

사실 공손수는 이전부터 누대 장군을 알고 있었다. 둘 다 제나라 사람으로 서로의 명성을 알고 지내던 터였다. 하지만 누대가 먼저 발탁되었다. 강력한 수군을 거느린 뛰어난 장수였기 때문이었다. 이로 인해 공손수는 열등감마저 지니고 있었다. 그런데 조선 공격이 지지부

진해지자 뜻밖에도 황제가 공손수를 대원수로 삼아 조선에 보낸 것이다. 그는 조선으로 오는 배 안에서부터 패전의 책임을 누대에게 돌려야겠다는 생각을 한 터였다.

"이놈을 체포하여 옥에 가둬라!"

공손수는 더 이상 누대의 말을 듣지 않았다.

누대를 하옥시킴으로써 자신의 자존심과 권위를 되찾게 된 공손수는 곧바로 황제에게 장계를 올렸다.

'그동안 전쟁이 지루한 공방전으로 전개되었던 것은 누대 장군이 적과 내통하였기 때문이었습니다. 이제부터는 소장이 본격적으로 평양성을 공격하여 한 달 내로 평양성을 함락시키겠습니다.'

"공격!"

장계를 올린 후 공손수는 순비에게 명령을 내렸다. 또 다시 치열한 공방전이 벌어졌다.

그러나 제대로 공세를 취하면 금방 함락할 수 있을 것이라 생각했는데 전황은 공손수의 의도대로 전개되지 않았다. 조선군은 수시로 기습을 가하여 한나라군을 괴롭혔으며 한나라군의 공격은 번번이 실패로 돌아갔다. 조급한 마음에 매일 공격을 가했지만 사상자만 늘어날 뿐이었다. 적들은 느슨한 포위망을 뚫고 필요한 양식을 조달하였으며 응원군도 어렵지 않게 성을 들락거렸다.

누대 장군만 하옥시키고 나면 평양성은 금방 공략할 수 있을 것 같았는데 상황은 오히려 전보다 더 나빠졌다. 사상자만 더 늘어 본국에 지원군을 요청하는 글을 올려야 했다. 공손수는 다시 장계를 올렸다.

'적의 저항이 예상보다 훨씬 강하여 고전하고 있습니다. 병력이 좀

더 필요하오니 군대를 보내 주시면 반드시 평양성을 공략하겠습니다.'

  장계를 받아 본 한무제는 대노했다. 자신이 신뢰하는 누대 장군을 호기 있게 구속하고 두 달이라는 기간을 정하였는데 평양성을 공략하기는커녕 오히려 죽는 소리를 하는 그를 용서할 수 없었다. 그는 증원 부대를 보내기보다는 감독관을 보내 전황을 세세하게 감사하게 했다. 그리고는 뜻밖의 결론을 내렸다.

  '공손수를 참형에 처하고 누대 장군을 다시 복직시켜라.'

  누대를 감옥에 가두고 호기를 부렸던 공손수는 아무런 변명도 항변도 하지 못한 채 공포 속에서 목이 잘렸다. 캄캄한 뇌옥 속에서 절망감에 싸여 있던 누대는 복직되었다는 소식에 기쁜 마음보다는 중압감이 더 들었다. 비록 자신과는 맞지 않았던 사람이긴 하지만 공손수도 자신과 같은 무장(武將)이었다. 그런데 전장에서 피흘리는 장수들에게 경종을 울리기 위해 한 명의 장수를 희생시켰다는 생각에 마음이 씁쓸했다. 자신도 언젠가는 공손수와 같은 운명을 맞이할 수 있는 것이다.

  황제의 무서운 진노를 목격한 누대 장군 양복은 신중하게 전략을 세웠다. 평양성은 힘으로는 굴복시킬 수 없다는 결론을 내리고 심리전을 펼치기로 방침을 세웠다. 그래서 지난 두 달간 거의 매일 이뤄지던 공격을 멈췄다. 대신 성을 보다 철저하게 봉쇄하여 성을 바깥 세계와 고립시켰다. 고립을 못 견뎌하는 자들의 반응을 기다렸다. 순비는 반대했지만 무시했다.

  지루한 기다림이었다. 하지만 그 효과는 있었다. 이전에 잠시 접촉

했던 성안의 주화파들이 다시 손을 내민 것이다. 조선상(朝鮮相) 로인과 한음, 니계상 삼, 왕협 장군 등이었다. 이들은 은밀히 누대 장군의 숙소를 찾아 항복 의사를 비쳤다.

"성 안의 주전파로는 우거와 성기밖에 없습니다. 그들의 기세가 워낙 강하여서 싸우고 있지만 대부분의 성민들은 싸움에 지쳤습니다. 머잖아 왕검성은 붕괴될 것입니다."

"이렇게 찾아 주어서 고맙소. 이 싸움은 조선이 이길 수 없는 싸움이오. 비록 시간은 걸리겠지만 결국 우거왕은 항복하고 말 것이오. 하지만 그때까지 기다려서는 안 되오. 백성들의 고통이 날로 늘어나기 때문이오."

그는 평양성의 성민들이 마치 자신의 백성이라도 된다는 듯 백성들을 앞세워 항장(降將)들의 마음을 샀다.

"과연 덕장이십니다. 장군님 같은 분들이 조선을 다스려야만 이 땅에 평화가 찾아들 것입니다."

항장들은 앞 다투어 누대 장군의 덕을 칭송했다. 누대 장군은 이들의 말을 제지하지 않고 가만히 듣기만 했다.

"여러분들은 평화를 원하시오?"

"예. 저희들은 평화를 원합니다."

"여러분들은 전쟁의 고통에서 신음하는 백성들을 위하시오?"

"예. 그래서 저희들은 항복하러 온 것입니다."

"여러분 중 누군가가 나서서 우거왕을 제거하시오. 그것이 전쟁의 고통에서 신음하고 있는 백성들을 위한 가장 빠르고 정확한 방법이오."

누대는 항복한 조선의 제장들과 재상을 둘러보며 항복 조건을 말하였다.

"……."

아무도 나서지 못했다. 비록 자신들은 싸움에 지쳐 항복하긴 했지만 우거왕은 함부로 대할 수 있는 인물이 아니었다. 그는 위만조선의 3대 단군이었다. 지금의 단군은 옛날과 같은 신성함은 지니지 못했지만 그래도 그를 제거한다는 것은 꺼림칙한 일이었다.

"여러분들의 귀순은 고마운 일이지만 우리가 바라는 것은 여러분의 귀순이 아니라 우거왕의 주검이오. 그것만이 전쟁을 끝낼 수 있기 때문이오. 그것 외는 아무 소용이 없소. 만약 여러분들이 공적을 세우지 못하고 우리의 힘으로 성을 점령한다면 여러분들은 일개 포로에 지나지 않을 것이오."

누대 장군 양복의 표정은 싸늘하게 변했다.

"……."

"포로의 운명은 나도 책임질 수 없소."

"……. 내가 하겠소."

한참의 침묵이 흐른 뒤에 니계상(尼谿相) 삼(參)이 나섰다.

"고맙소."

니계상은 다시 평양성으로 들어갔다. 속마음을 속이고 여전히 자신을 신뢰하는 우거왕에게 충성을 다했다. 드디어 기회가 왔다. 당직자가 된 것이다. 우거왕은 자신을 믿고 잠이 들었다. 니계상은 칼을 들고 우거왕에게 접근했다. 그는 평온하게 잠들어 있었다. 막상 그를 찌르려 하니 떨렸다. 천벌을 받을 것 같았다. 그러나 길게 심호흡을 했다.

'이 싸움은 어차피 이길 수 없는 싸움이고 그가 살아 있으면 싸움은 쉽게 끝나지 않을 것이다. 결국 고통 받는 것은 백성이다' 라는 그를 제거할 수밖에 없는 명분을 계속 떠올렸다. 그리고는 두 눈을 질끈 감고 들고 있는 칼을 내질렀다. 피 묻은 칼을 내던졌다. 성안을 달렸다. 정신없이 달린 후에 북을 울렸다. 동시에 기다리고 있던 동조자들은 성문을 열었다.

"와~~"

큰 함성과 함께 성안으로 한나라군이 물밀 듯이 밀려들었다. 잠들어 있던 조선군은 제대로 저항도 하지 못하고 속수무책으로 당했다. 건국 후 한 번도 외적에게 성을 내 준 적이 없는 왕검성은 마침내 한나라군의 창 칼 아래 짓밟혔다. 기원전 108년의 일이었다.

그런데 뜻밖의 일이 벌어졌다. 왕이 죽고 적이 성안으로 들어오면 대부분의 사람들은 전의를 상실하게 마련이다. 그런데 끝까지 포기하지 않고 성안에 들어온 적을 맞아 싸우는 무리들이 있었다. 재상 성기(成己)가 이끄는 무사들이었다. 처음에는 '저러다 말겠지' 라며 대수롭지 않게 생각했는데 아니었다. 천여 명도 안 되는 이들은 왕의 죽음에 아랑곳하지 않고 끝까지 싸웠다. 성기의 사병(私兵)인 그들은 싸우는 법을 알았다. 성기의 지휘에 일사분란하게 움직이며 수비에 치중하던 그들은 한나라군이 틈을 보이자 이를 놓치지 않고 공세를 가했다. 오랜 봉쇄로 비록 물자가 풍부하진 못했지만, 오랫동안 포위망을 펼치며 힘든 나날을 보낸 한나라 군사들에는 평양성은 좋은 노략질 터였다. 그들은 승패가 기운 듯하자 싸우는 것보다는 노략질에 더 열심이었다. 이틈을 성기가 놓치지 않은 것이다.

오래지 않아 전세는 역전되었다. 다수의 한나라군이 오히려 밀리기 시작하여 해가 질 무렵에는 승패가 뒤바뀌었다.

"후퇴하라."

누대 장군이 끝내는 퇴각 명령을 내리고 말았다. 다 잡은 먹이를 눈앞에서 놓치는 꼴이었지만 이미 전의를 상실한 군대를 가지고는 아무리 수적 우위를 점한다 해도 어떻게 해 볼 수가 없었다. 누대 장군 양복은 또 다시 몇 가닥 남지 않은 머리카락을 쥐어뜯으며 고민에 빠졌다. 이번에는 성기를 제거해야만 했다.

"도대체 성기란 놈은 어떤 놈인가? 왕이 죽었으면 항복을 해야지 덤벼들긴 왜 덤벼들어!"

평소 이성을 잃지 않던 누대 장군도 오랫동안 공들여 쌓은 성과물을 눈앞에서 놓치자 화를 참지 못했다. 왕이 죽으면 항복하는 것이 당연한 이치였다. 그런데 성기는 이를 무시한 것이다.

"그는 우거왕보다 더 주전론자(主戰論者)입니다. 그는 우직하여 쉽게 타협하지 않는 사람입니다. 명예와 의리를 죽음보다 더 소중히 여기는 자입니다."

니계상이 성기의 인물됨에 대해 설명했다.

"명예와 의리를 소중히 여긴다……."

누대 장군은 한동안 생각에 잠겼다. 오래지 않아 문득 한 가지 계책이 떠올랐다.

"이번에 사로잡은 포로들 중에 우거왕의 아들이 있다는 소리를 들었다. 그를 불러들여라."

봄날의 따스한 기운은 패수(浿水)의 두꺼운 얼음 옷을 벗겨 내고 겨우내 숨죽여 있던 생명의 싹들은 성안을 붉고 푸른 기운으로 물들여 놓았다. 하지만 일 년여 고립되어 힘든 전투를 벌이는 왕검성의 군사들에겐 오히려 애상감만 불러일으킬 뿐이었다. 준단군이 위만에게 쫓겨난 이후 또 다시 임금이 살해되는 일이 발생했다. 그것도 외적이 아닌, 한 때는 충복이었던 자에게. 하늘을 숭배할 때는 이런 일이 없었다. 하늘을 잃고 마음속에 신심(信心)이 사라진 이후에는 오로지 이해관계에 의해 주군을 죽이는 일이 손쉽게 벌어지고 있는 것이다. 우거왕이 살해된 것은 할아버지 위만의 업보라는 사람이 많았다. 하지만 문제는 이제 그가 죽음으로써 왕검성의 운명이 바람 앞의 등잔 같은 처지가 되었다. 재상 성기는 결의에 찬 모습으로 성곽 위에서 도도히 흐르는 패수를 응시했다.

'더 이상 버티기는 힘들다. 하지만 그냥 죽을 수는 없다. 의미 있는 죽음이 되어야 한다. 조선의 선비가 어떠한가를 보여주어 저들이 결국은 이 땅에서 쫓겨나고 말 것이라는 것을 똑똑히 보여 줄 것이다.'

그는 성곽을 돌며 지친 군사들을 격려하고 처소로 돌아왔다. 그리고는 맏아들을 불렀다.

"잘 들어라. 지난번에는 우리가 힘겹게 싸워 이겼지만 왕이 없는 상황에서 적과 싸워 이기기란 쉽지가 않다. 오래 버티지 못할 것이다. 그래서 네게 부탁할 말이 있어 불렀다. 아마도 이 말은 내가 네게 하는 마지막 말이 될 지도 모른다."

"그런 말씀 마십시오. 우리는 지지 않습니다."

아들은 아버지의 결연한 모습을 보며 숙연해졌다.

"아니다. 전세는 이미 기울었다. 돌이킬 방법은 없다."

"……."

아들도 공감하는 바였기에 더 이상 위안의 말을 건넬 수가 없었다.

"아들아 너는 우리 위만조선이 무너지는 이유가 무엇이라 생각하느냐?"

"제 생각엔……."

평소 강한 모습의 아버지를 쉽게 대해지 못했던 아들은 아버지 앞에서 쉽게 말을 꺼내지 못했다.

"말해 보아라."

"한나라가 강한 것도 한 원인이겠지만 원인은 내부에 있다고 생각합니다."

"어떤 내부적 원인인가?"

"단군이 없기 때문이라 생각합니다. 비록 강한 왕이 있어 나라를 부강하게 만들었지만 단군이라는 정신적 구심점을 내쫓았기 때문에 백성들과 제후들은 자신들의 이익만 생각하게 되고, 이로 인해 나라가 위급한 상황에서도 나라의 안위보다는 자신들의 살길만 찾아 나섰기 때문에 힘을 모을 수 없었습니다."

"옳은 말이다. 그러면 너는 어떤 나라가 이상적인 나라라고 생각하느냐?"

성기의 입가에 미소가 떠올랐다. 아들이 아버지와 같은 생각을 하였기 때문이다. 그가 웃는 일은 매우 드물었다. 아버지의 칭찬에 아들은 더욱 힘을 얻어 자신의 생각을 밝히기 시작했다.

"단군이라는 구심점을 세워 제사장의 직분에 충실하게 해야 합니

다. 조상에게 제사지내고 나라의 안녕과 번영을 위해 끊임없이 기도
하게 하고 또 세속적인 일보다는 백성들을 향한 하느님의 뜻이 무엇
인지를 찾게 해야 할 것입니다. 하지만 나랏일은 임금이 도맡아야 합
니다. 백성들을 배불리 먹여야 하고 또 외침을 막아야 할 것입니다.
그러기 위해선 제사장이 임금 위에 군림해서도 안 되고 임금이 힘으
로 단군을 눌러서도 안 될 것입니다."

"옳은 말이다. 물론 쉽지는 않겠지만 그것만이 강력한 한나라에 맞
설 수 있는 방법이라 생각된다. 그래서 나는 너에게 중요한 일을 하나
맡기려 한다."

아버지 성기는 어느새 무표정하고 무거운 인상으로 돌아와 있었다.

"분부만 하십시오."

아들은 아버지 앞에서 순종적인 모습을 보였다.

"너는 지금 이 길로 네 가족을 데리고 아리수를 넘어 마한 땅으로
가라."

"예!"

놀란 표정을 한 아들의 모습을 무시한 채 성기는 자신의 말을 계속
이었다.

"그곳에서 위만왕에게 쫓겨난 단군의 후손인 아리씨를 찾아라. 그
리고 그를 앞세워 예맥 땅으로 들어가 예맥 땅에서 예맥족을 통일하
여 새로운 조선을 만들어라. 그래서 한나라군을 조선 땅에서 몰아내
라."

성기는 한나라를 몰아내야 한다는 말을 유난히 힘주어 말했다.

"아버님은 어떻게 하시려고……."

"나는 어차피 한 세대 영화를 누리고 산 사람인데 무슨 미련이 남겠는가? 조선 선비의 매운맛을 저들에게 보여주는 것으로 내 소명은 다 했다. 내 걱정은 하지 말고 네 일이나 염려해라."

"저는 아버님을 두고 떠날 수 없습니다."

"허튼 생각하지 말고 내 말을 명심해라. 네 대에서 이루지 못하면 네 아들에게, 네 아들이 못하면 손자 대에서라도 꼭 이뤄야 할 것이다."

"하지만 ……."

"지금은 위급한 상황이니 조금도 지체 말고 오늘 밤 안으로 떠나라."

성기는 조금의 흔들림도 없이 아들을 다잡은 후에야 말을 마쳤다.

다음날 새벽 왕검성의 남쪽 성문이 열리는가 싶더니 일단의 무리들이 소리 없이 성을 빠져나갔다. 그런데 바로 그 순간 서쪽 문에서도 성 안으로 잠입해 들어오는 사람들이 있었다. 성안에 내통한 자들이 몰래 성문을 연 것이다.

"대모달님, 태자께서 살아 계십니다."

다음날 아침, 아들을 떠나보내고 잠깐 동안 쓸쓸한 심회를 억누르지 못하던 성기에게 뜻밖의 소식이 전해졌다. 태자 위장(衛長)이 살아 있다는 것이다. 소식을 들은 성기는 뛸 듯이 기뻤다. 태자가 살아 있다면 다시 한 번 해 볼 수 있었다. 그를 중심으로 다시 한 번 힘을 모은다면 이 위기를 극복할 수 있을 것도 같았다. 그는 식전인데도 곧바로 태자가 있다는 궁궐로 달렸다.

"태자님은 어디에 계시냐?"

말에서 내린 성기는 급히 태자를 찾았다.

"이쪽으로 오십시오."

문지기는 성기를 태자궁으로 안내했다. 성기는 한달음에 태자궁으로 달려 들어갔다.

"억!"

그러나 중문으로 한 걸음 발걸음을 옮겨 놓던 성기는 곧바로 피를 토하고 쓰러지고 말았다. 누대 장군의 계략에 의해 궁궐 안에 매복해 있던 군사들이 그를 향해 칼을 내려친 것이다.

이천 년 동안 지속되던 조선은 마지막 선비이자 충신 성기가 암살당함으로써 그 운명을 다했다. 일 년여를 버티던 왕검성의 성문은 마침내 활짝 열렸다. 한나라 군사들은 밀물처럼 성안으로 밀려들었다. 제재하는 군사들이 아무도 없었다. 그들은 마음껏 노략질하면서 승리자의 기쁨을 맛보았다. 이천 년의 역사를 가진 조선은 마침내 외적들에게 굴복하여 사직의 문을 닫고 말았다. 이천 년 동안 한 번도 남에게 굴복해 본적이 없는 조선의 백성들은, 용맹한 군사들은, 젊은 아낙들은, 손에 굵은 오랏줄을 채이고 그들의 노예가 되어, 전리품으로 전락되어, 한나라 땅으로 끌려가야만 했다. 기원전 108년 3월의 일이었다.

기원전 2333년에 세워진 조선이 이천여 년 동안 이어온 사직이 끝난 것이다. 이천 년 동안 버틸 수 있었던 원인인 단군이 속인(俗人) 위만에게 쫓겨난 지 불과 팔십 년 만의 일이었다. 인간의 욕심으로 세워진 나라와 하늘의 뜻에 의해 세워진 나라의 운명이 어떠한가를 가늠해 볼 수 있는 일이었다.

한무제는 일 년 여의 기나긴 공방전 끝에 드디어 조선을 함락했다.

마침내 두 번씩이나 당한 수모를 갚았다. 물론 예맥족은 손아귀에 넣지 못했지만 조선의 상징인 위만조선을 점령함으로써 중계무역으로 자신들의 자존심을 짓밟은 조선에 대한 징계를 끝냈다. 이제는 이 위만조선을 발판으로 요동벌판 너머의 선비족과 예맥은 물론 멀리 숙신까지 영향력을 미칠 수 있게 되었다.

그런데 조선을 점령한 한무제는 뜻밖의 논공행상을 벌였다. 조선 점령의 일등 공신인 순비를 1차 조선 원정 실패의 책임을 물어 처형하고, 누대 장군 양복은 폐서인하고 말았다[4]. 반면 항복한 조선의 제후들에게는 관대했다. 조선 땅에 한사군을 설치한 그는 항복한 조선 제후들에게 벼슬을 내려 그 땅을 다스리게 함과 동시에 변방의 흉노, 선비, 예맥에 대한 경계를 명령했다.

---

4) 전공을 세운 자들을 죽이거나 폐서인 한 것으로 보아 이들이 죽을 수밖에 없었던 전황이 있었음에 분명하나 중국측 사료에는 기록되지 않아 알 수가 없다.

1. 끈연 사람 금와

"나는 현도군 대왕이 보낸 사신이오."

현도군 태수 팽성이 해부루에게 사람을 보냈다.

"무슨 일이시오?"

해부루와 함께 평생을 보낸 재상 아란불은 약간 두려운 마음으로 그를 맞았다.

"왕을 만나게 해주시오."

"우리 임금은 지금 병중에 있소. 나는 부여의 재상이니 할 말이 있으면 나에게 하시오."

"당신들은 야만국이라 사신을 접대하는 법을 모르는 모양인데 한 나라의 사신이 왔으면 왕이 직접 만나 봐야 하는 것이오. 더구나 나는 한(漢)나라의 사신이오."

순간 아란불은 모욕감을 느꼈다. 하지만 자신의 감정을 나타낼 수 없었다. 현도군은 이미 소수맥 지역의 많은 예맥 부족을 점령한 강한 나라였기 때문이다.

　한무제는 위만조선을 점령한 이후 이 땅에 한사군을 설치했다. 그중 요동지역에 설치한 나라가 현도군이었다. 이들의 임무는 단순히 위만조선의 영역을 다스리는 데만 있는 것이 아니었다. 그들은 그 세력을 점점 동쪽으로 뻗어 예맥 지역은 물론 숙신 지역까지 손아귀에 넣어 천하를 한나라의 통치 하에 두려는 심산이었다. 예맥조선 지역은 크게 다섯 지역으로 나누었다. 동가강(혼하 하류지역, 중국의 길림성과 요령성의 경계지역) 유역의 소수맥(小水貊), 압록강 상류와 백두산 근처의 대수맥(大水貊), 그리고 북쪽의 부여, 동쪽의 옥저, 남쪽의 동예 등이었다. 그런데 현도군은 이중 자신들의 접경 지역인 소수맥을 이미 손아귀에 넣고 그 야욕을 예맥조선에서 가장 강한 부족국가인 부여에까지 뻗치고 있는 것이다.

　"우리 임금은 오랫동안 사람을 만날 수 없을 만큼 병중에 있소."

　아란불은 자신의 임금이 현도군 사신에게 수모를 받게 하고 싶지 않았다.

　"왕이 아닌 그 어떤 사람과의 만남은 의미가 없소."

　사신은 끝까지 재상 아란불을 무시하고 왕과의 독대를 원하였다. 기력이 쇠하여 자리 보존을 더 많이 하는 해부루는 어쩔 수 없이 그를 만나야 했다.

　"거두절미하고 우리 대왕의 말씀을 전하겠소."

　"……."

　"우리 대왕께서는 저더러 예맥족의 많은 부족들이 한나라를 대신하여 우리 현도군에 조공을 바치며 왕을 알현하는데, 왜 부여국은 그 은공을 모르고 조공도 알현도 없는지 그 이유를 알아 오라 하셨소."

참을 수 없는 수모였다. 단군조선이 시작된 이래 이런 수모는 없었다. 병색이 완연한 해부루는 수치를 참지 못하고 마침내 사신에게 호통을 쳤다.

"네, 이놈! 네 놈도 조선 사람이 아니냐? 조선 사람이 한나라 사람의 앞잡이가 되어 하느님이 다스리는 나라에 들어와 감히 그 따위 소리를 하느냐? 나를 욕보이는 것이 곧 하느님을 욕보인다는 것을 모르느냐?"

"하느님의 나라? 하하하하 ……. 지금이 어느 땐데 아직도 하느님을 찾고 있소. 그러니 조선이 멸망한 것이지."

사신은 경멸에 가득 찬 눈초리로 해부루를 쳐다보았다.

"네 놈이 감히 하느님의 이름을 더럽히려 하느냐? 당장 물러가라. 네놈을 이 자리에서 물고를 내고 싶다만 그래도 사신으로 온 자이니 내 용서한다. 대신 내 마음이 변하기 전에 어서 썩 물러나라."

해부루는 호통을 쳤다. 하지만 사신은 전혀 위축되지 않았다.

"하하하! 그렇지 않아도 나는 돌아갑니다. 다만 같은 동족으로서 부여의 평안을 위해 한 마디만 하고 가겠습니다. 내년 새해 첫날에는 우리 대왕을 알현하는 것이 좋을 것입니다. 또한 왕녀를 우리 대왕께 바치시오. 물론 새해 선물도 잊어서는 안 됩니다. 말 백 필, 소 오백 두 정도는 되어야 할 것입니다."

"뭐라고!"

"몸이 좋지 않으시다니 태자를 대신 보내셔도 괜찮으실 것 같습니다. 아! 참, 부여국에는 왕자가 없으니 이를 어쩌지~. 하하하!"

사신은 고개를 돌려 방을 나갔다.

"저~저 놈이 ……."

해부루는 침상에서 그대로 쓰러졌다. 모든 과정을 지켜보던 아란불의 얼굴은 분노로 일그러졌지만 그를 붙잡을 수는 없었다.

위만조선이 망한 지 사십여 년의 세월이 흘렀다. 예맥 땅에는 이제 위만조선을 떠올리는 사람이 없었다. 벌써 두 세대 전의 일이었기에 기억하기도 쉽지 않았지만 각 부족 앞에 가로놓인 높은 산과 강들은 외부 세계의 소식을 차단시켜 뇌리 속에서 잊혀져갔다. 동시에 단군에 대한 기억도 사라져 이제는 단군의 중요성도 단군이 어떤 역할을 하는지도 기억하지 못했다. 다만 여전히 수많은 부족의 부족장들이 스스로 단군이 되어 형식적으로 남아 있는 제사장과 통치자의 역할을 대신할 뿐이었다. 이로 인해 제사 형식은 각 부족마다 다른 모습을 띠게 되었고 단군조선의 일원이라는 의식보다는 어느 부족이라는 의식이 삶을 지배하게 되어 부족 간의 다툼은 더욱 심화되었다. 따라서 예맥족이 중심이 된 예맥조선은 사실상 해체되고 말았다. 누군가 강력한 임금이 나타나 다시 통일하기 전에는 조선이라는 이름은 다시 찾을 수 없게 된 것이다. 그러나 그 강력한 임금도 이제는 정체성이 애매해져 버렸다. 더 이상 하늘의 뜻을 받은 제사장은 이들 예맥의 부족들에게는 용납되기 힘든 존재였다. 결국 강한 군사력을 지닌 임금만이 이들을 다시 통합할 수 있을 뿐이었다. 하지만 깊은 산과 강가에 자리 잡고 있는 이들 부족을 하나하나 굴복시키는 것은 쉬운 일이 결코 아니었다.

　한무제의 위만조선 침공 때 도움을 청하는 위만조선의 요청을 거절하고 중립을 지킨 해부루의 선택은 옳아 보였다. 예상대로 한나라가 위만조선을 멸망시켰지만 부여에는 아무런 해(害)가 없었다. 한나라는 위만조선 지역에 한사군을 설치하고 군현에 관리를 파견하여 다스렸지만 그 세력을 동쪽으로 뻗지는 않았다. 당연히 예맥 땅은 하늘 아래에 가장 넓은 영토를 지녔고 가장 강한 군대를 지닌 한나라와 국경을 마주하면서도 이에 대한 두려움과 경계 없이 자신들끼리 세력다툼을 벌이는 일상에 젖어들 수 있었다.

　하지만 점차 세월이 흐르면서 상황은 달라졌다. 처음 한무제가 한사군을 설치하였을 때는 그의 통치력이 조선 땅까지 미쳐 직접 군현의 우두머리를 임명했지만 세월이 지나고 그가 죽자 이곳은 한나라 조정의 관심 밖으로 밀려나게 되었다. 따라서 한사군 군현의 우두머리는 차츰 세습되기 시작하였는데, 권력이 세습되면서 이들 군현은 한나라라는 강한 힘의 보호를 받는 독립된 나라로 변하였다. 한나라는 절대 군주가 자신의 권력을 유지시키고 발전시키기 위한 군현제도를 실시했는데, 이는 아직도 권위적 통치수단으로 신(神)을 이용하는 예맥족의 제도보다는 훨씬 효율적이고 현실적이었다. 따라서 2세, 3세로 왕위가 세습되면서 이들 한나라 군현들은 점차 예맥족의 나라보다 훨씬 강한 나라로 변모해 있었다. 이들은 강한 군사력을 바탕으로 아버지 대에서는 넘보지 않았던 예맥 땅으로 그 세력을 넓혔다. 소수맥을 점령하고 드디어는 부여에까지 그 야욕을 드러낸 것이다.

　해부루의 나이도 이제 육십을 넘어섰다. 기억력이 쇠퇴해지면서 그의 판단력은 흐려졌다. 젊었을 때 가졌던 패기도 도전 의식도 사라졌다. 더 이상 통치력을 발휘하기 힘든 상황이 되었다. 흉년이 들 때마다 백성들은 임금이 늙어 하늘이 거부한다며 일상사에서 벌어지는 불평을 다 임금에게 돌렸다. 젊은 시절의 행적이 워낙 신망을 받았기 망정이지 쫓겨날 수도 있는 상황이었다.

더군다나 그가 기대했던 평화는 오래가지 못했다. 현도 태수 팽오가 죽은 뒤 그의 아들 팽성이 군수가 된 이후 그는 군수라는 말 대신 스스로를 왕이라 칭하고 자신의 왕국을 점점 예맥 지역으로 확대했다. 소수맥 지역(혼강하류)의 맥(貊)족 나라를 하나씩 점령하여 그 왕국의 터를 넓혔다. 중국은 전국시대와 진시황의 통일 전쟁, 그리고 유방과 항우의 쟁탈전을 거치면서 철제 무기가 매우 발달하였는데 한나라 본토에서 그 우수한 무기를 수입한 현도군수 팽성은 이를 바탕으로 예맥의 여러 종족을 공략한 것이다.

"무례한 놈들……."

현도군의 사신이 돌아간 후 해부루는 겨우 정신을 차렸지만 그 분함을 이기지 못하였다. 하지만 분하다고 모든 문제가 해결되는 것은 아니었다. 문제는 내년 정월에 해부루 왕이 현도군왕 팽성을 알현하지 않았을 때 일어나는 일이었다. 현도왕이 이를 핑계로 부여를 공격할 것은 뻔한 이치였다.

"저들이 아무래도 우리를 공격하려는 명분을 세우려는 것 같습니다."

아란불이 아직도 침상에 누워 있는 해부루를 근심어린 표정으로 바라보며 사태를 분석했다.

“그러니 문제 아닌가? …… 우리의 군사력으로 저들과 맞설 수 있겠
는가?”

“역부족입니다. 우리 땅은 평원 지대이기 때문에 농사와 방목에는
아주 적합한 땅이긴 하지만 산악 지대가 아니기 때문에 방어하기는
어렵고 공격당하기는 쉬운 곳입니다. 마가, 우가, 저가, 구가 등 네 부
족의 모든 군사를 동원하여도 이만 정도밖에 되지 않습니다. 저들은
최소한 삼 만의 군사를 가지고 있다고 보는데 산악이라면 막을 수 있
지만 평원이라면 쉽지가 않습니다.”

“그렇다고 손을 놓고 있을 수는 없지 않은가? 해결 방안을 찾아야
지.”

해부루와 아란불은 이 문제를 놓고 오랫동안 고민했다. 하지만 뚜렷
한 방법이 없었다. 그런데 아란불이 어렵게 말을 꺼냈다.

“방법이 없는 것은 아닙니다. 다만 …….”

한 동안 고뇌에 잠겨 있던 아란불이 어렵게 말문을 열었다.

“말해 보게.”

해부루는 직감적으로 자신과 관련된 이야기인줄 짐작했다.

“어차피 우리 예맥족은 저들 한사군과는 존망을 건 전쟁을 벌여야
합니다. 그런데 우리 하나하나의 부족으로는 저들과 맞설 수 없습니
다.”

“그래서?”

“예맥족 대 연합세력을 형성해야 합니다.”

“하지만 서로 적대적 부족이 많은데 어떻게 연합군을 형성할 것이
며, 설사 연합군을 만든다 해도 한나라군에 맞서기 위해서는 강력한

지휘력을 가질 수 있어야 하는데 부족장들이 굴복하려 들겠는가?"

"그게 제일 문제입니다. 하지만 조건을 걸면 되지 않을까 생각합니다."

"조건?"

"그렇습니다. 저들이 응할 만한 조건을 걸면 충분히 협조할 수 있을 것이라 생각합니다."

"조건이 무엇인가?"

"그게 ……."

아란불은 말끝을 흐렸다. 그리고는 주변을 한 번 둘러본 후에 해부루에게만 들릴 만한 작은 소리로 뭔가를 말했다. 이야기를 듣고 있는 동안 해부루는 줄곧 곤혹스러운 표정을 지은 채 한동안 말을 잇지 않았다.

푸른 색으로 몇 달간 화려한 삶을 누렸던 들판은 누런 옷으로 털갈이를 했고, 무성했던 나뭇잎들은 다음 세대를 위한 기나긴 기다림과 인고의 시간 속에 들어갔다. 얼마만큼의 추위를 이겨내야 새로운 생명과의 만남이 이뤄질지 알 수 없는 긴 기다림의 계절이 시작된 것이다. 북국의 해는 짧아져 저녁은 일찍 찾아왔다. 그런데 어둠이 찾아들기 전에 부여성에 도착하기 위해 발걸음을 재촉하는 많은 사람들이 있었다. 부여왕이 개최한 대가[5] 회의에 참석하기 위해서였다.

---

5) '대가' 는 부족장을 가리키는 말로 여진이나 몽골에서는 '가한' 이나 '칸' 으로 부른다. 이 당시의 부족장들은 왕이라는 중국식 표현보다는 가한이나 칸이라 불리었을 것이며, 대가(大加)라는 말은 이들 만주어의 한자식 표현으로 추정된다.

실로 몇 십 년 만에 처음으로 예맥조선의 패자인 부여국 왕이 여러 부족국가의 대가들을 소집한 것이다. 위만조선이 한나라에 망한 후 처음 있는 일이었다. 태어나서 처음으로 소집령을 받은 왕들이나 그렇지 않은 왕들이나 대가 회의에서 무엇을 의논하는지, 어떤 절차를 밟는지 모든 것이 궁금할 정도였다. 비류, 행인, 북옥저, 동옥저, 양맥, 개마, 갈사, 조나, 주나, 구마, 청구, 양이, 발, 유 등 제법 대가(大加) 축에 드는 부족장들이 해부루의 부름에 응하여 속속 부여성으로 모여들었다.

예맥족은 백두산을 기점으로 압록강과 두만강 상류에서 시작하여 혼강, 송화강 유역을 거쳐 만주 평원지역까지 넓게 분포하여 사는 종족이다. 평원지역에서는 벼, 조, 수수 등의 농작물과 잠업, 목축업 그리고 강에서 물고기를 잡으며 생계를 유지하였다. 이들은 대부분 예맥족말(부여어)을 사용하였고, 수확기가 되면 하늘에 제사를 지냈다. 머리는 길러 상투를 틀었고, 옷은 왼쪽으로 여미어 묶었으며 가죽신과 바지를 즐겨 입었다. 이런 공통 문화의 출발점은 단군이었다. 하늘과 조상을 숭배하는 수두교(소도교)의 신앙이 삶 속에 깊이 자리 잡았기 때문에 단군을 중심으로 뭉칠 수 있었다. 그런데 위만이 조선을 세우고 단군을 몰아낸 후에는 구심점이 사라져 서로의 경계를 지키며 세력다툼을 벌였다.

하지만 근래 들어 한사군의 침공이 잦아지면서 언제까지나 서로 싸울 수만은 없었다. 예맥족이 싸우는 사이 현도군이 점점 세력을 넓혀 예맥족의 나라를 하나씩 점령했기 때문이었다. 그렇지만 서로 원수처럼 싸우다가 어느 날 갑자기 무기를 놓고 화해할 수 없었다. 누군가가 나서서 중재를 해준다면 못이기는 척하며 화해의 손을 잡을 수 있을지 몰라도 그렇지 않은 경우에는 힘들었다. 그런데 뜻밖에도 맹주국인 부여가 대가회의를 소집하자 필요성에 공감한 많은 사람들이 이에 응하여 부여성으로 달려온 것이다.

해부루는 예맥족의 대가들을 위해 만찬을 마련했다. 꿩고기로 육수를 낸 메밀국수도 들여오고 돼지고기도 접시 가득 담아냈다. 밤과 사과, 배 등 가을 과일들도 한 상 가득하여 이들에 대한 해부루의 마음이 어떠한가를 짐작할 수 있었다.

"여러분들이 이렇게 저의 부름에 응해 주서서 대단히 감사합니다. 한 때는 우리 예맥족들이 세상의 중심인 적도 있었습니다만 우리 종족들끼리 싸우는 사이 우리의 형제국인 위만조선은 한나라에 사직을 빼앗기고 이제는 저들이 세운 조그만 군현에도 수모를 당하는 처지가 되고 말았습니다."

해부루는 작금의 정세를 말한 후 본격적인 결론에 들어갔다. 현도군 사신이 자신에게 했던 말도 들려주었다. 이곳저곳에서 분노의 목소리가 들렸다.

"이런 수모를 당하고도 참고 넘어 가면 우리 예맥조선 지역은 결국 한나라의 현도군에 땅과 동족을 빼앗길 것입니다."

해부루는 한 사람 한 사람의 표정을 살펴보며 말했다. 나이가 든 대가들은 눈을 감고 감정의 변화 없이 조용히 듣고만 있고 젊은 사람들은 마치 자신이 수모를 당한 듯 공감대를 얻으려 옆 사람의 얼굴을 쳐다보곤 했다.

"우리가 살아남는 길은 힘을 합치는 길밖에 없습니다. 대수맥, 소수맥 따지지 말고 우리 예맥의 모든 종족이 힘을 합친다면 충분히 저들을 우리 종족의 땅에서 몰아낼 수가 있습니다."

해부루는 약간 흥분한 채 말을 이어갔다.

"하지만 저들은 한나라의 군현 아니오. 설사 우리가 이번에 저들을 우리 땅에서 몰아낸다 하더라도 한나라는 다시 군대를 보낼 것이오. 한나라를 상대로 싸우는 것은 고려해 보야 할 문제요. 위만조선의 우거왕같이 강한 사람도 결국은 저들에게 굴복하지 않았소."

옥저왕이었다. 그는 한나라에 맞서는 것에 대해 신중한 태도를 보였다. 두만강 북쪽의 벌판에 자리하고 있는 옥저는 현도군과는 거리가 멀어 현도군의 압박을 느끼지 못하였다. 그래서 그는 자신들과는 직접적인 이해관계가 얽혀 있지 않았기에 무리한 일을 하고 싶지 않았던 것이다. 많은 대가(부족장)들이 옥저왕의 의견에 동조하듯 고개를 끄덕이며 서로의 눈치를 살폈다.

"그렇다고 언제까지나 저들의 눈치를 살피며 살 수는 없지 않소."

한동안 침묵을 지키던 해부루가 답답한 듯 다시 말했다.

"저들의 요구 조건은 무엇입니까?"

이번에는 동예왕이 나섰다.

"저들이 요구한 것은 말 일백 필과 소 오백 두, 그리고 부여의 왕녀를 저들에게 보내는 것입니다."

회의를 진행하던 아란불이 대신 나서서 말했다.

"그 정도라면 현도군에서 부여국에 화해의 손짓이라 봐야 되지 않겠소이까? 큰 요구도 아니고 이웃간에 그 정도 양보는 해야만 평화가 보장될 수 있다고 생각하는데……, 여러분의 생각은 어떻습니까?"

동조를 구하듯 동예왕이 주변을 둘러보면서 해부루에게 말했다. 그의 말에 대해 시비를 가리는 웅성거림이 한동안 이어졌다.

"동예왕의 분석이 옳을 수도 있습니다. 하지만 저들은 나에게 신년 하례식에 참여하라는 말도 덧붙였소. 내가 참여하는 것은 예맥 전체가 저들에게 굴복하는 것이 되오."

해부루는 주변이 잠잠하길 기다렸다가 다시 말을 이었다. 또 다시 주변은 웅성거리기 시작했다.

"소수맥 지역은 이미 현도군의 수중에 들어갔소. 우리가 힘을 합친다고 해도 한나라를 상대할 수는 없을 것이오. 죄송한 말씀이긴 하지만 우리 예맥조선의 맹주인 부여국 왕이 현도군에 조공을 바쳐 예맥조선 전체가 평화를 지킬 수 있다면 이는 충분히 고려해 볼 만한 일이라고 생각됩니다."

또 다시 옥저왕이었다. 옥저와 동예는 부여 다음가는 큰 나라였다. 이 두 나라의 임금이 반대를 하고 나서자 회의장의 분위기는 급속도로 얼어붙었다. 연합군을 형성하여 현도군에 맞서려던 해부루의 의도는 물거품이 되는 듯했다. 아란불과 해부루의 얼굴은 점점 굳어 갔다. 최소한 반반의 의견은 나올 것으로 예상했었다.

"지금은 부여가 굴복하지만 다음은 옥저가 될 것이고 또 그 다음은 동예의 차례가 될 것입니다. 저들과 싸워야 합니다. 그것이 우리의 숙명입니다. 우리 종족들이 사는 지역은 험한 산과 강으로 둘러 싸여 있기 때문에 평양성과는 다릅니다. 이곳으로 들어오는 길목만 잘 막는다면 얼마든지 이길 수 있습니다."

웅성거림을 헤치고 갑자기 크고 굵은 목소리가 들렸다. 사람들은 감히 옥저왕과 동예왕의 말에 반대하고 나서는 자가 누구인지 고개를 돌려 목소리의 주인공을 확인했다. 말석에 앉은 젊은 부족장이었다. 해부루는 나라 크기에 따라 자리를 배치하였기에 상대의 정체는 쉽게 짐작할 수 있었다.

"젊은 대가(大加 부족장)는 어느 나라에서 왔소?"

해부루는 상대를 확인하려했다.

"저는 곤연 땅에서 온 금와라 합니다."

자신을 금와라고 소개한 주인공은 얼굴의 선이 매우 뚜렷하여 날카로운 인상을 주었다. 반쯤 생기다만 눈썹 아래로 눈꼬리가 길게 올라간 찢어진 눈을 가졌고, 양 볼의 광대뼈는 툭 튀어나와 강인한 인상을 주는 전형적인 무인 상이었다. 쉽게 범접할 수 없는 인상이었다.

"곤연 땅이라면 목단강 변의 큰 호수를 말하는 것이오?

"그렇습니다."

"금와왕께서는 저들과 싸워 이길 자신이 있으시오?"

"제게 일만의 병력만 주신다면 얼마든지 이길 자신이 있습니다."

금와는 자신 있는 목소리로 말했다.

"곤연 땅 출신의 대가가 무슨 수로 한나라 군사를 이긴단 말인가?"

"곤연 출신이 일만의 병사를 어떻게 지휘한단 말인가?"

하지만 금와의 자신감과는 달리 사방에서 그를 비방하는 소리가 들렸다. 곤연 땅이 어디에 있는지 조차 잘 알지 못하는 사람들도 말석에 앉은 그의 위치를 보며 조롱하듯 한 마디씩 거들었다.

"곤연이라면 개구리를 숭배하는 종족 아니오? 곰도 호랑이도 아닌 개구리를 숭배하는 부족이 어떻게 호랑이 보다 사나운 한나라군을 상대할 수 있단 말인가?"

곤연을 아주 우습게 알고 있는 갈사국(曷思國) 왕이 그의 말은 믿을 것이 못된다며 코웃음을 치며 말했다. 사실 곤연 땅은 갈사국 근처에 있는 작은 나라로 사실상 갈사국의 지배를 받고 있었다.

"개구리를 숭배해! 망둥이가 뛰니 꼴뚜기도 뛴다더니, 별 이상한 놈이 다 날뛰는구만!"

갈사국왕의 말을 이어 개마국 왕 하백이 조롱하듯 말했다. 그러자 사방에서 그를 조롱하는 소리들이 들리기 시작했다. 대부분의 중소 대가들은 해부루가 내세운 명분이 맞긴 하지만 그를 따르다 잘못하면 나라가 망할 수도 있는 일이었기에 함부로 나서지 못하고 머뭇거리고 있었는데 자신들의 비겁함을 해소할 수 있는 대상을 만나자 마음껏 웃으며 기꺼이 조롱하고 나선 것이다.

자신을 조롱하는 소리에 금와의 얼굴은 벌겋게 달아올랐다. 분노를 참는 듯 입술을 꽉 깨문 채 아무런 반발도 하지 못하고 그냥 참고 앉아 있었다. 하지만 그의 날카로운 눈길은 자신을 조롱하는 사람들의 모습을 하나씩 담기 시작했다.

"잠깐만 조용히 해 주십시오."

해부루가 나서서 좌중을 진정시킨 후에야 금와를 향한 조롱과 야유는 멈췄다.

"그냥 도와 달라는 것이 아닙니다. 조건을 걸겠습니다."

"조건?"

해부루가 좌중을 향해 새로운 제안을 하자 좌중은 또 다시 웅성이기 시작했다.

"나는 이미 늙었습니다. 육십이 넘었습니다. 우리 예맥족에게 다가오는 위기를 극복할 능력이 부족합니다. 그렇다고 제게 아들이 있는 것도 아닙니다. 그래서 저는 우리 예맥족을 통합하여 현도군의 침략 의지를 꺾을 수 있는 능력 있는 분에게 제 자리를 넘겨주려 합니다. 예맥족의 맹주 자리는 물론, 부여국의 대왕 자리도 말입니다."

해부루가 아란불과 대가회의를 개최하면서 가장 고심한 부분이었다. 예맥조선을 결합하기 위해서는 대가들이 관심을 가질 만한 매력적인 조건이 있어야 했다. 고심 끝에 아란불은 부여국의 임금 자리만이 이들을 설득할 수 있다는 말을 건넸고 해부루는 고뇌 끝에 이를 수용한 것이다. 임금 자리를 선양(禪讓)하겠다는 조건이면 예맥조선을 다시 결합시킬 수 있다는 것이 해부루의 판단이었다.

그가 이런 결심을 한 것은 그에게 아들이 없었기 때문이다. 초기 부여는 왕자가 왕위를 계승하지 않았다. 여러 부족장들 중 신성(神性)이 뛰어나고 인품이 좋은 자를 뽑아 왕의 자리에 앉혔다. 왕권이 절대적이지 못했을 뿐 아니라 실제적인 권력은 각 부족장에게 있었기 때문이다. 하지만 위만에게 단군이 쫓겨난 이후 상황은 달라졌다. 이웃 부족과의 전쟁이 잦아지면서 왕에게 힘이 실리게 되었고 이로 인해 왕의 자리는 아들에게 승계되었다. 그런데 해부루에게는 아들이 없었다. 그러기에 다음 임금이 누가 되느냐는 부여 사회뿐 아니라 예맥조선 전체의 초미의 관심사였다.

부여국의 대왕 자리를 양위하겠다는 말에 여기저기서 웅성거리는 소리가 들렸다.

하지만 이 웅성거림은 동예왕의 소리에 금방 사라지고 말았다.

"아무리 그래도 한나라를 상대로 싸울 수는 없소. 부여왕을 탐하다 가 내 나라마저도 잃을 수 있소. 나는 내일 날이 밝는 대로 돌아가겠 소."

부여 다음으로 강력한 옥저왕이 먼저 손을 뗐다.

"나도 돌아가겠소. 되지도 않는 일에 괜히 욕심내었다가 우리 부족 의 젊은 용사들만 잃게 될 것이오. 한나라의 요구는 수용할 만한 것이 라 생각되오. 무리하게 싸우다가는 예맥 땅 전체가 큰 위험에 처할 수 도 있소."

동예왕도 옥저왕의 뒤를 이어 반대 의견을 분명히 했다. 부여왕이 탐이 나지 않는 것은 아니지만 부여에는 마가, 우가 등 강한 부족이 있 기 때문에 다른 부족이 왕 노릇 하기도 어려울 뿐 아니라 섣불리 한나 라와 맞섰다가 오히려 가진 것마저도 잃을 수 있다는 판단이 든 것이 다. 뿐만 아니라 그동안 서로 적대국으로 싸우다 갑자기 연합하여 같 은 편이 되기도 힘들었을 뿐 아니라, 군사를 빼내어 원정(遠征)을 떠 난 사이 연합국에 참여하지 않은 나라의 공격을 받을 수도 있는 일이 었다.

"나도 돌아가겠소."

강력한 나라의 두 임금이 해부루에 반대하자 눈치를 살피고 있던 나머지 대가들은 대부분 반대 의견으로 돌아섰다. 회의장을 떠나는 대가들을 붙잡을 수 없었다. 이미 조선 땅에서 단군이 종적을 감춘 지 금 이들을 붙잡을 위엄은 누구에게도 없었다. 마지막까지 눈치를 살 피던 대가들도 결국은 다 떠나갔다.

해부루와 아란불은 실망했다. 예맥족이 한 마음으로 단결해도 한나라군을 감당하기가 쉽지 않을 것인데, 부여국 대왕자리까지 양위하겠다는 데도 그들은 내 일이 아니라며 돌아서는 대가들이 원망스러웠다. 저들의 말대로 적당히 공물을 바치며 부여국의 운명을 현도군의 손에 맡겨야 할지도 몰랐다.

그런데, 떠나지 않은 사람이 한 사람 있었다. 곤연 땅 대가 금와였다.

"자네는 왜 안 떠나는가?"

"저는 대왕님과 힘을 합쳐 예맥 땅에서 한나라군을 몰아 낼 것입니다."

해부루는 젊은 대가를 살폈다. 비범한 기상이 느껴졌다. 하지만 이 일은 패기만 가지고 될 일이 아니었다.

"자네의 패기가 마음에 드네. 하지만 전쟁은 패기만으로 할 수 없는 것이야."

해부루는 나이도 어리고 작은 나라의 대가였기에 금와에게 반말을 했다.

"하지만 전쟁에서 이기기 위한 첫째 덕목은 자신감이라고 생각합니다."

"자신감만 있어서는 이길 수 없어."

"제게 일 만의 군사만 주신다면 이길 자신이 있습니다."

금와는 조금도 위축되지 않은 자세로 말했다. 해부루는 그의 말에 가타부타 아무 말 없이 오랫동안 금와의 관상을 살폈다.

"자네가 마음에 드네. 하지만 현도군과의 싸움은 나라의 운명을 결정지을 수 있는 중요한 일이네. 함부로 결정지을 수 없는 일이니 좀 더 시간을 두고 결정하기로 하세."

해부루는 금와를 부여에 머물게 하면서 여러 가지를 시험했다. 한 부족의 왕이 되기 위해서는 그 부족 대대로 전승되는 문화에 대한 이해는 물론이고 부족이 주특기로 삼는 무술에 대한 숙련도가 일정 수준에 도달해야만 했다. 해부루가 금와의 이런 측면을 시험해 보려 한 것이다. 예맥조선인으로서 갖추어야할 신앙관, 하늘에 대한 인식, 조상에 대한 이해도, 그리고 그의 전술 이해 능력과 무술을 알고 싶었던 것이다. 특히 부여는 사출도라는 전통적인 전술이 있었다. 이에 대한 이해가 없이는 절대 군사를 지휘할 수가 없었기 때문에 이에 대한 설명도 곁들였다.

달포의 시간이 지난 후 해부루는 금와를 인정했다. 금와와 함께 생활하면서 그의 패기와 자신감이 허튼 공상에서 나온 것이 아니라 실력에 바탕을 둔 것임을 알았다. 해부루는 매우 만족했다. 이 정도면 그를 믿고 현도군과 전쟁을 벌여도 되겠다는 생각이 들 정도였다. 당장 자신의 아들로 삼고 그를 세자 자리에 앉히고 싶었다. 비로소 자신의 후계자를 찾았다는 안도감도 생겼다.

하지만 만족감만으로 현도군과 전쟁을 벌일 수는 없었다. 만약 자신의 결정이 잘못되면 나라가 망할 수도 있는 위태로운 일이었기 때문이다. 그래서 그는 금와에게 군사 지휘권을 주고 상황을 좀 더 지켜보기로 했다.

"나는 자네를 믿고 현도군과의 전쟁을 벌여도 되겠다는 자신감을 가졌네. 이제부터 부여군의 군사 지휘권을 자네에게 넘길 것이니 군사들을 잘 훈련시켜 보게. 현도군을 공격하고 안 하고는 추후에 좀 더 지켜본 후에 결정할 것이네."

"부족한 저를 그렇게까지 평가해 주시니 감사합니다. 꼭 은혜에 보답하겠습니다."

오랫동안 긴장한 채 지냈던 금와의 얼굴에 비로소 미소가 떠올랐다. 소수민족으로 예맥족의 맹주인 부여왕으로부터 자신의 능력을 인정받은데 대한 기쁨의 표현이었다.

금와는 그날부터 곧바로 군사훈련에 박차를 가하기 시작했다. 곤연 땅에 돌아가지도 않았다. 창검술과 활쏘기와 같은 개인 전술은 물론이고 사출도를 이용한 여러 가지 변형적인 진법 훈련에 열중이었다. 특히 그 중에서도 사출도의 한 꼭짓점을 숨기고 그쪽으로 적을 몰아가는 매복 훈련에 가장 심혈을 기울였다.

하지만 모든 일이 순탄치는 않았다. 부여의 네 부족 중 해부루의 부족인 마가(馬加) 다음으로 세력이 큰 우가(牛加)의 대가(大加, 부족장)가 해부루의 결정을 탐탁지 않게 여겼다. 해부루에게는 아들이 없기 때문에 당연히 자신에게 그 자리를 넘겨주어야 한다는 생각을 갖고 있던 그는 금와라는 새로운 경쟁자가 나타나자 금와를 경계하기 시작한 것이다.

임금 자리는 장자에게 우선권이 있었다. 다만 흉년이 들었다거나 전쟁에서 패한 경우와 같이 임금이 큰 잘못을 저질렀을 때는 쫓겨날 수도 있었다. 하지만 단군이 없어진 이후에는 왕이 제사장 역할을 겸하였기에 함부로 임금을 바꿀 수 없었다. 다만 후계자가 없다면 당연히 임금 자리는 다른 부족장에게 돌아가는 것이 불문율이었다. 그래서 지금까지는 부여의 다음 임금은 우가(牛加)에서 나올 것이라는 것이 부여족 전체에 묵인된 상황이었다. 그런데 금와라는 변방 젊은이가 나타나 해부루의 신뢰를 받고 있으니 그가 과민한 반응을 보이는 것은 당연한 일이었다.

우가는 군대를 보내지 않았다. 족보도 알 수 없는 애송이에게 자신의 부족을 맡길 수 없다는 이유였다. 부여의 사출도는 우가, 마가, 저가, 구가의 네 부족이 동서남북의 한 지역을 방어하는 개념이었으므로 우가가 군대를 보내지 않으면 사출도라는 전술 자체를 펼치기 힘이 들었으므로 여간 곤란한 것이 아니었다. 하지만 금와는 이에 반응하지 않았다. 사사건건 그가 반대 의견을 펼치면 묵묵히 듣기만 했다. 가끔씩 술을 마시며 울분을 삼키는 것만이 전부였다. 하지만 그의 뇌리 속에 모욕을 안겼던 사람들의 이름이 차곡차곡 쌓여 가는 것은 아무도 알지 못했다.

낙엽이 떨어지고 첫눈이 내리던 날 해부루는 아란불을 불렀다.

"이제는 결정을 해야 할 때가 된 것 같네. 자네의 생각은 어떻게 했으면 좋겠는가?"

"대왕님과 저는 이제 환갑을 지났습니다. 언제 하늘이 부를지 모르는 상황입니다. 위만조선이 망한 지 이제 사십 년이 다 되어 갑니다. 그 사이 현도군은 세력을 우리 예맥 쪽으로 뻗쳐 대수맥 지역은 대부분 저들의 점령 하에 들어가고 말았습니다. 하늘이 우리를 부르기 전에 꼭 하나 해야 할 일이 있다면 현도군을 예맥 땅에서 몰아내는 것입니다. 이것은 대왕님이나 저나 꼭 해야 될 역사적 소명이라 생각합니다."

아란불은 해부루가 부를 때 이미 각오한 듯 머뭇거림 없이 말했다.

"하지만 우리가 패했을 때도 생각해야 되지 않겠나?"

"만약 우리가 패한다면 그것도 하늘의 뜻이라고 생각합니다. 우리가 하고자 하는 일이 올바른 것이고 또 이를 위해 우리가 최선을 다했다면, 승패는 하늘에 맡겨야 한다고 생각합니다. 설사 우리가 죽음을 당해도 말입니다."

"그래야겠지. 그것이 우리가 마지막으로 할 수 있는 일이겠지…….실패하더라도 말일세."

해부루는 아란불의 말에 고개를 끄덕이며 결심을 굳히는 듯 했다.

"우리는 현도군에 조공도 보내지 않고 왕녀도 보내지 않기로 결정했네. 나와 아란불은 죽기 전에 현도군을 예맥 땅에서 몰아내는 것으로 조상들이 내게 준 마지막 소명을 다하려 하네."

다음날 해부루는 금와를 불러 전날 내렸던 결정을 전하며 비장한 각오를 금와에게 전했다. 이 말이 무엇을 의미하는지 알고 있는 금와는 공손한 자세로 해부루의 말을 경청했다.

"이제 부여국의 운명은 자네에게 달렸네. 이번 전쟁에서 승리한다면 나는 자네를 내 아들로 삼고 부여국의 후계자로 삼겠네."

"절대 기대를 저버리지 않겠습니다."

금와는 자신을 인정해 준 해부루에게 고개를 깊이 숙이며 고마움을 표시했다. 이제야 자신의 능력을 완전히 인정받게 된 것이다. 그는 두 주먹을 굳게 쥐고 결의를 다졌다.

BC 71년, 또 다시 새로운 해가 떴다. 부여왕 해부루는 끝내 현도군의 신년 하례식에 참석하지 않았다. 혼자의 힘으로 현도군에 맞서 보겠다는 굳은 의지가 나타난 것이다. 대신 금와는 현도군의 왕도가 있는 구려현에 수십 명의 첩자를 잠입시켰다.

오래지 않아 갖가지 첩보들이 날아들었다. 현도 왕 팽성이 부여의 태도에 분노하여 군사를 보내 정벌하기로 결정했다는 것이다. 해부루는 긴장하기 시작했다. 하지만 금와는 이미 각오하고 있었던 일이었기에 별다른 반응 없이 평소와 다름없이 군사들을 훈련시킬 뿐이었다.

현도군 공략을 금와에게 맡기긴 했지만 해부루의 마음은 불안했다. 현도군과의 결전을 이미 결심하고 있었지만 막상 저들이 부여의 공격을 결정하였다는 말은 그를 불안하게 만들었다. 금와를 찾는 횟수가 늘었다. 군사훈련도 자주 점검했다. 그나마 다행인 것은 금와는 현도군에 첩자를 많이 보내 그쪽 사정을 거의 다 알고 있다는 것이다.

해부루가 그를 불렀을 때는 이미 모든 전략을 다 짠 상태였다.

"이곳 부여성[6]에서 저들을 맞이하면 우리가 불리합니다. 제가 오천의 군사를 이끌고 적이 올 만한 길목을 지키고 있다가 기습하겠습니다. 대왕께서는 나머지 군사를 이끌고 근처에 주둔하고 계시다가 제가 적을 추격할 때 함께 합세하시면 됩니다. 아란불 재상께서는 이곳에서 충분한 군량미를 확보하셨다가 열흘마다 한 번씩 보급해 주십시오."

"현도군이 어느 길을 택할 것 같은가?"

---

6) 신채호는 오늘날 중국 흑룡강성 하얼빈이라 말하지만 대부분의 학자들은 길림성 농안지역 근처로 보고 있다.

해부루는 금와의 계책에 만족해하며 좀 더 자세한 대책을 물었다.

"적들은 당연히 우리가 부여성을 지키며 수세를 취할 것이라 생각하고 이곳까지 이르는 가장 빠른 길을 택할 것입니다."

"구체적으로 어디를 말하는가?"

"대흑산 자락을 돌아 엄수를 건너 공격할 것이라 생각합니다."

"하지만 그곳은 산이 험하고 강이 많아 보급이 원활하지 않을 터인데……."

"옳으신 말씀입니다. 하지만 제 생각에 저들은 양식을 운반해 오지 않을 것입니다."

"부여성을 공격하러 올 때는 당연히 장기전을 예상하고 오는 것 아닌가? 그런데 양식을 가져오지 않다니?"

해부루는 이제 늙어 기운이 쇠했지만 격동기를 살아온 경험 많은 노장이었다. 그는 정확하게 금와의 잘못을 지적해 냈다.

"그렇습니다. 저들은 분명 장기전을 예상하고 올 것입니다. 다만, 군량을 이곳에서 조달하려 할 것입니다."

"뭐라고! 저들이 군량을 약탈에 의존하려 한다고? 민심을 잃어서는 전쟁에서 이길 수 없는데……."

순간적으로 해부루는 금와를 의심했다. 분명 패기와 함께 지혜를 갖췄다고 생각했는데 전쟁에서의 아주 기본적인 상식도 모르는 것 같았다. 전쟁을 바로 눈앞에 둔 상황에서 이제야 그의 이런 모습을 발견한 것은 큰 낭패였다. 그의 얼굴에 당황한 기색이 역력했다.

"제가 그 정도 상식도 모른다고 생각하십니까?"

마치 해부루의 속마음을 읽기라도 하듯 금와는 미소를 띠고 말했다.

"……."

그러나 해부루는 섣불리 답할 수 없었다. 그를 선택한 것이 잘못이라면 지금이라도 바꿔야했다.

"제가 보낸 첩자의 말에 따르면 우가(牛加)의 대가가 현도왕의 신년 하례식에 모습을 드러냈다는 소식입니다."

비로소 해부루는 모든 것이 이해되었다. 임금 자리를 금와에게 물려줄 지도 모른다는 불안감이 현도군에 붙어 부여를 점령한 후 자신이 그 자리를 대신하려는 속셈이라면 가능한 이야기였다.

"그래서 저들은 가급적 빠른 길을 택하려 한다는 것입니다."

"첩자의 말이 사실이라면 자네의 판단이 옳아. 하지만 아니라면 큰 낭패가 될 수도 있는 것 아닌가?"

"첩보는 확실합니다. 더구나 우가는 이번 전쟁에 군대를 보내지 않고 있습니다."

금와는 자신감을 보였다. 사실 그 자신도 첩보에 대한 확신은 없었지만 이런 결정적인 순간 머뭇거리는 모습을 보여서는 안 된다는 것을 알고 있었기에 그는 확신에 찬 모습으로 해부루를 안심시키려 했다.

"나도 우가의 그런 태도가 마음에 걸렸네. 자네의 말을 믿겠네. 하지만 우가는 전통적으로 우리 사출도의 전술에서 서쪽을 맡았는데 그들이 빠지면 큰일이 아닌가?"

"그것은 이미 아무런 문제가 되지 않습니다. 우가가 빠진 채 훈련을 했을 뿐 아니라 우가를 대체할 부대가 있습니다."

"우가를 대체할 부대라니?"

"대왕님은 잊으셨습니까? 저는 곤연 땅 대가입니다."

금와는 웃어 보였다. 자신의 뿌리인 곤연 사람들로 우가로 대체하겠다는 생각이었다. 언뜻 보기에는 평범한 말 같았지만 조금만 그 속을 들여다보면 우가를 대신할 곤연 사람들을 끌어들여 자신의 왕권을 다지겠다는 야심이 들어 있는 말이었다. 하지만 해부루는 이 순간 깊은 생각을 하지 않기로 했다.

"자네를 믿겠네."

이미 던져진 윷짝이었다. 이제는 금와를 믿고 그에게 맡기는 수밖에 없었다. 전쟁을 앞두고 있는 시점에서 혼란을 보이는 것은 어리석었다. 그에게 높은 신뢰를 보이는 것이 가장 현명한 태도였다.

"언제 출정할 것인가?"

"적이 출발했다는 보고가 올라 온 뒤에 떠날 것입니다."

"너무 늦지 않은가? 잘못하다가 적이 먼저 대흑산을 통과할 수도 있을 것 같은데."

"아군부터 속여야만 적이 속는 법입니다."

"무슨 말인가?"

"우리는 이곳에서 적을 맞이한다는 거짓 정보를 흘려 적을 안심시킨 후에 출발하려는 것입니다. 그동안 저는 이런 것을 예상하고 정예한 군사를 뽑아 훈련시켰습니다. 염려 마십시오."

"자네를 믿겠네."

금와의 예상이 맞기를 바랐다. 하지만 해부루의 마음 속 구석에 자리 잡고 있는 불안감은 쉽게 가시지 않았다. 그렇다고 이런 상황에서 물러설 수는 없었다.

드디어 현도군이 부여 공략을 위해 출정했다는 소식이 부여성 안에 퍼지기 시작했다. 전쟁이 일어날 것이라는 소식이 오래 전부터 나돌았지만 막상 전쟁이 났다는 소식을 들은 부여성은 술렁이기 시작했다. 상대가 이미 예맥의 많은 부족들을 정복한 한나라의 현도군이라는 것이 더욱 불안감을 자아내게 했다. 더구나 3만 명이라는 많은 군대를 동원시켰다는데서 공포심마저 느끼고 있었다.

"언제 출정할 것인가?"

해부루는 성안에 현도군 공격에 대한 소문이 자자해질 무렵 금와를 불렀다.

"내일 오후에 어둑해질 무렵 출정할 것입니다."

"왜 하필 저녁인가?"

"어둠 속에서 떠나야 우리 부여성에 있는 첩자들이 우리의 움직임을 파악할 수 없기 때문입니다. 또한 매복지에는 원래 어둠이 시작될 무렵에 투입해야 하는 것입니다. 그 시간을 계산해 보니 내일 오후에 출발하는 것이 가장 적절하였습니다."

금와는 해부루에게 신뢰감을 주기 위해서 머뭇거림 없이 단정적으로 말했다.

"내일 사시(巳時) 무렵 전송식을 마련하겠네."

"감사합니다."

계절은 어느덧 2월의 문턱을 넘고 있었다. 하지만 북국의 대지는 여전히 잠들어 있었고 산들은 얼음 옷을 아직 다 벗지 못했다. 별들은 봄날을 재촉하듯 하늘 높이에서 밝은 기운을 쏟아 냈지만 인간은 따뜻한 아랫목에서 벗어나고 싶지 않은 추운 날이었다. 그동안 전쟁을 대비해 맹훈을 한 부여군에게는 일찌감치 휴식이 주어졌다.

그런데 일찍 저녁을 먹고 휴식을 취하고 있던 금와의 가병(家兵)들에게 갑자기 출정 명령이 떨어졌다. 한 달 전부터 우가를 대신하기 위해 금와가 곤연 땅에서 불러들인 정예 병사들이었다. 열다섯의 나이에 곤연의 왕이 된 그는 예맥족의 맹주가 되어야겠다는 야심을 품었다. 그래서 작은 나라가 큰 나라를 상대하는 방법을 배우고 또 생각했다. 고민 끝에 그가 얻어낸 결론은 군사를 정예화하고 기병화 하는 것이었다. 그는 많은 국부(國富)를 들여 오백여 명의 정예병사를 뽑아 육성했고, 이웃의 옥저국에서 탄력이 좋고 사거리가 먼 단궁과 과하마를 사들였다. 과하마는 작았지만 지구력이 강하고 속도도 비교적 빨랐다. 이 말은 산악전에 특히 강하여 좁은 산길을 아무 문제없이 신속하게 달렸다. 과하마와 단궁으로 무장한 그의 근위병들은 그동안 부여 땅에 모습을 드러내지 않았다. 불과 며칠 전에 부여성으로 불러들인 것이다.

"전투준비!"

금와는 단꿈에 젖어 있던 자신의 근위병들을 깨운 후 곧바로 이들을 완전 무장시킨 후 부여성을 빠져나갔다. 삼경이 조금 지난 시간이었다. 이들이 성을 빠져나가는 것을 아는 사람은 파수꾼밖에 없었다.

바람소리는 말을 달리는 소리와 흡사하여 잠들어 있는 물상들은 금와의 근위병들이 황급하게 들판을 가르는 소리에 귀를 기울이지 않았다. 바람처럼 나타났다 바람처럼 사라진다는 말이 딱 떠오를 만큼 이들은 바람을 타고 신속하게 움직였다. 아직 녹지 않은 냇물을 어렵지 않게 건너는가 싶더니 야트막한 둔덕도 손쉽게 넘었다. 오래지 않아

이들이 멈춰선 곳에는 수백 호의 큰 마을이 하나 나타났다. 제법 큰 기와집도 여러 채 눈에 띠었다. 하지만 마을을 둘러싼 목책을 보아 단순한 마을이 아닌 군영임에 분명했다.

"점화!"

잠시 숨을 고르는가 싶더니 곧바로 명령이 떨어졌다.

"발검(拔劍)!"

명령에 따라 신속하게 움직이는 모습에서 이들의 훈련 정도가 금방 나타났다.

"철저하게 짓밟아라. 이놈들은 배반자들이다."

"옛!"

짧고도 우렁찬 함성이 순식간에 밤하늘을 수놓았다. 그것을 신호로 돌격 명령이 떨어졌다.

"돌격!"

먼 길을 달려온 과하마는 지친 기색도 없이 곧바로 마을을 향해 달리기 시작했다. 오래지 않아 사방에서 불꽃이 피어 올라 잠들어 있던 마을은 대낮처럼 환했다. 사방이 밝아지자 하늘 위로는 수많은 화살들이 날기 시작했다.

금와의 근위대는 닥치는 대로 칼을 휘둘렀고 보이는 곳곳마다 불을 질렀다. 고요한 마을은 참을 수 없는 절규가 터져 나오기 시작하더니 오래지 않아 하늘과 땅 사이에는 인간이 지르는 비명 소리로 가득 채워졌다.

금와는 대가의 집으로 쳐들어갔다. 넓고도 큰집이었다. 마당으로 뛰쳐나오는 사람들의 모습이 보였다. 그는 단궁을 들어 살아 움직이는 물상마다 활을 쏘았다.

오래지 않아 금와 앞에는 여러 명의 남녀들이 끌려 나왔다. 그들은 잠자다가 잡혀 나왔는지 제대로 옷을 입지 못한 상태였다.

금와는 '곤연지왕 금와' 라는 글씨가 뚜렷하게 새겨진 붉은 기치를 이들 앞에 꽂았다.

"네 놈이 나와 내 부족에게 수모를 안긴 놈이지?"

이들 앞에 끌려 나온 사람은 금와왕에게 반기를 들었던 우가족의 대가 일가족이었다.

"네 놈은 개구리를 숭배하는 종족의 새끼 아니냐? 감히 내가 누군 줄 알고 여기에서 행패를 부리느냐 이놈!"

이제 사십을 넘긴 우가의 대가는 이런 소란을 피운 장본인이 누구인지를 확인한 순간 분함을 참지 못하여 어찌할 줄 몰랐다. 그는 해부루의 허락 없이는 금와가 자신을 절대 죽일 수 없을 것이라 확신했다. 더구나 자신의 도움 없이는 늙은 해부루가 부여를 통치할 수 없으므로 절대 자신을 무시할 수 없다 생각했다. 그래서 그는 상대를 확인한 순간 자신의 위엄을 보여 금와의 기를 꺾으려 한 것이다.

"네 놈은 한나라 놈들과 내통한 반역자다. 부여의 법에 반역자는 사형이라 명시되어 있다. 내가 오늘 네 놈의 목을 벨 것이다."

"네가 나의 목을 베? 하하하! 어디 벨 수 있으면 베어 보아라. 조금 있으면 우리 우가족 군사들이 몰려 올 것이다. 후회하지 말고 어서 이 오랏줄을 풀어라."

대가는 오히려 큰 소리를 쳤다.

"아직도 사태를 파악하지 못한 모양이구나."

금와는 검을 높이 들었다.

"네 놈이 죽으면서도 나를 개구리라 놀리는지 보겠다."

순간 대가의 놀란 표정과 함께 공포에 질린 모습이 잠시 어렸지만 그의 입에서는 끝내 살려 달라는 말은 나오지 않았다. 금와가 들었던 검을 사정없이 내려친 것이다. 부여국에서 둘째 가는 부족장 우가의 대가는 순식간에 목 잘린 귀신이 되고 말았다.

"이 년놈들도 배신자의 가족이니 다 사형이다. 가솔들도 하나도 남김없이 다 몰살시키고 집에 불을 질러라."

"옛."

피 묻은 검을 쳐든 금와의 말에 부하들은 대답과 함께 순식간에 대가의 가솔들을 베기 시작했다. 곳곳에서 겁에 질린 비명 소리가 들렸지만 금와는 굳은 표정으로 내려 볼 뿐이었다.

군영에서는 아직도 전투가 벌어지는 지 창칼이 부딪히는 소리가 끊이지 않았다. 하지만 동이 터 올 무렵 마침내 차가운 금속음과 비명 소리는 잠잠해졌다. 들판 너머로 붉은 기운이 솟아오르자 살아남은 자의 모습이 보이기 시작했다. 온통 핏빛이었다.

"돌아가자."

금와는 군영에 불을 지른 후에 마을을 빠져나왔다. 사위는 조용했다. 마치 아무 일도 없었던 듯 조용했다. 오직 굳게 입을 다문, 아직도 피가 떨어지는 갑옷을 걸친 전사들의 말달리는 소리만 요란하게 들렸다.

드디어 출정의 날이 밝았다. 부여왕 해부루는 출정식에 앞서 사당에 들러 조상들의 위패 앞에서 전쟁에 참전함을 고하였다. 무운을 빌었고 부여국의 사직이 계속 이어지기를 기원했다. 그리고는 아침을 먹고 휴식을 취하며 출정식을 준비했다.

하늘에 승리를 기원하는 제사를 드리고 군사들에게 고깃국을 먹이고 술잔을 내리는 것으로 전송식을 준비한 해부루는 시간이 되자 금와를 찾았다. 그런데 당번병의 다급한 보고가 올라왔다. 금와가 성 안에 없다는 것이다. 어제 성안의 숙직병을 다 불렀다. 성 문지기가 금와왕이 자신의 가병을 이끌고 성문을 빠져나갔다는 보고를 올렸다.

순간 해부루는 당황했다. 도대체 무슨 영문인지 알 수가 없었다. 혹시 그가 전쟁에 대한 자신감을 잃고 도망갔을 수도 있다는 생각이 들었다. 그를 믿고 지금까지 준비해 왔는데 만약 그가 도망갔다면 큰일이었다. 이미 현도군은 부여성을 향해 진군을 시작하였는데 사령관이 도망갔다면 전쟁을 해보기도 전에 승패는 이미 결정 난 것이다. 초조해졌다. 하지만 그의 소식은 끝내 들려오지 않았다. 출정식을 연기해야 할지, 그가 없는 가운데서도 진행해야 할지 몰랐다.

아란불은 금와에게 속았다며 어쩔 줄 몰라 했다. 그는 금와가 현도군의 첩자일 지도 모른다는 말까지 했다. 약속된 시간은 다가왔다.

"정해진 시간까지 그가 나타나지 않으면 출정식을 연기하기로 하세."

상황을 분석할 수 있을 때까지 기다리는 것 외에 다른 방법은 없었다. 초조한 시간이 흘렀다.

"대모달이 돌아왔습니다."

성지기가 급히 보고를 올렸다. 해부루는 무척 화가 났다. 당장 뛰쳐나갔다. 책임을 묻고 그를 질책해야 한다고 생각했다. 그러나 그의 앞에 서 있는 금와의 모습에 이런 생각은 쏙 들어갔다. 전신에 피를 뒤집어 쓴 그의 손에는 주인 없는 목이 들려 있었다. 기겁을 하고 말았다.

"조금 늦었습니다."

"누~누구. 설마~?"

"우가 추장의 목입니다. 그의 목을 제단에 바칠 것입니다."

"……."

금와의 말에 해부루는 할 말을 잊었다. 호통을 치려던 원래의 생각은 벌써 뇌리에서 사라졌다.

"우가(牛加)가 저들과 한편이라는 증거도 없지 않은가?"

"제 정보는 정확합니다. 등 뒤에 적을 두고 전쟁을 치를 수는 없었습니다."

해부루의 마음속에는 순간적으로 금와에 대한 신뢰와 함께 두려움이 동시에 생겼다. 전쟁에 이기기 위해서는 빠른 결단력과 함께 과단성이 필요했다. 전쟁터에 나서기 전 군사들의 군기를 바싹 세우는 그의 모습에서 무서운 정복자의 모습을 발견했다. 부여국의 미래가 어떻게 될 것인가가 한눈에 그려졌다. 부정적일 수도 있고 긍정적일 수도 있다. 자신이 이루지 못한 꿈을 그가 이룰 수도 있는 반면 파멸의 길로 이끌 수도 있다. 하지만 중요한 것은 이 모든 것은 자신이 선택한 일이었다. 한나라군에 맞서기 위해서, 하늘을 섬기는 선민인 예맥족이 더 이상 하늘을 모르는 한나라 사람들에게 수모를 당하지 않기 위해서 그가 선택한 길이었다.

문득 사십여 년 전 구원을 청하러 온 위만조선의 성기(成己)라는 자의 말이 떠올랐다. '중국은 강력한 제국이 등장하는데 언제까지 하늘만 쳐다보고 살겠냐'라는. 결국은 자신도 위만과 같은 길을 선택하고 만 것이다. 그렇긴 하지만 그의 마음 속 한 편에서는 금와의 독주를 견제해야 한다는 생각도 자리 잡기 시작했다.

시종이 출정식을 거행할 시간이 되었음을 알렸다. 해부루는 그에게 아무 말도 하지 않았다. 그의 의도에 맡기기로 했다.

"자, 군사들이 기다리고 있으니 함께 가세."

출정식의 시작은 하느님께 제사를 지내는 것이었다. 하늘에 출정을 알리는 제문을 읽은 다음 소를 잡아 피를 내어 제단에 뿌리고 소 발굽을 불에 달구어 길흉을 점쳤다. 다행히 소발굽은 붙었다. 길한 징조였다. 해부루는 길운을 상징하는 소 발굽을 높이 들고 군사들을 격려했다.

"비록 상대가 우리보다 많은 군사를 보유하고 있다지만 우리는 하느님이 함께 하신다. 따라서 반드시 승리를 거둘 것이다."

해부루의 말을 뒤이어 군사들의 환호하는 소리가 사방에 울렸다.

주변이 다시 조용해지자 이번에는 금와가 단위에 올랐다. 피에 얼룩진 그의 얼굴을 본 병사들은 웅성거리기 시작했다.

"잘 봐라, 여기 우리를 배반하고 한나라 편에 붙은 배신자 우가족 추장의 목이 여기 있다."

금와는 칼 끝에 우가의 목을 꿰어 높이 쳐들었다.

"나는 이 목을 제단에 바쳐 그동안 나라를 위해 목숨을 바친 선열들의 혼을 위로할 것이다. 만약 여러분들 중에서도 배신자가 나온다면 이와 같은 꼴을 당할 것이다."

금와의 말은 군사들에게 큰 충격을 주었다. 그동안 그들은 금와의 지시에 따라 훈련을 받아 왔지만 실상은 소속 부족의 대가 지시를 따랐던 것이다. 그를 마음으로 인정하지 않았던 것이다. 그런데 대왕이나 다름없는 우가족 대가의 목을 베었다는 사실만으로도 그에 대한 두려움이 절로 생겨났다.

"전쟁터에서 명령을 따르지 않는 자도 이와 같이 될 것이다. 이제부터 내 군령은 곧 목숨을 걸고 지켜야 할 법이다."

금와는 두려움에 떨고 있는 군졸들을 향해 우렁차고 위엄 있는 목소리로 말했다.

출정식은 처음 예상과 달리 무겁고 긴장된 가운데 끝이 났다. 금와와 그의 근위병이 연출한 분위기에 군졸들은 바싹 군기가 든 모습으로 긴장했다.

"제가 먼저 출발한 후 사흘 후에 군사를 끌고 뒤따르십시오. 분명 그때쯤이면 싸움의 승패는 판가름 나 있을 것입니다."

어둠이 짙어질 무렵 부여군에는 출정 명령이 떨어졌다. 내일 쯤 출정할 것이라는 생각으로 부여에서 마지막 밤을 보내려던 군사들은 추운 밤에 떠난다는 말에 곳곳에서 쌍소리가 나왔다. 그러나 오늘 낮 무서운 일을 경험한 이들의 입에서 나오는 소리는 대부분 남에게는 들릴락말락한 소리에 불과했다.

금와는 해부루에게 후군을 맡기고 선봉이 되어 전쟁터로 떠났다. 횃불도 켜지 않은 채 어둠 속으로 사라지는 그의 주위에는 여전히 핏빛 갑옷을 입은 근위병들이 무서운 기세로 그를 호위했고, 그 뒤에는 그가 석 달 동안 훈련시킨 정예병사 오천이 뒤따랐다.

2. 단군檀君 해모수

산 속의 추위는 무서웠다. 돼지가죽 옷으로 전신을 감쌌지만 대륙에서 부는 된바람은 막을 수가 없었다. 발끝이 떨어져 나가는 듯한 추위 속에서 제일 기다려지는 것은 태양이었다. 양달의 따스한 햇볕이 제일 그리웠다. 그래서 조상들은 햇님을 숭배하고 그의 뜻이 무엇인가 찾으려 애쓴 것 같았다. 거적 떼기를 덮어쓴 채 자는 둥 마는 둥 밤을 보낸 금와는 대흑산 봉우리에 걸친 아침 해를 바라보며 경이로움과 함께 햇님의 고마움을 생각했다. 자리를 털고 일어난 그는 가부좌를 틀고 명상에 잠겼다. 명상이라기보다는 기도였다. 일생일대의 제일 중요한 순간을 맞이한 지금 그는 조상님과 하느님에게 자신의 소원을 빌고 있었다. 부디 이 전쟁에서 이겨 예맥족을 지배하는 왕이 되게 하여 달라는 간절한 소원이었다.

명상을 마친 그는 부하들을 깨운 후 육포를 씹으며 산 아래를 응시했다. 급하게 달려왔다. 부여성에서 암약하는 첩자들에게 방어선은 부여성이라는 정보를 흘리기 위해 뒤늦게 출정하다보니 이곳까지 이르는 동안은 거의 뛰다시피 행군했다. 기병은 그나마 괜찮았지만 보병은 매우 힘들 것이라 생각했다. 하지만 이런 상황을 대비하여 군사들을 훈련시켰기 때문인지 아니면 출발 직후 적과 밀통한 혐의로 목이 잘린 우가 부족장의 비참한 결말을 보아서인지 그의 명령에 따르지 않는 자도 없었고 낙오병도 없었다.

이곳에 도착해서도 병사들은 지시에 잘 따랐다. 어둑해질 무렵 산속에 투입되어 이틀 동안을 산 속에서 보냈다. 불을 피우지 못하기 때문에 화식(火食)을 먹지 못하고 준비해 온 육포로 매 끼니를 때우는 것은 물론 산 속의 추위를 가죽옷 한 벌로 버텨야했다. 언제까지 견뎌야하는지 모르는 고통의 시간이 연속되었지만 불평하는 자는 없었다. 군율이 엄했기에 웬만한 고통과 불편은 입 밖으로 드러낼 수가 없었던 것이다.

금와는 이틀 째 세수도 하지 못하고 육포만 씹으며 산 아래를 응시했다. 이곳에 도착한 즉시 척후병을 풀어 적의 정보를 탐지하게 했지만 아직 소식이 없었다. 적이 예상대로 이 길을 지나가면 다행이지만 그렇지 못하면 모든 것은 수포로 돌아간다. 설사 적이 이 길을 지나더라도 싸워서 이겨야 한다. 싸워 이기지 못한다면 그것 또한 낭패다. 금와는 모든 것 하나하나가 결단과 인내를 요구하는 매우 중대한 일이었기에 가슴 졸이며 시간을 보내고 있었다.

대충 시간을 계산해 보면 지금쯤은 적이 이 고개를 올라와야 했다. 그런데 척후병들은 아무런 보고가 없었다. 그의 마음은 시간이 흐를

수록 점점 초조해졌다. 적이 다른 길을 돌아서 간 것은 아닐까? 척후병들이 적에게 들켜 포로로 잡힌 것은 아닐까?

그런데, 그의 눈에 들어오는 것이 있었다. 새들의 움직임이 감지되었다. 점점 밀려드는 까마귀들의 움직임. 육감적으로 적이 가까이 다가오는 것을 느낄 수 있었다.

“적이 다가오고 있다. 전투준비!”

진중에 낮고도 긴장된 목소리가 입에서 입을 통해 전달되었다. 부여군은 재빨리 말에 재갈을 물리고 위장을 한 채 숨죽이고 산 아래를 응시하며 초조하게 적을 기다렸다.

오래지 않아 대흑산 허리를 돌아 급히 달려오는 두서너 명의 인명이 보였다. 금와가 보낸 척후병이었다. 이들은 금와보다 몇 십 리 앞에서 적진을 정찰하고 돌아오는 중이었다.

“적들이 몰려오고 있습니다. 그 수는 얼마인지 헤아릴 수 없을 만큼 많습니다.”

척후병들이 헐떡이는 목소리로 말했다.

“거리는?”

“한 시진 후면 도착할 것 같습니다.”

척후병에게 휴식을 취하게 한 후 금와왕은 다시 자신의 자리에 와서 차가운 땅바닥에 몸을 눕혔다. 삼만 명이라는 것이 얼마나 많은 숫자인지 감이 잡히지 않았다. 곤연 땅에서 이웃하는 갈사국과 전투를 벌일 때도 기껏해야 일 천 정도의 군사들이 공방전을 벌였다. 예맥족 중에서 가장 강성하다는 부여조차도 일 만 정도의 군사를 동원할 수 있을 뿐이었다. 그런데 도대체 삼 만이라니, 긴장감이 온몸을 감쌌다.

하지만 두렵지는 않았다.

한 시진이 더 지난 무렵 까마귀 떼와 독수리 떼들이 하늘을 뒤덮기 시작했다. 새떼들이 적군과 함께 진군해 온다는 표현이 더 맞았다. 적의 척후병인 듯한 자들의 모습이 보였다. 금와는 병사들에게 몸을 더 낮출 것을 명했다. 적 척후들은 별 의심 없이 대흑산 고개를 넘어갔다. 여기까지 오는 동안 수십 개의 고개를 넘어온 그들은 이 고개도 그 중 하나일 뿐이라는 생각으로 별 생각 없이 넘어간 것이었다. 초조한 마음으로 지켜보던 금와는 속으로 쾌재를 불렀다.

드디어 붉은 깃발을 높이 든 수많은 병사들이 대흑산 고개를 향해 몰려들었다. 저들의 몸은 다 노출된 채로였다. 아직은 전쟁터가 아니라는 생각에 긴장감도 전혀 없는 것 같았다. 땅만 보고 걷는 자, 오랜 행군에 지쳐 비몽사몽간에 본능적으로 앞사람의 발자국을 따라 걷는 자, 아마도 저들의 마음 속에는 전쟁이라는 공포가 사라지길 바라기보다는 지금 현재의 고통스러운 행군이 끝나기를 더 바랄 지도 모를 일이다. 그만큼 그들은 지쳐 보였다.

적의 선봉이 거의 스무 발자국 정도 다가왔을 무렵 금와는 단궁에 화살을 메기고는 곧바로 화려한 갑옷으로 무장한 자를 향해 울리는 화살을 쏘았다. '윙' 하는 큰 울림과 함께 비명소리가 골짜기에 짧게 들렸다.

"와~~"

공격을 알리는 효시(嚆矢)소리와 함께 부여군은 활을 쏘며 적을 공격하기 시작했다.

"돌격!"

당황하는 적들을 향해 활을 쏘아 대던 부여군은 금와의 돌격 소리에 장창을 꼬나든 채 고개 아래로 달려 내려가기 시작했다. 졸지에 기습을 받은 적들은 비명 소리만을 남긴 채 이국의 낯선 땅에서 죽어 갔다. 그동안 모진 훈련을 받은 부여군은 첫 전투임에도 잘 싸웠다.

기선을 제압하자 금와는 과하마에 올랐다. 칼을 높이 빼어 든 그는 근위병들을 이끌고 적진을 향해 돌격해 들어갔다. 몸집이 작고 날렵한 과하마는 산길과 평지를 구분하지 않았다. 그들은 산길도 평지처럼 잘 달렸다. 평지에서 움직이듯 자유롭게 몸을 움직일 수 있는 금와는 얼마나 많은 적을 내쳤는지 알 수가 없었다. 근위병들도 적을 마음껏 유린했다. 적들은 오던 길을 되짚어 도망가기 시작했다.

전투는 끝이 났다. 대승이었다. 적들은 대오가 흩어진 채 도망가기에 급급했다. 수많은 동료들의 주검을 남겨둔 채 뒤돌아보지도 않고 달릴 뿐이었다. 까욱거리는 까마귀 떼들의 울음소리가 온 산을 덮었다. 금와는 오른손에 피 묻은 칼을 들고 흰 이빨을 드러낸 채 승리감에 도취되었다. 삼 만 명이라는 무수히 많은 적들을 상대로 이긴 것이 기적 같았다.

"만세~"

병사들이 지르는 만세 소리가 온 산을 뒤흔들었다.

그런데 문제가 생겼다. 싸움에서 이기긴 했는데 그 다음이 고민이었다. 여기서 진군을 멈추고 되돌아가야 하는지, 아니면 적을 추격해야 하는지 결정을 내리지 못했다. 처음 출발할 때는 적의 공격을 물리치기만 해도 성공이라 생각했다. 삼만 명이라는 수적 압박감에 눌려 그 이상의 성적은 기대하지 않았다. 하지만 승리를 거두자 생각이 달라지기 시작했다. 이 정도의 기세라면 적을 추격하여 현도군의 도읍지인 구려현도 공략할 수 있을 것 같았다. 그래서 아예 저들을 소수맥 밖으로 내쫓아 화근(禍根)을 잘라 버리고 싶었다.

"적을 추격하라!"

머뭇거리던 그는 일단 추격 명령을 내렸다. 눈앞의 적이라도 섬멸하기로 마음먹었다.

적들은 아무런 저항도 하지 못한 채 도망가기에 급급했다. 이미 창도 내던졌고 칼을 버린 지도 언제인지 몰랐다. 양식 같은 것은 이미 오래 전에 버렸다. 그들은 거추장스럽고 무거운 가죽옷도 집어 던졌다. 그냥 앞만 보고 달릴 뿐이었다.

너무 쉬웠다. 칼을 한 번 휘두를 때마다 두 세 명의 적이 나가 떨어졌다. 너무 신이 났다. 그런데 정신없이 내달리다 보니 어디가 어딘지 구별할 수가 없었다. 더군다나 사방은 어둑해지기 시작했다.

"진군을 멈춰라."

금와는 너무 깊이 달려왔다는 생각으로 추격을 멈추게 했다. 알지 못하는 곳으로 진군하다 적의 기습을 받을 수도 있는 일이었다.

"오늘은 여기서 노숙한다. 전사자와 부상자를 파악하고 전사자의 시체를 수습하라."

일단 날이 밝으면 뒤따라오는 후군을 만나 대왕의 의견을 들은 후 모든 일을 결정하기로 했다. 전과(戰果)가 보고되었다. 적 사상자는 약 육천여 명이며, 포로로 잡은 자가 오백여 명이나 되는 큰 성과였다. 우리 측 사상자는 부상자를 포함하여 오백여 명에 불과했다. 대승이었다. 처음 출발할 때 예상했던 것보다도 더 큰 전과였다.

금와는 부하들을 격려하고 휴식을 취하게 했다. 불을 피워 밥도 해 먹고 냉기도 녹여 추위를 피했다. 병사들은 자신의 무용담을 이야기하며 승리에 대한 기쁨을 나누었다. 한 술 한 술 밥을 먹을 때도 그들의 얼굴에서는 웃음꽃이 떠나지 않았다.

다음날 저녁 무렵 승전보를 들은 해부루 왕이 오천 명의 후군(後軍)을 이끌고 나타났다. 금와는 득의에 찬 표정으로 임금을 맞이했다.

"대모달(대장군)이 이렇게 큰 승리를 할 줄 알았어. 하하하!"

해부루는 금와의 승리에 큰 만족감을 표했다. 금와는 마치 어린아이가 아버지에게 칭찬받은 일을 한 뒤에 자신의 일을 자랑하며 말하듯 해부루에게 어제 벌어졌던 전투 상황을 설명하며 승리의 기쁨을 만끽했다.

"그런데 문제는 지금부터인 것 같습니다. 솔직히 말씀드리면 저는 이 고개에서 적을 물리친다면 큰 성공이라 생각했습니다. 하지만 지금의 생각은 이런 상승세를 탔을 때 적을 몰아 붙여 다시는 부여를 넘보지 못하게 멀리 쫓아야 된다는 것입니다. 임금님의 생각은 어떠하신지요."

"일단 쉬면서 밤새 생각해보세. 침략자를 막는 것은 큰 문제가 되지 않지만 우리가 침략자의 본거지를 공략하는 것은 다른 문제야. 우리가 한사군의 하나인 현도군을 몰아낸다면 과연 한나라에서 구경만 하고 있겠느냐를 제일 먼저 생각해 봐야 할 것이야. 물론 우리가 현도군 본진과 싸워서 이긴다는 보장도 없고……."

해부루는 조심스러웠다. 처음에는 적의 공격만 막아도 좋겠다는 심정으로 전쟁을 결심했다. 초조하게 전투의 결과를 기다리다 대승을 거뒀다는 소식을 듣고 뛸 듯이 기뻐했다. 그런데 금와가 적의 본진을 공격하려는 생각을 갖고 있는 줄은 정말 몰랐다. 그에게서 정복자로서의 금와의 모습을 발견한 해부루였기에 특히 머뭇거렸다. 성공을 거두면 다행이지만 아닐 경우에는 부여의 존재가 위태로울 수도 있었기 때문이다. 만사는 조심하는 것이 최고였다. 그래서 그는 상황을 좀 더 깊이 생각하기로 한 것이다.

금와도 병법을 아는 사람이었다. 이런 상황에서 적진 속 깊이 잘못 들어갔다가 적의 매복에 걸리면 꼼짝 없이 당한다는 것을 알고 있었기에 고집을 피우지 않았다. 승리감에 도취되어 적을 너무 쉽게 생각하지 않았나 하는 생각도 있었다. 불과 얼마 전까지 온 부여 사람들이 두려워하던 현도군인데 단 한 번의 승리로 그들을 가볍게 여길 수는 없는 것이었다. 하지만 이 기회에 아예 현도군을 멀리 몰아내야 한다는 생각도 좀처럼 지워지지 않았다. 해부루와 헤어진 후 숙소로 돌아온 그는 밤새 잠 못 이루며 고민 속에 빠졌다. 밤은 점점 깊어 갔다.

해가 떴다. 어제와는 다른 해였다. 지난 몇 달간의 고된 훈련이 물결처럼 나타났다 사라질 만큼 의미 있는 아침 해였다. 금와는 잠깐 가부좌를 틀고 하느님께 감사의 기도를 올렸다. 오늘 하루도 승리하는 삶이 되게 하여 달라는 기원과 함께.

금와는 이틀 동안 산 속에서 추위와 싸우며 제대로 먹지도 못한 상태에서 치열한 전투를 치렀던 병사들을 위해 평소 보다 늦은 기상(起床)을 허락했다. 모닥불이 다 타들어 가고 아침 해가 완연히 하늘에 모습을 드러내었을 무렵 병사들은 자리를 털고 일어나 느긋하게 아침을 먹었다.

"아침 햇살이 매우 따스합니다."

금와는 아침 인사를 건넨 후 해부루와 함께 진중식사를 했다. 쌀밥이었다. 쌀은 구하기 힘들었기 때문에 쉽게 먹을 수 있는 음식이 아니었다. 해부루가 승리를 거둔 금와를 위해 특별히 마련한 것이었다.

"감사합니다. 이렇게 맛있는 음식을 마련해 주셔서."

금와는 고마움을 표한 후에 한동안 밥 먹는 일에만 열중했다. 찰진 것이 씹을수록 맛이 우러났다. 조와 수수밥에 비할 수 없는 맛이었다. 그런데, 먹는 것에만 집중하는 듯 보였지만 실상 금와의 머릿속은 복잡했다. 과연 해부루가 어떤 결정을 내릴지 궁금했다.

식사를 마치자 시종이 숭늉을 들고 왔다. 금와는 해부루의 눈치를 살피며 뜨거운 숭늉을 한 모금씩 조심조심 마셨다.

"대모달의 생각은 어떻게 정리되었는가?"

드디어 해부루가 먼저 말문을 열었다.

"제 생각은 적을 추격하여 현도군의 도성까지 쫓아가 적을 예맥 땅에서 쫓아내야 한다는 결론을 내렸습니다."

어젯밤 잠 못 이루며 고민하여 마침내 마음의 결정을 내렸던 것이다.

"도성까지?"

해부루는 놀란 표정이었다.

"확실히 젊음이 좋아. 나도 한 때 그런 패기 넘치던 시절이 있었는데……. 그런데 그 후에는 어떻게 하려고. 만약 한나라에서 군대를 보내면 어떻게 하려고?"

"정복자 한무제는 이미 죽었습니다. 한나라 본토에서는 이곳 군현까지 군대를 보내지 않을 것입니다.

"다른 군현들이 연합하여 공격해 오면?"

"한나라 조정에서 낙랑이나 임둔, 대방 등의 군현들에 더 이상 관리를 파견하지 않는 것으로 알고 있습니다. 저들은 이미 독립된 나라들입니다. 이 먼 곳까지 군사를 파견하는 것이 쉽지 않을 것입니다."

"그러나 장담은 못해. 이쯤에서 군사를 돌리세."

"그러다 만약 저들이 다시 군대를 모아 공격해 오면 어떻게 합니까?"

"그때는 다시 싸우면 되지."

"다시 군대를 모으려면 지난 겨울 우리가 치렀던 고통을 다시 겪어야 합니다. 이 기회에 저 멀리 동가강(혼강)너머로 멀리 쫓아버려야 합니다."

"……."

해부루는 쉽게 허락하지 않았다. 금와도 말하지 않는 것으로 자신의 변함없는 생각을 나타냈다. 사실 그도 팔천의 병력을 이끌고 적의 도성까지 공격한다는 것이 쉬운 일이 아님을 알고 있었다. 그러나 가능성은 충분했다.

"나는 자신 없네. 할 수 있거든 자네가 오천의 군사를 이끌고 가 보게. 나는 만약을 위해 이곳에서 기다리겠네. 보급선이 너무 길게 늘어지는 것도 좋지 않고."

해부루는 오랜 침묵을 깨고 마침내 허락했다. 하지만 조건부였다. 그는 금와가 자신이 생각하는 것 이상으로 영웅적 면모가 있을 지도 모른다고 생각했다. 그래서 자신의 생각과 달리 현도군을 멀리 몰아낼 수도 있다고 생각했다. 그렇게만 된다면 바랄 것이 없다. 당장의 위협도 사라질 뿐 아니라 예맥 땅에서 그의 패자(覇者)로서의 위상도 매우 높아지는 것이다. 다만 객관적으로 볼 때는 이길 수 없는 싸움이었기에 그는 신중한 태도를 보인 것이다.

금와는 이만큼 허락해준 것만으로도 고마웠다. 식사를 마친 그는 해부루에게 출정 인사를 올린 후 군사들을 소집했다.

"지금부터 우리는 적의 심장부까지 공격해 들어간다. 우리 조선 땅을 짓밟은 한나라 놈들을 제 나라로 돌려보내려 가는 것이다. 용맹한 부여의 전사들이여, 이 거룩한 성전(聖戰)에 참전함을 영광으로 알고 힘차게 싸우자!"

금와는 병사들에게 싸우는 명분을 분명하게 심어 준 후 현도군의 영토로 진군하기 시작했다. 충분한 휴식을 취하였기에 힘이 넘쳤다. 진군 속도를 빨리 하자 여기저기서 적의 패잔병들을 만날 수 있었다. 심판자로서의 모습을 저들에게 심어주고 싶어 금와는 닥치는 대로 적의 수급을 베었다. 때로는 수십 명 때로는 수백 명씩 하루에 한 번 정도는 적들과 조우했다. 만나는 적들은 오합지졸에 불과했다. 어떻게 이런 군대를 가지고 부여를 협박했는지 한심스러웠다.

금와는 더욱 진군 속도를 높였다. 날이 밝으면 걷기 시작하여 어두워질 때까지 쉬지 않고 행군했다. 대흑산령의 높은 고개를 몇 번 넘었는지 강을 몇 번 건넜는지 모른다. 하지만 이때까지 적의 본대는 보이지 않았다. 매일 소수의 적만 보일 뿐이었다. 금와는 적의 본대가 보이지 않는 것이 조금 께름칙했다. 하지만 대흑령 고개에서 적에게 치명

타를 먹였기 때문에 적들이 뿔뿔이 흩어진 것이라 좋게 생각했다.

드디어 동가강에 도착했다. 향도들은 이 강만 건너며 적들의 왕도인 구려현이 얼마 되지 않는다고 했다. 아직 물이 많지 않아 어렵지 않게 강을 건넜다. 강 뒤로는 대흑산령 산맥의 여러 산들이 병풍처럼 펼쳐 있었지만 눈앞으로는 야트막한 산이 몇 개 보일 뿐 지평선이 보이는 넓은 평원이었다. 향도들은 지평선 저 너머에 구려현이 있다고 말했다.

금와는 정렬을 정비했다. '사출도' 라는 부여의 병법에 따라 네 방향으로 두 겹의 방어벽을 쳐서 진군했다. 과하마를 탄 근위병들에 둘러싸인 금와는 진의 한 가운데서 서서 부대를 지휘했다. 군사들의 사기는 매우 높았다. 자신들의 손으로 한나라 놈들을 몰아내고 단군이 세운 조선 땅을 되찾는다는 약간의 흥분된 마음을 가진 병사들도 있었다.

그런데 이들이 한 시진 쯤 걸었을 때였다. 눈앞에 놀라운 광경이 펼쳐져 있었다. 지평선 너머에서 바람에 흔들리는 수많은 붉은색 깃발이 보였기 때문이다. 금와는 진군을 멈추고 저들의 정체가 무엇인가 살펴보았다. 알 수 없었다. 조심스럽게 진군했다. 드디어 저들의 정체가 드러났다. 지평선 너머에서 나타난 것은 사람이었다. 온 들판을 가득 메운 사람. 한나라 현도군의 본진이었다.

'속았다.'

순간적으로 금와는 적의 유인술에 말려든 것을 깨달았다. 대흑산에서 승리를 거둔 후 자만심에 빠져 적의 군세를 우습게 본 것이 패착이었다. 저들은 소규모 전투에서 일부러 계속 패하는 전술로 이곳까지 부여군을 유인해 들어온 것이다. 군사들은 갑자기 얼어 버린 듯 그 자리에 꼼짝도 하지 못하고 멈춰 섰다. 이렇게 많은 군사를 본 적이 없었다. 숫자를 헤아릴 수가 없었다. 자신들보다 열 배는 더 많은 것 같았다.

뒤에는 강물과 험한 산, 앞에는 수많은 적군, 꼼짝없이 적의 계략에 빠진 것이다.

"여기까지 오느라고 수고 많았다. 너같이 미련하고 겁 없는 애송이는 처음 본다. 하하하!"

이름을 알 수 없는, 적장인 듯한 자가 금와를 경멸하며 조소를 보냈다. 금와는 그러나 지금 그런 것에 신경 쓸 겨를이 없었다. 이 위기를 극복할 방법을 찾아야 했다. 그것도 적이 공격하기 전에 재빨리.

하지만 생각마저 얼어 버린 듯 아무런 대책이 떠오르지 않았다. 부하들은 모두 자신의 얼굴만 쳐다보고 있었다. 도망가야 했다. 그것이 가장 상책이었다. 어떻게 하든지 산속으로 들어가야 했다. 산속으로 들어가서 해부루 왕이 있는 곳까지만 가면 살길이 보일 것 같았다. 해부루 왕의 생각을 따르지 않는 것이 후회되었다. 그렇다고 무작정 도망갈 수는 없었다. 대오를 갖추지 못하고 도망을 가다간 군사를 다 잃을 수도 있었다. 그의 얼굴에 식은땀이 흘렀다.

부하들은 금와의 얼굴만 바라보며 뭔가 결정을 내려 주길 기다리고 있었다.

'적은 당연히 우리가 후퇴할 것이라 생각할 것이다. 그것을 역이용하자.'

금와왕은 공격을 통해 도망갈 방법을 찾고 있었다.

"적은 숫자만 많았지 오합지졸이다. 지금까지 우리는 한 번도 진 적이 없다. 더구나 저들은 대흑산 전투에서 우리에게 혼이 나 기세가 한 번 꺾인 적이다. 겁내지 말고 싸워라."

금와는 군사들에게 용기를 불어 넣으려 애썼다. 하지만 군사들의 사기는 쉽게 살아나지 않았다. 금와는 부장을 불렀다.

"지금 이 위기를 극복하는 방법은 우리 근위대가 먼저 적진으로 돌격하여 기선을 제압하는 방법밖에 없다. 나는 근위대를 이끌고 적진으로 돌격해 들어갈 것이다. 자네는 전세를 살피다가 유리해지면 그 틈을 이용하여 군사를 강 뒤쪽으로 물려 산속으로 피신시켜라."

"대모달님은……."

지시를 듣고 있던 부장은 근심 어린 표정으로 금와를 살폈다.

"걱정하지 마라. 아군이 무사히 강을 건너면 우리도 곧바로 후퇴할 것이다."

"하지만 그것은 너무나 위험한 전술입니다. 잘못하면 전사할 수도 있습니다."

"지금은 이 방법밖에 없다. 죽을 각오를 하지 않고는 살아날 방법이 없다. 시키는 대로만 해라."

금와의 태도는 단호했다. 그리고는 곧바로 몸을 돌려 자신의 근위대가 있는 곳으로 가 자신의 근위대를 불러 모았다.

오백여 명밖에 안 되지만 일당백의 훌륭한 전사들인 금와의 근위병은 그의 근처로 속속 모여들었다.

"우리는 적의 수뇌부를 향해 곧바로 공격한다. 군인의 가장 큰 명예는 외적의 침입에 맞서 싸우다가 명예롭게 죽는 것이다. 지금 우리는 하느님을 모르는 무지한 적으로부터 하느님의 강토를 지켜내려는 명예로운 싸움을 벌이고 있는 것이다. 죽더라도 명예롭게 싸우다 죽자!"

"와~~"

곤연 땅에서부터 금와를 따라온 금와의 수족 같은 근위대는 금와가 결의에 찬 각오로 연설하자 힘찬 함성을 지르며 금와의 뜻에 화답했다.

"북쪽 문을 열어라!"

금와는 진법의 북쪽을 지키고 있는 마가족 병사들에게 길을 트게 했다.

"돌격!"

그리고는 돌격 명령을 내렸다. 마름모꼴로 나열해 있는 부여군 사이를 뚫고 오백 명 금와의 근위대는 적을 향해 말을 몰았다. 그 속에는 칼을 높이 빼든 금와도 있었다. 자신이 직접 이끄는 근위대를 희생하여 나머지 군대를 살리려는 의도였다.

한나라 현도군 태수 팽성 왕도 직접 전쟁터에 나와 군사를 지휘하고 있었다. 유방을 도와 한나라 건국에 큰 공을 세웠던 팽월의 후손인 팽성은 무인 집안에서 태어난 까닭으로 전쟁에 매우 익숙했다. 요동의 대부분을 영토로 삼고 있는 현도군 태수 팽성은 예맥족이 살고 있는 땅까지 욕심을 냈다. 예맥은 칠십여 개의 나라들로 쪼개어져 있어 굴복시키기가 쉬웠다. 그 중에서 맹주격인 부여국만 장악하면 손쉽게 자신의 손아귀로 집어넣을 수 있을 것 같았다. 해부루의 자존심을 자극하여 그를 공격하려 했는데 그가 그 미끼를 덥석 문 것이다.

부여를 공격하기로 마음을 먹은 그는 부여국의 네 부족 중 둘째로 큰 부족인 우가의 대가에게 접근하였다. 부여를 점령한 후에는 그를 도독에 임명하겠다는 약속을 하자 그는 적극적으로 돕기 시작했다. 부여성에서 벌어지는 일거수일투족을 다 알려 주었다. 현도군의 공격에 맞서 부여성에서 농성한다는 적의 전략도 들었다. 모든 일은 순조로웠다. 봄이 되기를 기다려 그는 드디어 공격 명령을 내렸다.

그런데 군사를 출발시킨 뒤에 갑자기 부여성으로부터 첩보가 끊어졌다. 이상한 일이었지만 어차피 부여성에 도착하면 알 수 있는 일이라 생각하고 대수롭지 않게 생각했다. 그러다 대흑산에서 적의 기습을 받았다. 선봉에 선 부대가 큰 피해를 봤다. 하지만 아직도 이만 오천의 군대가 건재했다. 그는 적을 유인하기로 마음먹고 소수의 병력을 보내 계속 패하면서 이곳까지 적을 끌어들인 것이다.

팽성은 서서히 적을 압박해 들어갔다. 적들은 갑작스런 기습에 어쩔줄 몰라 하며 꼼짝하지 못하고 있었다. 그런데 갑자기 적진에서 수백 명의 기마병이 돌격해 들어왔다. 순간적으로 당황했다. 그러나 이곳은 산 속이 아니었다. 그에게는 오천 명의 날쌘 기병대가 있었다. 그는 기병대장에게 적을 맞아 싸우도록 했다.

금와의 근위대는 맹렬하게 공격해 들어갔다. 화살이 날아오기 시작했다. 방패로 날아오는 화살을 막으면서 그대로 짓치고 들어갔다. 그런데 문제가 생겼다. 금와의 근위대는 단궁(檀弓)을 사용하였다. 사정거리는 멀었지만 돌화살촉이라 그 위력은 강하지 못하여 적에게 큰 타격을 입히지 못했다. 반면 적의 화살촉은 쇠로 만든 것이라 그 위력이 대단하여 한 번 맞으면 살 속 깊이 파고들어 치명적이었다. 화살을 맞은 자들은 그 자리에서 쓰러졌다. 적진에 다가가기도 전에 많은 희생자가 났다. 하지만 멈추지 않았다.

드디어 적진에 다다랐다. 그런데 이번에는 기다리고 있던 적 기마병들이 공격해 왔다. 수적으로 상대가 되지 않을 만큼 많은 숫자였다. 마침내 접전이 벌어졌다. 곤연의 근위병들은 죽을 힘을 내어 싸웠다. 그들에게는 하늘을 위해 싸운다는 명분이 있었다. 동시에 하느님이 자신들을 지켜 줄 것이라는 믿음이 있었다. 이것이 이들을 버티게 했다. 하지만 중과부적의 현실은 하늘도 어쩔 수 없는 것이었다. 점점 밀리기 시작했다. 그러나 머리가 터지고 가슴이 갈라져도 도망치지는 않았다. 뒤에서 숨죽이며 지켜보던 부여 병사들의 두 주먹이 불끈 쥐어질 정도로 분투했다. 안타까운 마음에 발을 동동 구르는 자들도 있었다. 금와의 부장은 이 장면을 놓치지 않았다. 자신들의 나라를 위해 피 흘리며 싸우는 형제들의 죽음에 안타까워하며 전의를 불태우는 군사들을 본 것이다.

"공격! 전군은 공격하라."

부장은 금와가 지시한 후퇴 명령 대신 공격 명령을 내린 것이다. 그 자신 쓰러져가는 근위대를 두 눈 뜨고 볼 수가 없었던 것이다. 죽어도 좋다는 생각으로 공격 명령을 내린 것이다.

"와~~"

수적 열세에도 불구하고 부여군은 기세 높게 적진을 향해 돌진했다. 그들의 눈에는 이제 적의 숫자가 보이지 않았다. 오직 분노와 적개심만이 넘쳤다.

한나라군도 기다렸다는 등 모든 군대를 다 동원했다. 들판에는 삼만 명의 인간들이 서로 죽고 죽이는 아비규환의 지옥이 펼쳐졌다.

처음에는 적개심으로 가득 찬 부여군이 기세를 올렸다. 그들은 매우 선전했다. 각 부족의 정예병사를 뽑은 이유도 있었지만 너무나 잘 싸웠다. 그러나 오래가지 못했다. 점점 밀렸다. 정의감이나 분노심이 수적 열세를 극복할 수 없었던 것이다.

적진 속에서 분투하던 금와는 부장이 후퇴 대신 공격 명령을 내리자 '안돼!' 라는 말이 절로 튀어 나왔다. 처음에는 분노심과 적개심으로 전세를 유리하게 이끌 수 있지만 결국은 패한다는 것을 알고 있었던 것이다. 이런 상황에서 제일 중요한 것은 군사들이 다치지 않고 후퇴하는 것인데 부장이 자신의 의도를 알지 못하고 공격 명령을 내린 것이다. 물론 자신을 생각해준 부장이 고맙긴 했지만 대신 얼마나 많은 군사들이 죽고 부상당할지 알 수 없었다. 무조건 후퇴해야만 했다.

"후퇴하라. 후퇴하라. 강 건너까지 후퇴한다."

금와는 군사들에게 후퇴 명령을 내렸다. 적개심 대신 공포감이 밀려들기 시작하던 부여군은 후퇴 명령이 떨어지자 도망치듯 강을 건너기 시작했다. 적은 추격전을 벌이기 시작했다. 도망가는 상태에서 대오를 정비하기는 힘들었다. 말 그대로 오합지졸의 모습이 되어 사방으로 흩어져 각자 살길을 찾아 도망가는 형국이었다. 그 무리 속에는 금와도 섞여 있었다. 적은 맹렬한 기세로 쫓아왔다. 돌아서서 싸우고 돌아서서 싸우면서 겨우 강을 건넜다.

강을 건너자마자 금와는 다시 군사를 정비하려 애썼다. 이대로 그냥 후퇴해서는 완전 전멸할 수도 있었다. 그는 후퇴하면서도 대오를 갖추는 것이 중요하다고 생각했다.

"궁수들은 빨리 대오를 갖춰라. 궁수들은 대오를 갖추고 추격하는 적을 공격하라."

금와의 외침이 통했는지 이대로 마냥 도망가다가는 다 죽을지 모른다는 생각을 했는지 부여군은 강을 건너는 즉시 대오를 정렬했다. 곧이어 궁수들의 반격이 시작되었다. 강을 건너오는 적을 향해 활을 쏘기 시작했다. 별다른 은폐물이 없는 상황에서 강을 건너오던 적들은 부여군의 공격에 주춤하는 듯했다. 하지만 적에게도 궁수는 있었다. 적의 활은 더 강력했다. 또 다시 대오가 무너지기 시작했다.

"산 위까지 후퇴한다."

또 다시 금와는 도망가기 시작했다. 이제 적들은 강을 건너 산위로 달려오기 시작했다. 무조건 도망가던 금와는 이번에도 또 다시 대오를 정렬했다. 산 위라 벌판에서와는 달리 싸울 만했다. 위에서 공격하다 보니 적들도 잠시 주춤하는 듯했다. 그러나 언제까지나 버틸 수는 없었다. 날이 어두워질 때까지 최대한 버텨야 했다.

아침을 먹은 이후 아무것도 먹지 못하였기에 배가 고팠다. 그러나 지금 배고픈 것이 문제가 아니었다. 그 전에 죽을 수도 있었다. 금와는 젖 빨던 힘까지 짜내어 밀려드는 적을 막았다. 하지만 점점 버틸 힘이 없었다. 아직 날이 어두워지려면 두 시진을 더 있어야 했다. 절체절명의 순간이었다.

그런데, 갑자기 산위에서 함성과 함께 일단의 무리들이 쏟아져 내려왔다.

"와~~"

피투성이인 금와는 상대를 확인했다. 하얀 군복을 입고 달려드는 군사는 분명 부여군이었다. 금빛 갑옷을 입고 하얀 수염을 날리며 달려오고 있는 사람은 해부루가 분명했다.

"만세! 원군이다."

다 죽어가던 부여군의 입에서 저절로 만세 소리가 나왔다.

해부루의 가세로 부여군은 다시 활기를 띠기 시작했다.

"두 시진만 버티면 된다. 어두워지면 적의 공세는 무디어질 것이다."

새 힘을 얻은 금와는 전장을 돌며 군사들을 격려하기 시작했다.

"감사합니다. 이런 위급한 순간에 나타나주셔서."

위기에서 어느 정도 벗어난 듯하자 금와는 해부루를 찾아 고마움을 표했다.

"그런 소리는 나중에 하게."

지금은 전투 중이었다. 적들이 임금이라고 봐주는 법이 없었다. 오히려 임금을 노리고 들어오는 것이 더 많았다. 더 이상 대화를 나눌 틈도 없었다. 오천의 부여군이 가담하였다고 하지만 이미 군사의 절반 이상을 잃은 부여군은 한나라군의 상대가 되지 못했다. 더구나 적은 상승의 부대였고, 아군은 패배한 군사였다. 시간이 지날수록 부여군은 점점 밀리고 있었다. 이 상황을 타개할 방법은 날이 어두워지는 것밖에 없었다. 그때까지는 버텨야했다.

그런데 이상한 일이 벌어졌다. 적의 공세가 점점 약해지는 듯하더니 오래지 않아 적이 슬금슬금 물러서고 있었다. 무슨 영문인지는 몰랐지만 적이 물러나는 것은 분명 고마운 일이었다. 금와는 산 아래를 내려다보며 상황을 살폈다. 깜짝 놀랄 만한 일이 벌어지고 있었다. 적 후미에서 큰 싸움이 벌어진 것이다.

까만 옷을 입은 수천 명의 기병들이 적 왕을 둘러싸고 큰 싸움을 벌이고 있었다. 그들은 크고 날랜 말을 타고 있었는데 기마술이 매우 뛰어났다. 전술 훈련이 잘 되어있어 매우 조직적으로 움직이며 적을 유린하고 있었다. 적 근위병들이 이들을 상대로 싸웠지만 이들의 상대가 되지 못해 점점 뒤로 밀려나고 있었다.

시간이 지날수록 한나라군이 불리해지더니 드디어 현도군 왕 팽성이 도망가기 시작했다. 흑의의 기마병들은 이를 놓치지 않고 추격하기 시작했다. 그들은 보병을 상대하지 않았다. 오직 적왕 팽성만을 상대 했다. 오래지 않아 이들 양진영의 군대는 가시권 밖으로 벗어났다.

'도대체 저들은 누군가?

분명 부여군은 아니었다. 자기들 보다 한 차원 높은 전투를 벌였다. 금와는 저들의 정체가 궁금했다. 그러나 지금까지의 모든 경험과 지식을 다 동원해도 저들의 정체를 알 수가 없었다. 아무튼 중요한 것은 저들의 도움으로 위기에서 벗어날 수 있었다는 것이다.

해부루도 이 장면을 지켜보고 있었다. 그 역시 저들 흑의기마병들의 정체를 알 수가 없었다. 다만 일생일대 가장 큰 위기에서 벗어나게 해주었다는 것만으로 큰 고마움을 가졌다.

"저들은 도대체 누구입니까?"

금와가 해부루에게 다가와 정체를 물었지만 그가 답할 수 있는 것은 없었다. 다만 이 상황에서 이들이 할 수 있는 것이 무엇인가를 결정해야만 했다.

"그것은 나중에 알아보고 지금 이 상황에서 무엇을 할 것인가를 먼저 결정해야할 것 같네. 물러나는 적을 추격할 것인가? 아니면 이곳에

서 상황을 좀 더 살펴볼 것인가? 또 아니면 이 자리를 빨리 피하는 것이 좋을 것인가?'

"임금님의 생각은 어떠하신지요?"

자신의 고집대로 일을 진행하다 큰 위기에 빠졌던 금와는 이번엔 해부루의 말을 경청하려 했다.

"대모달의 생각은 어떤가?"

오히려 해부루가 되물었다.

"저는 임금님의 생각에 따르겠습니다."

그는 이제 섣불리 군사를 움직이는 것이 두려웠다.

"흑의의 기병대가 어느 편인지 모르는 상태에서 함부로 군사를 움직이는 것은 이롭지 못하니 일단 정렬을 정비하고 오늘밤은 이곳에 머무르면서 상황을 살펴 보세나."

금와는 해부루의 지시대로 군사들에게 야영준비를 하게 했다. 아직 어떤 상황인지 알 수 없으므로 불은 피우지 못하게 했다. 동시에 각 부대장을 불러 군사를 점검하게 했다.

금와의 근위대는 이백 명 이상이 목숨을 잃었다. 오천여 명의 정예 병사들도 절반 이상 목숨을 잃거나 낙오되어 살아있는 자가 이천오백 여 명에 불과했다. 보고를 받자 금와는 침통했다. 전쟁의 승패는 아직 알 수 없었지만 이렇게 많은 군사를 잃은 것만으로도 어떤 형태로든 책임을 져야할 것 같았다. 다시 곤연 땅으로 돌아가야 할 것 같았다. 실망감에 풀죽어 있던 그는 해부루를 찾았다. 해부루에게 자신을 구해준 인사를 했다.

"저를 구해주셔서 감사합니다."

금와는 깊이 고개 숙여 진심으로 고마움을 표했다.

"그만하길 다행일세. 흑의기병대가 나타나지 않았으면 우리는 전부 큰 위기에 빠졌을 것일세."

해부루는 질책하듯 말했다.

"죄송합니다. 제가 너무 성급했습니다."

"깨달았으면 됐네. 아직 전쟁은 끝나지 않았으니 앞으로는 그런 실수를 하지 말게."

해부루는 씁쓸한 표정을 지으며 말했다.

"그런데, 어떻게 여기까지 오셨습니까?"

금와는 궁금한 것은 알아야만 하는 성격이었다.

"아무래도 자네가 너무 급하게 서두르는 것 같아 곧바로 자네를 뒤따라 왔네."

"그럼 처음부터 저희들이 싸우는 것을 지켜보셨습니까?"

"우리가 도착했을 때는 자네들이 막 강을 건너 후퇴하고 있었네. 그래서 산속에서 방어진을 쌓고 기다리고 있었네."

역시 노련한 장수는 달랐다. 금와는 다시 한 번 고마움을 표시한 다음 자신의 처소로 돌아왔다. 처소라 해도 그냥 땅에 털옷을 깔아 자리를 마련한 곳일 뿐 이슬을 피할 수는 없었다. 하루 종일 온 힘을 다해 싸웠던 금와는 곧바로 잠이 들었다. 간밤에 어떤 일이 발생했는지도 알지 못한 채.

아침이 밝았다. 어제의 접전과 산속의 추위로 제대로 잠을 이루지 못하다가 겨우 잠에서 깨어났을 때는 동이 틀 무렵이었다. 벌떡 자리에서 일어난 금와는 눈 아래 평원을 내려다봤다. 아무런 변화가 없었다. 부관을 불렀지만 밤사이 들어온 특별한 보고도 없었다. 여전히 불을 피울 수 없어 몸은 언 상태지만 그래도 안도의 한 숨이 나왔다. 그는 급히 근위대 여러 명을 불러 사방으로 흩어져 적진을 살피게 했다. 과하마 여덟 필이 급히 산 아래로 내려갔다. 그 사이 금와는 긴장한 상태로 산 아래를 응시하고 있었다. 어제 호되게 당한 군사들도 벌써 잠에서 깨어 긴장한 상태로 대기하고 있었다.

두어 시진이 지날 무렵 척후병들이 돌아왔다.

"십리 전방까지는 적의 그림자도 보이지 않았습니다."

"특별히 험난한 지형은 없는가?"

"여기서 구려성까지는 평탄한 길입니다."

도대체 어떻게 된 일인지 알 수가 없었다.

금와는 다시 해부루를 찾을 수밖에 없었다.

"안녕히 주무셨습니까?"

"대모달도 좋은 꿈꾸었는가?"

"예. 잘 잤습니다."

"적진은 좀 살폈는가?"

금와는 척후병의 말을 전한 뒤 해부루의 생각을 물었다. 하지만 그도 밤사이 일어난 일을 알 수가 없어 궁금하긴 마찬가지였다.

"어떻게 할까요?"

"대모달의 생각은?"

"저는 조심스럽긴 하지만 적진을 들어가고 싶습니다."

호되게 당한 금와는 당연히 군사를 돌이킬 것이라 생각했는데 뜻밖의 대답이 나왔다. 해부루는 금와의 영웅적 기질에 내심 놀랐다.

"어제 그렇게 당했는데도 또 가보고 싶단 말인가?"

"하지만 상황을 제대로 파악도 못한 채 군대를 돌이킬 수는 없는 일이라고 생각합니다. 최소한 어제의 흑의인들이 누군지는 알아야 할 것 같습니다."

해부루는 또 다시 생각에 잠겼다. 예맥 땅에서 부여국 외에는 현도군을 공격할 나라는 없었다. 그런데 제 삼의 세력이 나타난 것이다. 그들의 정체는 알아야 회군할 수 있을 것 같았다. 위험스럽긴 하지만 좀 더 정찰을 해야 될 것 같았다.

"대모달이 앞장서게. 내가 뒤따라 갈 테니. 단 이번에는 척후병을 보내 사방을 살피면서 조심스럽게 진군하게."

금와는 아침이랄 것도 없이 육포로 주린 배를 채운 후 이천 여명의 부하들을 이끌고 조심스럽게 산을 내려갔다. 여러 명의 척후병을 떠나보낸 뒤였다.

산을 내려서자 어제의 접전이 얼마나 치열했는지 피아의 구분 없이 험악하게 일그러진 시신들이 아무렇게나 널려 있었고, 핏물은 강물이 되어 흘렀다. 이 시신의 행렬은 반나절을 걷는 동안 끝없이 이어졌다. 부여군과의 접전이 벌어졌던 장소에서 한나라군의 시신이 있는 것은 당연했지만 행군을 할수록 한나라군의 시신은 늘어만 갔다. 다만 한 가지 확실히 알 수 있는 것은 가끔씩 뒤섞여 있는 흑의인의 시신에서 어제 싸움의 결과를 읽을 수 있다는 것이다.

들판에는 성찬을 놓칠 수 없다는 듯 들개와 독수리, 까마귀 떼가 뒤엉켜 마치 지옥의 어느 한 곳을 걷는 것 같은 기분이었다. 군사들은 이 참담한 상황에 말을 잇지 못하고 입술을 꽉 깨물고 앞으로 진군했다.

진군할수록 긴장감과 불안감이 더했다. 갑자기 숨어 있던 적이 나타날 것 같아 어느 한 곳에 마음을 두지 못했다. 눈은 수시로 사방을 살폈고 서로 간에 한 마디 말도 나누지 않았다. 가끔씩 마을이 나타나긴 했지만 난리를 피해 멀리 떠나 사람의 그림자 하나 찾을 수가 없었다.

한나절을 걸었을 무렵 멀리 큰 성이 보였다. 향도를 불러 성의 이름을 물었다. 현도군이 주둔하던 구려성이라 했다.

행군을 멈추고 주변을 살폈다. 멀리 하늘에는 유난히 많은 새떼들이 날고 있었다. 급히 방어진을 쳤다. '자라에게 놀란 가슴 솥뚜껑 보고 놀란다' 는 말처럼 멀리 새떼만 보아도 가슴이 두근거렸다. 하늘에 새떼가 모여들었다는 것은 그 아래 큰 전투가 벌어지고 있거나 아니면 적들이 매복해있거나, 또 아니면 시체가 널브러져 있거나 중 하나였다. 성급히 성으로 접근하다가 또 어떤 공격을 받을지 몰랐다. 금와는 정찰병을 풀어 성안을 살피게 했다.

오래지 않아 척후병들이 속속 도착했다. 성 앞에는 한나라군의 시체만 널려 있으며 성은 텅 비어 있다는 것이다. 금와는 성이 비었다는 소리를 들어도 함부로 들어갈 수가 없었다. 그는 해부루에게 전령을 보내는 한 편 일대의 병력을 성안으로 들여보내 다시 한 번 성안을 수색하게 했다.

또 다시 성이 비었다는 수색 결과를 보고 받은 다음에 금와는 군사를 성안으로 이동시켰다. 성안에는 얼마 전까지 사람이 있은 듯 곳곳에 사람의 흔적이 묻어 있었다. 심지어 어느 집에는 식탁에 밥과 숟가락까지 고스란히 놓여 있었다. 하지만 성안의 많은 집과 관청은 아직도 계속 불타고 있었고 곳곳에는 시체들이 널려 있었다. 이곳 역시 전쟁터였음이 분명했다. 금와는 성문을 걸어 잠그고 다시 한 번 성안을 수색하여 사람을 찾아오라 했다. 곳간에 숨어 있다가 잡혀 온 사람, 헛간에 숨었다가, 부경에 숨었다가 끌려 나온 사람 등 의외로 많은 사람들이 나타났다. 그 중에는 말이 통하지 않은 한나라 사람도 제법 섞여 있었지만 예맥인이 대부분이었다.

"어젯밤 갑자기 전쟁터에 나갔던 군사들이 몰려들었습니다. 그들은 왕이 전사했다는 소식을 전하면서 적군이 몰려오니 빨리 피난 가라고 외쳤습니다."

"그런데 왜 피난 가지 않았나?"

"저는 조선인인데 이들에게 적군이라면 조선인임에 틀림없기 때문에 곳간에 숨었습니다."

군사들에게 붙잡혀 온 백성들은 어젯밤에 있었던 사연들을 말하기 시작했다.

"성민(城民)들은 여차하면 피난 갈 준비를 하고 있었기에 적이 쳐들어온다는 소식에 곧바로 성을 빠져나갔습니다."

"성안에 들어온 사람들은 어떤 사람들이었나?"

"저희도 숨어 있느라 자세히는 보지 못했습니다. 그들은 저항하는 한나라군을 소탕하고, 관청에 불을 지른 후 적을 쫓아 곧바로 성을 빠져 나갔습니다. 그런데 나으리는 그들과 한패가 아닌지요?"

"묻는 말에 대답이나 해라. 그들은 어떤 옷을 입었는가?"

"밤이라 자세히는 보지 못했지만 까만 옷이었던 것 같습니다."

모든 상황은 파악되었다. 흑의인들이 현도군의 왕을 죽이고 성에서 적을 몰아낸 후 추격전에 나선 것이다.

금와는 해부루가 오기까지 성안에서 기다리기로 했다. 그는 성첩 곳곳에 군사들을 배치하고 무너진 방어벽을 다시 보수하면서 혹시 있을 지도 모르는 흑의인들의 공격에 대비했다.

다음날 오후 무렵이 되어서야 해부루는 나머지 군사들을 이끌고 구려성으로 입성했다.

금와는 성안의 백성들에게 들었던 이야기를 전한 뒤 대책을 논의했다.

"흑의인들이 분명 다시 돌아올 것이다. 저들이 아군인지 적군인지 알지 못하는 상태에서 저들을 들판에서 맞을 수는 없다. 저들이 돌아올 때까지 성을 점령하고 기다린다."

다음날부터 이들은 군량을 확보하고 식수를 구하는 등 만약의 사태에 대비한 채 오랜 기다림 속으로 들어갔다. 실로 십여 일만에 이슬을 피해서 잠을 잘 수 있었고 구들장 위에서 따뜻한 이불을 덮고 잠을 잘 수 있었다.

그런데 흑의인들은 돌아오지 않았다. 하루 이틀 시간이 지나갔다. 병사들의 긴장감은 서서히 풀어졌다. 상황을 분석해볼 때 흑의인들은 금방 돌아와야 했다. 그런데 소식이 없었다.

금와는 사방에 척후병들을 보냈다. 하지만 아무도 흑의인 소식을 가져오는 자는 없었다. 정말 답답해 미칠 지경이었다.

열흘이 지났을 무렵 척후병들은 새로운 소식을 가져왔다. 텅 비어 있던 예맥지역의 촌락에 사람들이 다시 돌아오기 시작한다는 것이다. 아마도 전쟁이 끝났다고 생각한다는 것이다. 하지만 해부루와 금와는 여전히 좀 더 기다리기로 했다. 만약 흑의인이 나타나지 않는다면 이곳을 자신들의 영토에 편입시키고 이번 전쟁에서 공이 큰 자를 뽑아 다스리게 할 생각이었다. 또 다시 열흘이 흘렀다. 이제는 흑의인에 대한 기대가 거의 다 사라졌다.

"이천여 명의 군사를 남겨 이곳을 지키게 하고 우리는 철군한다."

마침내 해부루는 철군 명령을 내렸다. 부여성에 도착하는 즉시 새로운 군사를 보내 교체해 주겠다는 약속을 하고 각 부족에서 오백 명씩을 뽑아 지휘관을 세우고 성을 지키게 했다.

돌아가는 발걸음은 매우 가벼웠다. 회군도중에 전사한 전우의 시체를 묻어 주는 여유를 보이며 느긋하게 돌아갔다. 산천은 이제 봄기운이 가득하여 출발할 때 노랗던 들판은 이제 파릇한 생명의 기운들이 넘쳤다. 붉고 노란 꽃들을 보면서 비로소 고향에 두고 온 부모님과 아들과 딸, 그리고 품에 안고 싶은 마누라의 얼굴들이 떠올랐다.

열흘을 행군한 후에야 드디어 꿈에 그리던 부여성에 도착했다. 그런데 이상했다. 분명 임금이 원정(遠征)에서 승리를 거두고 돌아온다면 백성들이 반겨야 하는데 전혀 반응이 없었다. 다른 부족의 마을을 지날 때는 융숭한 대접과 환대를 받았는데 도성에 도착하자 오히려 마중 나오는 사람이 없었다.

금와는 화가 나서 수십 명의 근위대를 이끌고 성안으로 말을 몰았다. 그런데 성문은 굳게 닫혀 있었다. 성 위에는 세발까마귀 문양(三足鳥)이 새겨진 깃발이 나부끼고 있었다. 정체를 알 수 없는 깃발이었다.

"그대가 금와인가?"

성첩에서 갑자기 낯선 자의 목소리가 들렸다. 금와는 순간 긴장했다. 이 부여국에서 자신의 이름을 함부로 부르는 자는 없었다.

"웬 놈들이기에 임금의 개선을 막는단 말인가?"

금와는 자신들의 정체를 밝히며 허세를 부려 보았다.

"나는 송양(宋壤)[7]이다."

듣지 못한 이름이었다.

"나는 네 놈의 이름을 알지 못한다. 어서 성문이나 열어라."

"오냐 기다려라."

성문이 열렸다. 금와는 아무 생각 없이 성문 안으로 들어갔다. 그러나 그가 성안으로 발을 들여놓는 순간 그는 깜짝 놀라고 말았다. 성안에는 그토록 찾던 흑의의 전사들이 번쩍이는 창날을 들고 정렬해 있었던 것이다.

"무기를 버려라."

저항할 수가 없었다. 불과 수십의 군사로 수천의 기병을 상대할 수가 없었다.

무기를 버리고 손을 높이 올렸다. 뒤따르던 군사들도 금와를 따라 칼을 버리고 손을 올렸다.

멀리서 지켜보던 해부루는 금와가 성으로 달려가고 곧이어 성문이 열리자 군사들로 하여금 성안으로 진군하게 했다. 물론 이상한 낌새가 있긴 했지만 큰 문제가 없을 것이라 생각했다.

그러나 그는 성안으로 발을 들여 놓으려다 기겁을 했다. 성문에 높

---

7) 이병도는 송양을 사람 이름이 아니라 지명 이름이라 했다. 즉 송양의 중국음은 '수나이' 인데 이는 초기 계루부와 더불어 왕을 배출하였던 부족인 '소나부' 의 음을 빌린 한자식 표기라 주장하는데, 이 책에서는 송양을 소나부의 기원으로 삼았다.

이 걸려 있는 세 발 까마귀의 깃발을 발견한 것이다. 그의 얼굴에서 핏기가 걷히는 것 같았다.

"저~저들은……."

성안으로 들어선 순간 그는 또 한 번 놀랐다. 구려성에서 그토록 기다리던 흑의의 전사들이 수천 명 도열해 있을 뿐 아니라 대모달 금와는 포승줄에 묶인 채였다.

"무기를 버려라."

무리의 앞에 선 흑의의 장수가 큰 소리로 위협했다.

군사들은 해부루의 눈치를 살피며 어쩔 줄 몰라 했다.

"도대체 당신들은 누구요?"

해부루가 앞으로 나서며 우두머리인 듯한 자를 향해 말했다.

"당신이 부여왕 해부루요?"

"그렇소만."

"그렇다면 성문에 달린 저 깃발이 무엇을 상징하는 지 알 것인데……."

"물론 알고 있소. 하지만 지금까지 수많은 가짜가 나타났었소."

"하하하! 그럴 수도 있지. 날 따라 오시오."

"당신은 누군가?"

"나는 송양이오."

송양은 부하들에게 부여군을 무장해제 시킨 후 감시하라는 말을 남긴 후 해부루를 데리고 왕궁으로 들어갔다.

원래 해부루의 자리였던 곳에는 흑의를 말끔하게 차려입은 삼십대의 중년이 자리에 앉아 있었다. 햇볕에 그을은 다소 거친 얼굴이 강한 인상을 주긴 했지만 팔자 모양의 짙은 눈썹이 부드러움을 더하는 강함과 유함을 동시에 갖춘 인상이었다. 무엇보다도 귓속에서 돋아난 짙은 수염이 인상적이었다.

해부루가 들어오자 그는 자리에서 일어서 맞이했다.

"어서오시오."

"도대체 당신은 누군데 남의 나라에 들어와서 이렇게 행패를 부리고 있소."

해부루는 자리에 앉자마자 흑의의 장수를 나무랐다.

"나는 해모수라 하오. 단군의 후손인 '아리' 씨요.[8]"

"아리씨 하고 내 나라를 무단으로 뺏으려하는 것 하고 무슨 상관이 있소?"

해부루는 화를 내며 말했다.

"단군의 후손인 내가 이 땅을 통치하겠다는 것이오."

"하하하! 나도 단군의 후손인 아리씨의 후손이오."

"나는 단군의 적손이오."

"하하하! 위만에게 단군이 쫓겨난 후 지난 백 년 동안 이 땅에는 수십 명의 가짜 단군이 등장하였소."

해부루는 해모수를 믿지 않으려 했다.

"이것을 보시오."

해모수는 품 속에서 뭔가를 꺼냈다. 청동 거울과 방울이었다. 단군을 상징하는 신물이었다.

"그것은 나도 있소."

해부루는 조롱하듯이 말했.

"세상 사람들은 내가 신물을 내 놓아도 믿으려 하지 않았소. 그래서 나는 내가 단군의 적손임을 믿게 하는 확실한 방법을 찾았소."

"……."

8) 광개토대왕비에 주몽의 아버지는 해모수라 하고 주몽의 성씨도 해씨라 밝혔다. 해모수는 자신을 하느님의 아들 곧 단군이라 하였는데 이로 미루어 단군의 성씨는 해씨라 할 수 있다. 신채호는 이를 보다 세분화하여 진한조선의 단군은 해씨, 말한과 불한조선은 한씨라고 말했다. 그런데 고구려의 시조인 주몽과 신라의 시조 혁거세, 가야의 시조인 수로는 다 알에서 태어난다. 이를 우리는 난생신화라고 부른다. 하지만 이는 잘못된 견해라고 생각한다. 내 생각에, 당시에는 우리나라는 한자를 그냥 사용하기보다는 향찰이나 이두식으로 표기하는 경향이 더 강했다.(설총이 당시 서로 다르게 사용되던 향찰을 통일한 것으로 이를 추정할 수 있다.) 이 때 卵(알, 난)은 향찰식 표기에 의하면 뜻을 취해야 하는데(향찰은 우리말 실질형태소는 뜻을 취하고 형식형태소는 소리를 취한다.) 뜻은 '알' 이다. 알은 당시에 '아리' 로 불렸다.(고대로 갈수록 연철식 발음이 더 강했음) 그렇다면 알은 '아리' 로 표기하는 것이 올바르다. 이때 '아리' 는 성스러운 혈족을 나타내는 것이라고 필자는 생각한다. 따라서 알에서 태어났다는 것은 성스러운 혈통에서 태어났다는 말이 된다. 성스러운 혈통은 당연히 그전에 있었던 고조선의 단군혈통을 일컫는 것이다. 이를 뒷받침할 수 있는 것 중 하나가 연개소문의 성인 연(淵)을 「일본서기」에는 伊梨(이리)라 표기하고 있다. '이리' 는 옛날식 표기로 '우리' 이다.
정리하면, 우리 고대국가의 시조는 '아리' 씨라는 성스러운 혈통에서 나왔는데, 이는 종교적 성향이 강했던 고대부족들이 나라를 세울 때 아무래도 단군의 혈통을 받은 자를 지도자로 내세워 하늘에 정통성을 두고 싶었던 것이라 할 수 있다. 마치 유태인들의 열 두 지파 중 레위지파만이 제사장을 할 수 있는 것과 같은 이치라고 생각한다. 연개소문도 자신이 혁명의 정당성을 내세우기 위해 단군의 혈통인 아리씨의 후손임을 밝히고 싶었던 것이다. 청나라를 세웠던 누루하치도 자신의 조상이 연못(淵)에서 나왔다고 주장하는데 이는 자신이 성스러운 혈통의 후손임을 말하고 싶었던 것이다.
결국 삼국을 세운 사람들은 단군의 혈통을 받은 사람들의 후손이라는 의미가 될 수 있다. 다만 이들이 지역의 언어적 특성에 따라 '해' 가 될 수 있고 '한' 이 될 수 있고 '박' 이 될 수 있는데 이들의 특성은 둥글다는 것이다. 둥근 것은 해를 상징하고 이는 해를 숭배하던 단군족의 특성을 나타낸다고 할 수 있다. 우리민족이 힘들고 어려울 때 아리랑을 찾고 또 아리랑을 부를 때 위로받고 마음이 안정되는 주술적 성향도 이에 근거한 것이라고 생각한다.

"힘이오. 세상을 지배할 힘. 꼼짝 못하게 할 힘."

"단군이 힘을 사용한단 말은 아직까지 듣지 못했소."

해부루는 여전히 조롱하듯 말했다.

"당신이 들었든 말든 그것은 상관하지 않겠소. 분명한 것은 단군의 적손인 내가 조선 땅의 일부였던 부여국과 한나라 놈들을 몰아내고 빼앗은 구려 땅을 통치하겠다는 것이오. 이 땅은 이미 나의 영지니 당신은 가솔들을 거느리고 다른 곳으로 가시오."

해모수는 단호하게 말했다.

"뭐라고 당신은 단군을 가장한 강도놈이구만."

해부루는 화를 내며 해모수에 반발했다.

"나는 이곳을 숫마을(高句麗, 소도)⁹⁾로 삼고 예맥지역을 통치할 것이오."

"감히 하느님을 욕되게 하다니."

해부루는 분노에 찬 얼굴로 해모수를 노려보았다.

"당신은 하느님을 부를 자격이 없어?"

갑자기 해모수의 옆에 앉아 있던 송양이 끼어들었다.

"뭐라고!"

---

9) 우리와 같은 알타이어계에 속하고 우리말과 가장 유사한 말을 사용하는 여진족들은 고구려를 '소골' 혹은 '솔고리'라 불렀다. '소' 혹 '솔'은 '솟다', '으뜸이다'라는 뜻이고 고리는 마을을 의미한다. 따라서 이 부분에서의 고구려는 으뜸마을, 즉 오늘날 서울이라는 의미의 일반명사이다. 국호 고구려와는 구별해야 한다. 그런데 일반명사인 고구려와 국호인 고구려를 구분하지 않고 고구려현 사람들이 현도군을 몰아냈다는 사료를 바탕으로 고구려의 건국을 일반적인 BC37년보다 200년 빠르게 추정하는 학자도 있다.

해부루는 이번에는 송양을 향해 분노를 표출했다. 송양은 이십대 중반의 나이로 표범 상의 얼굴에 날렵해 보이는 자태였다.

"사십여 년 전 위기에 처한 위만조선을 구하기 위해 이 땅을 찾은 성기(成己)라는 분을 기억하는가?"

"뭐, 성기!"

생생하게 기억나는 인물이다. '조선의 선비답다' 라는 것으로 기억되는 그는 사십 년이 지난 지금도 잊히지 않고 가끔씩 생각이 났다.

"당신이 도움을 줬더라면 위만조선은 망하지 않았을 것이다. 그러면 조선 땅에 한나라 놈들이 들어오지도 않았을 것이고, 또 저들에게 수모를 당하며 살지도 않았을 것이다."

"도대체 당신은 누구요?"

해부루의 말은 저도 모르게 누그러져 있었다.

"나는 조선의 마지막 선비셨던 '성기' 의 손자다. 내 할아버지는 내 아버지에게 단군을 찾아 예맥 땅으로 들어가서 나라를 세우고 이 땅에서 반드시 한나라 놈들을 몰아내라는 유언을 남기시고 전사하셨다."

"……."

해부루는 놀란 표정으로 아무 말도 하지 못하고 있었다.

"당신은 더 이상 예맥조선을 이끌 자격이 없어. 여기 계시는 단군과 내가 통치한다. 이 땅을 떠나라."

송양은 단호한 목소리로 말했다.

"나는 나랏일은 송양에게 맡길 것이고 이제 예맥의 산천을 돌며 하늘에 제사지내고 백성들에게 하느님의 도를 전할 것이오. 따지고 보

면 당신도 우리 아리씨의 일족이 아니오. 그러니 당신도 이제 나랏일
에서 벗어나 산천을 돌며 수도를 하고 조상님들에게 그동안의 잘못을
비시오.”

해모수는 송양과 달리 부드러운 목소리로 해부루를 설득했다.

“그렇다고 조상님들이 물려준 땅을 버릴 수는 없소.”

“조상의 땅을 다 달라고 하지 않았소. 나는 이 부여성과 구려땅을
점령하였소. 나는 앞으로 송양과 함께 이곳을 근거지로 한나라의 침
공을 막고 또 백성들을 교화시켜 나갈 것이오. 그러니 다른 땅으로 가
달라는 것이오.”

“…….”

말이 좋아 양도하라는 것이지 사실상 뺏겠다는 의도였다. 해부루는
반발할 수 없었다. 이미 군사적으로 굴복을 당하였을 뿐 아니라, 마음
속 한 구석에 남아 있는 죄책감 때문이었다. 성기의 원군 요청을 거절
한 뒤 위만조선은 일 년 동안 버티며 싸웠다. 그때 조금만 도움을 줬더
라면 그의 말처럼 조선은 망하지 않을 수도 있었다. 이것이 평생 그의
마음속에 자리 잡은 죄책감이었다. 그는 이미 노쇠했다. 어차피 자식
도 없다. 그래서 임금 자리를 금와에게 물려주려 했었다. 어떻게 보면
금와보다는 해모수가 더 부여를 계승하는데 적합한 인물일지도 몰랐
다. 그가 진짜 일백 년 전에 자취를 감춘 아리씨의 적손이라면.

해부루는 자신의 앞에 놓여 진 청동거울과 청동 방울을 들어 자세
히 살펴보았다. 아주 오래된 방울임에 틀림없었다. 뒷면에는 단군왕
검이라는 글귀가 흐릿하게 보였다. 하지만 이것으로 정확하게 뭐라
판단할 수가 없었다. 단군의 상징으로 청동거울과 청동방울을 지니고

삼족오 문양이 새겨진 것을 알고 있었지만 딱히 '이것이다' 라고 말할
수는 없었다.

　"나는 당신을 찾는 즉시 당신을 죽이고 조상의 사당에 당신 피를 바
치려 했소. 여기 계신 해모수 단군님의 뜻에 따라 당신을 죽이지 않고
살려 보내니 당장 이 땅을 떠나시오."

　송양은 머뭇거리고 있는 해부루를 향해 참았던 분노를 터뜨렸다.

　"……."

　"당신은 패배자다. 당신 같은 사람은 더 이상 예맥조선의 맹주가 될
수 없다. 앞으로 단군님을 위에 세우고 내가 예맥 땅의 맹주가 되어 한
나라 놈들을 우리 땅에서 몰아내고 다시 단군조선을 세울 것이다."

　분노의 마음을 지닌 송양은 해부루의 나이도 헤아리지 않고 막말을
쏟아 냈다.

　해부루는 더 있다가는 어떤 수모를 당할지 몰라 자리에서 일어섰다.
아란불과 상의하고 싶었기 때문이다. 그는 부여에서 가장 지혜로운
사람이었다. 그의 의견을 듣고 싶었다.

　"저는 이들이 부여를 점령한 이후 하느님에게 이 위기를 벗어나게
해달라고 간절히 기도했습니다. 제 기도가 통했든지 꿈 속에 할아버
님이 나타나시었습니다. 하지만 뜻밖의 대답을 들었습니다. 이들은
하느님이 세운 자들이니 이 땅을 떠나 동쪽으로 가라고 말씀하셨습니
다." [10]

　아란불은 체념한 듯 말했다.

---

10) 이 부분은 「삼국사기」에 나오는 내용으로 다소 전기적 특성을 지닌다.

해부루는 결국 부여를 떠나기로 결심했다. 만약 순순히 떠나지 않으면 송양은 공격할 태세였기에 그냥 순순히 떠나는 것이 그나마 군인들의 목숨을 하나라도 구하는 것이라 판단했기 때문이다.

"목숨을 부지하고 있는 것만으로도 하느님께 감사해야 할 것이오."

떠나는 순간까지 송양은 해부루를 조롱했다. 하지만 해부루는 묵묵히 듣고만 있었다. 그러나 곁에 있던 금와는 아니었다. 그의 마음속에는 억누를 수 없는 분노와 복수의 마음으로 가득 차 있었다.

해부루는 아란불과 함께 식솔들을 데리고 부여성을 떠났다. 그의 부족인 마가족(馬加族)이 뒤따랐다. 여자와 어린아이를 다 합쳐 오천여 명의 무리였다. 당장 갈 곳이 없는 그들은 금와의 영지인 곤연 땅으로 향했다.

부여의 왕이 되어 예맥족의 맹주가 되려던 금와는 전쟁에서 패하지 않았음에도 결국은 왕의 자리에 오르지 못하고 다시 고향으로 되돌아가게 되었다.

"아무 염려 마십시오. 전에 약속하시길 이번 전쟁이 끝나고 나면 저를 아들로 삼으시겠다고 하셨으니 오늘부터는 제가 아들이 되어 편안하게 모시겠습니다. 그리고 반드시 이 땅을 다시 되찾겠습니다."

금와는 눈물을 흘리며 차마 고국을 떠나지 못하는 해부루를 위로하며 그 역시 무거운 발걸음을 옮겼다.

3. 유화 柳花

교교한 달빛이 아직 잠들어 있는 만상들을 편안한 꿈결로 이끄는데 부족함이 없는 시간이었다. 이른 새벽의 괴괴함을 깨는 물상은 아무 것도 없었다. 먹이를 구하지 못한 칡범들의 잰걸음도, 밤새 먹이를 찾아 헤매던 솔부엉의 애절한 날개 짓도 사위어 갈 무렵이었다. 하늘의 뜻이 가장 먼저 머무른 달천(천지)에서 시작된 물줄기가 흘러 연못을 이룬 우발수, 일단의 무리들이 연못 속에서 가부좌를 틀고 명상에 잠겨 있었다. 머리는 길게 땋아 올려 상투를 틀었고 수염은 다듬지 않아 아무렇게나 자라 있다. 검정 옷을 입고 있는 몇 십 명의 무리들은 해가 하늘의 중간에 떠오르도록 꼼짝 않고 앉아 있었다. 산에는 봄기운이 완연하여 겨울 동안의 모진 추위를 이겨낸 강하고 씩씩한 어린 싹들이 천지를 푸른색으로 바꾸는 쉼 없는 작업에 온 힘을 쏟고 있었다. 하지만 연못은 여전히 차가웠다. 물론 지난 겨울, 얼음 구덩이에 몸을 담그던 생각을 한다면 참 따뜻한 날씨였다.

지도자의 우렁찬 함성과 함께 명상에서 깨어난 이들은 한동안 수박 치기, 씨름, 검술, 창술 등 신체 단련에 열중했다. 해가 하늘 한 가운데에 도달할 무렵이 되어서야 수련을 끝낸 이들은 다시 우발수에 몸을 담가 땀에 젖은 몸을 씻어 낸 후 줄줄이 어디론가 사라졌다.

해가 서쪽 하늘에 거의 반쯤 걸쳤을 무렵, 이번에는 여러 명의 속인(俗人)들이 탈속(脫俗)의 땅 우발수에 숨을 헐떡이며 올라왔다. 아리따운 여인들과 칼을 든 호위병들 그리고 제사를 주관하는 제관(祭官)이었다.

우발수에 도착하자 호위병들과 제관은 멀찍이 떨어져서 주변을 경계하고 아리따운 한 여인이 옷을 벗고 우발수에 몸을 담갔다. 시녀의 도움을 받으며 몸 구석구석을 한 참 동안 깨끗이 씻고 난 후에야 시녀가 입혀 주는 깨끗한 옷으로 갈아입었다. 여인이 목욕재계(沐浴齋戒)를 끝내자 머리에 검정 관(冠)을 쓴 제관이 다가와서는 제단을 만들고 그 위에 귀한 돼지머리를 올려 제상을 차렸다. 그리고는 향을 피운 후 제단 앞에 무릎을 꿇었다. 그 뒤에는 흰 옷을 입은 여인이 무릎을 꿇고 있었다.

"천지만물을 주관하시는 하느님이시여, 땅의 생명을 주관하시는 물의 정령이시여, 이제 개마국 왕 하백의 딸 유화가 하느님과 물의 정령님께 짝을 찾아 혼례를 올리고 새로운 땅으로 가게 되었음을 알립니다. 하느님, 물의 정령님이시여, 딸의 앞길을 보살펴 주시고, 또 위기에 빠진 개마국의 장래도 하느님의 뜻 가운데로 이끌어 주시옵소서."

제관은 제문을 다 읽은 후 향불에 제문을 태운 후, 그 재를 하늘에 날렸다. 그리고는 제단에 술을 따르는 것으로 제사를 끝냈다.

"자 이제 하산합시다."

이들이 이곳을 찾은 지는 벌써 삼일 째였다. 오늘이 그 마지막 날이었다. 제를 다 끝낸 속인들은 제상을 다시 걷고 하산준비를 서둘렀다.

막 산을 내려가려 할 때였다. 이들 앞에 수십 명의 흑의인들이 나타났다. 아침에 수련을 하던 자들이었다.

"네 놈들은 누구냐?"

호위병들이 흑의인들을 가로막으며 유화를 가운데 두고 빙 둘러섰다.

"유화아씨, 저희 선인께서 기다리고 계십니다."

흑의인 중 우두머리인 듯한 자가 호위병들의 물음에는 전혀 개의치 않고 정중히 유화를 데려가려 했다.

"이분이 감히 누군 줄 알고 겁도 없이 희롱을 해!"

호위병들이 참지 못하고 곧바로 검을 내려쳤다. 그러나 그의 검은 허공을 가를 뿐이었다. 가볍게 피한 흑의인은 눈짓으로 부하들을 불렀다. 그러자 흑의인 무리는 검을 뽑고 호위병을 향해 달려들더니 순식간에 세 명의 호위병들과 제관을 찔렀다.

"악~"

비명소리가 산 아래로 메아리쳐 흘렀다. 하지만 달려오는 자는 아무도 없었다.

"가시죠, 아가씨"

"이 손놓지 못해!"

벌벌 떨고 있는 시녀와 달리 유화부인은 강하게 저항했다. 하지만 그녀는 이들의 힘을 이길 수 없었다. 결국 그들이 이끄는 대로 갈 수밖에 없었다. 흑의인은 네 구의 주검을 내버려 둔 채 두려움에 떠는 시녀와 유화를 이끌고 우발수 봉우리 너머로 사라졌다.

몇 겹의 봉우리를 지나자 갈대로 지붕을 인 두 세 채의 초가집이 나타났다.

"어서 오시오! 기다리고 있었소."

조그만 마당에 들어서자 삼십대 초반으로 보이는 중년의 사람이 나와 마중을 했다. 짙은 눈썹과 귓속에서부터 솟아난 수염이 특징인 사람이었다. 그의 태도는 매우 정중했다. 유화는 그를 따라 방으로 들어섰다. 매우 향긋한 냄새가 방안에 가득했다. 가구 하나 없는 방 한 가운데 조그만 탁자가 놓여 있었다.

"앉으시오."

이상하게 그의 말에는 위엄이 배어 있어 유화는 거절할 수 없었다. 마음 속에서는 당신들은 뭐하는 사람이며 왜 날 데리고 왔는지 꼬치꼬치 따지고 싶었는데 한 마디 말도 나오지 않았다. 대신 자리에 앉은 유화는 찬찬히 그의 얼굴을 살폈다. 햇볕에 탄 얼굴과 팔자 모양의 하얀 눈썹은 대우 대조적이었지만 참 건강해보이고 남성적인 체취가 느껴졌다. 귓속에서부터 돋아난 수염은 구레나룻과 묘한 만남을 이루었지만 자신이 처한 상황과 달리 이상하게도 호감이 갔다.

"놀랐을 것이오."

좌정한 뒤 한 마디 말도 안 하던 그는 감록차가 나온 뒤에야 다시 말을 이었다.

"……."

'어떻게 놀라지 않을 수 있어요' 라는 말을 하고 싶었는데 그 말이

나오지 않았다.

"내가 누구라고 생각하시오?"

그는 만면에 미소 띤 얼굴로 유화를 바라보며 말했다. 좀 전에 조금의 망설임도 없이 잔인하게 사람을 죽인 자들의 우두머리라고는 상상할 수 없는 태도였다.

"어~ 어떻게 그렇게 잔인할 수 있어요."

마침내 유화가 상대방의 온화한 미소에 자신을 얻은 듯 힘겹게 속에 있는 말을 꺼냈다.

"죽은 자들에게는 미안하지만 지금 내가 하는 일은 인간의 일이 아니라 하늘의 일이기 때문에 어쩔 수가 없소."

"예! 하늘의 일?"

"다시 묻겠소. 당신은 나를 누구라고 생각하시오."

"도적의 우두머리……."

"하하하! 도적이 왕이 되면 성인이 되는 법이지. 한나라 고조 유방도 한 때 도적생활을 했다지 않소. 또 어떻게 아오, 도적인 내가 단군이 될 줄."

"예! 단군?"

"그렇소. 나는 단군이오. 내 이름은 해모수요."

"그 말을 제가 믿을 것이라 생각합니까? 해모수는 이미 오십이 다 되었을 텐데."

유화도 해모수라는 이름은 들어 알고 있었다.

"맞아요. 내 나이 마흔 여섯이니 오십을 바라보고 있소."

"예!"

유화는 그의 나이를 듣고는 깜짝 놀랐다. 흰 눈썹과 드문드문 흰머리가 보이긴 했지만 팽팽한 피부와 주름 없는 얼굴이 기껏해야 삼십 대 초반 정도밖에 되어 보이지 않았기 때문이다.

"나는 오랫동안 당신을 관찰하였소. 오래지 않아 동부여왕 금와의 첩이 되어 부여성으로 간다는 것도 알고 있소."

"……"

"그래서 내가 당신을 택한 것이오. 내가 하려는 일은 하늘이 하는 일이고 나는 이제 얼마 있지 않으면 속세를 떠날 것이오. 속세를 떠나기 전 마지막으로 내 핏줄을 남기려 하오. 당신을 통해서. 그 아이와 그 후손을 통해 단군 조선을 다시 부활시킬 것이오. 잃었던 사해의 영토를 다시 찾고 백성도 다시 찾을 것이오. 이는 하늘이 나와 당신을 통해 이루고자 하는 일이오."

"……"

유화는 한마디 말도 할 수 없었다. 너무나 황당한 이야기였기에 어떻게 대꾸할 가치도 없는 말이라 생각했다. 하지만 문제는 지금 이 사람이 자신을 겁탈하려 한다는 것이다. 어떻게든 이를 막아야 했다. 그녀의 머릿속은 복잡해지기 시작했다.

"모든 것은 내가 다 준비해 두었으니 당신은 내 아들만 낳아주면 되오. 오늘 밤 달이 뜰 무렵 합궁할 생각이니 준비해 두시오."

"어떻게 사랑하지도 않는 사람과 그것도 마흔이 넘은 사람과 합궁을 한단 말입니까? 그러고도 당신이 단군이라 할 수 있습니까?"

유화는 이 거짓말 같은 현실을 벗어나고 싶어 온갖 지혜를 다 짜내기 시작했다.

"금와는 괜찮고 나는 안 되는 이유라도 있소?"

"예?"

"나는 당신의 모든 것을 다 알고 있소. 내가 천하를 주유(周遊)하기 시작한 것은 이미 십여 년 전부터의 일이오. 나는 이 순간을 십 년 동안 기다린 것이오. 자세한 것은 더 이상 묻지 말고 준비하고 있으시오."

"당신이 날 건드리면 설사 이곳을 빠져 나간다 해도 내 아버지가 용서치 않을 것이고, 설사 내 아버지의 눈을 속인다 해도 결국 금와의 손아귀는 빠져나오지 못할 것이오. 그러니 날 보내 주시오."

그를 협박도 해보았다.

"모든 것은 내가 다 준비하고 계획된 일이니 당신은 침묵만 지키고 계시오. 언젠가 당신 아들이 몹시 아버지를 그리워할 때 아들에게 내 이름을 말하시오. 그것만 하면 되오."

유화는 지금 이곳에 붙잡혀 온 신세였다. 힘으로는 이곳을 빠져나갈 수가 없다. 설사 빠져나간다 해도 이곳이 어딘지 몰랐다. 길을 모르고 산을 헤매다 맹수를 만날 수도 있었다. 그가 보내주지 않으면 나갈 수가 없는 운명이었다. 그를 설득시켜야했다. 하지만 그는 사람을 죽인 자라 양심은 없는 듯 했다. 협박도 해보았지만 통하지 않았다. 결국 어떻게 해 볼 수 없는 상황으로 치닫고 있었다.

백산 위에 둥근 달이 훤하게 떠올랐다. 사방은 조용하였고 산새들의 울음소리도 잦아들 무렵 다시 한 번 목욕재계한 유화는 시녀의 손에 이끌려 해모수의 방으로 들어갔다. 두려움과 설렘이 교차한 마음이었다. 모르는 사람들은 부족장의 딸로 태어난 자신을 부러워할 수도 있지만 전혀 그렇지 않았다. 큰 부족이 아니고 약소한 부족의 딸은 사랑도 마음대로 할 수가 없었다. 부모가 정략적 관계로 짝지어주는 사람과 결혼할 수밖에 없는 운명이었다. 한 달 후면 그녀는 금와왕의 여자가 되어 고향을 떠나야할 처지였다. 그것도 첩이 되어.

"침상 속으로 들어오시오. 지금 그대의 심정을 나는 알고 있소. 이것이 무슨 얄궂은 운명인가 속으로 생각할 것이오. 그러나 오늘의 이 작은 일로 인해 후세에 당신은 민족의 어머니로 추앙받게 될 것이오."

"나는 당신의 그런 말을 하나도 믿지 않아요. 다만 지금 나는 당신에게 겁탈 당하는 것이고 이 일로 인하여 내 인생은 끝난다는 것을 알고 있을 뿐이예요."

유화는 서글픈 자신의 신세를 한탄하며 눈물을 흘렸다.

"걱정하지 마시오. 이 모든 것은 하늘이 계획한 일이니."

해모수는 따뜻한 말로 그녀를 위로하려 했다.

그런데 잠자리에 들고부터는 유화의 마음 속에 있던 온갖 불안감이 사라졌다. 해모수의 방중술이 매우 뛰어났기 때문이다. 오십을 앞 둔 노인이라는 말이 믿겨지지 않았다. 유화는 하늘에 떠 있는 기분을 느끼며 한밤을 꼬박 새웠다. 불과 하룻밤을 지냈을 뿐인데 나이를 뛰어넘은 사랑의 감정이 싹트는 것 같았다. 더구나 눈에 보이는 나이는 이제 갓 서른을 넘긴 정도밖에 되지 않아 그에 대한 거부감은 별로 없었다. 사흘을 지내는 동안 유화는 지금의 삶이 꿈속인 것 같았다. 둘째 날에는 큰 용이 품안으로 달려오는 꿈도 꾸었다. 마침내는 이곳에서 살고 싶다는 생각을 갖게 되었다. 산 아래로 내려간 뒤에 벌어질 온갖 것들로부터 해방되고 싶었기 때문이다.

"자 이제 떠날 준비를 하시오."

　꿈같은 사흘을 지내고 난 뒤 뜻밖에도 해모수는 헤어질 때가 되었다고 말했다.

　“저, 여기서 계속 살면 안 돼요?”

　유화는 생긋 웃는 얼굴로 해모수에게 말했다. 해모수가 좋아하는 모습을 기대하며.

　“안 되오. 이제 떠나야만 하오. 내가 데려다 주겠소.”

　비록 짧은 시간이었지만 유화는 해모수에게 마음을 빼앗겼다. 그런데 그는 단번에 매몰차게 거절했다. 유화는 뽀로통한 얼굴이 되어 해모수를 쳐다봤다.

　“당신이 날 어떻게 생각할지 모르지만 나는 단군이오. 하늘의 뜻을 대변하는 자란 말이오. 나는 당신이 생각하는 것 이상으로 할 일이 많은 사람이오. 비록 짧은 시간이었지만 당신은 내가 하늘로 돌아가는 날까지 내 마음 속에 내 여자로 남아 있을 것이오.”

　“……”

　유화는 매몰찬 그의 태도가 섭섭하여 말을 하지 않았다. 불과 사흘이었는데 그녀의 마음은 이곳에 올 때와는 완전히 바뀌어 있었다. 해모수가 너무나 자상하게 느껴졌기 때문이다.

　“다른 여자에게도 이랬나요?”

　“무슨 말이오?”

　“이렇게 여자의 마음에 정을 심어놓고 매몰차게 버렸냐고 묻는 것입니다.”

　“내가 정을 준 여인은 당신이 처음이오.”

　해모수는 그녀를 가볍게 껴안으며 말했다.

"다른 여자에게도 이런 식으로 말하며 헤어졌겠지요."

유화의 마음은 좀체 풀어지지 않았다.

"우리 둘 사이에 아이가 있는 이상, 나는 당신 마음 속에 항상 살아 있을 것이오. 뿐만 아니라 비록 몸은 만나지 못하겠지만 다른 형태로 나는 당신 곁에 있을 것이오."

"예! 아이, 그렇다면 단지 그 이유로 나에게 접근했단 말이오. 내 인생을 다 망쳐놓고?"

유화는 해모수의 음모를 듣고는 화를 냈다.

"무슨 일이 있어도 우리 아이는 잘 키워야 하오. 그 아이는 나의 전부요. 물론 당신도 그렇고."

해모수는 더 이상 그녀의 반응에 응하지 않았다. 대신 자신이 해야 할 말만 했다.

"이곳에서 있었던 일은 절대 말하지 마시오. 그리고 위기 상황이 되면 이 주머니 속을 열어 번호 순대로 꺼내보시오. 여러 상황을 종합하여 위기를 빠져나갈 방도를 적어 두었으니 이대로만 하면 큰 어려움이 없을 것이오."

해모수는 마지막 몇 마디의 말만 남기고는 아직도 화가 나 있는 유화를 한 번 껴안았다.

"천천히 따라 오시오. 나는 먼저 가서 당신의 아버지를 만나야하니."

그리고는 문 밖으로 나갔다.

엄수강에 터전을 잡고 물고기를 주로 잡아먹고 살아가는 개마국의 하백은 요 며칠 사이 잠을 이루지 못했다. 동부여왕 금와에게 바칠 자신의 맏딸 유화의 행방이 묘연해졌기 때문이다. 돌아올 날이 지나자 우발수 근처로 사람을 보냈는데 뜻밖에도 호위병들과 제관의 시체를 발견한 것이다. 하지만 유화와 시녀의 행방은 알 수가 없었다. 날카로운 검에 찔린 것으로 보아 호랑이나 곰의 습격을 받은 것은 아니었다. 개마국 최고의 무술을 지닌 호위병들을 죽일 정도면 보통 실력자가 아닌데, 이 개마국에서는 그런 자가 있다는 소문을 듣지 못했다. 여자들만 없어진 것으로 보아 인근 부족의 소행이거나 아니면 떼로 몰려다니는 예족 출신 도적 떼의 짓이 분명한 것 같은데 군대를 보내 수색을 해도 종적은 찾을 수가 없었다.

딸의 생사가 가장 큰 문제지만 또 하나 문제가 있었다. 한 달 후면 동부여왕 금와가 유화를 데리러 나타날 것이기 때문이다. 만약 그때 유화가 없어진 것을 알면 금와가 어떻게 나올지 알 수 없는 노릇이었다.

생각해보면 한 번의 말실수가 그를 이렇게 곤란한 처지에 빠지게 할 줄 몰랐다. 십오 년 전 아직 해부루가 살아 있을 때, 예맥족의 맹주인 부여국왕 해부루가 예맥조선의 대가(부족장)들을 불러 한나라군을 공격하자 할 때 하백은 대다수의 대가들처럼 반대했었다. 자신들과는 먼 지역에서 발생한 일이었기 때문이었다. 그때 그는 곤연 땅 대가인 금와를 모욕 준 일이 있었다. 저들이 개구리의 정령을 믿는 것을 조롱한 것이다. 그런데 금와가 아직도 그것을 잊지 않고 있었다.

금와는 십오 년이 흐른 지금 예맥조선의 맹주(혹은 覇者)가 되어 있었다. 한때 해모수가 이끄는 세력에 밀려 동쪽으로 쫓겨났지만 해부

루의 뒤를 이어 동부여의 왕[11]이 된 이후 그는 다시 군사를 모아 인근
의 갈사국을 점령하였다. 그에게 모욕을 안긴 갈사국을 점령함으로써
그가 세운 동부여는 다시 큰 나라로 성장했다. 이제는 북부여[12]와도
견줄 만하다고 생각한 금와는 드디어 군사를 이끌고 해모수를 공격하
여 부여성을 다시 뺏었다. 해모수와 그의 추종자인 송양을 멀리 서쪽
으로 몰아내고 다시 부여성을 되찾은 것이다. 그 후로도 자신에게 복
종하지 않는 부족들을 하나씩 점령하여 예맥조선에서 가장 강한 나라
로 만들었다. 옥저도, 동예도 그에게 꼼짝하지 못할 만큼 되었다. 금와
왕에게 쫓긴 송양은 소수맥지역의 구려현에 자리를 잡고 나라를 옮겨
비류국이라 했지만, 단군이라 주장하는 해모수는 종적을 감춘 지 오
래였다. 일설에 의하면 그는 예맥의 산천을 돌아다니며 수도하는 중
이라 말했다. 하지만 사람들은 그를 단군의 적손이라 믿지 않았다. 그
는 한 번도 기적이나 이적을 행한 적이 없었다. 오히려 평범한 대가들
보다 더 인간적인 면을 많이 보였다. 아무튼 이제 해모수는 사람들의
뇌리에서 잊혀 졌고 예맥 땅은 금와가 절대강자로 군림하는 시대로
바뀌어 있었다.

　그런데 금와는 얼마 전 십오 년 전에 한 말을 기억해 내고는 그때의

---

11) 노태돈은 위서와 〈광개토대왕비문〉, 〈모두루묘지비문〉 등을 참고하여, 주몽의 동
　　부여 출자설은 고구려 후기에 권력을 잡은 사람들에 의해 조작된 것으로 보고있
　　다. 하지만 신채호, 이만열, 이병도 등의 학자와 「삼국사기」와 「삼국유사」에는 이
　　의 존재를 인정하기에 이 책에서는 「삼국사기」의 기록을 따른다. 다만 동부여의
　　위치에 대해서는 논란거리가 됨을 밝힌다.
12) 해모수가 세운 나라를 북부여라 하고 쫓겨난 해부루가 갈사국 인근에 세운 나라
　　를 동부여라한다.

잘못을 용서받고 싶으면 맏딸을 바치라고 요구했다. 맏딸 유화는 예맥 땅 최고의 미녀로 소문이 나 있던 터였다. 서른을 넘긴 놈에게 열여덟밖에 안 된 딸을 넘긴다는 것은, 그것도 첩으로 보낸다는 것은 부모로서는 가슴이 찢어지는 일이었다. 하지만 이 예맥 땅에서 그를 당할 사람은 없었다. 더구나 개마국 같은 약소국의 입장에서는 나라의 운명이 달린 문제였다.

결국, 그는 유화를 금와에게 보내기로 결정했다. 딸에게는 너무나 미안한 일이지만 못난 부모를 둔 까닭이라며 용서를 구했다. 꽃처럼 활짝 핀 유화는 눈물을 떨어뜨리며 아버지의 뜻에 따르겠다했다. 그녀가 떠나기 전 하느님과 물의 정령에게 유화의 혼담을 고하고 앞날을 축복하여 달라는 축원을 하기 위해 우발수를 찾던 중 사고가 났다. 도무지 그녀의 행적은 알 수가 없었다. 혹시나 하는 마음으로 온 백산 자락에 사람을 다 풀었지만 호랑이와 곰 한 마리만 잡았을 뿐이다.

딸의 안위도 문제였지만 개마국의 장래도 큰 걱정이었다. 금와는 유화가 없어진 것을 알면 자신을 속였다는 핑계를 대고 군대를 보낼 것이다. 하백은 잠을 이루지 못하고 밤을 지새우고 있었다. 조금 전까지 딸의 안위를 걱정하며 잠 못 이루던 아내는 어느새 잠이 들어 옅은 코골이를 했다. 들창을 열어 보았다. 찬바람이 밀려 왔다. 새벽달과 별은 점점 스러져 뜰 한가운데의 자작나무 그림자가 외로워 보였다. 이제는 자야겠다는 생각으로 하백은 들창을 잠그고 잠을 청했다.

그런데, 인기척이 들리는 것 같았다. 무슨 소린가 잠깐 신경이 쓰였지만 더 이상 아무 소리도 들리지 않았다. 다시 눈을 감았다. 밤새 잠을 이루지 못해서인지 피곤이 몰려왔다. 하지만 의식은 더욱 또렷해졌다. 또 다시 소리가 들렸다. 문 열리는 소리 같았다. 하백은 감았던 눈을 힘겹게 떴다. 검은 그림자가 눈앞에 서 있었다.

"누~ 누구요?"

몸이 잘 움직이지 않았다.

"조용히 하시오. 당신을 해치러 온 사람이 아니니. 부인이 깨지 않게 다른 조용한 장소로 갑시다."

목소리에서 불한당은 아니라는 확신을 얻었다. 혹시 딸 유화의 소식을 가지고 온 자일지 모른다는 생각에 하백은 슬며시 자리에서 일어났다.

"날 따라 오시오."

하백은 경계병이 깨지 못하게 조용한 방으로 앞장서 걸었다. 사실 여기까지 이렇게 침투한 것을 보면 경계병을 부른다는 것은 아무 의미 없는 일이었다. 더구나 이 자가 딸 유화의 납치범이라면 먼저 그의 요구조건을 들어보아야 할 것 같았다.

불도 켜지 않았다. 그리고 조용조용 하백은 상대의 정체를 물었다.

"경계병이 깬다면 서로 유리한 것이 없으니 조용히 말합시다. 우리 유화는 지금 어딨소?"

하백은 그가 유화의 납치범이라는 생각으로 먼저 선수를 쳤다.

"금방 돌아 올 것이오."

역시 예감이 맞았다.

"요구조건은 무엇이오?"

"내가 원하는 것은 딱 한 가지오. 문제를 크게 해서 당신에게 득이 될 것이 없으니 유화가 돌아오면 아무 것도 묻지 말라는 것이오."

"그 것뿐이오?"

"그렇소이다."

"네, 이놈. 내 딸을 어떻게 했어?"

조용히 하자던 하백이 갑자기 몸을 일으켜 상대의 멱살을 거머쥐었다. 하지만 상대는 당황하지 않았다. 가만히 하백의 손목을 잡아 천천히 멱살 잡은 손을 떼 내었다.

"조용히 하는 것이 피차에게 이로울 것이오."

어둠 속이라 상대의 표정이 제대로 보이지 않지만 상대는 매우 차분했으며 그의 목소리는 위압적이었다. 순간적으로 흥분했던 하백은 그 순간 흥분하면 진다는 생각에 다시 자리에 앉아 분노를 가라앉히려 애썼다.

"네 놈의 정체부터 밝혀라."

"나는 해모수다."

"뭐, 해모수! 에라 이놈."

흥분을 가라앉히려던 하백은 그만 참지 못하고 어둠 속에서 상대를 향해 뺨을 휘갈겼다. 그러나 다음 순간 놀랍게도 그의 손목은 상대의 강한 손에 붙잡혀 있었다. 점점 힘이 가해졌다. 참을 수 없는 통증이 밀려왔다.

"나는 백오십여 년 전에 위만에게 쫓겨난 단군의 적손이다. 삼한 땅을 돌며 나를 따르는 무리들과 수행하던 나는 십오 년 전 위만조선의 마지막 충신 성기의 후손과 함께 예맥 땅을 찾아 한나라군을 몰아내고 이 땅에 다시 단군의 터를 세웠다. 하지만 아무도 나를 믿지 않았다. 아무도 나를 인정하려 하지 않아 나의 통치력은 예맥 땅에 미치지 못했고 결국은 금와에게 쫓기는 몸이 되고 말았다. 송양은 소수맥의 한 쪽 구석으로 밀려나고 나는 다시 산천을 주유하며 천지신명과 더불어 살아가고 있다. 그러나 분명히 말하지만 나는 단군의 적손이다. 나는 이 땅에 반드시 다시 조선의 혼을 불어넣을 것이다. 세상 사람들이 나를 인정하지 않아 실패했지만 내 후손은 반드시 그 일을 이룰 것이다. 나와 다른 방법으로."

해모수는 낮고도 힘 있는 목소리로 말했다. 그 말 속에는 그의 한이 묻어 나오는 듯했다.

"그런데, 그것이 나와 무슨 상관이 있소?"

하백도 해모수가 북부여를 세웠지만 결국 금와에게 밀려 어디론가 사라졌다는 말을 기억하고 있었다. 그는 어둠 속 너머에서 마주보고 있는 상대의 기에 압도되어 힘겹게 말을 꺼냈다.

"당신의 외손이 그 일을 할 것이오."

"나의 외손이라면……. 네 이놈!"

하백은 곧바로 그 의미를 알아챘다. 그리고는 분노의 주먹을 뻗었다. 하지만 그의 팔목은 또 다시 해모수의 손아귀에 잡혀 있었다.

"당신의 딸 유화에게는 많은 시련이 있을 것이오. 하지만 잘 견뎌낼 것이오. 하늘이 택한 여인이기 때문이오. 그러니 그녀가 돌아오면 아무 것도 묻지 마시오. 그녀는 이미 당신 딸이 아니라 하늘의 딸이니 함부로 대하지도 마시오. 그리고는 아무 일 없었다는 듯이 금와에게 보내시오. 내가 그녀와 또 그녀가 낳을 아들을 잘 보호할 것이니까."

"……."

손목이 잡힌 하백은 아무 말도 할 수 없었다. 대신 이상하게도 그의 말이 마치 살아 있는 침처럼 그의 뇌리에 깊이 박혔다. 거역해서는 안 될 것 같은.

"당신의 부하들을 죽여서 미안하오. 비밀을 지키기 위해서는 어쩔 수 없었소."

"……."

"나는 이제 돌아가겠소."

해모수는 하백의 손목을 놓아주고는 자리에서 일어섰다.

"……무엇으로 당신이 해모수인 것을 증명할 수 있소?"

하백은 이미 모든 일이 엎질러진 물임을 간파했다. 이런 상황에서 그가 기대할 수 있는 일은 그의 말이 다 사실이길 바라는 것뿐이었다.

"예전에 나는 부여왕 해부루에게 청동거울과 방울을 보여 주었소. 하지만 그는 믿지 않았소. 지금 만약 나에게 해부루가 다시 묻는다면 나는 청동방울과 거울 대신 나의 힘을 보여 줄 것이오. 사람들은 단군 이 제사만 지낸다고 생각하지만 옛날의 단군은 나라를 통치했었소. 강력한 힘을 바탕으로 말이오. 단군이 지닌 무술과 전략은 속인이 쉽 게 따라 올 수 없는 것이오. 그것을 내 아들이 보여줄 것이오. 나는 이 제 속세에 더는 나서지 않을 것이오. 하지만 내가 길러낸 선비[13]들은 종종 세상에 나타나 잘못된 인간들의 욕심들을 바로 잡아 줄 것이고

---

13) 신채호는 이들을 선비라 불렀으며 한자로는 조의선인(皁衣仙人)이라 쓴다. 이들 은 산천을 찾아 수도생활을 하는 종교무사집단으로 나라가 위기에 처하면 곧바로 나타나 나라를 구했다. 명림답부도 을지문덕도 연개소문도 다 선비 출신이다. 이 들은 나라가 위기에 처했을 때 어김없이 나섰다. 이들 종교무사집단을 신라에서 는 화랑이라 하고 백제에서는 사울아비라 부른다. 이들을 일본에서는 사무라이라 부르는데 한자로는 士(선비)라 쓴다.

내 아들과 그 후손이 세운 나라를 훔치려는 놈들이 나타날 때마다 세
상에 나타나 심판할 것이오. 그러니 지금 나에게 증거를 보이라 말하
지 마시오. 당신의 외손자가 보일 것이오."

"……."

하백은 그의 말에 압도되어 아무 말도 할 수 없었다.

"오늘 오후에 유화는 돌아올 것이오. 다시 한 번 말하겠소. 그녀에
게 아무 것도 묻지 마시오."

해모수는 한 번 더 당부의 말을 남기고 방을 나섰다. 그러나 하백은
그를 붙잡을 수 없었다. 그냥 바라만 보고 있을 뿐이었다.

꿈을 꾼 듯 한동안 멍하니 있던 하백은 한참의 시간이 지난 뒤에야
제 정신이 돌아왔다. 곰곰이 해모수의 말을 생각해보았다. 결론은 그
가 자기 딸을 겁탈했다는 것이었다. 만약 그자가 진짜 해모수라면 참
을 수 있지만 아니라면 용서할 수 없는 일이었다.

하백은 다시 잠자리로 돌아왔다. 여전히 잠을 이룰 수 없었다. 해가
거의 동창을 붉게 물들였을 때 그는 비로소 잠을 이룰 수 있었다.

하지만 하백의 분노는 겨우 잠든 그를 곧 깨우고 말았다. 눈을 붙이
는 둥 마는 둥 다시 잠에서 깨어난 그는 뒤늦은 식사를 한 후에 조용히
경비대장을 불렀다.

"오후에 유화가 돌아온다. 그가 돌아오면 그를 데려오는 자를 불문
곡직하고 공격하라."

"누굽니까, 그 자들이?"

"도적 떼들이다. 아마도 돈을 요구할 것이다. 그런 놈들과 타협해서
는 안 된다. 기습하여 먼저 기선을 제압해야한다."

"알겠습니다. 제가 작전을 잘 세워 아가씨에게 전혀 해가 가지 않도록 하겠습니다."

경비대장은 모든 상황을 이해한 듯 고개를 끄덕이며 자신감을 보였다.

해모수가 말한 대로 오후가 되었을 때 유화가 나타났다. 거침없는 말발굽소리와 함께 모습을 드러냈다.

경비대장은 중문 뒤쪽에 매복병을 숨겼다. 문을 열고 들어서는 순간 괴한을 찌르기로 약속이 되어 있었다. 그런데 예상하지 못한 일이 생겼다. 괴한이 말을 타고 나타날 줄 몰랐다. 더군다나 다섯 필의 말이 이끄는 마차까지 나타난 것이다. 이런 산과 접한 강가에서는 마차를 보기 힘들었다. 넓은 들판이라면 모를까 길이 협소하여 마차가 소용 없었다. 다만 옥저와 동예에서 주로 생산되는 과하마가 작고 날렵하여 산 속에서도 잘 달렸기 때문에 매우 유용한 운송 수단으로 이용될 뿐이었다. 어떻게 마차를 이곳까지 몰고 왔는지 알 수 없었지만 날렵한 마차는 거침없이 궁 안으로 들어섰다. 문지기가 제지했다.

"개마국왕 하백을 만나러 왔다."

말을 탄 채 앞장서서 마차를 호위하고 있는 흑의의 무사가 크지는 않았지만 위엄 있는 목소리로 말했다.

"웬 놈인데 함부로 임금님의 이름을 부르느냐?"

하지만 문지기는 전혀 주눅 들지 않고 장창을 꼬나든 채 물었다.

"유화 아가씨를 모셔왔다고 말하라."

"유화 아가씨!"

요 며칠 사이 온 궁 안의 사람들이 유화 아가씨를 찾으러 다녔다. 그런데 그녀가 돌아왔단다. 문지기는 마치 자신이 큰일이나 한 듯 궁 안으로 뛰어 들어갔다.

"안으로 들어오라 해라."

문지기는 하백의 뜻을 그대로 전했다. 마차는 안으로 들어갔다. 궁 안에서 시종이 마중을 나왔다.

"하백은 어디에 있소?"

"저 중문 안에 있소이다. 나를 따라 오시오."

시종은 담장 안을 가리켰다.

개마국은 나라라고 하지만 이삼천 명의 종족들이 모여 사는 부족국가였다. 궁궐이라 하지만 실상은 큰 기와집 정도였다. 중문이라 하지만 낮은 담장에 불과 했다.

그런데, 흑의의 무사가 갑자기 칼을 빼들었다. 근처에서 살기(殺氣)를 느꼈음인지, 아니면 너무나 조용한 분위기에서 이상한 낌새를 느꼈음인지는 알 수 없었다. 칼을 빼어든 그는 말에 박차를 가하더니 곧바로 담장을 뛰어 넘었다.

담장 안에는 무장한 채 숨죽이며 숨어 있는 경비병들의 모습이 보였다. 이들은 갑자기 담장을 뛰어 자신들의 앞에 선 흑의의 무사를 보자 당황하여 어쩔 줄 몰라 했다. 하지만 흑의인은 달랐다. 그는 조금의 망설임 없이 칼을 휘둘렀다. 순식간에 경비병들의 목이 달아났다. 당황한 얼굴의 경비대장이 칼을 빼 덤벼들었다. 하지만 그는 흑의인의 상대가 되지 못했다. 그의 검세는 매우 빠르고 날카로웠다. 몇 합을 버티지 못하고 경비대장 마저 저승의 혼객이 되고 말았다. 순식간에 매복병을 제압하고 만 것이다.

"네 놈들! 이게 무슨 행패냐?"

숨죽이며 상황을 지켜보던 하백은 나서지 않을 수 없었다.

"나는 단군님을 모시는 무골이오. 오늘 아침 우리 단군님께서 다녀가신 것으로 알고 있습니다. 무슨 말씀을 하셨는지 아실 것입니다. 당신들의 무예로는 나를 감당할 수 없소. 그러니 단군께서 당부하신 말씀을 받아들이시오. 소란을 피울수록 일만 시끄러워집니다."

"네 이놈! 그런다고 내가 속을 것 같은가?"

하백은 참지 못하고 검을 뽑았다. 하백은 단군이라 주장하는 해모수의 정체를 반신반의 했다. 그런데 경비병들을 가볍게 죽이는 형태를 보면서 사람 목숨을 손쉽게 뺏는 이들은 단군이 아니라고 생각했다. 단군을 가장한 도적이라 단정했다.

한 집안의 사람이 한 나라의 왕이 되려면 최소한 다른 호족들을 누를 만한 집안 내력의 무예가 있어야만 했다. 하백도 마찬가지였다. 주로 주변에 보이는 맹수들의 몸동작에서 따온 품새이지만 매우 날렵하고 강했다.

그는 엄수강가에 있는 수달의 날렵한 몸동작에서 검세를 따온 수달 품새를 펼치며 무골을 공격했다.[14] 이 강가에서 최고의 포획자는 수달이었다. 몸을 빙그레 돌리며 상대의 혼을 뺏는 품새였다. 정신없이 공세를 퍼부었다.

무골이라 불린 자는 아주 평범하게 보이는 인물이었다. 불거진 광대

---

14) 이규보가 쓴 〈동명왕편〉에서는 해모수와 하백이 도술 시합을 하는 것으로 나오는데 이 책에서는 보다 현실적으로 바꾸어 해모수의 제자인 무골과 하백이 검술 대결을 펼치는 것으로 바꾸었다.

뼈와 위로 솟아오른 눈꼬리에서 강한 인상을 풍기긴 했지만 들판에서 농사지을 때 흔히 볼 수 있는 체격의 사람이었다. 하지만 그의 몸동작은 너무나 민첩했다. 하백의 공격을 잘도 피했다. 이상한 것은 공세를 취하지 않았다는 것이다. 단지 수비만 하며 하백을 지치게 만들었을 뿐이다. 수달 품새는 빠른 품새인 반면 오래 펼칠 수 없는 검법이었다. 빠른 시간 안에 승부를 보지 못하면 금방 지칠 수 있는 검법이었다. 무골은 이 점을 노린 것이 분명했다. 하백은 이 검법으로 상대를 제압할 수 없다는 것을 깨달았다. 그는 얼른 다른 검세를 취하였다.

이번에는 산에서 흔히 볼 수 있는, 매가 꿩을 낚아채는 모습을 본뜬 품새였다. 수달 품새와는 반대로 오랫동안 버티고 서서 상대의 허점을 확인하는 순간 곧바로 급소를 내려찍는 품새였다. 빈틈이 보이지 않았다. 마냥 검을 들고만 있을 수 없어 상대의 호흡이 약간 거친 틈을 타서 곧바로 검을 내려찍었다. 하지만 무골은 오히려 상대를 유인한 듯 가볍게 막고는 곧바로 하백의 검을 내려쳤다. 엄청난 힘이 느껴졌다. 하마터면 칼을 놓칠 뻔했다. 순간 하백은 마음만 먹으면 상대가 손쉽게 자기를 제압할 수 있을 것이라는 것을 알았다.

"이제 그만 하시죠."

하백의 마음을 읽었는지 또 한 번의 접전을 마친 후 무골은 하백 다섯 보 정도의 거리를 두고 웃으면서 말했다. 마치 어른이 어린아이를 타이르는 것 같았다. 하백은 비가 오듯 땀이 흘렀지만 흑의인은 미소만 짓고 있을 뿐 전혀 호흡이 거칠지 않았다. 그가 공격을 해온다면 막을 수 없다는 판단을 한 하백은 오랫동안 상대를 노려보다 칼을 거뒀다. 그나마 상대가 자신에게 수모를 주지 않고 싸움을 접은 것이 다행이라 생각했다.

"원래 예맥의 풍습에 딸을 취하기 위해서는 삼년 간 힘든 처가살이를 해야 하는 것을 알고 있습니다만 상황이 여의치 못함을 양해하라 하셨습니다. 대신 제가 단군님을 대신하여 이제부터 유화아씨를 보호할 것입니다."

"……."

하백은 할 말을 잃었다. 개마국은 비록 작은 나라이지만 엄수강가에서는 그래도 제법 영향력이 있는 나라였다. 그런데 자신이 왕이 된 이후에 금와에 이어 또 이런 도적에게 수모를 당한다 생각하니 한심했다. 그러나 단군이 모습을 감춘 이후 이 땅에는 도덕보다는 힘이 더 중요시되는 시대가 되고 말았다. 그나마 사직을 지키기 위해선 참아야 했다. 이자들이 진짜 단군의 후손이길 바라면서.

"내가 졌소. 당신들 뜻대로 하시오."

마침내 하백은 굴복했다.

"어르신의 마음은 압니다. 하지만 염려 마시오. 우리는 절대 도적이 아니오. 다만 우리의 뜻을 방해하는 자는 용서하지 않을 뿐이오."

마치 무골이 하백의 마음을 읽고 있듯 말했다.

두 필의 말이 이끄는 수레가 궁 안으로 들어오고 유화가 마차에서 내렸다. 하백의 눈에서는 눈물이 났다. 저렇게 예쁜 딸을 지키지 못해 뭇 사내들의 노리개가 되는 것이 너무 안타까웠다.

봄의 색은 점점 농도를 더해 갔다. 아직도 쌀쌀한 기운은 여전했지만 분명 산천의 색은 변하고 있었다. 아버지 하백은 노골적으로 유화에게 화를 내는 일이 잦아졌다. 어떻게 몸가짐을 하였기에 도적놈이 유혹하냐며 질책했다. 자신을 향한 부모님의 차가운 시선을 어렵지 않게 느낄 수 있었다. 부모님의 사랑이 두 동생에게 옮겨간 것도 알 수 있었다.

유화는 숨죽이며 집안에만 갇혀 있었다. 아버지는 집밖은 물론 방안에서 나오지도 못하게 했다. 그럴 때마다 그녀는 자신의 순결을 앗아간 해모수를 떠올렸다. 하지만 원망하는 마음보다는 그립고 기대고 싶은 감정이 더 앞섰다. 그러던 중 자신의 몸 속에서 일어나는 이전과 분명히 다른 변화를 감지하기 시작했다. 두려웠다. 아직 스물이 안 된 자신이 감당하기에는 너무나 큰 짐 같았다. 하루하루 번민의 날들이 지속됐다.

완연한 봄날이다 싶을 즈음 동부여 금와왕의 사자가 개마국을 찾았다. 몇 필의 말과 수레와 함께 유화를 데리러 온 것이다. 하백에게는 아들이 없고 딸만 셋 있었다. 오랜 숙원이었던 곤연 땅 출신의 금와가 하백의 첫 딸을 첩으로 데려가는 것은 일종의 볼모였다. 물론 유화의 미모가 온 예맥 땅에 소문난 것도 한 이유가 되었지만.

금와는 하백에게 말 열 필과 소 열 두를 선물로 보냈다. 하지만 선물을 앞에 둔 하백의 마음은 두려움이 앞섰다. 유화가 임신한 것을 알고 트집을 잡으면 어떡하나 하는 마음이 앞섰다. 그렇다고 모든 것을 대놓고 밝힐 수도 없었다. 일단은 해모수라 자칭하는 자가 모든 일을 자신에게 맡기라 했으니 그대로 할 수밖에 다른 방법이 없었다.

유화의 마음도 심란했다. 자신의 장래가 어떻게 될지 전혀 예측할 수 없었다. 아직 스물도 안 되었는데 지금의 일은 너무 가혹하다고 생

각했다. 하지만 그녀는 무슨 일이 있어도 자신의 뱃속에서 자라고 있

는 아이만은 꼭 지켜야 하겠다는 다짐을 하며 수레에 올랐다.

4. 금와왕과 유화부인

  힘든 고비도 있었지만 어쨌든 한나라 현도군과의 전쟁에서 승리를 거두었음에도 불구하고 해모수의 등장으로 오히려 해부루와 함께 부여성에서 쫓겨난 것이 십오 년 전의 일이었다.

  곤연 땅으로 돌아간 금와는 절치부심(切齒腐心)하며 다시 부여성으로 돌아갈 날을 손꼽아 기다렸다. 다행히 오천여 명의 백성들을 이끌고 왔기 때문에 이전과 같은 약소국은 아니었다. 더군다나 그는 돌아오는 길에 구려성에 주둔시켰던 병사들도 데리고 왔다. 그는 군사들을 훈련시켰다. 곤연 땅은 많은 백성들을 수용할 만큼 넓은 땅이 아니었기에 훈련된 군사들을 동원시켜 주변 지역을 정복하기 시작했다. 처음은 힘들었지만 곧 군사의 수가 불어나고 세력이 커지면서 주변지역이 서서히 항복해왔다. 여러 번의 전투에서 북옥저마저도 굴복시켰다. 옥저마저 굴복시키고 나자 주변에 동부여에 맞설 나라는 북부여밖에 없었다. 대수맥과 소수맥 지역은 지형이 험하여 아직 어느 편도 아니었다.

금와왕은 북부여의 정세를 계속 정탐했다. 단군이라 주장하는 해모수는 실권을 잡지 못했다. 그는 제사장의 직책만 수행할 뿐 통치적 행위는 전혀 하지 못했다. 실제 나라를 통치하는 자는 송양이었다. 그는 위만조선의 정치조직을 그대로 가져와 백성들을 지휘했다. 철저한 제정 분리였다. 통치행위에서 제외된 해모수의 부하들이 불만을 가지고 있고 부여의 백성들은 이방인인 그를 따르지 않는다는 보고였다. 더군다나 송양 왕[15]은 노성(오늘날 해투알란) 지역으로 쫓겨 간 한나라 현도군이 다시 세력을 확장한 것에만 신경을 쓰고 있을 뿐 부여의 재기에는 별 관심을 두고 있지 않다는 것이다.

드디어 금와는 잘 훈련된 자신의 근위대와 오천의 군사를 이끌고 북부여를 기습 공격했다. 현도군과의 국경지역에 많은 군사를 파견한 송양 왕은 금와의 공격을 막아낼 군사가 부족하여 결국 소수맥의 비류하(沸流河) 지역으로 쫓겨나고 말았다. 해모수도 함께 도망갔으나 그 이후 그의 소식은 알지 못하였다. 일설에 의하면 그는 제사장이라는 단군의 원래 직분에 충실하여 예맥은 물론 삼한의 모든 땅을 돌아다니며 수도 생활에 힘쓰고 있다는 것이다.

다시 부여성을 되찾은 금와는 해부루의 사당을 세워 자신이 해부루가 내세운 정통 후계자임을 알렸다. 또한 송양 왕의 통치하에서 고생

---

15) 이병도는 송양이 사람 이름이 아닌 부족 이름이라 했다. 초기 고구려의 왕을 내었던 소나부라는 주장이다.

하였던 각 부족들의 대가들을 초청하여 그들을 위로하는 한편 마가, 저가, 구가 부족장의 딸들을 자신의 처첩으로 맞아들였다. 다만 가장 강한 부족인 마가와 견줄만한 우가(牛加)에 대하여는 아직도 앙금이 다 풀리지 않았다. 더구나 이들은 해모수 정권에 가장 협조적이었기에 쉽게 용서가 되지 않았다. 오래지 않아 금와는 부여왕으로 군림하면서 절대적 권력을 누리게 되었다. 그는 이전의 송양처럼 제사장과 통치자를 구분하지 않았고 자신이 스스로 통치자이면서 제사장의 직분을 함께 감당했다.

나라가 안정이 되자 그는 주변지역에 대한 정복활동을 다시 재개했다. 그 중에 하나가 개마국이었다. 이전에 자신에게 수모를 안겼던 하백에 대한 공격을 제일 먼저 생각했다. 하백을 공격하기 전에 먼저 항복을 권유했다. 그런데 뜻밖에도 그는 항복의사를 밝혔다. 금와는 약간 과도한 요구조건을 내세웠다. 해마다 말 삼십 필과 소 열 두를 조공으로 바치라했다. 하백은 아무 군말 없이 그대로 하겠다고 했다. 금와는 하백이 너무 싱겁게 굴복하자 이번에는 첫딸을 자신의 첩으로 보내라고 했다. 하백은 아들이 없이 유화, 훤화, 위화라는 딸만 셋이었다. 그 중에서도 유화는 온 예맥 땅에 미녀로 소문이 나 있는 터였다. 이 또한 하백은 거절하지 않았다. 금와왕은 웃고 말았다. 저도 자신에게 저지른 잘못이 얼마나 큰 가를 알고 있다는 증거였다. 그가 온갖 굴욕을 다 참으면서도 사직을 유지하려는 노력이 가상했다. 그래서 그는 하백을 용서하기로 했다.

드디어 유화가 도착했다는 보고가 들어왔다. 대수맥(大水貊, 압록, 두만강 상류지역의 맥족)과 소수맥(小水貊, 동가강 즉 혼강 상류지역

에 사는 맥족)의 대가 딸 중 가장 아름답고 여성스럽다는 소문은 거짓
이 아니었다. 상상하던 것 이상으로 아름다웠다. 여물어가는 석류 같
이 발그스레한 볼과 이제 막 피어나는 복사꽃 같은 싱그러움과 풋풋
함이 넘쳐흘렀다.

도착하는 첫 날 밤부터 금와는 유화를 품에 안았다. 설익은 듯 하면
서도 농염한 맛을 느꼈다. 정략적으로 결혼한 다른 여인들과는 다른
색다른 즐거움이 있었다. 점점 그녀만의 매력에 빠져들었다. 밤이 기
다려졌다. 다른 여자는 눈에 들어오지 않았다. 꿈같은 시간이었다.

오래지 않아 유화의 몸에 이상이 생겼다. 배가 점점 불러 오고 있었
다. 금와는 기뻤다. 이렇게 아름다운 여인에게서 딸을 얻는다면 얼마
나 예쁠까라는 생각을 하니 너무 기분이 좋았다.

"당신 닮은 딸 아이 하나만 낳아 주면 딱 좋겠어."

"아들은 안 되나요?"

"아들! 당신처럼 예쁜 몸에서 태어난 아들은 이 험한 세상에서 살아
남기가 쉽지 않아. 딸이 좋아. 감당할 능력만 되면 아들도 좋지만."

금와는 알 듯 말 듯한 이상한 말을 했다. 금와에게는 이미 일곱 명의
아들이 있었다. 다섯 명의 부인에게서 얻은 아들이었다. 이들 틈에서
약소부족인 개마국 출신의 어머니를 둔 아들은 살아남기가 쉽지 않을
것이라 생각되어 딸을 원했던 것이다. 그만큼 유화를 위한 마음이 담
겨 있었다.

하지만 금와의 유화에 대한 특별한 애정은 궁궐에 있는 다른 여인
들의 가슴에 불만과 시기와 갈등의 싹을 키우는 계기가 되었다. 그녀
들은 자신을 향한 금와왕의 발길이 끊기게 되자 어제까지 누렸던 권

력이 하루아침에 떨어져 나가는 듯한 느낌이었고, 자신이 갑자기 무능력한 존재라는 생각이 들었다. 당연히 유화에 대한 미움의 감정은 점점 자라나고 있었다.

유화가 임신했다는 소식이 들렸다. 금와왕의 첫째 부인 마씨는 이른 감이 있다는 생각이 들었지만 내색을 하지 못했다. 잘못 말했다간 금와왕의 질책을 받을 수 있었다. 그런데 이런 생각을 자신만 하고 있지 않았다. 다른 부인들도 마찬가지였다. 그녀들 또한 금와왕의 사랑을 받지 못하는 것에 대한 불만이 커지고 있던 터라 유화의 임신 소식이 반가울 리가 없었다. 생각보다 빠른 유화의 임신 소식에 날 수를 계산하던 사람들이 뭔가 이상하다는 것을 말하기 시작했다.

"유화 그년이 다른 남자가 있었던 것이 분명합니다."

"그런 여시 같은 년이 홀린 남자가 한 둘이었겠어요."

"무슨 결점이 있으니까 그 애비 하백이 아무 말 없이 딸년을 넘겨주지."

"맞아요. 원래 우리 임금과 하백은 감정이 좋지 않았다지 않아요."

"결론은 나왔네."

한 때는 남편의 사랑을 독차지하기 위해 다투던 사이였던 금와의 다섯 여자들은 남편의 사랑을 빼앗긴 후 동병상련의 아픔을 느끼고 한데 모이기 시작했다. 그리고는 하루 종일 유화를 성토했다.

장자 계승이라는 원칙이 아직 정립되지 않은 상황에서 이들이 남편의 사랑을 독차지하려는 것은 단순한 애정 문제가 아니었다. 그것은 권력문제였다. 자신의 부족이, 혹은 자신의 아들이 나라 전체를 지배할 권력을 갖기 위해 다투는 것이다. 따라서 후계자가 정해지지 않은 상태에서 임금의 사랑이 한 여자에게 집중되는 것은 참을 수 없는 일이었다. 이들은 일단은 힘을 합치기로 했다. 후계 문제에 관한 한 공정한 경쟁이 되어야 한다는 것이다.

하지만 누가 고양이 목에 방울을 달 것인가에 대해서는 합의를 찾지 못했다. 누구도 쉽게 나서려 하지 않았다. 잘못하다간 금와의 노여움을 살 수도 있는 문제였다. 그렇다고 마냥 미룰 수 없어 가장 강한 부족인 마가의 딸이며 첫째 부인인 마씨부인이 나설 수밖에 없었다.

"유화가 아이를 임신했다고 하니 참 축하할 일입니다."

"고맙소. 당신이 나서서 축하해주어서. 안 그래도 유화에게 예쁜 딸 하나를 낳아 달라고 부탁했소."

오랜만에 대하는 마씨부인이었다. 금와는 약간은 미안한 마음이 들기도 했다.

"그런데 의심스러운 것이 하나 있습니다."

"무엇이오?"

"설사 첫날밤에 회임을 하였다 하여도 아직 배가 나올 때는 되지 않았습니다. 그런데 벌써 배가 부르다는 것은 이전에 다른 남자가 있었다는 증거입니다."

"그럴 리가 있겠소, 부인이 너무 과민 반응하는 것이 아니요?"

금와는 여인들이 질투하는 것이라는 것을 금방 알아챘다.

"아닙니다. 이것은 저 만의 생각이 아니라 우리 모두의 생각입니다."

"그렇지 않을 것이오. 사람마다 다 체질이 다른 것이지 이상한 것은 없소."

금와는 유화에 대해 전혀 의심하지 않았다.

"개마국왕 하백과 대왕과는 숙원이 있다 들었습니다. 그런데 그가 너무 순순히 딸을 내 놓지 않았습니까? 이는 무슨 음모가 있기 때문입니다."

"그럴 리가 없소."

금와는 마씨부인의 말이 일고의 가치도 없는 것이라 단정했다.

"저희들이 은밀히 한 번 조사해보겠습니다."

"해보나 마나일 것이오."

금와는 별것 아닌 것으로 치부했다. 다만 그는 마씨와의 만남에서 느낀 것이 있었다. 자신의 권력은 이들 네 부족에서 나오는 것인데 이들을 너무 소홀히 대했다는 것이다. 이들의 입을 통해 자신의 행동거지 하나하나는 부족장들에게 전달된다는 것을 간과하고 있었다.

"내가 그동안 젊은 여자에 너무 빠져 있었나 봅니다. 앞으로는 다른 부인들도 자주 찾겠소."

마씨는 금와가 자신의 말을 강하게 부정하지 않는 것에 안도했다. 그녀는 금와왕의 다른 여자들을 만나 유화에 대한 뒷조사에 착수하기로 했다. 친정의 힘도 빌리기로 했다.

유화를 보낸 뒤 하백은 금와에게 모든 것이 다 들통 나 그의 분노를 사지 않을까 노심초사(勞心焦思)의 세월을 보내고 있었다. 다행히 여러 달이 지나도록 아무 탈 없이 잘 지내고 있다는 연락이 왔다. 내심 안도하며 다시 일상으로 돌아갔다.

사실 그는 금와가 해모수를 몰아내고 부여의 왕이 되었을 때 매우 불안했었다. 십오 년 전 부여국 해부루 왕이 한나라와 싸우기 위해 예맥국의 대가들을 소집했을 때 그를 개구리를 숭배하는 놈이라며 조롱한 일 때문이었다. 예맥족은 하늘과 태양을 숭배하는 수두교를 믿는 것은 같았지만 땅의 정령은 다 달랐다. 개마국은 우발수에 있는 연못의 정령을 믿었고 곤연은 개구리의 정령을 숭배했다. 서로의 정령에 대해서는 간섭하지 않아야 하는 것이 불문율이었다. 그런데 하백이 금와가 숭배하는 정령을 문제 삼아 놀렸던 것이다. 그때는 금와가 이렇게까지 큰 세력으로 성장할 줄 몰랐다.

그때 그는 금와의 일그러진 표정과 함께 자신을 노려보던 모습을 똑똑히 기억하고 있었다. 만약 금와가 당시의 일을 기억하지 못하면 다행이지만 그 때의 표정으로 봐서는 쉽게 잊지 못했을 것이라 짐작했다. 그러던 중 금와가 자신에게 압박을 가해오기 시작하자 그는 무조건 꼬리를 내렸다. 그에게 맞서다가는 자신의 사직마저 위태로워질 수 있다고 판단한 것이다. 다행이 유화가 부여로 간 이후 금와는 더 이상 무리한 요구를 하지 않았다. 오히려 그의 보호 아래 들어가면서 나라의 안정과 평안을 누릴 수 있었다.

무료함을 느낄 만큼 일상의 편안함에 익숙하던 어느 날, 개마국에 손님이 찾아왔다. 생각하기도 싫은 손님이었다. 여전히 흑의 장삼을 입고 있는 무골이었다.

"잘 지내셨습니까?"

"어쩐 일이시오?"

하백은 반갑지 않은 표정으로 그를 맞이했다. 이들만 아니었으면 아무런 걱정 없이 평안한 날을 보낼 수 있다고 생각하니 더욱 싫었다.

"머잖아 부여의 사람들이 찾아 올 것이오. 그들은 당신의 딸에게 해악을 입히려하는 자들이니 조심하시오. 특히 유화부인이 행방불명되었던 일은 절대 비밀로 부쳐야 할 것이오. 혹시 그 때의 행적이 드러나더라도 우리를 몸값을 노리던 단순한 도적 취급해 주길 바라겠소. 물론 유화부인의 신상에는 아무런 변화가 없었던 것으로 하십시오."

결국 문제가 된 모양이다. 하백의 인상은 일그러졌다.

"당사자들에게는 미안한 말이지만 문제가 될 만한 사람들은 우리가 이미 다 해치웠기 때문에 큰 문제가 발생하지 않을 것이라 믿지만 그래도 조심하시오."

"알겠소."

지금은 이들의 뜻에 따라야만 했다. 뜻하지 않게 이들과 한 배를 탄 형국이었기 때문이다. 당장 눈앞의 풍랑이 거센데 싸울 수는 없는 것이었다. 안전지대에 도착하기까지는 함께 풍랑을 헤쳐 나가야만 했다.

"유화부인은 잘 계십니다. 금와왕으로부터 너무 많은 사랑을 받고 있소. 오히려 이것이 문제가 되긴 했지만."

무골은 먼저 유화의 소식을 전했다. 금와의 사랑을 받고 있다니 안심이 되었다.

"다행이군요."

"공자님도 잘 자라고 있습니다."

"공자님이라니?"

"뱃속의 아들 말입니다."

"난 딸이길 바라고 있소. 그래야 아무 탈 없이 지나갈 수 있소."

"하하하! 아무렇게나 생각하십시오."

"저들이 아무것도 눈치 채지 못하였소?"

"무엇을 말이오?"

"모든 것."

"아무 걱정 말고 시키는 대로만 하십시오."

무골은 오래 머물지 않았다. 밥 한 그릇 내놓지 않는 인심에 곧바로 자리에서 일어서야 했다.

"인심이 너무 사납습니다."

무골은 섭섭함을 표하고 개마국을 떠나갔다.

무골이 개마국을 찾은 그 시간 부여국 궁궐에서는 큰 소동이 일어났다. 유화부인의 시녀가 죽은 것이다. 그런데 의아스러운 것은 사인(死因)이었다. 자살인지 타살인지 도무지 알 수가 없었다. 목을 맨 흔적도 없었고, 칼에 찔렸다거나 베인 흔적도 없었다. 주검에 피멍이 든 자국도 없었다. 그렇다고 그녀가 죽을 만 한 병이 있었던 것도 아니고 자살할 만큼 특별한 사연이 있었던 것도 아니다. 궁궐 한 복판에서 사연을 알지 못하는 죽음이 발생하자 금와는 특별조사를 지시했다. 급사한 것이라면 문제가 없지만 만약 외부인의 소행이라면 큰일이었다. 치안에 큰 구멍이 뚫린 것이기 때문이다.

경비병이 소환되고 다른 시녀들도, 주방장도 줄줄이 불려 들어갔다. 하지만 아무리 조사하여도 사인을 알 수가 없었다. 결국 검시관은 그녀의 사인을 급살로 결정했다. 그것이 여러 사람을 다치지 않게 하는 가장 좋은 방법이기도 했다. 경비대장도 주방장도 다 오랜 친구였기 때문이다.

검시관은 내의(內醫)와 함께 금와왕을 찾아 삼월의 죽음에 대해 조사한 결과를 보고했다.

"아무리 조사해도 사인이 없습니다. 급살로 밖에 볼 수 없습니다."

"사체도 검시했느냐?"

"예. 그녀의 몸에서는 타살의 흔적이 하나도 발견되지 않았습니다."

검시관은 자신 있게 말했다.

"백회자리도 살펴보았느냐?"

"예!"

검시관은 무슨 말인지 몰라 옆에 있는 내의를 살폈다. 내의가 약간 당황하는 표정이었다. 검시관은 순간적으로 뭔가가 있다는 것을 알 수 있었다. 하지만 이 자리에서는 내색하지 않는 것이 좋을 것 같아 모른 척했다. 사건이 확대되면 좋은 것이 없었기 때문이다.

"예. 다~ 살펴~ 보았습니다."

내의의 목소리는 약간 떨려 나왔다.

"백회자리에 침이 꽂혀 있지 않더냐?"

사람 머리의 정중앙 백회자리에 침을 꽂으면 그 자리에서 사람은 죽는다. 그것을 금와가 알고 물은 것이다.

"예~ 아무~ 것도 없었습니다."

내의의 목소리는 떨려 나왔다. 사실 그는 삼월이의 시신에 아무런 타살이 흔적이 없자 제일 먼저 살핀 것이 백회자리였다. 놀랍게도 그곳에는 황동 침이 박혀 있었다. 누군가가 의도적으로 찔렀음에 틀림없다. 침술이 보급되지 않은 상태에서 이 정도의 의술을 가진 사람은 부여 전체에서도 드물었다.

"정녕 아무 것도 없었느냐?"

"예. 없었습니다."

내의는 조금 전까지의 태도를 바꾸어 확신에 찬 목소리로 말했다. 금와는 이런 내의의 모습을 한참동안 쳐다보고 있었다.

"자네가 없었다면 없었겠지. 그러면 삼월이의 죽음은 급살로 봐야 하는가?"

"그 외에는 다른 사인이 없습니다."

"알겠네. 물러가게."

금와는 내의의 보고를 받은 이후 그녀의 죽음에 대해서는 더 이상 문제 삼지 않았다. 대신 유화를 보호하기 위해 경비병의 숫자를 더 늘렸다. 그 결과는 유화만 더욱 고립되는 형국이었다.

금와가 이 사건을 일단락 시켰지만 검시관은 궁금해서 견딜 수가 없었다. 뭔가 범인을 찾을 수 있는 단서가 잡힌 것이다. 그는 내의를 조용히 불렀다.

"나도 더 이상 이 일이 확대되는 것을 원하지는 않지만 사실을 알고 싶네. 백회 자리에 침이 박혀 있었는가?"

"……. 예, 박혀 있었습니다."

내의는 솔직하게 말했다.

"그런데 왜 말하지 않았는가?"

"백회자리를 아는 사람도, 그 자리에 정확하게 침을 놓을 수 있는 사람도 이 궁궐 안에서는 저 밖에 없습니다. 만약 그 사실이 밝혀지면 제가 의심받을 것으로 생각했습니다."

"자네는 확실히 아닌가?"

"저는 삼월이가 누군지도 모릅니다. 삼월이가 죽은 시점으로 추정되는 그 시간에 저는 마씨부인의 어깨에 침을 놓고 있었습니다."

그동안의 내의의 행동을 생각하면 의심할 여지가 없는 것이었다. 더군다나 내의는 명의로 소문이 나 있었기에 그에게 밉보일 이유가 없었다. 그의 말을 믿어 주는 것이 좋았다.

"그러면 누구란 말인가?"

"지금 보니 대왕께서도 백회자리를 알고 있는 것 같습니다."

"뭐라고? 그럼 대왕께서?"

"대왕께서 무슨 까닭으로 그런 일을 하시겠습니까?"

"그럼 누구란 말인가?"

"저도, 대왕도 아닌 백회자리를 아는 제 삼의 인물……."

"제 삼의 인물?"

"분명히 있을 것입니다. 유화부인의 처소에 거처하는 제 삼의 인물……."

그러고 보니 있는 것도 같았다. 가끔씩 개마국에서 심부름을 왔다는 삼십대 중반의 평범하게 보이는 눈초리가 하늘로 향한 광대뼈가 불거진 사람, 하지만 그는 도저히 고난이도의 의술을 지닌 사람이라고 보이지 않았다.

'그러면 도대체 범인은 누구며 무슨 이유로 그녀를 죽였는가?

수수께끼 같은 일이었다. 그는 일단 그 자를 만나면 뒤를 추궁해 봐야겠다는 생각을 가졌다. 하지만 그는 궁궐에 좀처럼 모습을 보이지 않았다. 이로 인해 그에 대한 의심은 짙어만 갔다. 그러나 지금은 이 사건이 일단락되었기에 일단 묻어 두기로 했다.

궁궐에 들어온 유화는 금와왕에게 좋은 대접을 받았다. 그가 첫 남자라면, 그리고 정략적인 결혼이 아니었다면 그를 의지하고 그에게 모든 것을 맡기고 살고 싶을 만큼 자상하고 또 남자로서의 힘과 자신감이 넘치는 매력적인 사람이었다. 하지만 그녀는 전리품처럼 떠넘겨진 신세였기에 자신의 마음대로 행동할 수 없다고 생각했다. 그냥 수동적인 삶을 유지할 뿐이었다. 금와가 자신을 예뻐해 주는 것이 고마웠다. 하지만 그럴수록 해모수와 지냈던 꿈결 같았던 날들이 생각이 났다.

우발수에서 있었던 일이 꿈결이었다면 지금은 현실이었다. 기쁨과 아픔, 즐거움과 고민이 함께 공존하는. 금와의 사랑이 깊을수록 더욱 따갑게 느껴지는 여인들의 시선이 신경 쓰였고, 뱃속에서 자라고 있는 아이의 정체성에 대한 두려움이 앞섰다. 이런 상황 속에서 유일하게 마음을 터놓고 지내는, 고향에서부터 데리고 있던, 몸종 삼월이만이 유일한 안식처였다. 친구처럼 언니처럼 의지하고 지내면서 타향에서의 낯설음과 서러움을 이겨내고 있었다. 그런데 그녀가 갑자기 죽은 것이다. 그 비통한 마음은 말로 표현할 수 없었다. 날은 저무는데 어딘 지도 모르는 겨울 산에 홀로 떨어진 기분이었다. 날은 점점 추워지고 방향감을 잃어 어디로 가야 할지도 모르는 산 속에서 점점 나락으로 떨어지는 것 같은 상황이었다.

얼마나 울었는지 모른다. 이제는 자신의 곁에 아무도 남지 않았다는 것이 더욱 무섭게 느껴졌다. 물론 금와가 곁에 있긴 했지만 전적으로 의지할 만큼 믿음을 가지지 못했다. 그는 사삿집의 사내가 아니라 임금이었기 때문이다. 사랑으로 여자를 택하는 그런 남자가 아니라 정략적으로 여자를 고를 수밖에 없는 그런 사내였다. 그에게는 모든 감정을 감추어야했다. 그녀가 부여의 궁궐에 들어온 이후 한 순간도 마음이 편할 날이 없었다. 해모수와의 관계가 들통나지 않을까 늘상 마음 졸이며 살았다. 그녀의 배가 불러오기 시작하면서부터는 더욱 그랬다.

검시관이 결국 그녀의 죽음을 급살로 결론지었지만 유화에게는 짚이는 것이 있었다. 그녀가 죽기 며칠 전, 삼월이를 시녀장이 불러 이전에 유화의 행적에 대해서 꼬치꼬치 캐묻더라는 것이다. 물론 삼월이는 그녀가 시집오기 전 수놓고 바느질 배우고 길쌈질 하며 보냈다고 대답했지만 그것 말고 다른 것을 자꾸 추궁하더란다. 그런 일이 있고 난 뒤 그녀가 죽은 것이다. 유화는 모든 것을 눈치 챘다. 문제는 그녀의 뱃속에 있는 아이였다. 금와의 여인들이 자신을 시기한다는 것은 이미 알고 있었다. 삼월이가 시녀장에게 심문을 받았다는 말을 듣는 순간 그녀는 모든 것을 파악했다. 두려웠다. 모든 것이 밝혀지는 날 어떻게 될 것인지 두려웠다. 자신의 운명과 아버지, 그리고 고국의 운명 모든 것이 위태했다. 그녀는 천지신명께 기도했다. 하느님과 물의 정령에게 자신과 고국과 아버지를 위해 기도했다. 그 기도의 결과가 삼월의 죽음이었다. 물론 삼월의 죽음을 기도하진 않았지만 결과적으로는 그렇게 된 것이다. 삼월이의 죽음으로 인해 우발수에서의 유화의 삼일 간의 행적을 소상하게 아는 사람은 땅 위에 아무도 없게 되었다. 그 일이 영원한 비밀로 묻힐 수 있게 된 것이다. 분명 슬퍼해야 할 일인데 안도의 숨을 쉬게 하는 사건이었다.

유화는 삼월의 죽음이 타살이라고 단정했다. 그러나 범인이 누구인지는 알 수 없었다. 삼월이 죽음으로써 유리해지는 것은 아버지밖에 없었다. 하지만 아버지가 그녀를 암살했을 리는 만무했다. 짚이는 사람이 있긴 했지만 그들은 이 근처에 얼씬도 하지 않았다. 아무튼 자신의 신변에는 여러 부류의 사람들이 감시하고 있다는 것을 깨달았다. 조심해야 했다.

삼월의 죽음이후 달라진 것이 두 가지 있었다. 하나는 경비병들이 대폭 늘었다는 것이고 또 하나는 금와의 출입이 이전보다 뜸해진 것이다.

이제 유화는 마음을 터놓을 사람이 아무도 없었다. 새로운 시녀가 배치되었지만 그녀는 자신을 감시하기 위해 들여보낸 사람이라는 생각이 들어 말과 행동거지를 조심했다. 경비원들이 늘어 문밖출입도 번거로워졌다. 사람이 없는 절해고도에 홀로 갇힌 느낌이었다. 그녀의 유일한 말동무는 뱃속의 아기였다. 아이는 어머니의 외로운 마음을 아는지 유달리 발길질을 해대며 엄마에게 장난을 걸었다. 그럴 때마다 유화는 환한 미소로 화답했다.

산천이 붉은 색으로 또 한 번 옷을 갈아입을 무렵 하백에게 손님이 왔다. 부여에서 사람이 찾아왔다는 말에 하백은 긴장했다. 무골의 말이 들어맞았기 때문이다. 그런데 뜻밖에도 개마국을 찾은 사람은 상상하지도 못했던 마씨부인이었다. 금와의 정실부인인 마씨가 시종관과 함께 하백에게 선물로 줄 소와 말을 이끌고 직접 개마국을 찾은 것이다.

그녀는 나이가 들었음에도 무더위를 몰아내는 선선한 날씨만큼이나 여전히 시원한 미모를 갖추었을 뿐 아니라 한 마디 한 마디 건네는 말이 하백이 지니고 있는 근심을 털어내기에 충분했다.

"귀한 딸을 주셔서 감사합니다. 우리 임금께서 직접 찾아와서 인사를 드리고 국구(國舅)의 예를 올려야 마땅하지만 공사에 바쁘셔서 제가 대신 찾았습니다. 따님으로 인해 우리 임금님이 삶의 새로운 활력을 얻은 것 같습니다. 다시 한 번 감사드립니다."

하백을 공대하며 웃는 얼굴로 예를 갖추고 말했다. 남편을 젊은 첩에게 빼앗겼음에도 질투하는 마음 없이 진심으로 고마워하는 것 같았다.

"아닙니다. 미천한 제 여식(女息)을 받아주셔서 그저 고마울 따름입니다."

"원래 사위될 사람이 장인의 집을 찾아 삼 년 간은 머물러야 되는데 이렇게 약소한 것으로 대신하려 합니다."

"전에도 많은 선물을 보내주셨는데, 또 이렇게 보내 주시니 너무 감사할 따름입니다."

아내가 예쁘면 처갓집에 잘 하게 마련이다. 하백은 금와의 마음 씀씀이에서 유화가 어떤 대접을 받고 있는지 알 수 있었다.

"산과 물이 잘 어우러진 참 아름다운 땅이네요."

"감사합니다."

"개마국은 이런 아름다운 산과 강이 많아서 따님과 같은 미녀들이 많은 것 같습니다."

"과찬의 말씀입니다."

“참, 따님은 대왕의 사랑을 한 몸에 받으며 잘 지내고 있습니다.”

“다 부인이 살펴주신 덕분입니다.”

하백은 만면에 미소를 띠며 거듭 고마움을 표했다.

“벌써 회임도 했습니다.”

“벌써 말입니까?”

“생각보다는 빠른 것 같습니다.”

그녀의 말에 하백은 정신이 번쩍 나는 것 같았다. 몸 어느 구석에선가 식은 땀이 솟아나는 것을 느꼈다.

“글쎄요. 이르다는 느낌은 들지 않는데…….”

하백은 대충 얼버무렸다.

“그런데, 불행한 말씀을 하나 드려야 될 것 같습니다.”

마씨는 좀 전의 환한 미소 대신 애도하는 표정으로 얼굴을 바꾸어 말을 꺼냈다.

“불행?”

하백은 짚이는 것이 있어서 인지 얼굴 표정이 굳어졌다. 마씨는 이런 하백의 표정변화를 놓치지 않았다.

“유화부인 몸종 삼월이가 죽었습니다.”

“예! 삼월이가 죽었다고요?”

“애통하지만 사실입니다.”

하백은 삼월이 죽었다는 말에 깜짝 놀랐다. 유화의 행적을 알고 있는 유일한 사람이 그녀였다. 문득 이곳을 다녀간 무골이 머리를 스쳤다. 하지만 내색할 수 없었다.

“사인이…….”

하백은 말끝을 흐렸다. 자신도 모르게 당황한 마음이 드러난 것이다.

"왜 그러십니까? 무슨 짚이는 것이라도 있으신지요?"

"아~ 아닙니다."

하백은 세차게 고개를 흔들었다.

"급살이었습니다."

"아~ 그랬군요."

하백은 자신도 모르게 안도의 숨을 내쉬었다. 마씨는 그 순간을 놓치지 않았다. 하백의 급격한 감정변화를 눈치 챈 것이다.

"우리 유화는 괜찮습니까?"

"한 때 상실감에 빠지기도 했지만 지금은 잘 극복하고 예전과 다름없는 생활을 하고 있습니다."

"다 부인이 보살펴 주신 덕분입니다. 앞으로도 저희 딸 잘 부탁드립니다."

하백은 화제를 돌렸다.

"큰 나라의 살림을 맡아보시려면 머리가 복잡하실 것인데 이왕 여기까지 오셨으니 며칠 푹 쉬시다가 가십시오."

"그래도 괜찮겠습니까?"

"영광입니다."

마씨부인은 사흘을 더 머물렀다. 그녀는 싫은 내색 한 번 않고 하백이 이끄는 대로 개마국의 승경(勝景)을 구경했다. 하백은 무골의 말을 떠올리며 조심스럽게 마씨부인을 접대했다. 하지만 시간이 지날수록 그의 경계심은 풀어졌다. 너무나 공손한 마씨부인의 태도에서 그녀는 유화를 위해할 사람이 아니라는 것을 느낀 것이다. 도적들의 말을 잠시나마 믿은 것에 대해 실소를 머금었다.

"이렇게 환대해 주서서 감사합니다. 오늘은 제가 여러분들을 위해 잔치를 베풀겠습니다."

마씨부인은 개마국을 떠나기 전 날 환대해준 사람들의 노고를 치하하며 큰 잔치까지 열었다. 하백은 진심으로 고마움을 표했다. 그의 머릿속에 무골과 같은 도적놈은 이미 사라지고 없었다.

돼지고기가 통째로 나왔다. 마씨부인이 가져온 마두주도 몇 순 배나 돌았다. 하백은 머루주와 귀한 뱀술도 내 놓았다. 개마국 백성들은 금와와 마씨부인의 은혜에 감격하며 마음껏 마시고 먹었다. 밤이 이슥하여서는 노래 소리가 끊어지지 않았다.

마씨부인은 잔치가 무르익을 무렵 흐뭇한 미소를 짓고 자리에서 일어섰다.

"즐겁게 노는 모습이 참 보기 좋습니다."

"다 부인의 덕분입니다. 저는 부인이 이렇게 좋은 분인 줄도 모르고……."

이미 하백은 취해 있었다. 자신이 무슨 말을 하는 지도 몰랐다.

"전에는 어떻게 생각했는데요?"

마씨부인은 여전히 웃는 얼굴로 물었다.

"우리 유화를 해치지나 않을까…… 노심초사 했습니다."

"제가 왜 유화부인을 해칩니까? 그렇게 아름답고 예쁜데……."

"아~ 그야 개가……."

번쩍 정신이 들었다. 얼른 말을 멈췄다.

“왜요? 무슨 허물이라도 있습니까?”

마씨부인은 그 순간을 놓치지 않았다.

“아~ 아닙니다. 제가 금와왕에게~ 잘못 한 것이 있어서……..”

대충 얼버무렸다.

“저희 임금은 너그러우신 분입니다. 그런 염려는 마십시오.”

마씨부인은 여전히 웃고 있었다.

“부인은 참 좋으신 분 같습니다. 우리 유화를 잘 부탁드립니다.”

다음날 마씨부인은 떠나갔다. 시골사람들이 따라할 수 없는 우아하고 아름다운 자태 그대로. 하백은 몇 번씩 절을 하며 마씨부인을 떠나보냈다.

사실 유화를 금와왕에게 보내면서 가장 염려스러운 것은 당연히 유화가 해모수를 만났던 일이 들통 나는 것이었다. 더군다나 만약 그녀가 임신이라도 했다면 더 큰일이었다. 다음으로 걱정스러운 것이 다른 부인들과의 관계였다. 변방의 약소국 여자라 구박받고 살면 그것도 아버지로서 가슴 아픈 일이었다. 그런데 마씨부인을 만나고 나서 이 모든 것이 기우였음을 알았다. 그의 마음 속 근심은 봄볕에 눈 녹듯이 사라졌다.

그러나 그가 알지 못하는 것이 하나 있었다. 마씨부인의 접대에 신경 쓰는 사이 그녀의 시종들이 삼월이의 부모를 찾아 그녀의 죽음을 애도하며 위로의 선물을 주고 떠났다는 것을 몰랐다.

마씨부인의 개마국 방문은 성공적이었다. 그녀의 외유는 금와왕의 지시에 의한 것이 아니었다. 마씨부인의 계획 하에 친정의 경제적 도움을 받아 전격적으로 이뤄진 것이다. 변방의 대가(大加)라서 그런지 몰라도 하백은 매우 순진했다. 그녀의 웃음 뒤에 감추어진 비수를 발견하지 못하였다. 그녀가 머물다 온 사흘이라는 기간 동안 마씨부인은 알고 싶은 것의 단서를 거의 발견하였다. 이제부터는 이곳에서 나머지 실타래를 풀기만 하면 되었다.

부여성에 돌아온 마씨부인은 금와왕의 여자들을 다 불러 모았다. 유화만 빼고. 개마국 방문에서 알아냈던 모든 것을 다 말했다. 여러 정황상 의심스러웠던 것도 다 말했다. 그 중에 제일 핵심은 삼월이 부모를 만났던 일이다.

"유화와 죽은 삼월이 삼일 동안 납치된 적이 있었다 하오. 이곳으로 오기 꼭 한 달 보름 전이었다 하오. 몸값을 지불하고 풀려나긴 했다지만 여러 가지 정황 상 그때 무슨 일이 있었던 것 같소. 내 생각엔 그 때 임신을 하지 않았나 싶은데……."

딸 아들을 많이 낳아 본 여자의 말이라 신뢰할 수 있었다.

"그렇다면 뱃속의 아이는 도적놈의 아이라는 말 아닙니까?"

"어쩜 양심도 없이……. 나 같으면 목메었을 것인데."

"아니 저가에서도 그렇게 정절관념이 강했소."

"뭐라고요! 말 다했어요."

"아, 조용! 지금 우리끼리 싸울 때가 아니라고 하지 않았나."

마씨부인은 부인들끼리의 경쟁의식을 적절히 무마시키며 대응책을 마련해 나갔다.

"마지막 날 내가 잔치를 베풀었는데 술 취한 하백의 입에서 나온 말에서도 뭔가 비밀이 있다는 것을 알 수 있었소. 이제부터는 전방위적으로 유화를 압박해야겠소."

"어떻게 말입니까?"

"임금에게 이 사실을 알리는 것은 물론이고, 시녀들을 통하여서, 혹은 유화와 만날 때마다 계속 그녀를 다그치시오. 그러면 결국 그녀는 모든 것을 다 자백하고 말 것이오."

"그렇게 되면 유화와 아이는 쫓겨나겠지요."

"쫓아내서는 안 되지 죽여야지."

"그래도 한 때 임금을 모신 여잔데 그냥 쫓아내야지."

"그만들 해!"

유화의 배는 점점 불러왔다. 삼월이 죽고 난 뒤 그녀 주위엔 아무도 없었다. 끔찍하게 예뻐해 주던 금와왕의 발길도 뜸해지면서 자신을 대하는 시녀들의 태도도 달라졌다. 마치 누구의 사주를 받은 듯 고분고분하지 않고 무뚝뚝하게 행동했다. 궁궐에 있는 다른 부인들은 아예 자신을 마치 무슨 징그러운 뱀 보듯 피해 다녔다. 그녀는 점점 고립되었다. 아무도 아는 척 해주지 않는 고독한 환경에서 오로지 그녀를 반겨주는 것은 뱃속의 아이 뿐이었다. 출산 일이 다가올수록 어머니가 보고 싶어졌다. 아이를 제대로 낳을 수 있을 지도 걱정이었다. 하지만 아무도 의논할 사람이 없었다. 어떡하다 이런 운명에 처하게 되었는지 한숨밖에 나오지 않았다.

"부인의 뱃속에 있는 아이는 임금님의 아이가 아니라면서요?"

어느 날 밥상을 들여오던 시녀가 노골적으로 비아냥거리며 말했다.

"뭐라고, 누가 그런 소리를 해!"

마침내 유화는 참았던 화를 폭발시켰다.

"궁궐에 소문이 자자하던데요."

시녀는 조금도 위축되지 않고 소문도 못 들었냐는 투로 빈정대며
말했다.

"너 한 번만 더 그런 엉터리 말하고 다니면 용서치 않을 것이야."

"화를 내시면 뱃속의 아이한테 이롭지가 못해요."

"뭐!"

"전 단지 궁궐에 떠다니는 소문을 말하는 것뿐이에요."

"궁궐에 그런 소문이 다 났단 말이지?"

"그럼요. 모르는 사람이 없어요."

삼월이도 죽은 마당에 어떻게 그런 소문이 났는지 도대체 알 수가
없었다. 다만 아직 해모수와의 관계는 모르는 것 같았다. 그러나 이런
소문이 궁궐에 퍼졌다면 예삿일이 아니었다. 자신의 시중을 드는 시
녀마저 비아냥거릴 정도면 궁궐에서는 더 이상 고개를 들고 다닐 수
가 없게 된 것은 물론이고 잘못하다간 자기뿐 아니라 아버지와 아이
에게까지 해가 미칠 수 있는 일이었다. 어린 유화가 감당하기에는 너
무나 큰일이었다. 어쩌다가 이런 지경까지 이르게 되었는지 통탄할
노릇이었다. 해모수가 너무 야속했다. 머잖아 분명 자신에게 추궁이
있을 것이라 생각하니 아찔했다.

"마씨부인께서 부르십니다."

오래지 않아 호출이 있었다. 드디어 올 것이 왔다 싶었다. 궁궐 안에
서는 마씨부인이 제일 웃어른이었기에 그녀의 명을 거역할 수는 없었
다. 유화는 뒤뚱거리는 몸으로 마씨부인의 처소에 나아갔다.

"앉게나."

"그래, 아이는 잘 자라고 있나?"

“예!”

“이럴 때 일수록 몸가짐을 바로 해야지.”

마씨부인은 아주 온화한 미소를 짓고 있었다.

“그런데 말일세, 궁궐 안에 아주 괴상한 소문이 나돌아서 자네를 불렀네.”

“무슨 일이신지?”

“자네가 궁에 들어오기 전에 다른 남자와 합궁을 하고 그 아이까지 뱄다는 소문이 있는데 물론 헛소문이겠지?”

“당연히 헛소문입니다.”

“나도 그렇게 믿네. 아마도 자네를 음해하는 세력들이 헛소문을 퍼뜨린 것일 것이야.”

“그렇습니다.”

“그런데 말일세, 자네 궁에 들어오기 한 달 전에 도적에게 납치되었다는 소문이 있던데 사실인가?”

“예!”

“저런, 깜짝 놀라는 것을 보니 사실인 모양이구나.”

“……”

“내의가 말하는 자네의 출산예정일을 따지면 궁에 들어오기 전에 이미 회임을 했다는 결론이 나오는데. 이것은 우연의 일치겠지. 칠삭둥이도 있고 팔삭둥이도 있으니깐?”

“그~ 그렇습니다.”

유화의 말이 떨려나왔다.

“죽은 삼월이가 자기도 모르게 자네의 회임 비밀을 동료에게 말하고는 자책감을 못 이겨 음독했다는 소문도 있던데 이것도 사실이 아니겠지. 삼월이의 사인은 급살로 밝혀졌으니깐?"

마씨부인은 여전히 온화한 미소를 짓고 있었다.

"이상하게 모든 정황이 저에게 불리하게 돌아갑니다만, 삼월이가 살아 있었다면 모든 것을 다 밝혀 줄 것인데 그렇지 못해 안타까울 뿐입니다."

유화는 가능한 한 태연하게 말하려 애썼다.

"나는 자네를 믿네. 나는 자네 편이야. 다만 내명부를 책임지고 있는 자로서 사실을 알고 싶을 뿐이야. 궁궐에 분란이 일어나면 좋을 것이 무엇 있겠어. 나는 자네의 이모나 어머니뻘 되는 나이니 무슨 질투심이나 시기심이 있겠는가? 고민이 있으면 다 털어놓게. 내가 감싸 줄 테니."

마씨부인은 얼굴 가득 미소를 띠고 온화하게 말했다.

"예."

대답하는 유화의 표정이 자신이 없어 보였다.

"돌아가게. 어려운 일 있거나 말 못할 사정이 있으면 나에게 말하고."

유화는 부여성에 들어온 이후 처음으로 어머니의 따스함을 느끼는 것 같았다. 순간적으로 모든 것을 다 밝히고 용서를 구하고 싶은 마음이었다. 눈에서는 눈물이 두어 방울 떨어졌다. 하지만 입술을 꾹 다물었다. 혹시나 하는 마음이 들었기 때문이다.

"돌아가겠습니다."

유화는 자신의 거처로 돌아갔다.

마씨부인은 유화가 흘린 눈물의 의미를 생각해보았다. 말 못하고 눈물만 흘리는 그녀의 모습에서 자신의 추측이 옳다는 확신을 가졌다. 이제는 모든 사실을 금와왕에게 밝힐 때가 되었다고 판단했다.

마씨부인의 말을 종합해보면 상대가 해모수라는 사실을 제외하고는 모든 것이 다 드러난 셈이다. 유화는 마씨 앞에서 부끄러워 쥐구멍에라도 들어가고 싶은 심정이었다. 모든 사건의 전말이 밝혀지는 것은 시간문제인 것 같았다. 죽고 싶었다. 삼월이의 뒤를 따르고 싶었다. 자신이 죽으면 아버지와 고국은 살아남을 것 같았다. 하지만 그렇게 되면 뱃속의 아이는 세상 빛도 보지 못하고 죽게 되는 것이다. 누군가가 나타나서 자신을 어디론가 데려가 주었으면 좋겠다. 부끄럽고 창피스러워 시녀의 얼굴도 더 이상 보지도 못할 것 같았다. 자신을 이렇게 만든 해모수가 원망스러울 뿐이었다.

해모수를 떠올리는 순간 그녀는 갑자기 그가 어려울 때 펼쳐보라며 건네 준 주머니가 생각났다. 그녀는 장롱 속에 깊이 감춰둔 주머니를 꺼냈다. 그 속에는 버들로 만든 어린 아이 주먹만한 반짇고리가 들어 있었다. 그 중 뚜껑에 일(一)이라고 쓰인 반짇고리를 열었다. 여러 겹으로 접은 종이가 들어 있었다.

'권력자는 온화한 미소를 띠고 있지만 그 속에는 비수를 감추고 있다. 미소에 속지 마라. 어머니는 강하다. 봄이 오기 위해서는 매서운 바람이 있어야한다. 시련이 클수록 봄이 가까워짐을 생각하라. 선한 거짓말은 선한 것이다. 하느님이 빛 가운데로 인도하여 회임을 한 것이다. 하느님이 이끄는 대로 회임을 했을 뿐이다."

매우 추상적인 말이지만 지금의 자신의 처지를 너무도 잘 나타낸 말이었다. 해모수가 보고 싶었다. 어디 있는지 알 수 없지만 그는 정확하게 오늘의 이 상황을 예상했다. 그는 멀리 있지만 항상 자신과 함께하고 있다는 생각이 들었다. 갑자기 힘이 솟았다. 버텨내야 한다는 생각이 들었다. 아이를 지켜내야만 했다. 아이를 위해서라면 무슨 일이라도 다 해야겠다는 결심이 섰다.

오랜만에 금와왕이 유화를 찾았다. 배가 불러오면서 그는 유화를 찾는 횟수가 줄어들었다. 그것도 잠깐 들를 뿐이었다.

"어디 우리 아이 잘 크고 있나 보자."

금와는 유화의 옷깃을 헤치고 그녀의 배에 귀를 갖다 댔다.

"어이구 이 자식 힘도 세지. 아빠가 찾아온 줄 알고 반갑다고 마구 발길질을 하네."

금와는 껄껄 웃었다. 유화도 미소를 지었다.

"나는 말이야. 당신을 사랑해."

금와는 유화의 배에서 귀를 뗀 뒤 온화한 미소를 띠며 말했다.

"감사합니다."

"설사 그것이 내 자식이 아니라도 말이야."

금와는 지나가는 듯한 말처럼 했다.

"그게 무슨 말씀입니까? 내 자식이 아니라니요?"

유화는 정색을 하고 되물었다.

"마씨부인에게 다 들었소."

"저도 들었습니다. 그 황당한 소문을?"

유화에게서 어디서 그런 강한 모습이 숨어 있었나 싶게 그녀는 당당하게 말했다.

"황당한 소문?"

"황당하지 않습니까? 그 논리대로 말한다면 천하에 칠삭둥이 팔삭둥이 엄마들은 다 바람둥이란 말입니까?"

"허허허! 그것 아주 재밌는 말인데. 당신 아주 예뻐."

금와는 앙탈부리는 유화의 모습을 보고 빙그레 미소를 지었다. 유화는 그 말에 오히려 할 말을 잃어버렸다.

"우리 부족은 형이 죽으면 동생이 그 형수를 취하여 그 가족을 보호해 주지. 나는 당신이 설령 다른 남자의 연인이라도 문제 삼지 않아."

"예!"

유화는 금와의 넓은 도량에 잠시 감동한 듯 했다.

"그러니 말 못할 사정이 있으면 나에게 속 시원하게 터놓게."

"저는 그런 것 없습니다. 다만 하느님이 인도하는 대로 회임했을 뿐입니다."

"하느님이 인도하지 않고 회임하는 여자도 있나? 하하하!"

금와는 크게 웃고 말았다. 순간 유화는 금와의 마음이 어떤 지 도무지 알 수가 없어 그를 어떻게 대할지 잠깐 당황했다.

"마씨부인은 부여에서 가장 강한 부족의 왕녀요. 그녀를 거스를 수는 없어. 나도 때론 그녀의 눈치를 살펴야 해."

"무슨 의미예요. 그게."

"사실을 밝히는 것이 좋을 것이라는 말이오."

"내가 밝힐 수 있는 사실은 하느님의 인도하심으로 아이를 가졌다는 것뿐입니다."

유화는 이제 머뭇거리지도 부끄러워하지도 않았다.

"좋아. 끝까지 그 자세 유지하게. 다만 딸이면 문제없지만 아들을 낳게 되면 궁궐에서는 키우지 못할 것이네."

"예! 그것이 무슨 말입니까?"

"아이가 살아남기가 힘들어. 내가 너를 너무 총애한 것이 잘못이야."

"아무리 그래도 아이에게는 엄마가 필요합니다."

"아이의 목숨도 장담 못 해."

"안 됩니다. 절대 안 됩니다."

"마가(馬加)의 마음일세. 저들은 자신들의 외손을 부여의 왕으로 삼으려 하지."

"예!"

왜 마씨부인이 자신과 자신의 아이에 집착하는지 그 이유를 어렴풋이 짐작했다.

"……하지만 난 아냐."

금와는 들릴락 말락 한 목소리로 말했다. 유화는 그 말을 놓치지 않았다.

"나의 양아버지인 해부루는 가장 약한 부족 출신인 나를 아들로 삼고 왕으로 만들었어. 그것이 부여를 다시 세워 일으킨 원동력이었다. 나도 그럴 수 있어. 자신은 못하지만."

"……."

"그런 이유로 자네가 여기에 온 이후 나는 자네만 찾았네. 불행하게도 내 씨가 아닐 수도 있어서 유감스럽지만."

"누가 뭐래도 이 아이는 당신의 아이입니다."

"나도 그러길 바래. 그러나 그 아이가 당신의 말대로 하늘의 뜻에 따라 회임된 아이가 아니라면 그는 살아남지 못 해. 마가도 자신들이 왕비족이 되고 또 왕이 되고 싶은 열망이 강하기 때문이지."

금와는 옆에 유화가 듣건 말건 이해하건 말건 개의치 않고 마치 술을 마신 후 혼자 독백하듯 말했다. 이날 이후로 금와왕은 유화를 찾지 않았다. 대신 마씨부인의 노골적인 탄압이 시작되었다.

그러나 유화는 이전과 달랐다. 무엇이 그녀를 완전 달라지게 하였는지 알 수 없지만 그녀의 태도는 당당했다.

"나는 하느님의 뜻에 따라 회임하였을 뿐 다른 어떤 일도 모릅니다."

대신 그 대가를 치러야했다. 그녀는 혼자 아이를 낳아야 했다. 겨우 산파를 구했을 뿐 그의 곁에는 금와도 해모수도 아버지도 어머니도 없었다.

건강한 사내아이가 태어났다. 다른 아이들보다 훨씬 큰 아이였다. 반달모양의 까만 눈썹이 누구를 닮았다는 생각이 들었다. 아이가 옆에 있으니 든든했다. 아이와 함께라면 얼마든지 외로움과 역경을 이겨낼 수 있을 것 같았다.

하지만 이런 그녀의 꿈은 오래가지 못했다. 잠깐 뒷간에 갔다 온 사이 아이가 없어진 것이다. 백일도 되기 전의 일이었다.

이날 하루 종일 별채에서는 울음소리가 끊이지 않았다.

5. 호로자식 추모

"잡았다."

아직 어린아이 티도 벗지 못한 꼬마가 자기의 덩치보다 몇 배는 더 큰 부피의 나뭇단을 지고 가다 말고 엉성한 활을 꺼내 나무에 앉아 있는 새를 쏴 맞춘 것이다. 그가 들고 있는 활은 휘어진 참나무에 칡껍질을 몇 겹으로 꼬아 활줄을 만든 동네의 꼬맹이들이 가지고 노는 흔한 장난감 활이었다. 그러나 그가 들고 있는 화살촉만은 결코 장난감이 아니었다. 돌을 날카롭게 갈아 싸리나무 끝에 꽂은 뒤 칡 줄기로 묶었는데 매우 예리하였다. 그의 활을 맞은 참새 한 마리가 나무에서 떨어져 날지를 못하고 날개만 파닥거리고 있었다.

대흑산령의 자락에 위치한 제법 깊은 산 속에서 이제 갓 일곱 살 정도 됨직한 짙은 팔자 눈썹을 한 어린 꼬마 아이가 활로 사냥을 한 후 화살촉을 뽑아 자신이 직접 만든 전통 속에 집어넣고 사냥한 노획물을 나뭇단 속에 숨겨 산 아래로 내려갔다. 그의 입에서는 제법 나무꾼다운 콧노래도 흘러나왔다.

"나무하러 간지가 언젠데 인제 돌아와. 빨랑 와서 소여물도 주고 말똥과 소똥도 치우고 말려야지."

마을의 제법 큰 기와집에 들어서자마자 집사인 듯한 자가 부지깽이를 들고 아이를 사정없이 내리치며 혼을 냈다. 아이는 얼른 나뭇짐을 내려놓고 피해 도망갔다. 늘상 있는 일인 듯 그는 집사의 잔소리가 채 끝나기도 전에 또 다시 대문 밖으로 사라져 버렸다.

"저 놈의 자식 저거 어떻게 저렇게 막되어 먹었지……. 하기야 애비 애미 없는 호로자식이니 어련하겠나. 쯧쯧쯧."

그런데 그 소리를 들었는지 꼬마 아이는 어느새 다시 대문 앞에 나타났다.

"지금 뭐라 했소. 애비 없는 자식."

"그래, 이놈아. 애비가 없으니 그렇게 어른도 몰라보고 막되게 굴지."

"애비 없는 것도 서러운데 그런 욕까지 해야겠소."

화가 난 소년은 항상 몸에 지니고 있던 활과 화살을 꺼냈다.

"이놈의 자식이 어디다 대고 활을 겨눠!"

"나야 어차피 애비 없는 자식이라 억울할 것도 없으니 아저씨 죽고 나 죽읍시다."

"아~ 아냐. 추모야 내가 잘못했다. 잘못했어."

집사는 손을 내저었다. 그의 목소리는 떨려 나왔다. 그는 비록 어린 아이지만 추모가 활솜씨가 뛰어나다는 것을 알고 있었던 것이다.

"그런 소리 또 할 거예요?"

"아~ 아니 안 할게."

"그런 소리 한 번만 더하면 가만있지 않을 거예요."

"그~ 그래 다~ 시는 안 그럴게."

집사는 어린 아이 앞에서 체면이 말이 아니었지만 상대가 워낙 독한 놈이라 체면이고 뭐고 없었다. 추모는 정말로 활을 쏠 아이였다.

"미안해요 아저씨."

추모는 겨누었던 활을 내리고 씩 웃고는 집사의 눈앞에서 사라졌다.

"휴~~"

집사는 안도의 한숨을 쉬었다. 어린 아이라고 함부로 말하다가 큰 코 다칠 뻔하였다.

칠 년 전 어느 겨울, 차가운 바람이 몹시 불던 날이었다. 아침에 일어나 마당에 쌓인 눈을 치우기 위해 비를 들고 마당에 내려선 순간이었다. 대문 밖에서 애기 우는 소리가 들렸다. 그것도 배고파서 고통스럽게 우는 울음이었다. 이해 겨울은 땔감을 구하지 못한 백성들 중 얼어 죽은 자가 생길 정도로 몹시 추웠다. 먹을 것을 구하지 못한 백성들 중 아이만은 살리려는 욕심에 간혹 부잣집 행랑에 아이를 버리고 가는 일이 종종 있었기에 집사는 아이를 안고 일단 유모부터 찾아 젖을 먹였다. 마음씨 좋은 주인어른은 이 아이를 거둬 들였다. 이때부터 추모는 이 집의 종들 속에서 자랐다. 다행히 집안에 젖먹이 주인집 아들이 있어 젖동냥은 어렵지 않았다.

이 집 주인 두무실은 마가와 더불어 부여국의 첫째 둘째를 다투는 우가족 출신의 부족장이었다. 한 때는 영화를 누렸지만 금와가 등장한 이후부터 모든 것이 뒤틀렸다. 해부루가 현도군을 치기 위해 군사를 징발할 때 그도 마을 청년들을 이끌고 참전하려했다. 하지만 금와라는 애송이가 부여왕 자리를 넘보기 위한 행동이라며 우가족 대가가 말렸다. 그 이후 그의 삶은 꼬이기 시작했다. 한 때 해모수가 해부루를 몰아내고 부여왕이 되었을 때는 잠시 회복되는 듯 하였지만 또 다시 금와가 해모수를 몰아내고 부여의 왕이 된 이후로 모든 것은 끝이었다. 지금은 완전 권력을 잃고 귀족 아닌 귀족으로 살아가고 있었다. 이 무렵 추모는 이 집에서 자라났다.

다섯 살을 넘어서는 마냥 놀릴 수만은 없어 어른들의 잔심부름과 허드렛일을 시키다가 올해부터는 땔감을 구하러 산에 보냈다. 그런데 아이들과 함께 산에 보내면 진종일이었다. 아이가 겁도 없이 깊은 산에 들어가서 돌아오지 않아 사람을 놀라게 하는 경우가 허다했다. 집사는 훈계를 했지만 듣지 않았다. 그럴 때마다 호로자식이라 욕을 했다. 그래서인지는 몰라도 심성은 착한 아이인데 고분고분하지가 않았다. 여름이 지나서는 칡넝쿨을 이용해 활을 하나 만들었는데 그럴듯했다. 싸리나무를 이용해 화살도 만들었는데 제법 모양새가 났다. 그러던 어느 날 싸리나무 끝에 돌로 만든 날카로운 화살촉을 꽂아 들고 다니더니 거의 매일 손에 사냥물을 들고 나타났다. 그는 노획한 사냥물을 집안에 들여놓는 경우가 많았지만 때로는 또래의 아이들을 모아 포식을 시키며 점점 아이들의 우두머리로 자리 잡았다. 그 속에는 어느 틈엔지 주인집 아들 오이(烏伊)도 끼어 있었다.

아버지도 어머니도 알 지 못하는 추모는 씩씩하게 잘 자랐다. 추모

가 열다섯 살이 되었을 무렵, 버릇없는 아이로 거친 아이로 인식되긴
했지만 또래 아이들 보다 머리 하나는 더 있는 그는 어른 취급을 받았
다. 벌써 수염도 자라기 시작하여 장가를 가도 되겠다는 소리도 들었
다. 그런데 희한하게도 그는 귓속에서도 수염이 나서 아이들의 놀림
거리가 되기도 했지만 활을 잘 쏘았기 때문에 아이들 사이에서는 주
몽[16]이라는 별명으로 불리며 부러움을 많이 샀다.

추모는 아침에는 말똥과 소똥을 걷어 말리는 일을 주로 하고 오후
에는 나무하는 일을 도맡아 했다. 허리에는 날이 선 도끼와 낫을 차고
지게에는 활을 넣어 두려울 것이 없어진 추모는 점점 깊은 산으로 들
어갔다. 그의 활도 날로 개선되어 이제는 제법 탄력을 받아 멀리까지
날아갔다. 따라서 그가 잡아들이는 사냥물도 점점 부피가 커져 어떤
때는 나뭇단 대신 큰 노루를 지게에 싣고 오기도 했다. 이로 인해서 포
식을 하게 된 집안 식구들은 더 이상 그를 호로자식이라 놀리지 않았
고 함부로 대하는 어른도 없어졌다. 집안의 당당한 장정으로 인정을
받는 것이었다.

이제 그를 막 대하는 사람도 놀리는 사람도 없어졌지만 그의 행동
은 눈에 띄게 달라졌다. 점점 말 수가 줄어들고 잘 웃지도 않았다. 사
람들은 어른이 되기 위한 과정이라며 대수롭게 생각하지 않았지만 추
모의 마음은 그렇지 않았다. 점점 자신의 정체성에 대해 궁금해졌다.
왜 나는 아버지 어머니가 없는 것일까? 아버지 어머니가 있다면 왜 나
를 버렸을까? 아버지는 어떤 사람일까? 또 어머니는? 나는 이대로 평

---

16) 활을 잘 쏘는 사람이라는 의미의 만주어

생 남의 집에서 종 아닌 종으로 살아야하는 것일까? 고민이 깊을수록 그는 더 깊은 산으로 들어갔고 그가 해오는 나무는 점점 굵은 나무로 변해 있었다. 물론 나무하는 중간 중간 활쏘기에 열중하는 것도 변함 없는 하루일과였다.

이날도 추모는 아침 일을 끝낸 후 도끼와 낫 그리고 활을 지게에 챙긴 후 산으로 향했다. 그는 늘상 혼자였다. 마을의 아이들에게 같이 가자해도 멀리가면 표범이 나타난다며 나서려 하지 않았다. 할 수 없이 또 혼자 나섰다. 땅만 쳐다보고 지게 작대기를 지팡이 삼아 터벅터벅 걸었다. 사념이 깊을수록 점점 깊은 산으로 들어갔다. 매일 다니는 길이라 특별한 방향을 잡지 않아도 발길은 늘상 가는 곳으로 향했다. 샘물에서 한 표주박의 물을 마신 후 지게를 베개 삼아 잠깐 드러누웠다. 울창한 나무 잎 사이로 맑은 하늘이 잠깐씩 보였다. 하늘 저 너머에 있을 것 같은 어머니의 얼굴을 떠 올려보았다. 어떤 모습일까 아무리 그려도 그려지지 않았다. 아니 그려지는 얼굴이 있긴 했다. 주인 딸 예린이었다. 자신보다 두어 살 어린 예린은 항상 웃는 얼굴로 추모를 대했다. 하지만 넘볼 수 없어 생각마저 지우려하는데 이렇게 하늘을 보거나 어머니를 떠올릴 때마다 생각이 났다.

다시 걸었다. 발길은 점점 깊은 곳으로 향했다. 땀이 송골송골 맺힐 즈음 그는 도끼를 꺼내 들었다. 잡생각을 잊을 겸해서 아름드리 나무를 정해놓고 내리 찍기 시작했다. 이마에는 송글송글 땀이 맺히기 시작했다. 하지만 그의 도끼질은 멈추지 않았다. 드디어 아름드리 나무가 쓰러졌다. 개울물에 이마의 땀을 씻으며 잠깐 휴식을 취했다. 샘물로 허기진 배를 속이고 풀밭에 풀썩 주저앉았다. 습관적으로 활을 꺼냈다. 하도 많이 만져서 활은 윤기가 날 정도였다. 화살촉을 만지작거리다 뾰족한 바윗돌을 찾아 돌촉을 비볐다. 화살촉을 날카롭게 가다듬는 일도 늘상 이 시간에 하는 일이었다.

운 좋게도 꿩 한 마리가 눈에 띠었다. 깊은 산 속에서 나무를 하다보면 많은 동물들을 만나게 된다. 청솔모와 같은 작은 동물에서 시작하여 표범은 물론 호랑이 같은 동물도 만날 수 있다. 추모는 아직까지 표범이나 호랑이 같은 동물을 만나지 못했다. 이것이 그를 겁 없이 점점 깊은 산으로 이끈 원인이었다. 추모는 조용히 화살을 재었다. 한동안 숨을 멈추는가 싶더니 힘 있게 활을 쐈다. 화살은 정확하게 꿩의 몸통을 맞췄다.

추모는 하루 두 끼만 먹었다. 물론 추수기를 끝내고 나면 간식으로 세 끼를 먹는 경우도 있었지만 거의 하루 두 끼였다. 어떤 때는 하루 한 끼로도 만족해야 했다. 그나마 주인이 맘씨가 좋았기에 이 정도였다. 전쟁포로로 잡혀왔다가 종살이 하는 경우는 거의 매일 하루 한 끼였다. 하지만 추모는 일곱 살이 넘어서부터는 먹을 걱정을 하지 않았다. 산 속에는 산열매가 있었고 또 동물들이 많아 필요하면 사냥을 하면 되었다.

추모는 꿩의 깃털을 뽑고 불을 지폈다. 보통의 경우 산 아래로 내려가 또래의 마을 동무들과 함께 하였지만 오늘은 아름드리 나무를 베느라 힘을 많이 썼기에 배가 고팠다. 고기 익는 냄새가 산 속에 번져나갔다. 굶주린 사람이라면 염치 불구하고 달려올 만했다. 사람뿐 아니라 동물도 마찬가지일 것이다. 낯설었지만 뭔가 식욕을 자극하는 냄새에 궁금증을 가지고 달려 올 것이다.

고기가 노릇노릇하게 제법 잘 익었다. 추모는 다리 하나를 뜯어 입 속으로 가져갔다. 아주 맛있었다. 시장기는 그를 허겁지겁하게 만들어 한동안 먹는데 정신을 집중했다. 곁에 누가 왔는지 의식도 하지 못한 채. 비로소 포만감을 느낄 때쯤 그는 주변을 둘러보았다. 바로 눈 앞에 열 마리에 가까운 승냥이 떼들이 다가와 있었다. 날카로운 송곳니를 드러낸 채. 하지만 추모는 동네 개 정도로 대수롭지 않게 생각하고 먹다만 고기조각을 던져 주었다. 약간의 경계심을 갖던 승냥이 떼들은 순식간에 달려들어 뼛조각 하나 남기지 않고 다 먹어 치웠다. 추모는 이들을 향해 미소를 보였다. 동네 개들은 이 정도에서 꼬리를 흔들며 친숙함을 표시해야 했다. 그런데 아니었다. 이들의 낌새가 이상했다. 달려들 기세였다. 어린 추모는 승냥이와 개를 구분하지 못했다.

"니들 왜 이래! 저리가!"

약간 겁이 나기 시작했다.

"으르~릉."

한 놈이 갑자기 추모를 향해 달려들었다. 추모는 얼른 옆에 있던 도끼를 들고 한 놈을 내리쳤다. 비명을 지르며 한 놈이 나가 떨어졌다. 그러자 나머지 놈들이 잠시 뒤로 물러섰다. 그러나 조금 뒤로 물러설 뿐이었다. 추모는 얼른 활을 꺼내들어 한 놈을 겨냥한 뒤 힘껏 활을 당겼다. 또 한 놈이 쓰러졌다. 이쯤이면 개떼들이 뒤로 물러설 줄 알았다. 그러나 아니었다. 이놈들은 갑자기 무리를 지어 달려들기 시작했다. 추모는 얼른 다시 화살을 재었지만 제대로 겨냥할 틈이 없었다. 다시 도끼를 들었다. 하지만 상대는 한 두 놈이 아니었다. 무술을 배운 것도 아니고 어떻게 해볼 수가 없었다. 도저히 맞설 수가 없었다. 도망가는 것이 제일 나을 것 같았다. 추모는 도끼를 휘두르며 정신없이 달렸다.

"깨깽."

그런데, 이상한 일이 벌어졌다. 뒤쫓아 오던 승냥이 떼가 하나씩 나가 떨어졌다. 화살을 맞고 말이다. 자신은 분명 화살을 쏘지 않았다. 멈춰 있는 동물이 아닌 달리는 승냥이 떼를 향해 이렇게 정확하게 활을 쏘아 맞추는 것은 대단한 실력이었다. 누군지 궁금했다. 하지만 추모는 어디서 날아오는 화살인지 누가 쏜 화살인지 확인할 틈이 없었다. 승냥이 떼가 여러 마리의 동료를 잃고도 끝까지 추적해왔기 때문이다. 추모는 계속 도망갈 수밖에 없었다. 하지만 어린 소년의 발걸음이 산 속에서 치열한 생존경쟁을 벌이는 야수들의 발걸음을 따돌릴 수는 없었다. 거의 승냥이 떼가 추모의 목덜미를 덮치려는 순간 추모는 등을 돌려 도끼를 휘둘렀다. 한 놈의 머리통에 정통으로 도끼날이 박혔다. 그러나 날이 채 빠지기도 전에 또 한 놈이 덮쳤다. 절체절명의 순간이었다.

"아악!"

비명을 질렀다. 두 눈을 질끈 감았다. 이렇게 허무하게 인생이 끝날 줄 몰랐다. 왜 동네 아이들이 이 깊은 산속에 들어오지 않으려 했는지 그 이유를 알 수 있을 것 같았다. 그러나 그것을 깨달았을 때는 이미 목숨을 내 놓아야 했다.

"깨깽~, 깨깽~~"

그런데 기적 같은 일이 벌어졌다. 비명소리에 그가 눈을 떴을 때는 눈 앞에 수 마리의 승냥이 떼들이 피를 흘리며 쓰러져 있었다. 검은 옷을 입고 칼을 빼어든 낯선 아저씨와 함께. 하지만 아직도 몇 마리의 승냥이 떼들이 그와 낯선 아저씨 앞에 버티며 서 있었다.

"꼬마야, 좀 뒤로 물러서라."

낯선 아저씨는 추모를 뒤로 물린 후 칼을 높이 쳐들었다.

"얏!"

쇳소리 같은 무겁고도 전율이 흐르는 듯한 묘한 기합소리와 함께 아저씨는 승냥이 떼를 향해 달려들었다.

"깨깽~, 깨깽~~"

연이은 비명소리와 함께 개떼들이 순식간에 나가 떨어졌다. 추모는 모든 광경을 다 지켜보았다. 두 눈을 똑똑히 뜬 채로. 정확하게 승냥이의 정수리를 가볍게 찍고는 재빨리 검을 쳐들어 올려 다시 다른 놈의 정수리를 내리쳤다. 그러나 그 동작 하나하나는 절대 무겁지가 않았다. 빠르고 정확했을 뿐이었다. 추모는 감탄했다. 자기도 배우고 싶었다.

"꼬마야, 다친 곳은 괜찮으냐?"

아주 잔인할 것 같은 아저씨가 뜻밖에도 온화한 미소를 띤 채 물었다.

"예. 괜찮습니다."

추모는 얼른 대답했다. 자기는 다친 데가 없다고 생각했다. 대답을 한 후 자신의 몸을 살피던 그는 깜짝 놀랐다. 마지막에 도끼로 내리찍은 놈의 날카로운 발톱이 자신의 얼굴과 몸을 할퀸 것이다. 곳곳에서 피가 흐르고 있었다.

"이 약초를 상처에 잘 발라라. 잘못하면 흉터가 남을 수 있다."

아저씨는 품 속에서 약초를 꺼냈다. 비로소 아저씨의 얼굴을 보았다. 기다란 얼굴에 군살이라고는 하나도 없었다. 호리호리한 몸이었지만 길게 찢어진 두 눈과 불거진 광대뼈에서 무척 강한 인상이 풍겨졌다.

"정말 고맙습니다."

"……."

"그런데 아저씨는 어떻게 그렇게 칼을 잘 쓰십니까?"

"후훗."

아저씨는 그냥 웃고 말았다. 그리고는 걸음을 옮기어 화살을 맞고 쓰러져 있는 놈들에게서 화살을 빼내었다.

"아저씨 활솜씨도 너무 뛰어나십니다."

"……."

추모는 부러운 눈길로 말을 걸었다. 그러나 아저씨는 여전히 말이 없었다.

"꼬마야, 저놈들이 누군 줄 아느냐?"

화살을 다 뽑은 아저씨가 불쑥 질문을 던졌다.

"들개 떼 아닙니까?"

"승냥이 떼다. 아주 잔인한 놈들이지. 동료 중 하나가 피를 보게 되면 끝까지 덤벼 복수를 하는 놈이야. 저놈한테 걸려들면 뼈 한 조각 추스르지 못 해. 이 산 속에서 제일 무서운 놈들이야. 호랑이도 저 놈들은 피해서 다녀. 너도 물론 그래야 할 것이고."

"예!"

놀라웠다. 호랑이나 표범이 있다는 말은 들었어도 산 속에 이런 무서운 놈들이 있다는 것은 몰랐다.

"그런데, 아저씨는 뭐하시는 분이세요."

추모는 아저씨가 자신에게 말을 건네자 그의 정체가 궁금하던 차에 용기를 내어 물었다.

"글쎄……. 그런데 너 아주 활을 잘 쏘더구나."

"예?"

무슨 의민지 몰라 그냥 서 있었다. 자신의 활솜씨는 아저씨에게 훨씬 못 미쳤다. 자신은 겨우 고정된 것만을 맞출 뿐인데 아저씨는 달리는 동물을 정확하게 맞추었다.

"꼬마야, 너 아저씨한테 활을 배워볼래?"

그렇게만 된다면 바랄 것이 없었다. 물론, 지금도 자신은 가노(家奴)가 아니었기에 언제든지 주인집에서 나갈 수 있지만 아직 혼자서 살아갈 자신이 없기에 집을 나설 수가 없다. 하지만 활만 잘 쏜다면 상황은 달라진다. 더 이상 남의 집 머슴살이를 하지 않아도 됨은 물론이고 멋있어 보이는 군인이 될 수도 있다. 하다못해 이 산 속에서 사냥만 해도 얼마든지 먹고 살 수는 있다. 당연히 부모님을 찾아 나설 수도 있고.

"고맙습니다."

추모는 무조건 고개를 숙였다. 낯선 아저씨는 한동안 추모를 뚫어져라 쳐다보았다.

"좋다. 내일부터 내가 진짜 활쏘는 법을 가르쳐주마. 익숙해지면 칼 쓰는 법도 가르쳐주고."

꿈인지 생신지 몰랐다. 너무 감격스러웠다. 어떻게 자신에게 이런 행운이 닥쳤는지 알 수 없었다.

"단 조건이 있다. 무술을 배우는 것은 매우 힘든 일이다. 네가 조금이라도 게으름을 피우면 나는 네게 가르쳐 주지 않을 것이다."

"그건 염려 마십시오."

추모의 마음은 들떠 있었다.

"매일 신시까지 이곳에 나와라. 만약 하루라도 빠지면 더 이상 가르치지 않을 것이다. 비가 오든 눈보라가 불던 어떤 기상조건 속에서라도 나와야 한다. 알겠느냐."

"눈, 비가와도 말입니까?"

"그래야 훈련 효과가 더 있는 것이야."

"알겠습니다. 그런데 아저씨를 뭐라 부르죠?"

"그냥 선비님이라 불러라."

이날 추모는 나뭇단 대신 두 마리의 승냥이를 지게에 지고 산을 내려갔다. 한 마리는 집사에게 주고, 또 한 마리로는 또래의 아이들을 불러 잔치를 벌였다. 아이들은 점점 자신들과 다른 추모의 모습에서 자신들과는 별다른 존재임을 인식해갔지만 집사에게는 점점 경계의 대상이 되었다.

추모는 점점 집안일에 소홀해졌다. 아침에 조금 집안일을 거드는가 싶더니 어느새 사라져버렸다. 귀가 시간도 점점 늦어졌다. 그렇다면 나뭇단이라도 많아야 되는데 그것도 아니었다. 비 오는 날은 들일을 못하는 대신 농기구를 손보고 말과 소도 씻기는 등 밀렸던 집안일을 해야만 했다. 그런데 그런 불순한 날씨에도 어김없이 추모는 집을 나갔다가 밤늦게 돌아왔다. 심지어는 눈이 많이 쌓여 지붕이 무너질 것 같아 온 집안 식구들이 다 달려들어 눈을 치울 때도 오후가 되면 슬그머니 모습을 감추었다.

한 해 두 해 시간이 흐르면서 집사는 추모의 이런 행동을 더 이상 용납해서는 안 되겠다는 생각을 갖게 되었다. 그는 이제 어린아이가 아니었다. 어릴 때는 어느 정도 용서할 수 있는 일이었지만 어른이 되면 들일을 나가야 하고 소나 말과 양을 키워야 했다. 그런데 시간이 지날수록 집안일에 점점 소홀해 지고 어딘지 모르는 곳으로 나돌아 다녔다. 결국 그가 평생 뼈를 묻고 일할 곳은 이 집이었다. 집사는 지금이라도 그의 태도를 바로 잡아야겠다고 생각했다.

추모가 밖으로 나돈 지 삼 년이 되었다. 이제 열여덟이 된 추모의 겉모습은 완전한 어른이었다. 귓속에서 자란 수염은 구레나룻과 만나 아주 묘한 인상을 남겨 아이들이 가끔씩 놀리기도 했다. 그는 여전히 집사의 말은 듣지 않았다. 철마다 하는 일이 따로 있고 나이에 따라 하는 일이 다르게 마련임에도 불구하고 그는 일 년 내내 나무만 하러 다녔다. 땔감이 필요 없는 여름철에도 산에만 갔다. 들일을 도와야 할 때임에도 불구하고 일을 거들 생각을 하지 않았다. 여름철은 거의 사냥꾼의 모습이었다. 아침에 나가서는 밤늦게 돌아왔다. 그 사이 그가 잡아오는 동물의 크기는 점점 커졌다. 노루는 물론 멧돼지도 잡아 왔다. 어느 날인가는 표범도 한 마리 잡아온 적이 있었다. 표범을 잡아온 날은 마을 사람들이 다 나와 구경했다. 장사가 났다며 다들 한 마디씩 부러움과 존경 섞인 말을 건넸다. 당연히 또래 아이들 사이에서는 대장으로서의 권위가 쌓여갔다.

하지만 그럴수록 그에 대한 경계를 늦추지 않는 사람이 있게 마련이었다. 집사였다. 그는 집 안 사람들을 자신의 손아귀에 넣어야만 했다. 자꾸만 뛰쳐나가는 추모를 더 이상 용납할 수 없었다.

찬바람이 얼마 남지 않은 나뭇잎들을 싹 쓸고 겨울을 재촉해 갈 무렵, 이날도 추모는 밤늦게 들어왔다. 언제나처럼 지게자락 옆에는 토끼 한 마리가 달려 있었다. 그도 양심은 있는지 날이 추워지면서 사냥감 대신 나무를 한 짐씩 해왔다. 한동안 바짝 일을 하여서인지 한 겨울을 날 수 있을 만큼 광에 나무는 가득 차 있었다. 추모는 집에 들어와서는 씻는 둥 마는 둥 하더니 곧바로 곯아 떨어졌다. 집사는 이 틈을 놓치지 않았다. 그는 잠들어 있는 추모를 깨웠다.

"추모야, 오늘 술 한 잔하자."

"힘들어요. 아저씨들끼리 하세요."

머슴들도 가끔씩 술을 마셨다. 특히 요즘 들어 추모가 사냥물을 건네는 날이 많아지면서 술자리는 점점 빈번해졌다. 그럴 때마다 이들은 추모에게 술을 권했다. 하지만 추모는 술을 잘 마시지 않았다. 묵거선비가 금했기 때문이다.

"네가 잡아온 토끼가 아주 맛있는데. 안주 삼아 한 잔만 들이켜라."

집사의 성화에 결국 추모는 수수주를 한 사발 길게 마셨다.

"이제 자도 되죠."

"고기도 한 점 먹어야지."

추모는 또 다시 고기를 한 점 얻어먹고는 도로 자리에 드러누웠다.

피곤한 몸에 술까지 마신 추모는 곧바로 쌔근거리며 깊은 잠 속으로 빠져 들었다.

집사가 슬며시 추모의 몸을 흔들어 보았다. 그러자 추모가 슬며시 눈을 떴다. 집사는 깜짝 놀랐다. 술에 수면제를 탔기 때문에 그가 깨어날 줄은 몰랐다.

"무슨 일이 있어요?"

"아니, 왜?"

"누가 흔들어 깨운 것 같아서요."

"꿈꿨는가 보지."

다시 추모는 잠이 들었다.

오래지 않아 집사는 추모의 몸을 다시 흔들었다. 하지만 이번에는 반응이 없었다. 그러자 집사는 옆에 있는 하인들에게 손짓을 했다. 두 명의 하인들이 재빨리 달려와 추모의 다리와 팔을 묶어버렸다.

추모가 잠에서 깨어났을 때는 이미 해가 하늘 한 가운데 걸려 있었다. 다른 때 같으면 산 속에 도착해 있어야할 시간이었다. 추모는 놀란 마음에 얼른 몸을 일으켰다. 그런데 움직일 수가 없었다. 방안에 손과 발이 꽁꽁 묶여 있는 상태로 누워 있었다. 이상하게 머리도 무거웠고 소변도 마려웠다.

"누구 없어요?"

추모는 밖을 향해 큰소리로 사람을 불렀다. 그러자 기다리고 있었다는 듯 집사와 하인들이 들어왔다.

"왜 그러느냐?"

"누가 제 몸을 묶었어요?"

"누가 묶었지."

비아냥거리는 집사의 되물음에 추모는 순간적으로 누구의 소행인지 알아챘다.

"왜 이러시오?"

"몰라서 묻느냐? 네 놈은 더 이상 내버려 둘 수가 없어."

"나를 어떻게 하실거요?"

"다리를 분질러야지"

"예!"

깜짝 놀랐다.

"너처럼 주인과 집사의 말에 순종하지 않는 종놈들은 병신을 만들어 놔야해. 그래야 고분고분해지지."

"난 종놈이 아니오. 날 풀어주시오."

추모는 애걸하는 목소리로 말했다.

"네가 왜 종놈이 아니냐? 주인이 주는 밥을 먹고 이만큼 자랐으면 종놈이지. 종놈이면 주인이 시키는 일을 해야지. 네 놈이 다리가 분질러지고도 그렇게 말을 안 듣는지 두고 보자."

"날 좀 풀어주시오."

추모는 다시 한 번 애걸했다.

"네 놈이 진작 그렇게 고분고분했으면 이렇게까지 하진 않았어. 이젠 늦었어."

추모는 마당으로 끌려 나갔다. 마당에는 벌써 집안의 하인들이 다 불려 나왔으며 마을 사람들까지 다 재밌는 구경거리를 놓치지 않기 위해서 나와 있었다. 집사는 일부러 하인들이 보는 앞에서 추모를 징벌하려 했다. 그래야만 모두들 두려움을 갖고 자신의 말에 복종할 것이라 생각했다.

추모는 형틀에 묶였다. 힘센 하인 하나가 추모의 다리를 꽉 눌렀다.

추모는 꼼짝할 수가 없었다. 그 사이 옆에서는 또 다른 하인 하나가 숫돌에 낫을 갈고 있었다.

"제발 날 좀 풀어주시오."

추모는 계속 애걸했지만 집사는 들으려하지 않았다.

"어쩐지 추모가 너무 나대더니 결국 저 꼴을 당하는구만."

동네 사람들의 수군거림이 들렸다.

"빨리 해!"

집사의 명령이 떨어졌다.

시퍼렇게 날이 선 낫을 든 하인이 추모의 다리를 붙잡았다. 낫으로 추모의 양 다리 힘줄을 끊으려는 심사였다. 추모는 발버둥을 쳐보았지만 두 명의 힘센 하인이 다리를 꽉 누르고 있었기 때문에 어쩔 수가 없었다. 마치 양을 잡듯이 하인은 아무렇지도 않게 추모의 바지를 걷어 올리고는 낫을 다리에 갖다 댔다.

"그만 두세요."

날카로운 목소리가 갑자기 집안을 울렸다. 집사는 목소리의 주인공을 찾았다. 주인집 딸 예린이었다.

"아가씨는 들어가 계십시오. 보시기에 좀 험한 일입니다."

"그 자를 풀어주시오."

"예?"

"그 자를 풀어주란 말이오."

"안 됩니다 아가씨. 저 놈처럼 말을 듣지 않는 종놈은 힘줄을 잘라놔야 나중에 후환이 없습니다. 그냥 내버려 두었다간 나중에 주인을 해치는 수가 있습니다."

190

"지금은 안 돼요. 아버님이 오신 후에 아버님의 허락을 받고 난 뒤에 그때 해도 늦지 않아요."

추모는 꼼짝없이 발목이 잘려나간다고 절망하고 있던 차에 자신이 짝사랑하는 아가씨가 자신을 변호해주는 것이 너무 고마웠다. 그러나 집사는 아가씨의 말을 들으려 하지 않았다.

"이런 일은 원래 주인의 허락 없이도 할 수 있는 일입니다. 하인들의 일은 저에게 맡겨두시고 어서 안으로 드십시오."

"안 돼! 절대 그럴 수 없어."

아가씨는 하인이 들고 있는 낫을 빼앗았다. 그리고 묶여 있는 추모의 팔 다리를 풀어주려 했다.

"안 됩니다. 아가씨 이러시면 앞으로 하인들을 통제할 수 없습니다."

집사도 지지 않았다.

"왜 이렇게 집이 소란스러운가?"

갑자기 대갈성이 들렸다. 주인어른이었다.

금와가 부여국의 왕이 된 이후 몰락한 우가의 귀족이면서 이 옥지(屋智) 마을의 추장인 주인이 할 수 있는 일이라고는 없었다. 귀족들이 주로 하는 일이 전쟁에 참전하여 부족이나 나라의 세력을 확장하는 일에 앞장서는 것이다. 하지만 금와가 왕이 된 이후로는 이런 일도 없었다. 부족 간 분쟁이 벌어져도 우가의 군대는 동원하지 않았다. 한 번 자신을 배신한 적이 있기 때문에 믿을 수 없다는 것이다. 따라서 부여의 세력이 커질수록 다른 부족의 판도 또한 넓어졌지만 우가는 아니었다. 그냥 삼십 년 전 영역을 그대로 유지할 뿐이었다. 당연히 이제

부여에서 가장 약한 부족으로 전락하고 말았다. 이렇게 오랫동안 전쟁에 나서지 못해 실전 경험이 줄어드는 것을 만회하기 위해 주인이 택한 것이 사냥이었다. 부락장인 그는 백여 명의 군사를 동원할 능력을 갖고 있었는데 그 일부를 교대로 데리고 다니면서 훈련을 겸한 사냥을 떠났다. 한 번 떠나면 사흘을 넘기는 것이 보통이었다. 그런 까닭에 추모는 주인과 이야기를 나눠 본 적이 거의 없었다.

"이 놈이 제힘만 믿고 하도 말을 듣지 않아서 힘줄을 자르려 하고 있습니다."

이런 일은 종종 있었다. 자신의 힘만 믿고 주인을 우습게 아는 종들은 병신을 만들어 반항하지 못하게 하였다. 주인은 집사에게 집안일을 다 맡겼기에 농사일이나 목축에 대해서는 별로 아는 것이 없었다. 따라서 웬만해서는 집사의 하는 일에 반대하지 않았다.

"그놈이 그렇게 말을 듣지 않는단 말이지?"

"예, 그렇습니다. 제 힘만 믿고 도통 말을 듣지 않습니다."

주인은 집사에게 별로 화내는 기색이 없었다.

"얼마나 힘이 센 놈인지 한 번 보자."

주인이 군중을 헤치자 마을 사람들은 길을 열어 주었다. 막 사냥에서 돌아온 그는 허리에 검을 차고 어깨에는 전통을 매고 있었다.

"풀어줘라."

주인의 명령에 추모의 팔 다리는 풀렸다. 삼십대 후반의 주인은 오랜 세월 무예로 단련한 듯 단단한 몸에 날카로운 눈을 가지고 있었다. 그는 추모의 기세를 살펴보았다. 아직 어린 아이라 생각했는데 이미 장성한 장정이 되어 있었다. 상대를 노려보는 매서운 눈초리에서 이미 어른이 다 되었다는 느낌을 받았다.

"네가 추모냐?"

"예. 그렇습니다."

지금까지 추모는 주인어른과 얼굴을 대하고 이야기를 나눈 적이 없
었다.

"나무하러 가서 날짐승과 들짐승을 자주 사냥해 온다고?"

한 번도 이야기를 나눈 적이 없었음에도 불구하고 주인어른은 추모
의 행적을 다 알고 있었다.

"그렇습니다."

추모는 주인어른에게는 공손했다.

"도대체 어떻게 했길래 집사가 너를 병신 만들려고 하느냐?"

"잘 모르겠습니다. 아무래도 제가 자주 사냥을 해와 집안 식구들과
마을 사람들의 입을 심심치 않게 해서 시기하는 것 같습니다."

"하하! 그래서 집사가 너를 시기하여 이런다고 생각하느냐?"

"그렇습니다."

"그럼 저걸 한 번 들어보아라."

주인은 마당 한 구석에 있는 절구통을 가리켰다.

추모는 오기 있게 대답했지만 순간적으로 절구통을 들어야할지 말
아야할지 헷갈렸다. 절구통 정도는 얼마든지 들 자신이 있었다. 하지
만 절구통을 들어 올리면 힘이 세다는 이유로 분명 형벌을 가할 것이
고 아니면 힘도 없는 놈이 반항을 했다며 체벌을 가할 것 같았다. 이왕
이면 다리가 온전해지는 것이 나을 것 같았다.

"끙!"

추모는 절구통을 들어 올리는 시늉을 했다. 절구통이 반쯤 들렸다. 그러나 더 이상은 아니었다. 결국 그는 절구통을 들어 올리지 않고 땅에 도로 내려놓았다.

"네 이놈!"

주인은 호통을 쳤다.

"네 놈이 그 정도의 힘을 믿고 집사가 시키는 일을 하지 않았단 말이냐?"

"……."

추모는 아무 말도 못하고 고개만 숙이고 있었다.

"저 놈을 다시 묶어 광속에 가두어라."

주인은 추모를 꾸짖고는 집사에게 추모를 광속에 가두라 명령했다. 다행히 다리를 분질러 버리라는 말은 하지 않았다. 추모는 내심 안도의 한숨을 내쉬었다. 하지만 그는 이제 더 이상 묶인 몸이 되고 싶지 않았다. 열여덟이면 충분히 혼자서 살아갈 자신이 있었다.

집사의 명령에 힘센 하인 둘이 달려들었다. 하지만 이번엔 달랐다. 한 번 힘을 쓰는가 싶더니 두 사람을 보기 좋게 내동댕이쳤다. 분명 힘으로 하지는 않은 것 같았다. 어떤 기술을 부렸음에 분명한 데 워낙 빨라 자세히 본 자는 아무도 없었다.

"어이쿠!"

힘센 하인 둘이 순식간에 나가떨어지자 이번에는 여러 명이 한꺼번에 덤볐다. 그러나 이들도 마찬가지 신세가 되고 말았다. 이번에는 좀 전과 달리 추모의 손과 발이 전광석화(電光石火)처럼 이들을 가격했다.

"어이쿠!"

하인들이 땅바닥에 나뒹굴었다. 그리고는 한동안 일어서지도 못했다. 추모의 발길질에 충격을 받은 것이다.

추모의 행동은 방안으로 들어서던 주인의 발길을 멈췄다. 그는 뒤돌아서 마당에서 벌어진 상황을 잠깐 동안 주시했다.

"저 아이에게 목검을 주어라."

뜻밖의 명령을 내렸다. 갑작스런 일에 당황하여 주인의 눈치를 살피던 집사는 주인의 속뜻이 몰라 어찌해야할지 몰라 허둥댔다.

"목검을 줘보란 말이다."

지금까지 집안사람들은 추모가 검을 사용하는 것을 본 사람은 아무도 없었다. 그런데 뜻밖에도 주인은 그에게 검을 주라한 것이다. 영문을 알지 못하는 집사는 주인의 말대로 광속에서 목검을 꺼내 그에게 주었다.

"오이야! 네가 저 아이하고 한 번 겨뤄봐라."

오이(烏伊)는 주인의 아들이었다.

6. 오이烏伊와 예린

　오이(烏伊)와 추모는 각별한 인연이 있었다. 주인어른은 업동이인 추모가 집안에 들어오던 그 해에 오이라는 아들을 하나 얻었는데 젖을 구할 데 없었던 추모는 오이 유모의 젖을 함께 먹으며 자란 것이다. 이런 인연으로 인해 어린 시절을 오이와 추모는 함께 보낸 것이다.

　아직 신분이 뭔지 모르는 어린 시절엔 추모와 오이는 자주 어울렸다. 둘 다 힘이 좋았고 놀기를 좋아하여 죽이 잘 맞았다. 오이도 신분을 따지지 않아 추모를 친구처럼 잘 대해주었다. 나이가 들면서 이들은 또래의 마을 아이들과 어울려 싸리말도 타고 칼싸움도 하며 재밌는 시간을 보냈다. 물론 추장의 아들인 추모가 대장이 되었지만 전쟁놀이를 할 때면 힘이 센 추모도 항상 상대 편 대장이 되어 둘은 서로 경쟁하며 자랐다.

　그러나 시간이 흐르면서 추모는 오이와 함께 어울릴 수 없었다. 추모는 집안일을 거들어야했고 오이는 추장이 되기 위한 공부를 했기 때문이다. 하지만 추모는 이런 상황에서도 위축되지 않았다. 아침에는 말똥을 주워야하고 오후에는 나무를 해야 하는 빡빡한 일정 속에서도 혼자 힘으로 엉성한 활을 만든 그는 가끔씩 참새 등속을 사냥해와 날이 어둑해질 무렵이면 마을 아이들과 함께 새까맣게 탄 참새고기를 먹으며 어울렸던 것이다. 이로 인해 추모는 그들 속에서 우두머리로 점점 자리 매김을 하였다. 물론 가끔씩 그 속에는 오이가 있었고 또 그의 두 살 아래 누이인 예린도 함께 있었다.

오이의 누이인 예린도 같은 유모의 젖을 먹고 자랐는데 아직 남녀관계가 분명치 않은 어린 시절 그녀는 오빠와 그의 친구인 추모와 자연스럽게 어울려 지냈다. 그런데 어머니가 없는 추모는 점점 자라면서 그녀에게서 누이 이상의 감정을 느꼈다. 자신을 오빠처럼 챙겨주는 그녀에게서 모정을 느낀 것이다. 이 감정이 열 살이 넘어가고 열다섯이 넘어가면서는 사랑의 감정으로 발전하였다. 물론 짝사랑이었지만.

그러나 열 살이 되면서부터 상황은 달라졌다. 전쟁놀이를 하면 추장의 아들이라는 이유로 당연히 대장 노릇을 하던 오이보다는, 힘이 더 셀뿐 아니라 아이들에게 밤참을 제공해주고 재밌는 추억을 만들어 주는 추모를 아이들이 더 따르게 되었을 무렵 오이는 추모에게서 떠나갔다. 이제는 친구가 아닌 주인과 종의 관계로 돌아가야 할 때가 된 것이다.

추장이 되기 위해 공부를 시작한 오이는 아버지가 데리고 온 독선생 아래서 본격적인 지도자 수업을 받기 시작하였다. 한자를 배우는

것은 물론이고 검술과 수박치기, 활쏘는 법과 기마술을 익히며 추모
와는 완전 다른 길을 걸었다. 반면 추모는 산으로 들로 계속 나돌아 다
녔기에 오이와 마주치는 경우는 거의 없었다. 더구나 나이가 들면서
이제는 주인과 종이라는 서로 다른 신분을 의식하게 된 추모는 거의
오이를 외면하였기에 둘은 더욱 만날 수가 없었다. 때로는 오이는 말
을 타고 독선생과 함께 멀리 사냥을 나가기도 하였는데 그럴 때마다
추모는 그의 말을 손질하여야 하였고 안장은 물론 여장도 꾸려야 했
다.

　물론 추모가 신분을 의식하면서도 계속 만나려는 사람이 있긴 했다.
오이의 누이 예린이었다. 하지만 그녀도 열 살이 넘으면서 얼굴을 보
기 힘들어졌다. 그녀 또한 부녀자가 가져야할 덕목을 공부하면서 추
모와 마주칠 기회가 줄어든 것이다. 하지만 추모는 일부러 그녀가 있
는 방에 군불을 지피고 마당을 쓸며 사창(紗窓)너머를 힐끔힐끔 넘보
았다. 그녀 또한 추모의 이런 감정을 눈치 챘음이 분명했다. 그러나
그것이 추모가 할 수 있는 최선이었다. 두 사람 사이에 더 이상 아무런
발전도 없었고 미래도 없었다.

　오이는 독선생(獨先生)의 교육을 받으면서 예맥족의 역사를 배웠
다. 오래전에 단군왕검이 조선을 세운 이야기에서부터 시작하여 위만
조선의 멸망까지 다 배웠다. 금와왕의 공격으로 자신의 부족이 몰락
한 것도 알았고 그 이후 우가는 부여국에서 푸대접 받으며 살고 있다
는 것도 다 알았다. 어린 마음에 공분(公憤)이 생기기 시작했다.

　오이의 마음에는 다시 우가를 일으켜 세워 부여의 주인이 되고 또
대수맥과 소수맥, 그리고 옥저와 동예를 정복하여 예맥조선을 통일하

여야겠다는 역사의식이 싹텄다. 그리고 언젠가는 한나라군을 몰아내 조선의 옛 영토를 되찾고 싶다는 야망도 꿈틀거렸다. 하지만 그것은 쉬운 일이 아니었다. 부여에서 우가의 위치를 되찾는 것도 힘든 일처럼 느껴졌다. 그래서 그는 공부를 하고 무술 연마에 온 힘을 다 쏟았다.

열다섯이 지날 무렵에는 집을 떠났다. 독선생을 따라 멀리 선비들이 산다는 산속으로 들어갔다. 그곳에서 그는 산천을 돌아다니면서 본격적인 실전 무술을 연마했다. 학문 수양도 게을리 하지 않았다. 삼 년간의 시간이 순식간에 흘렀다. 어느 정도 무술이 경지에 올랐을 무렵 그는 집으로 돌아왔다. 우가의 명예를 되찾는 것을 첫째 목표로 정하고.

집으로 돌아온 오이는 아버지와 함께 사냥을 떠났다. 그동안 익힌 것을 아버지에게 보여 줄 겸해서였다. 아버지와 사냥을 하며 오이는 우가(牛加)족의 명예를 반드시 되찾고 부여의 주인이 되겠다는 자신의 포부를 말했다. 물론 그보다 큰 뜻을 새기고 왔지만 그것은 지금 말할 수 없었다. 아버지는 말없이 듣고만 계셨다. 어릴 때 가장 무서웠고 또 존경스러웠던 아버지의 침묵에서 오이는 자신이 꿈꾸는 것이 얼마나 힘든 일인지 짐작할 수 있었다. 하지만 그럴수록 젊은 오이의 마음속에는 투지가 생겨났다. 반드시 자신의 힘으로 이루고 말겠다는.

"추모 오랜만이야."

오이는 아버지를 따라 사냥에 나섰다가 지금 막 돌아온 길이었다. 그는 어릴 적 동무였던 추모가 형틀에 묶여 있는 모습을 안타깝게 지켜보았다.

　수련을 끝내고 집으로 돌아오면서 그가 하려 했던 첫째 일이 추모를 자신의 부장으로 삼고 마을의 청년들을 훈련시키는 일이었다. 그래서 이웃의 우가족들을 하나씩 통합하여 몰래 군대를 만드는 일이었다. 그리고 언젠가는 부여성을 공격하여 금와를 몰아내고 부여의 주인으로 나서겠다는 꿈을 가지고 있었다.

　아버지의 명령을 받은 그는 망설이지 않고 앞으로 나섰다. 물론 무술을 배우지 않은 추모를 상대한다는 것은 조금 싱겁긴 했지만, 아버지에게 자신의 검술을 보여주고 싶었다. 또 하나 그동안 추모가 어떤 모습으로 변했는지도 알고 싶었다. 힘은 어느 정도 늘었는지 민첩성은 어느 정도인지 무술을 가르치면 어느 정도의 성공 가능성이 있는지를 다 알고 싶었다.

　어릴 적부터 추모는 무슨 일을 하던 항상 자신보다 조금 앞섰다. 이로 인해 늘 경쟁의식이 느껴지는 동무였다. 신분은 문제가 아니었다. 그를 이기고 싶은 것이 오이의 마음이었다. 비록 자신은 무술선생에게 각종 무술을 배우고 추모는 그렇지 않아 싱거운 겨루기가 될 것 같았지만 이상하게 추모는 배우지 않아도 잘 할 것 같은 느낌이 들었다.

　"오이 오랜만이다."

　어릴 적부터 격의 없게 지낸 추모는 오이를 존대하지 않았다. 집사는 추모의 이런 태도를 꾸짖으며 고치려 했지만 추모는 말을 듣지 않았다.

　둘을 목검을 쥐었다. 검술을 배운 오이는 가벼운 마음으로 기본자세를 갖추었다. 그런데 다음 순간 그는 깜짝 놀랐다. 추모가 만만찮은 검세를 취했던 것이다. 오이는 속으로 놀랐다. 분명 그는 무술을 배운 적이 없었다. 혼자서 엉터리 활을 만들어 연습하는 것을 보았을 뿐이다. 그런데 스스로 이런 정도의 자세를 갖추었다는 것이 놀라울 뿐이었다.

"얏!"

오이는 곧바로 점검세(點檢勢)를 취하며 수레를 몰 듯 재빠르게 추모를 기습 공격했다. 이상하게 단 일합에 그를 꺾고 싶은 마음이 들었던 것이다.

그러나 아니었다. 추모는 재빨리 피하며 오히려 오이의 정수리를 내리쳤다. 깜짝 놀란 오이는 얼른 추모의 검을 받았다. 간발의 차이로 막을 수 있었다. 식은땀이 나는 것 같았다. 어떻게 된 사연인지는 알 수 없었지만 결코 추모는 만만한 상대가 아니었다. 오이는 이제는 봐주지 않겠노라는 다짐과 함께 요격세(腰擊勢)의 검법을 취하며 순간적으로 추모의 허리를 베었다. 하지만 이것도 추모는 가볍게 막아냈다. 검법을 알지 못하고는 도저히 막아낼 수 없는 검세였다.

"너, 어디선가 검법을 배웠구나."

오이는 약간은 당황하여 말했다.

"……."

추모는 씩 웃기만 했다.

"이번에는 내 차례다."

그리고는 갑자기 검세를 바꾸더니 공세를 취하기 시작했다. 좀 전에 자신이 펼쳤던 점검세를 그대로 펼치며 오이를 공격해 들어갔다. 그의 검세가 얼마나 빨랐든지 오이는 막기에 급급했다.

“그만해라. 그 정도면 됐다.”

주인어른이었다. 그는 싸움을 말렸다. 공격을 하다 멈춘 추모는 안타까운 듯 목검을 들고 그대로 서 있었다. 조금만 더 시간을 주었더라면 오이를 완전 제압할 수 있었을 것이라 생각했다.

그러나 오이는 달랐다. 그는 도저히 이 상황을 받아들일 수가 없었다. 짧은 겨루기였지만 추모는 분명 자신을 제압했다. 그의 검술은 같은 나이 또래의 선비 무리 속에서도 단연 으뜸이었다. 그런데 어떻게 추모가 이런 자신을 제압했는지 알 수가 없었다. 그는 아직도 목검을 내려놓지 못하고 추모를 쳐다보고 있었다.

구경꾼들도 마찬가지였다. 추모가 활을 잘 쏜다는 말은 이전에 많이 들었지만 그가 검술까지 익혔을 줄은 아무도 몰랐다. 설사 익혔다 해도 활을 혼자 연습하였듯이 산에서 나무를 하다 아무렇게나 몽둥이를 들고 휘두르는 수준으로 생각했다. 그런데 그 수준은 분명 아니었다. 무술을 잘 모르는 사람의 눈에도 그의 검술은 분명히 평범하지 않다는 것을 눈치 챌 수 있었다.

“다들 물러가라……. 물러가란 말이다.”

비로소 얼은 듯 멈춰 있던 사람들이 주인어른의 말에 웅성거리기 시작했다. 주인의 거듭된 명령에 사람들은 비로소 흩어지기 시작했지만 그들이 받은 충격은 쉽게 가시지 않는 듯 했다.

“집사도 이제 그만하고 물러가라.”

집사는 주인의 명령에 형틀을 치우고 종들을 해산시켰다.

마당에는 오이와 추모만 여전히 목검을 든 채 그대로 서 있었다. 오이는 아직 정신이 되돌아오지 않은 듯 멍한 상태로 그대로 서 있었다.

"너희 둘은 날 따라 오너라."

주인도 큰 충격을 받은 듯 했다. 그도 대청마루에 서서 하늘을 쳐다보며 한동안 생각에 잠긴 듯하다 두 사람을 불러 들였다. 오이와 추모는 목검을 내려놓고 방으로 함께 들어갔다. 사냥에서 막 돌아온 그는 여전히 갑옷을 벗지 않아 무장한 채 그대로였다.

"거기 앉아라."

방안에는 탁자가 놓여 있었다. 오이는 의자에 앉았지만 추모는 그렇지 못했다.

"추모도 앉아라."

주인은 뻣뻣하게 서 있는 추모에게 말했다. 추모는 오이에게는 공대를 하지 않았지만 주인어른에게만은 공손할 수밖에 없어 감히 앉지 못하고 서 있었던 것이다.

"추모야!"

"예."

뜻밖에도 주인어른의 목소리는 다정했다.

"네 이름을 누가 지어주었는지 알고 있느냐?"

"잘은 모릅니다만 주인어른이 특별히 지어 주신 것이라고 집사가 말했습니다."

종은 이름이 없었다. 그냥 노비들끼리 편하게 이름을 정하여 부르면 그것이 평생 자기의 이름이 되는 것이다. 개똥이, 차돌이 등처럼. 하지만 이상하게도 추모에게만은 주인어른이 직접 이름을 지어주었다며 집사가 추모에게 한 말을 그가 기억하고 있었던 것이다.

"아니다. 네 아버지가 지어주었다."

"예! 제 아버지요."

"네 아버지가 너를 내게 맡기면서 이름을 지어주었다."

추모는 지금까지 자신의 아버지가 있다는 말은 듣지 못했다.

"저도 아버지가 있습니까?"

"물론 너도 아버지가 있고 어머니가 있다. 그분들은 지금도 살아 계시다."

"누굽니까? 제 아버지 어머니가?"

가장 듣고 싶은 말이다. 나의 아버지는 과연 살아있을까? 죽었을까? 어른들의 말을 들어보면 부모님은 나를 부족장의 집 앞에 버렸다고 했다. 아무래도 부모님은 먹고 살기 힘들어 밥이나 굶지 말고 살라며 이곳에 버렸을 것이라고 말했다. 추모도 그렇게 생각하고 살았다. 한 때는 자신을 남의 집 종으로 팽개친 부모가 너무 원망스러웠지만, 먹이지 못해 굶겨 죽이느니 종살이를 할지라도 부잣집에 보내 밥 굶지 않고 사는 것이 더 낫다는 결단으로 이곳에 보냈을 것이라 생각하니 어느 정도는 이해할 수도 있었다. 한 때는 부모가 너무 보고 싶었고 또 누군지 궁금했지만 이제는 체념하고 살았다. 지금은 설사 만나더라도 무덤덤할 것 같았다. 힘든 어린 시절을 함께하지 않았기 때문에 부모 라는 감정은 가질 수 없을 것 같았다. 그런데 갑자기 주인어른이 자신 의 부모 이야기를 꺼내고 있는 것이다.

"그건 지금 말 할 수 없다. 다만 언젠가는 네 앞에 나타날 것이라는 말은 해줄 수 있다."

추모는 주인어른의 말을 도저히 이해할 수도 없었고 받아들일 수도 없었다. 부모가 다 살아 있는데 왜 여태 데리러 오지 않는지 용납되지 않았다.

"그런데 추모야, 너는 이제 우리 집을 떠나야 할 것 같다."

"예! 그건 무슨 말씀이신지요."

"내 실수다. 네가 벌써 그 정도의 무술을 익혔는지 난 몰랐다. 다만 오이에게 수모를 당하여 좀 더 무예에 정진하고 수도하기를 바랐는데 그게 아니었다. 내 실수로 너는 이미 발톱을 드러내고 말았어."

"예!"

놀랄 일이었다. 주인어른의 말을 곰곰이 생각해보면 지금까지의 모든 삶은 주인의 계획 하에 있었던 것이고 또 그것은 누군가의 의도였다는 것이다. 추모는 아무 말도 할 수 없었다. 그의 행동 하나하나가 다 예상되어진 행동이라고 생각하니 두렵기조차 했다. 이제 그는 그 어떤 말에도 놀라지 않기로 하고 주인의 말을 경청했다.

"독수리는 발톱을 함부로 내 보이지 않는다. 결정적일 때 발톱을 내어 먹이를 낚아채는 것이다. 그런데 너무 일찍 발톱을 세상에 보이고 말았어. 물론 나도 네가 이렇게까지 성장한 줄은 몰랐다."

"……."

"너는 좀 더 우리 집에서 숨어 있어야 하는데 조급하게 굴다가 너의 발톱을 세상에 보이고 말았어."

점점 알 수 없는 소리만 했다.

"앞으로는 절대 함부로 너를 드러내지 말고 숨겨라. 알겠느냐?"

"무슨 말씀이신지……."

"우리 우가는 몰락한 부족이지만 또 그런 이유로 왕도의 눈은 항상 여기를 주목하고 있어."

“……..”

“너의 발톱은 이미 여러 사람의 귀에 들어갈 것이다. 오늘 밤 안으로 떠나라.”

“오늘 밤 안으로 말입니까?”

“너의 행적은 아무도 모르는 것이 좋아. 나도 물론 모르는 것이 좋고.”

추모는 무슨 말인지 알 수가 없었다. 그러나 분명 자신의 출생에는 말할 수 없는 비밀이 숨어 있다는 것은 알 수 있었다. 우가와 관련된, 최소한 왕의 견제를 받고 있는 어떤 사람과 관련된.

“알겠습니다. 오늘 밤 안으로 떠나겠습니다.”

추모는 더 이상 묻지 않았다. 다만 주인어른의 말에 순종하는 것이 가장 적합한 행동이라는 것을 믿었다.

“그리고 오이야!”

“예.”

“너는 평생 추모와 동무로 함께 지내야한다. 그것이 우리 부족의 장래를 결정지을 지도 모르는 중요한 일이 될 수도 있기 때문이다.”

“예! 무슨 말씀이신지…….”

“추모는 우리 집 종이 아니다. 다만 부탁을 받고 대신 맡아서 길렀을 뿐이다. 그의 정체를 드러내지 않기 위해서 일부러 종노릇을 시켰는데 추모가 잘 참아 주었다. 추모의 아버지는 우리 부족의 장래와도 큰 연관이 있으니 앞으로 너희 둘이 힘을 합쳐야 할 순간이 올 것이라는 말이다.”

“예!”

두 사람 다 놀랐다.

"더 이상은 모르는 것이 더 낫다. 아무튼 앞으로 너희 둘이 만나게 된다면 어떤 순간에서라도 서로를 도우며 힘을 합쳐야 할 것이다. 알겠느냐."

"예. 알겠습니다."

두 사람은 서로의 얼굴을 쳐다보며 말했다.

"오이야."

"예."

"추모를 봐라 집안의 허드렛일을 다 하였음에도 불구하고 무술이 뛰어나지 않느냐. 오늘 일을 교훈 삼아 앞으로 수련을 게을리 해서는 안 될 것이다."

"명심하겠습니다."

오이는 고개를 숙이며 말했다.

"자 이제 내가 할 수 있는 말은 다했다. 지금 나의 이 말은 우리들만이 아는 절대 비밀이다. 절대 발설해서는 안 된다."

"알겠습니다."

"자 이제 추모는 내 집을 떠나라."

추모는 한밤중에 오이의 집을 떠났다. 마을 사람들 모르게, 그리고 집안사람들도 모르게 떠났다. 집을 떠나는 그의 마음은 불안하지만은 않았다. 자신의 출생비밀을 어렴풋이나마 알았고 또 아버지 어머니가 살아 있다는 것만으로 큰 희망을 가질 수 있었다.

추모는 주인어른과 오이에게 그동안의 보살핌에 감사하다는 인사를 올린 후에 짐을 챙겼다. 짐이랄 것도 없었다. 여분 옷 한 벌만 챙기고 방을 나섰다. 부스럭거리는 소리에 집사가 잠시 눈을 뜨긴 했지만 추모는 신경 쓰지 않았다. 그리고 그냥 집을 나섰다.

집을 나서던 추모는 대문을 나서다 말고 다시 집안으로 들어왔다. 그리고는 예린이 있는 방 쪽으로 발걸음을 옮겼다. 이미 불은 꺼져 있었다.

"추몹니다."

예린의 방문 앞에서 추모는 자신의 방문을 알렸다. 그러나 별 반응이 없었다. 다시 한 번 자신이 온 것을 알렸다. 그러자 이번에는 불이 켜졌다.

"왜 그러느냐?"

방문은 열리지 않았다.

"나 지금 떠나."

추모는 오이나 예린이나 다 주인처럼 섬겨야했지만 어린 시절을 함께 지냈던 인연으로 말을 높이지 않았다. 어색했기 때문이다. 예린과 오이도 그것을 용납했다. 하지만 언제까지나 그럴 수 없어 추모는 남들 앞에서는 말을 높였다. 하지만 둘이 있을 때는 아니었다.

"그런데?"

자신의 감정에 비해 너무나 무뚝뚝한 태도였다.

"오늘 고마웠어. 은혜는 잊지 않을 거야."

"……."

안에서는 별다른 반응이 없었다.

"잘 있어."

"어디로 가느냐?"

예린이 처음으로 반응을 보였다.

"정처 없이……. 다음에 꼭 한 번 들르겠어. 그때는……."

다음 말은 하지 않았다. 그리고는 그냥 돌아서 나왔다.

"……. 몸조심 해!"

등 뒤에 예린의 목소리가 들렸다. 약간은 떨려 나오는. 가다말고 추모는 고개를 돌렸다. 등잔불에 비친 그녀의 그림자가 보였다. 고개를 숙이고 있는 그녀의 모습이 울고 있는 것 같았다.

"반드시 돌아올 것이다. 그때는 너를 내 색시로 삼을 것이다. 반드시."

좀 전에 하지 못했던 말을 이번에는 다 말했다. 등잔불 비친 그녀의 고개는 더욱 숙여졌다. 추모는 한참동안 그 모습을 지켜보다 발길을 돌렸다. 그때까지 등불은 꺼지지 않았다. 먼 길 떠나는 사람의 발길을 밝혀주듯이.

추모는 집을 떠나오면서 다시는 종노릇 같은 것은 하지 않을 것이라 다짐했다. 자신의 몸은 자신의 의지대로만 움직이리라 다짐했다. 그리고 반드시 아버지를 찾아 자신의 지나온 삶에 대해 따질 것이라 결심했다. 대흑산 속으로 들어왔다. 마땅히 달리 갈 곳이 없었다. 삼 년 동안 온갖 더위와 추위를 다 견뎌내며 무예를 익힌 곳이라 집이나 다름없이 편안했다. 삼년 전 산 속에서 만나 사제의 인연을 맺은 사냥꾼 아저씨는 추모가 집을 나왔다는 말에 의외로 담담했다.

"네가 농부가 되어 밥 굶지 않고 살아갈 기회를 잃었으니 앞으로 어떻게 주린 배를 채우며 살거냐?"

"선비님처럼 사냥꾼이 되겠습니다."

"평생 사냥꾼으로 살겠다고. 이 산 속에서."

"예."

"그래, 그럼 사냥꾼이 한 번 돼 보아라."

사냥꾼은 무뚝뚝한 말투로 승낙하는 것인지 마는 것인지 모를 말을 했다. 그는 지난 삼년 동안 이런 식으로 추모를 가르쳤다. 그가 배우고 싶어 하는 것이 있으면 기본기를 가르쳐주고 연습하게 했다. 열성적이지는 않았다. 그러나 별로 가르쳐 주지 않는 것 같은데 추모가 게으름을 피울 때는 사정없이 몽둥이질을 했다. 처음에는 활쏘기를 배웠고 다음에는 검술을 배웠고, 수박치기와 씨름을 배웠다. 그는 뭐든지 기본 동작만 가르쳐 주고 나머지는 추모 혼자서 수련하며 스스로 물리를 깨우치게 했다. 처음에는 수련 속도가 느렸지만 시간이 지날수록 오히려 더 숙련도가 높아져 나중에는 스스로도 놀랄 정도였다. 특히 그는 명상을 통해 마음을 다스리는 법을 배우게 했고 천지신명과 교감을 나누는 방법을 터득하게 했다. 천지의 기를 몸으로 받아들이는 법을 터득하게 하여 온 힘을 집중시키는 법을 체득하게 했다.

"사냥꾼에게 제일 중요한 것은 활이니 활쏘기나 한 번 전념해 봐."

활쏘기라면 신물이 날 정도로 훈련을 하였고 이제는 자신 있었다. 그런데 또 한 번 활쏘기를 익히라 하니 어이가 없었다.

"활쏘기는 이제 자신 있으니 동물 사냥 법이나 가르쳐 주십시오."

"아직 멀었어."

사냥꾼 선생님은 한 마디로 거절하고는 초막 속에서 보자기로 싼

뭔가를 꺼내왔다. 활이었다. 이전에 보지 못한, 물소 뿔로 만든 좋은
활이었다.

"이게 뭡니까?"

"사냥꾼은 다른 것은 몰라도 활만은 최고의 것을 써야 돼. 앞으로
이걸 써라."

사냥꾼 아저씨는 무뚝뚝하게 말하며 그 앞에 활을 건넸다.

추모는 활쏘기를 배우면서 활의 종류에 대해 많은 이야기를 들었다.
활 중에서 제일로 치는 활이 흉노족 땅에서 나는 물소뿔로 만든 활이
라 했다. 이것을 묵거선비가 그에게 준 것이다. 그동안 추모가 연습한
활은 단궁이었다. 박달나무로 만든 이 활도 작기는 했지만 사정거리
가 멀어 아주 마음에 들었다. 그런데 이것보다 더 좋은 활을 그에게 준
것이다.

"감사합니다."

추모는 고개 숙여 고마움을 표시했다.

"활쏘기나 열심히 해."

사냥꾼 아저씨는 무뚝뚝하게 말하고는 새로운 활에 익숙해지도록
매일 추모에게 활쏘기 연습을 시켰다. 어떤 때는 하루 종일 활만 쐈다.
그 사이 자신은 산 속으로 들어가 사냥을 해와 먹을 것을 마련했다. 반
년이 흐르는 동안 추모는 이제 눈을 감고 소리만 듣고도 백 보 이상 떨
어진 목표물을 정확히 맞출 수 있을 정도가 되었다.

"아주 잘 쏘네. 이제 산을 내려가도 되겠어."

"예?"

"이제 혼자 살라고."

"아직 배울 것이 많이 남았습니다."

"순 날도둑놈일세. 이놈아 내가 언제까지 네 놈한테 이렇게 붙어살아야 돼. 나도 장가가고 새끼 키우고 살아야지."

"예!"

"네 놈 때문에 내가 사냥도 제대로 못하고 생활이 엉망이 되었는데, 또 더 희생하라고? 네 놈이 뭔데."

"선비님은 선인이 아니었습니까?"

"선인(仙人)은 밥 안 먹고 똥 안 싼 다더냐? 잔소리 그만하고 이제 알아서 살아. 빨리 가."

선비는 그를 산 속에서 쫓아내려 했다.

"선비님의 존함이라도 가르쳐 주십시오."

"묵거"

"존함은 평생 제 가슴에 잊지 않고 새길 것입니다."

"참, 그리고 세상살이가 쉽지가 않으니 이것도 지니고 다녀라."

선비는 검 한 자루를 추모 앞에 던졌다. 지금까지 그는 목검을 들고 수련을 했을 뿐 진짜 검(劍)은 한 번도 잡아 보지 못했다.

"이미 검법은 다 배웠으니 이 검이 목검으로 여겨질 때까지 수련활동을 게을리 해서는 안 될 것이야."

7. 소서노

　추모는 사냥꾼 선비에게서도 쫓겨났다. 이제는 정말 갈 곳이 없었다. 도와주는 사람도 아무도 없었다. 혼자의 힘으로 생활해야 한다. 무작정 산 속을 걸었다. 발길 닿는 대로 가기로 작정했다. 밤이 깊었다. 하루 종일 먹은 것이 없었다. 그가 배가 고프다고 짐승들이 그의 앞에 가만히 날 잡아 먹으라고 기다리고 있는 것이 아니었다. 숨을 죽이고 매복해 있거나 동물을 찾아 나서야 하는 것이다. 하루 종일 걷기만 한 그는 당연히 짐승 구경하기도 힘들었다. 추모는 허기를 달래기 위해 풀숲으로 들어가 숨죽이며 사냥감이 나타나가기를 기다렸다. 그래도 제일 손쉬운 것이 산새였다. 까마귀 한 마리가 눈에 띠었다. 그는 가만 화살을 잰 후 활을 쏘았다. 적중이었다. 그는 화살을 빼내고 털을 벗긴 후 고기를 구웠다. 화살은 여전히 돌촉을 사용하고 있었다. 적당히 배를 채웠지만 산속에서 하룻밤을 노숙한다는 것은 쉬운 것이 아니었다.

니었다. 그는 오랜 시간 산속에서 수런하였지만 항상 잠은 집에서 잤
다. 그런데 이제는 이슬과 더불어 자야하는 것이다. 바위 밑에 터를 잡
고 적당히 나뭇잎을 구하여 바닥에 깔았다. 나무를 하여 불을 피운 후
바닥에 드러누웠다. 아직 초가을이었지만 산 속은 밤은 매우 추웠다.
집 생각이 절로 났다. 자연히 예린의 얼굴이 떠올랐다. 그녀를 데리러
가겠노라고 큰 소리쳤지만 과연 그럴 수 있을지 자신이 없었다. 당장
자신의 배를 덮을 이불 하나 없는 처지인데.

불을 피우긴 했지만 몸은 추웠고 발은 시렸다. 밤이 깊을수록 온갖
동물들의 우짖는 소리가 귀를 때렸다. 표범이 잠들어 있는 자신의 몸
을 덮칠 것 같은 두려움으로 잠을 이룰 수가 없었다. 결국 그는 첫날밤
을 한 잠도 이루지 못하고 이슬에 흠뻑 젖은 몰골이 되어 자리에서 일
어나야 했다. 자유인으로서의 첫날이 너무나 고통스러웠다. 그는 자
리를 털고 또 걸었다. 무작정 발길 닿는 대로, 어디인지도 모르는 곳을
걸으면서 그는 자신의 삶을 설계하기 시작했다. 사냥꾼이 되어서 가
죽을 팔고 고기를 팔아 돈을 많이 벌어 예린을 찾아가 그녀를 아내로
삼고 살겠노라는 어렴풋한 그림이 그려졌다.

며칠 동안 산 속에서 헤매던 추모는 가보지 않은 세상으로 가보기
로 했다. 멀리 대수맥과 소수맥에 사는 예맥족들의 나라를 구경하고
싶었다. 그래서 그는 대흑산맥을 따라 무작정 남쪽으로 걸었다. 소문
만 들었던 양맥에도 가보고 졸본부여에도 가기로 작정했다. 얼마나
많은 산을 넘었는지 강을 건넜는지 몰랐다. 그동안 그는 사람을 만나
지 못했다. 오로지 본 것은 들짐승과 날짐승뿐이었다. 산 속 생활에
익숙해지면서 이제는 짐승들의 울음소리를 들으면서 잠을 잘 수 있었

고, 사냥술이 점점 늘어 제법 큰 짐승도 잡아 가죽을 벗겨 말렸다. 졸본부여는 상행위가 발달된 곳이라는 말을 들었다. 그곳에다 가죽을 팔아 돈을 벌고 그 돈으로 적당한 집을 하나 장만하여 예린을 데려 오면 되겠다는 소박한 꿈도 꾸었다.

틈틈이 검술을 익혔다. 목검과 달리 칼의 무게가 느껴졌지만 오래 가지 않아 목검과 다름이 없음을 느꼈다. 검 한 자루와 활 하나면 이 세상에 두려운 것이 없었다. 검술에 익숙해지면서 세상에 내려가고 싶은 욕구가 점점 강하게 일었다.

방향을 남쪽으로 잡았다. 어딘지도 모르는 산과 강을 넘었다. 합달령이라는 큰 산을 또 넘어서자 제법 큰 길이 나왔다. 마차가 다닐만한 길이었다. 이제 비로소 인가가 있는 곳으로 내려왔다는 안도감이 들었다. 문득 햇볕이 참 따스하다는 생각이 들었다. 그동안 못 느끼고 지냈던 일이다. 그는 양지 바른 바위에 그동안 잡았던 짐승 가죽을 잘 펼쳐서 말렸다. 그 동안 그는 무거운 짐승 가죽을 등에 짊어지고 이동하였기에 매우 피곤하였다. 추모는 무거운 짐을 내려놓자 날아갈 듯한 기분을 느끼면서 바위 옆에 드러누웠다. 하늘이 참 맑았다. 저 푸른 하늘처럼 근심걱정 없이 자유롭게 살았으면 참 좋겠다는 생각을 하며 앞날을 생각해보았다. 아무 것도 잡히지 않았다. 어떻게 될 지도 몰랐다. 참 암담했다. 그는 더 이상 내일은 생각하지 않기로 하고 잠을 청했다.

시끄러운 소리가 들렸다. 이전에 잠든 사이 전신이 포박되어 다리가 잘릴 뻔한 경험이 있는 추모는 조금의 시끄러운 소리에도 금방 눈을 떴다. 사방의 낌새를 잠시 살폈다. 분명 산 아래쪽에서 큰 소리가 들렸다. 병장기 부딪히는 소리가 분명했다. 몸을 일으킨 그는 소리나는 곳을 살폈다. 이백여 보 떨어진 큰길가에 수십 명의 사람들이 서로 뒤엉켜 싸우고 있었다. 칼을 든 사람, 창을 든 사람, 몽둥이를 든 사람이 서로를 죽이는 싸움을 하고 있었다. 이제까지 주몽은 이런 싸움을 구경한 적이 없었다. 비록 검술을 배웠고 활을 배웠지만 사람을 죽이는 싸움을 해 본 적이 없었다. 그런데 산 아래 큰 길에서 서로를 죽이는 치열한 싸움이 벌어지고 있는 것이다.

추모는 잠시 상황을 관망했다. 한 쪽은 변발을 한 것으로 보아 예(濊)족 사람이 분명한데 삼십여 명은 되어 보였고 또 한 쪽은 정확하게 일곱 명이었다. 아니 쓰러진 사람까지 합하면 열 명이 넘는 제법 큰 무리였음에 틀림없었다. 이들은 상투를 튼 것으로 보아 맥(貊)족이었다. 맥족의 뒤에는 두 대의 수레가 있었는데 치장한 것으로 보아 귀족이 탄 수레가 분명했다.

상황을 살펴본 결과 예족(말갈족)의 사람들이 맥족의 수레를 탈취하기 위해 싸우고 있는 것 같았다. 그런데 수적 열세로 인해 맥족이 점점 수세를 취하고 있었다.

수레를 등 뒤로 의지한 채 빙 둘러 선 맥족 사람들은 예족 사람들을 상대로 안간 힘을 다해 싸우고 있었다. 이들의 무예는 예사롭지가 않았다. 비록 수적으로는 밀려 수세에 몰렸지만 쉽게 당하지 않았다. 그 중에서도 한 젊은 무사가 눈에 띄었다. 머리에 깃을 단 관을 쓴 젊은 무사는 여러 명의 예족 사람에 둘러싸여 선전하고 있었다. 장창을 든 그는 현란한 솜씨를 발휘하여 예족 도적을 하나하나 제거했다.

추모는 그의 현란한 창 솜씨를 넋을 놓고 구경했다. 자신도 모르게 그의 편이 되어 그를 응원하게 되었다. 시간이 흘러 지칠 법도 하였지만 그는 처음과 다름없이 창을 움직였다. 하지만 그의 분전에도 불구하고 맥족의 무사들은 점점 줄어들었다. 다섯 명의 무사가 더 버티고 있을 뿐이었다. 이들 마저도 오래 가지 못할 것 같았다.

추모는 갑자기 이들을 도와야 한다는 생각이 들었다. 하지만 냉정히 생각해보면 섣불리 나섰다가는 자신의 목숨도 위태로울 수 있었다. 더구나 어떻게 된 상황인지도 모르는 형국인데 잘못 뛰어들었다가는 선하지 못한 일에 목숨을 잃을 수도 있는 일이었다. 뿐만 아니라 자신은 아직까지 사람을 죽여 본 일도 없었다. 이유도 없이 원수진 일도 없는 사람을 죽여 그들의 원한을 살 이유가 없었다. 다시 추모는 이들의 접전을 지켜보았다.

그러나 많은 적을 상대로 점점 지쳐가는 맥족 젊은 무사의 모습을 보자 저도 모르게 전통에서 활을 꺼냈다. 그리고는 자신의 참전이 어떤 결과를 가져올 지도 모른 채 그냥 화살을 재고는 활을 쐈다. 그가 사냥하면서 배운 것이 하나 있다. 무리를 공격할 때는 반드시 우두머리를 쏴야한다는 것이다. 그래야만 나머지는 어찌할 줄 몰라 당황하다가 결국은 흩어지고 만다. 추모는 이런 습성을 사람에게도 적용했다. 그가 쏜 것은 예족의 우두머리였다. 그는 오랫동안 싸움을 지켜보면서 누가 예족의 우두머리인가를 눈 여겨 본 것이다.

추모가 쏜 화살은 정확하게 예족 우두머리의 가슴에 꽂혔다. 그가 쓰러지자 예족 전사들의 공세는 주춤했다. 그리고는 화살이 날아온 방향을 살폈다. 추모는 몸을 숨기고 이들의 눈에 띠지 않으려 애썼다. 조금의 시간이 지난 뒤 다시 싸움이 시작되었다. 예족 우두머리가 쓰러진 틈을 이용하여 맥족 무사들이 반격을 가한 것이다. 하지만 이도 오래 가지 못했다. 다시 수세에 몰렸다. 추모는 다시 활을 들었다. 이번에는 연사(連射)를 했다. 순식간에 세발을 날렸다. 이번에도 명중이었다. 차례로 동료들이 쓰러지자 예족은 또 다시 주춤한 채 사방을 경계했다. 추모는 계속 활을 쏘았다. 그가 활을 쏘고 겨누는 시간은 매우 빨랐다. 어딘지 모르는 곳에서 계속 화살이 날아와 동료들을 하나씩 쓰러뜨리자 예족 전사들은 당황하여 어찌할 줄을 몰랐다. 그러는 와중에 드디어 그들은 추모의 위치를 알아냈다. 하지만 쉽게 반격할 수 없었다. 그들은 이미 몸이 노출된 상태인데다가 상대의 활솜씨가 워낙 뛰어나 반격할 생각을 갖지 못했다. 결국 우두머리를 잃은 그들은 뒤로 주춤주춤 물러서더니 곧바로 멀찌감치 물러서서 몸을 감추고 말았다.

하지만 추모도 쉽게 몸을 드러낼 수가 없었다. 예족 사람들이 근처 어딘가에서 자신을 노리고 있을지도 모르기 때문이었다. 괜히 싸움에 끼어들었다는 생각이 들었다. 그냥 이대로 있다가는 저들에게 당할지 몰랐다. 그는 재빨리 짐승의 가죽을 챙긴 후 길가로 뛰어 들었다. 그 사이 맥족 무사들은 죽은 동료들의 시신과 부상자를 수레에 실어 상황을 수습하고는 곧바로 산 아래로 마차를 몰았다.

"같이 갑시다."

추모는 마차를 놓치지 않으려 큰 소리를 질렀다. 만약 마차를 놓치면 결국 예족의 추격을 받을 것이 뻔했기에 그는 필사적으로 달렸다.

맥족 사람들은 목소리의 주인공이 자신들을 구해준 사람임을 확인한 후 말을 멈추고 그를 기다려 줬다. 이곳은 예족의 영역이기에 혼자 남겨진 그가 어떤 일을 당할 지는 뻔했기 때문이다.

마침내 추모가 마차에 올라타자 마차는 산 아래로 질주하기 시작했
다. 그 사이 숨어 있던 예족이 다시 추격해오는 듯 했지만 오래지 않아
추격을 포기했다. 아마도 그들에게 지금 가장 시급한 것은 우두머리
의 주검이었을 것이다.

마차는 두 대였다. 한 대는 덮개가 덮였고 한 대는 아니었다. 추모는
뒤따르는 무개차(無蓋車)에 올라탔다. 맥족 무사 중 살아남은 자가 불
과 세 명이었기에 이들은 여유를 가질 틈이 없었다. 예족의 경계에서
벗어나기 위해 교대로 산 아래로 계속 마차를 몰았다. 추모가 탄 무개
차에는 죽었거나 부상을 당한 맥족의 무사들이 실려 있었다. 추모는
이들 틈에서 역시 긴장한 채 뒤쪽을 살폈다. 예족이 다가설 때는 다시
활을 들었지만 이들이 금방 물러서자 다소 긴장이 풀렸다.

오래지 않아 산길은 끝나고 들판에 들어섰다. 그제야 마차는 속도를
늦추더니 이윽고 말을 멈췄다. 추모는 마차에서 내렸다. 더 이상 이들
을 따라갈 이유가 없었다.

"도와주셔서 고맙소이다."

짐을 내리고 있던 추모의 등 뒤에서 굵직한 목소리가 들렸다. 깃 달
린 모자를 쓴 중년의 사람이 젊어 보이는 그의 부인인 듯한 사람과 함
께 서 있었다. 이들은 한 눈에도 귀족 신분임을 알 수 있었다. 이들의
뒤에는 좀 전에 예족을 상대로 분전하던 젊은 무사가 서 있었다.

"아닙니다. 곤경에 처한 듯해서 무례하게 나섰습니다."

추모는 산 속 생활을 하는 동안 항상 몸을 깨끗이 씻었다. 또한 화려
하진 않았지만 옷도 깨끗하게 빨아 입었다. 묵거선비가 그에게 무술
과 명상을 가르치면서 어떤 상황에서도 몸가짐을 바르게 하고 몸은

항상 깨끗하기를 강조했다. 그래야만 몸의 기가 제대로 운행되고 정신이 맑아진다는 것이었다. 추모가 고개를 돌려 이들 앞에 섰을 때는 비록 아직 얼굴에 어린 티가 있었고 누더기 옷을 걸치고 있었지만 그의 몸에서 쉽게 범접할 수 없는 기상이 느껴졌다. 더구나 그는 뛰어난 활솜씨로 자신들을 구해 주었기에 함부로 하대할 수 없었다.

"선비님이 아니었다면 저희들은 이미 저승사람들이었을 것입니다."

부인이 또 다시 사례했다. 그녀는 추모보다는 나이가 많았지만 워낙 피부가 곱고 몸맵시가 좋아 그렇게 나이 들어 보이지 않았다. 산속 생활에 익숙한 추모에게는 마치 선녀가 하강한 듯한 착각을 불러일으킬 정도였다.

"아닙니다. 호위무사들의 무예가 뛰어나서 제가 너무 감탄했습니다."

추모는 뛰어난 무예를 지녔던 호위무사에게 공을 돌렸다.

"하하하! 겸손하오이다. 저는 우태라고 하오이다. 선비의 존함은 어떻게 되시는지요?"

"추모라고 합니다."

우태라는 사람은 졸본부여의 사람으로 원래는 부여국의 왕족이라 자신을 소개했다. 처가살이를 끝내고 집으로 돌아가는 길인데 예족(말갈족) 사람들이 재물을 노리고 급습을 했다는 것이다.

맥족의 총각이 결혼을 하기 위해서는 일정기간 동안 처가살이를 해야 했다. 처가의 일을 돕고 살림을 일군 다음 아들을 낳고 그가 어느 정도 자라야만 비로소 자신의 본가로 돌아갈 수 있었다. 우태도 큰 아들 비류를 낳은 후에야 처가살이를 끝낼 수 있었다. 그는 지금 자신이 처가살이에서 일군 가족들을 이끌고 자신의 본가로 돌아가는 길이었다. 그의 아내는 소서노로 부여의 귀족인 연타발의 장녀였다. 그는 상당한 자산가였는데 처가살이를 마치고 본가로 돌아가는 사위와 딸을 위해 많은 재물을 나눠 주었다. 호위무사들이 타고 가던 말이 전부 다 그가 준 것이며 마차 속에는 많은 금은보화와 비단이 실려 있었다.

그런데 부여에서 졸본부여로 가기 위해서는 합달령산을 지나야하는데 이곳에는 예족이 살고 있었다. 예족(濊族)은 맥족(貊族)과 뒤섞여 살았는데 풍습과 신앙에서 맥족과는 다소 차이가 났다. 하늘을 숭배하고 단군을 섬기는 것은 같았지만 그 외는 달랐다. 특히 그들이 숭배하는 땅의 정령은 호랑이로 이를 마치 살아 있는 신처럼 매우 신성시했다. 머리도 맥족이 상투를 터는 데 비하여 변발을 하여 한 눈에도 구별이 가능했다. 특히 여자들은 시집갈 때를 제외하고는 자신들 마을의 경계 밖을 거의 벗어나지 않았다. 이들은 주로 산 속에서 수렵생활을 하고 살았는데 생활이 어려워지면 수시로 이웃 마을들을 습격하여 추수한 수확물과 재물을 빼앗고 여자를 훔쳐갔다.[17]

---

17) 예족(濊族)은 만주에 사는 만주족으로, 중국의 「위서(魏書)」, 「수서(隋書)」, 「당서(唐書)」등에서는 숙신, 말갈, 읍루 등으로 불렸으며 크게 아홉 개 종족으로 분류했었다. 이중 우리에게 친숙한 종족은 함경도북부에서 연변지역에 걸쳐 사는 속말말갈과 백두산 근처에 사는 백산부 말갈, 그리고 흑룡강 근처의 흑산부 말갈 등이다. 명나라 때는 이들을 통칭하여 여진이라 불렸는데 크게 세 종족으로 구분하여, 함경도 지역에 사는 여진족을 야인여진, 백두산 북쪽은 건주여진, 요동지방에 사는 옛날 거란족은 해서여진이라 했다. 금나라를 세웠던 아골타는 속말 말갈 출신으로 야인여진에 속했으며, 청나라를 세웠던 누루하치는 건주여진 출신으로 백산부 말갈 출신이다.

우태는 본가로 돌아가기 위해서 십여 명의 무사들을 불렀다. 재물을 노리고 공격하는 자들이 있을까 염려해서였다. 보통 말을 탄 무사들이 호위를 하면 쉽게 공격하지 못했다. 하지만 부족단위로는 얼마든지 공격할 수 있었다. 특히 예족들이 그랬다. 그래서 그는 합달령을 지날 때 경계를 철저히 하였는데 그만 기습을 당한 것이다. 이들 일행은 부분노라는 본가에서 가장 뛰어난 무사가 지휘하고 있었다. 그래서 우태는 어느 정도 안심하고 있었는데 워낙 많은 숫자가 공격하여 위기 상황을 맞이했던 것이다.

"선비께서는 어디로 가시는 길입니까?"

이들은 추모를 선비로 인식하고 있었다. 당시에는 비록 해모수가 자취를 감추긴 했지만 여전히 수두교의 전통을 지키기 위해 나라를 따지지 않고 산천을 유람하는 사람들이 있었고 이들을 선비라 불렀다. 선비는 신분 고하를 막론하고 우대하는 것이 당시의 풍습이었다. 추모도 선비일 것이라 우태는 추정한 것이다.

"저는 사냥꾼입니다. 짐승의 가죽을 말려서 내다 파는 사람입니다. 아직 시작한 지는 얼마 안 되었지만."

"그래~ 요."

사냥꾼이라는 말에 우태는 약간 실망하는 듯한 표정이었다. 사냥꾼이라면 부족원들과 생활하지 못하는 족보도 없는 자였기 때문이다.

"아무튼 고맙네. 그리고 미안하지만 바쁘지 않다면 우리를 잠깐만 도와주게."

사냥꾼이라는 말에 우태는 생명의 은인임에도 불구하고 추모를 가볍게 대하기 시작했다. 곧바로 말을 낮추었다. 하지만 추모는 별 불만을 갖지 않았다. 나이도 어린데다 상대가 귀족임이 한 눈에 드러났기 때문이다.

우태는 죽은 호위병들의 시신을 묻어야겠다며 추모에게 땅을 파게 했다. 물론 일할 사람이 없긴 했지만 그를 하인 부리듯 한 것이다.

"좋소. 도와드리리다."

추모는 상대방의 태도가 맘에 들진 않았지만 마땅히 일할 사람이 없는 관계로 삽을 들고 땅을 팠다. 살아남은 두 명의 무사들도 가세했다. 하지만 우태와 호위대장은 끝내 삽을 들지 않았다. 추모는 다시 자신이 종이 된 기분이었다. 문득 옥지(屋智) 마을에서의 어린 시절이 생각났다. 신분이 뭔지 모르고 함께 자란 오이가 독선생에게서 문자를 배우고 무술을 익히는 동안 자신은 땀 흘리며 소똥과 말똥을 수거하여 말려야 하던 것에 분노하던 시절이 떠올랐다. 당시에는 그런 상황을 도저히 용납하기 어려웠다. 자기도 오이와 함께 공부를 하고 싶었다. 그러나 어림없는 일이었다. 세상에는 주인이 있고 종이 있어 종은 주인을 위해 모든 것을 바쳐야한다며 집사가 매일 잔소리를 해댔던 것이다. 하지만 추모는 이에 승복하지 않았다. 비록 힘이 없고 나이가 어려 집사의 지시를 받으며 종살이를 하긴 했지만 마음은 항상 자유로웠다. 나이가 들면 반드시 자유를 찾아 떠날 것이라 생각했다. 물론 타의에 의해 떠나오긴 했지만.

집을 나서면서 그는 다시는 종살이는 하지 않겠노라 다짐했다. 오로지 자신의 의지에 의해서만 움직인다는 원칙을 세웠다. 그런데 이들이 자신을 종 부리듯 하는 것이다.

"당신들은 삽질을 할 줄 모르시오."

“뭐!”

“이것은 당신들 일이지 않소?”

추모는 삽을 던졌다. 도와줄 수는 있지만 굴복할 수는 없었다.

“어르신이 하라면 해! 토를 달지 말고.”

추모가 싸움판에 끼어들었던 요인인 호위대장 부분노였다. 그는 충성심이 강하여 마치 잘 훈련된 사냥개처럼 주인의 말을 따랐다. 그것이 옳든 그르든.

쓴 웃음이 나왔다. 이런 자를 위해 자신이 목숨 걸고 싸웠나 싶었다.

“나는 당신들을 구하기 위해 내 목숨을 걸었소. 물론 대가를 바란 것도 아니었소. 그런데 당신들은 나를 마치 하인 부리듯 하고 있소.”

“저놈이! 사냥꾼 주제에…….”

우태는 어이없다는 듯 추모를 쳐다보았다. 비록 추모의 얼굴에서 범할 수 없는 기상이 느껴지긴 했지만 그는 사냥꾼에 불과하였다.

“어서 삽을 들어!”

우태의 말에 부분노가 창을 겨누며 말했다. 그에게 옳고 틀리고의 기준은 주인의 말이었다. 그는 주인에게 고용된 사람이고 그의 말에 복종해야한다는 가치관을 지니고 살았다. 그래서 그는 주인에게 저항하는 추모를 용서할 수 없었다.

“주인의 말을 거역하는 자는 그 어떤 자라도 용서하지 않는다. 어서 삽을 들어.”

부분노는 추모를 노려보며 위협했다. 추모도 지지 않고 그를 노려보았다. 불과 얼마 전까지 그의 창 솜씨에 매료되었는데 이제 그 창이 자기를 겨누고 있는 것이다.

추모는 잠시 생각했다. 이들에게 굴복하여 다시 삽을 잡을 것인가? 아니면 자존심을 지키기 위해서라도 칼을 뽑을 것인가? 하지만 상대는 창을 잘 다루는 자였다. 그의 솜씨는 이미 다 검증되었다. 하지만 자신은 사람을 상대로 검을 뽑은 적이 없었다. 기껏해야 목검을 휘둘렀을 뿐이다.

"어서 삽을 잡아!"

부분노가 또 다시 위협했다.

추모의 눈은 부분노를 노려보고 있었다. 그의 오른 손에는 어느새 검이 쥐어 있었다.

"너희 같은 놈들을 위해 내가 목숨을 걸었다는 것이 한심할 뿐이다. 너희들 목숨은 아무래도 하늘이 오늘 걷어 가려고 작정한 모양이다."

좀 전까지 추모는 부분노를 상대로 싸우는 것에 대해 자신감을 갖지 못했다. 몇 년간 수련을 하였지만 이렇게 진검으로 싸우기는 처음일 뿐 아니라 자신의 실력이 어느 정도 인지는 몰랐다. 그러나 오른 손에 검을 쥐자 자신감이 솟구쳤다. 그는 곧바로 부분노를 공격해 들어갔다.

말을 몰아 달리듯 부분노를 짓쳐 들어갔다. 부분노는 상대가 갑자기 공세를 취할 줄 몰랐다. 순간적으로 그는 뒤로 물러섰다. 아슬아슬하게 칼날을 피한 그는 곧바로 공세로 돌아섰다. 그런데 상대도 만만치가 않았다. 한 번씩 칼날이 부딪힐 때마다 전해지는 힘이 보통이 아니었다. 어린 아이로 볼 수 없는 힘이었다. 그는 여러 가지로 창술을 펼치며 상대를 시험해봤다. 그런데 검을 다루는 것이 보통이 아니었다. 기초가 잘 닦여져서 격검(擊劍)과 자법(刺法) 모두 뛰어났다. 순발력과 발검(拔劍)이 너무 좋았다. 여러 가지 검법도 익혀 웬만한 것은 다 막아냈다. 부분노는 오래지 않아 상대가 결코 자신에게 뒤지지 않는다는 것을 깨달았다. 더구나 상대는 산속에서 자라 하체가 발달하여 힘이 좋았을 뿐 아니라 지치지 않았다. 잘못하다간 오히려 상대에게 당할 지도 모른다는 생각에 온 정신을 집중하며 싸웠다.

추모는 부분노와 싸우면서 점점 신이 났다. 실력자와 싸우면서 그동안 자신이 수련한 것들이 하나하나 되살아났기 때문이다. 예상하지도 않았던 몸동작이 절로 펼쳐졌다. 아무런 생각 없이 무의식적으로 상황에 맞는 몸동작이 나올 때까지 반복 연습하라는 묵거 선비의 말이 새삼 떠올랐다. 지금이 바로 그 상황이었다. 머릿속으로 복잡한 생각을 전혀 하지 않았다. 어떻게 막을 것이고 어떻게 공격할 것인지. 하지만 몸이 절로 알아서 막고 공격했다.

점점 시간이 흘렀다. 승부는 나지 않았다. 그러나 부분노의 호흡은 거칠어졌고 추모의 호흡은 일정했다. 우태는 점점 불안해졌다. 부분노라면 이 예맥 땅에서 최고의 창솜씨를 지녔다고 생각했다. 그런데 이미 뛰어난 활솜씨를 보인 이 어린 사냥꾼의 칼에 점점 밀리고 있는 것이다. 아직 이십도 안 되어 보이는 어린애가 칼솜씨까지 이렇게 뛰어날 줄은 정말 몰랐다. 따지고 보면 잘못은 자신에게 있었다. 자신의 생명의 은인인데 그가 사냥꾼이라는 이유로 그를 막 대했던 것이다. 그렇다고 부여의 왕족인 자신이 사냥꾼을 공대할 수는 없었다. 하지만 이 순간은 그런 신분이 문제가 안 되었다. 잘못하다간 목숨이 위태로울 수도 있었다.

"합세하여 저놈을 공격하라."

우태는 나머지 두 명의 무사에게 협공을 명령했다. 죽일 마음은 없었다. 일이 이상하게 꼬이다보니 결국은 그를 죽이게 되었다.

곧바로 추모는 수세에 몰렸다. 세 명의 뛰어난 무사를 상대로 싸우기는 벅찼다. 점점 검세가 흐트러지는 것을 느낄 수 있었다. 그는 수레에 몸을 기대고 상대를 앞에 두고 공격했다. 좀 나았다. 그러나 이도 오래 버틸 수 없다고 생각했다. 도망가는 것이 최고의 수였다. 그는 도망갈 틈을 엿보기 시작했다. 도망가면 뒤쫓아 오지는 않을 것이라 생각했다.

"그만들 하세요."

갑자기 날카로운 목소리가 들렸다. 순간 뒤엉켜 싸우던 무사들의 칼은 멈췄다. 마차 문이 열리고 귀부인이 내렸다. 우태의 부인인 소서노였다.

"은혜를 원수로 갚는다더니 도대체 이게 무슨 짓입니까?"

소서노는 분명 남편인 우태를 향해 꾸짖었다.

"애보기 창피하지도 않습니까?"

소서노의 품에는 이제 갓난아기를 면한 어린 아기가 안겨 있었다.

"저분이 아니었으면 우리는 이미 다 죽은 목숨입니다. 그런데 어떻게 이렇게 대할 수가 있습니까?"

소서노는 한참동안 남편에게 꾸짖듯이 말했다. 그러고는 고개를 돌려 추모를 향했다. 추모의 눈이 그녀를 향했다. 매우 아름다웠다. 그녀의 눈은 목소리와 달리 퍽 다감해 보였다.

"죄송합니다. 남편대신 제가 사과드립니다."

그녀는 깊이 고개 숙여 사죄했다.

"괜~ 괜~ 찮습니다."

추모는 그녀의 말에 마치 마법이라도 걸린 사람처럼 말이 떨려나왔다. 잘잘못 같은 것은 따질 수가 없었다. 깊은 산속에서 혼자 지낸 그에게 그녀는 선녀 그 이상이었다.

"약소하지만 이것 받으십시오. 제 성의입니다."

소서노는 보자기 하나를 추모에게 건넸다.

"그리고 이것은 신물(信物)입니다. 이걸 가지고 계시다가 어려운 일이 있으면 언제든지 찾아오십시오. 도와 드리겠습니다. 저희는 졸본 부여에 있습니다."

소서노는 보자기와 함께 청동거울 반쪽도 건넸다.

"감사합니다."

추모는 소서노의 말에 절로 고개를 숙였다. 대가를 바라고 싸운 것은 아니었지만 이런 정도의 마음 씀씀이가 당연하다고 생각했다.

"그리고 말 한 필을 가져가십시오. 사냥을 하려면 많은 짐을 실어야 할 것입니다."

시원시원했다. 추모는 지금까지 이런 여성을 보지 못했다. 이런 사람이 자신의 어머니였으면 좋겠다는 생각이 들었다.

"당신들은 사과하시오."

소서노는 끝내 남편과 부분노에게 사과를 시키고야 말았다. 여장부 같았다.

"미안하오."

우태는 끝내 아무 말도 하지 않았지만 부분노는 사과했다.

"나는 자유인이오. 나에게 이래라저래라 하는 말은 하지 마시오."

추모는 섭섭한 감정을 말했다.

"당신 솜씨가 아주 좋은데 누구에게 배웠소?"

부분노는 추모의 솜씨를 칭찬하며 물었다.

"묵거라는 선비에게 배웠소."

"……."

부분노는 아무 말도 잇지 않았다. 하지만 순간적으로 그는 흠칫 놀라는 표정을 지었다. 추모는 이를 놓치지 않았다.

"혹시 그분을 아십니까?"

"아~ 아니오, 모르는 사람입니다."

부분노는 곧바로 고개를 돌렸다. 추모는 고개를 돌린 그의 모습을 유심히 쳐다보았다. 뭔가 사연이 있음에 분명했다. 하지만 묻는다고 그가 답할 리도 없다는 것을 알았다. 그는 그만 이들과 헤어져야겠다는 생각을 했다.

"부인의 처사에 매우 감사드립니다. 인연이 닿는다면 꼭 한 번 찾아 뵙겠습니다."

추모는 소서노에게 이상하게 마음이 끌렸다. 그래서 그는 우태 대신 그의 부인인 소서노에게 인사를 하고 그녀가 준 말을 타고 그들과는 다른 남쪽으로 계속 말을 몰았다.

8. 협보陜父[18]

남쪽은 산 반 물 반이었다. 물을 건너면 산이었고 산을 건너면 물이었다. 큰 물이 있는 곳에는 큰 마을이 있었고, 작은 물이 있는 곳에는 작은 마을이 있었다. 한 부족이 여러 개의 마을에 흩어져 살면서 강과 산을 점령하고 생활했다. 지형이 험한 관계로 서로 폐쇄적이다 보니 나라들 끼리 교류도 없었다. 외침을 막기에는 유리한 지형이었지만 밖으로 국력을 뻗치기는 불리한 지형이었다.

폐쇄적인 마을에 이방인이 어울리기란 쉽지 않았다. 따라서 정착지

---

18) 한자 '父' 는 '아비 부' 나 '사내 보' 로 읽힌다.

를 찾아 떠나는 추모의 유랑생활은 순탄하지 않았다. 막연하게 꿈꾸었던 계획들은 하나도 이뤄지지 않았다. 그가 잘 말린 짐승 가죽은 팔 곳이 없었다. 부여는 큰 나라라 장이 서는 곳도 있었고 한나라의 유성 지역까지 나가는 장사꾼도 있었다. 또 서북쪽으로 흉노나 선비족의 땅까지 물건을 내다파는 상단이 있었지만 산과 강으로 둘러싸인 대수맥 지역(大水貊, 압록강 상류지역)은 달랐다. 웬만한 마을에서는 필요한 것을 자급자족하였기에 교류가 필요 없었다. 사냥한 고기는 먹고 가죽은 내다팔아 은전을 모아 집을 짓고 예린을 데려다 살아야겠다는 막연한 생각을 하였던 추모는 세상이 뜻대로 되지 않는다는 것을 쉽게 깨달았다. 대수맥 지역에 들어선 이후 굶지 않는 것만도 다행일 정도로 하루하루 지내기가 힘들었다. 알지 못하는 마을에 함부로 들어 갔다가 공격을 받은 적이 한 두 번이 아니었다. 다행히 말이 있고 활솜 씨가 좋아 위기를 모면했지만 매우 위험했다.

추모는 방향을 다시 북쪽으로 잡았다. 이곳에서는 더 이상 삶의 터 전을 잡기 어렵다는 생각에 이전에 한사군이 주둔하였던 소수맥(小水貊, 동가강, 오늘날 혼강 상류) 지역으로 발길을 옮긴 것이다. 이 지역도 산과 강으로 둘러싸인 지역이지만 그래도 대수맥 지역보다는 개방적이었다. 한나라군이 주둔하면서 그들의 문화를 이식시켰기 때문에 상업 활동도 제법 활발하다는 소리를 들었기 때문이었다.

추모가 처음 도착한 곳은 양맥 땅이었다. 이곳은 졸본부여와 이웃한 나라로 큰 산과 강을 끼고 발달한 곳이었다. 이 나라는 소수맥 지역에 위치해 있으면서도 대수맥 사람들처럼 폐쇄적이었다. 다른 부족의 사람들을 쉽게 용납하지 않았다.

추모는 사냥한 짐승 가죽을 갖고 마을로 내려갔다. 왕이 사는 큰 마을이라 제법 장이 형성되었다. 장이라고 하지만 아직 철기가 산마을까지 보급되지 않은 상황이었기 때문에 청동그릇, 토기 등이 주류를 이루었고 가끔씩 옷감과 나뭇단도 나와 있었다. 소금과 곡식이 필요한 추모는 장터 한 구석 남의 집 담벼락에다 가죽을 펼쳤다.

장날이라 사람들이 제법 몰려들었다. 날은 초가을이라 선선하여 하루 종일 서 있어도 춥지도 덥지도 않아 장사하기 좋은 계절이었다. 하지만 잘 차려 입은 사람은 드물었다. 물물교환을 하기 위해 손에 뭔가가 들려 있는 사람뿐이었다. 이곳 장은 물물교환 수준이라 동전과 은전은 거래되지가 않았다. 큰 나라에서는 이미 돈이 사용되었지만 이곳은 변방이라 그렇지 못했다. 하루 종일 장을 펼쳤지만 추모의 수입은 없었다. 담비 가죽을 수수 두 말, 소금 한 홉과 바꾼 것이 전부였다. 곰 가죽과 표피도 있었지만 거래는 이뤄지지 않았다.

날이 어둑해졌지만 별무 소득이자 추모는 장을 걷었다. 이곳도 정착하기에는 알맞지 않은 곳이라는 생각이었다.

추모가 막 짐을 꾸려 말에 싣고 길을 떠나려할 때였다. 언뜻 보아도 귀족인 듯한 비단 옷을 입은 이십대 중반으로 보이는 사람이 여러 명의 무장한 군인을 데리고 나타나 추모의 앞에 섰다.

"여보게 사냥꾼, 아주 좋은 가죽을 가지고 있더구먼. 구경 좀 하세."

추모는 다시 짐을 풀었다. 표범 가죽을 비롯한 여럿의 가죽을 펼쳤다. 그는 이것저것 들춰 보더니 뒤따르는 하인에게 가장 값나가는 표피와 곰 가죽을 짊어 지라했다. 그러고는 그냥 갔다. 당연히 추모는 따라 붙어 값을 내라했다. 그는 어이없다는 듯 추모를 쳐다봤다.

"네 이놈, 여기는 내 땅이야. 내 땅에 들어와서 장사를 했으면 당연히 세금을 내야지."

어느 나라를 가나 텃세가 있어 마음대로 장사할 수 없다는 것을 추모는 느끼고 있었기에 웬만한 것은 다 참고 양보했다. 그러나 아직까지 물건을 빼앗긴 적은 없었다.

"그것들은 제 것입니다. 돌려주십시오."

"네 것이라고?"

"그렇습니다."

"네 놈은 내 산에서 사냥을 했을 것 아닌가?"

귀족은 귀찮다는 듯 더 이상 대꾸도 하지 않고 앞장서서 걸었다.

"네 이놈! 저 분이 누구라고 행패야!"

대신 뒤따르던 군인들이 나섰다. 이들은 다짜고짜 창을 들어 추모의 머리통을 휘갈겼다. 순간적으로 긴장하고 있던 추모는 가까스로 피했지만 이미 군인들에게 둘러싸여 있었다.

"네 이놈! 저분은 우리나라의 왕자님이시다. 보아하니 우리나라 사람도 아닌 것 같은데, 네 놈이 감히 왕자님에게 대들었으니 너는 협보의 첩자가 틀림없어."

우두머리인 듯한 자가 나서서 추모에게 간첩 죄목을 씌웠다. 물품을 빼앗으려는 수작임에 틀림없었다.

"협보가 누구요. 난 협보라는 사람을 잘 모르오. 가진 것을 다 줄 테니 살려주시오."

잘못하면 목숨도 위태로울 수 있었기에 추모는 미리 선수를 쳤다. 사냥이야 다시 하면 되지만 몸이 상하면 아무 것도 할 수가 없기에 온전히 이곳을 벗어나고 싶었던 것이다.

"야! 이놈 아주 좋은 활과 칼을 가졌는데……."

물품을 빼앗을 요량으로 추모에게 접근한 이들은 벌써 말에 실려 있는 봇짐까지 다 풀어 헤친 상태였다.

"다른 것은 다 가져도 좋습니다만 활과 칼을 그냥 주십시오. 그것이 있어야 사냥을 할 수 있습니다."

추모는 묵거선비가 준 활과 칼을 절대 뺏길 수 없다는 생각으로 사정을 했다.

"이 자식, 너 이거 어디서 났어. 사냥꾼이 이렇게 좋은 활과 칼을 가지고 다닐 리 만무해. 바른 대로 말해."

양맥은 제법 큰 나라이지만 물소뿔로 만든 활과 철제로 주조한 칼은 쉽게 구할 수가 없는 곳이었다. 그런데 사냥꾼이 이런 좋은 무기를 들고 다니니 수상하게 여길 만도 했다.

"그건 가보(家寶)입니다. 제발 그것만은 돌려주십시오."

"안 돼! 모두 다 압수야."

우두머리는 큰 수입을 건졌다는 듯 음흉한 미소를 띠며 말했다. 하지만 쉽게 포기할 수 없는 추모는 그 자리를 뜰 수가 없었다.

"빨리 꺼져! 가지 않으면 협보의 첩자로 체포할 거야."

우두머리가 다시 한 번 으름장을 놓았다.

"아~ 알겠습니다."

추모는 고개를 숙여 인사를 하고 뒤로 물러서는 척했다. 그러자 군인들은 서로 달려들어 추모의 물품을 차지하기 위해 다투기 시작했다.

추모는 그 틈을 놓치지 않았다. 말고삐를 잡고 있는 놈을 앞차기로 가격한 후에 얼른 말에 올랐다. 활과 칼은 여전히 말 위의 봇짐에 실려 있는 상태였다. 추모는 아직까지 말 다루는 법을 잘 몰랐다. 무엇을 먹여야하고 언제 먹이는 것이 가장 효율적인가에 대한 것은 거의 무지했다. 그저 말과 친숙해지고 말이 하는 대로 내버려 둘 뿐이었다. 하지만 말 타는 법에는 익숙했다. 전문적으로 배운 사람을 따라 갈 수는 없었지만 웬만한 사람보다는 잘 탔다.

"이랴!"

추모는 산속을 향해 무작정 달렸다. 추모를 놓친 군인들은 소리를 질렀지만 이미 말이 떠난 뒤였다. 그들은 그나마 좋은 가죽을 얻었기에 그 정도는 양보할 수 있다는 생각에 멀리 쫓아오지 않았다.

어느 큰 기와집 앞을 지나는 순간 좀 전의 왕자가 보였다. 추모는 그냥 지나치려 하다가 갑자기 오기가 생겼다. 큰 기와집이 아무래도 임금이 사는 궁궐 같았다. 궁궐은 민가와는 약간 떨어진 외진 곳에 있어 조금만 말을 달리면 산속이었다. 산 속만 들어가면 얼마든지 피할 자신이 있었다.

"다그닥, 다그닥."

말소리가 높아지자 왕자는 뒤돌아봤다. 이 양맥에서 감히 자기 앞에서 말을 타고 지나갈 자는 없었다. 사냥꾼이었다. 괘씸한 생각이 들어 주변을 살폈다. 너무 앞서서 왔는지 주변에 아무도 없었다.

"이런 괘씸한~"

왕자는 채 말을 끝내기도 전에 자신을 스치고 달리는 추모의 강한 발길에 얻어 채이고 말았다.

"어이쿠!'

비명소리와 함께 그는 땅바닥에 나뒹굴어졌다. 하지만 달려오는 자는 아무도 없었다. 그는 억울한 마음에 일어나지도 않고 그냥 드러누워 있었다. 멀리서 이를 목격한 경계병들이 달려와 그를 일으켜 세웠다.

"얼른 저 놈을 잡아라!"

창을 꼬나든 경계병들은 소리를 지르며 추모를 뒤쫓기 시작했다.

사실 추모는 이렇게까지 하고 싶은 생각이 아니었다. 그런데 그의 옆을 지나는 순간 그만 화를 참지 못하고 발길질을 하고 만 것이다. 이왕 이렇게 된 것 도망가는 것이 최상책이었다. 산을 향해 무작정 달렸다. 군사들은 계속 쫓아왔다. 그들 중에는 말을 탄 자의 모습도 보이기 시작했다. 이곳의 지리에 익숙하지 않은 상태에서 놈들이 계속 추격하면 잡힐 수도 있었다. 추격을 뿌리칠 방법을 생각해 보았다. 한 가지 생각이 났다. 그는 활을 꺼냈다. 그리고는 화살을 재고는 겨냥하는 듯 마는 듯 하더니 활을 쏘았다.

'억!' 소리와 함께 한 사람이 쓰러졌다. 손가락으로 추모를 가리키며 '저놈 잡아라' 라고 고래고래 소리 지르던 왕자였다.

왕자가 가슴에 활을 맞고 쓰러지자 추격병들은 당황하여 어쩔 줄 몰라 했다. 그들은 어떻게 해보지도 못하고 결국 추격을 포기한 채 왕자에게 달려갔다.

날은 금방 어두워 졌다. 일단 고비를 넘겼다고 생각한 추모는 양맥 경계를 빠져나가기 위해 밤길을 계속 걸었다. 하지만 익숙한 산길이 아니라 추모는 말의 속도를 늦출 수밖에 없었다.

한동안 산새들의 시끄러운 움직임이 들리더니 곧바로 개짖는 소리가 들리기 시작했다. 산 아래로부터 횃불을 든 새로운 추격병들이 쫓아오고 있었다. 이미 일 년 넘게 산 속에서만 살아온 추모는 큰 걱정을 하지 않았다. 산 속에서의 삶에는 자신이 있었다.

하지만 그것이 아니었다. 산 지리에 익숙한 추격병은 빠른 속도로 추모를 압박해오기 시작했다. 개짖는 소리가 점점 가까이 들렸다. 추모의 마음은 다급해 졌다. 말에 채찍도 가했다. 하지만 채찍을 가한다고 말이 빨리 달릴 수 있는 것이 아니었다.

순간의 화를 참지 못하여 이런 화를 자초했다는 생각에 후회하는 마음이 들었다. 떠돌이 생활을 하면서 급한 성질은 많이 완화되었지만 자존심에 상처를 받는 것은 이상하게 참을 수 없었다. 종살이를 했다는 열등감이 그를 자극했는지도 몰랐다. 하지만 이런 생각은 나중에 위기에서 벗어난 뒤에 생각할 일이었다. 지금은 위기를 벗어나는 것이 가장 급선무였다. 이미 사냥꾼이 다 된 그는 바람의 방향부터 찾았다. 밤이었기에 산 위에서 아래로 부는 것이 당연했다. 그는 바람을 등지려 애썼지만 그러기 위해서는 산 아래로 내려가야 한다. 이는 지금 상황에서는 불가능한 것이었다. 잠깐 고민하던 그는 무릎을 쳤다. 그리고는 일부러 높은 곳을 찾았다. 이렇게 되면 개들에게 자신의 위치를 가장 정확하게 가르쳐주는 꼴이었다. 그가 노린 것이 바로 이것이었다. 개들만 제거하면 사람들은 얼마든지 따돌릴 수 있다고 생각한 것이다.

추모는 산 속에서 육 개월 동안 활만 쏜 적이 있었다. 그때 그는 소리만 듣고도 목표물을 맞추었다. 지금 그가 택한 것이 바로 그 방법이었다. 그는 아래 쪽 전경이 확 트인 바위에 올라앉았다. 점점 개짖는 소리는 가까워졌다. 추모는 눈을 감았다. 개의 숫자를 세어보았다. 정확하게 아홉 마리였다. 그리고는 가장 가깝게 들리는 놈부터 제거하기로 했다. 추모는 활에 화살을 재었다. 그리고는 눈을 감은 상태에서 시위를 놓았다.

"깨깽."

정확하게 한 놈이 쓰러졌다. 개소리가 갑자기 더 커지기 시작했다. 동시에 추모의 얼굴에 희미한 득의의 미소가 떠올랐다.

추격군들은 갑자기 개가 쓰러지자 의아했다. 그리고는 그의 몸에 정확하게 박힌 화살을 보고는 기겁을 했다. 달빛이 아직 떠오르지 않아 사방 둘러보아도 놈은 보이지 않았다. 당연히 이들은 주춤거렸다. 그러나 이들의 놀람은 시작에 불과 했다. 오래지 않아 세 방향에서 추적해 오던 추격군들의 개는 한 마리, 한 마리 차례로 쓰러지기 시작했다. 사방에서 개들이 지르는 비명소리가 온 산을 뒤엎기 시작하더니 오래지 않아 잠잠해졌다. 올빼미들의 날카로운 괴성만이 추격군들의 등골을 오싹하게 만들 뿐이었다.

추모는 더 이상 개소리가 들리지 않자 유유히 자리에서 일어섰다. 그리고는 말을 이끌고 어둠 속으로 점점 깊이 들어갔다. 추격군들의 소리는 상대적으로 더욱 멀어졌다.

추격군들의 손아귀에서 완전히 벗어났다고 생각되어질 무렵 추모는 잠시 바위에 앉아 쉬면서 흐르는 땀을 닦았다. 멀리 봉우리 저쪽에서 불빛이 점점이 보이긴 했지만 이리 저리 어지럽게 돌아만 다닐 뿐 이쪽으로는 접근하지 못하고 있었다. 이제 추격권에서 벗어났다고 판단했다. 추모는 잠시 동안 앉아 쉬면서 숨을 고른 후 다시 출발했다. 불꽃이 보이지 않는 방향으로 말고삐를 잡고 무작정 걸었다. 얼마나 걸었는지 알 수 없었다. 밤하늘에는 뒤늦게 달이 떠올라 그의 앞길을 비춰주었다.

달빛을 받으며 홀로 밤길을 걸어가는 그의 마음은 착잡했다. 너무도 외로웠다. 이 넓은 천지에 아무도 없는 것 같았다. 부모가 없이 태어나는 사람이 없는데 그는 부모의 얼굴도 알지 못했다. 모든 응석과 아픔과 괴로움을 무조건 다 받아주는 부모의 사랑을 한 번도 받지 못했다. 그리고 모든 것을 혼자의 힘으로 다 해결해야했다. 돌아갈 집도, 고향도, 가족도 없었다. 정착할 곳을 찾아 헤매었지만 이 넓은 천지에 그의 두 발이 뿌리를 내리고 편안하게 몸 누일 곳이 없었다.

달빛마저 빛을 잃을 무렵, 피곤이 몰려왔다. 이제 추적자는 그의 머릿속에 없었다. 흔들리는 불빛도 더 이상 보이지 않았다. 그는 이슬을 피할 만한 바위를 찾았다. 밤공기가 차가웠지만 불은 피울 수 없었다. 만에 하나 자기가 잠든 사이에 추적자들이 닥칠 수도 있는 문제였다. 다행히 한 장의 모피가 남아 있었다. 그는 이것으로 배와 등을 감싼 후 바닥에 드러누웠다. 참으로 고단한 하루였고 온갖 심회가 다 일어난 하루였다. 땅에 머리를 대자 곧바로 잠이 들었다.

얼마나 잤는지 모른다. 몸을 뒤척이던 추모가 뭔가 싸늘한 기운에 못 이겨 잠이 깼을 때는 이미 붉은 기운이 온 산을 뒤덮고 있었다. 그런데 그가 눈을 뜬 것은 햇살 때문이 아니었다. 목에 느껴지는 싸늘한 기운 때문이었다. 그는 눈을 떴다. 알지 못하는 사람이 그의 눈앞에 서 있었다. 약간 둥근 얼굴에 오뚝한 코, 커다란 일자 모양의 짙은 눈썹 이목구비가 뚜렷한 잘생긴 얼굴이었었다. 아침 햇살을 받아 온 몸에 붉은 기운이 흐르는 것이 하늘에서 내려온 수문장 같았다. 상투를 튼 것으로 보아 예족(濊族)은 아니었다. 양맥 사람들도 맥족이었기 때문에 상투를 틀었다. 추모는 자신이 잠든 사이에 추격군들이 여기까지 쫓아온 것이라 단정했다. 위기였다.

그는 천천히 몸을 일으켰다. 하지만 상대방의 억센 발길이 그를 다시 땅바닥으로 내동댕이치게 했다. 그런데 이상한 것은 상대는 혼자라는 것이다. 추격군이라면 혼자일 리가 없었다. 혹시나 하는 마음이 들었다.

"누구요 당신은?"

그의 목소리는 뜻밖에도 차분했다.

"당신이 왕자를 죽인 자인가?"

"……."

추모는 아무 말도 하지 않았다. 대신 눈을 감았다. 주변에 사람이 있는 지 감지하기 위해서였다. 분명 아무도 없었다. 혼자라면 얼마든지 제압할 자신이 있었다.

"대답을 해라."

낮고 무거운 목소리였다.

"그렇다면 어쩔 것인가?"

허점을 노리기 위해 일부러 상대방의 심기를 거슬리는 투로 말했다.

그러나 상대는 전혀 미동이 없었다. 오히려 추모를 한 참 노려보더니 목에 겨눈 칼을 거둬들였다. 뭔가 심경의 변화를 느낀 모양이었다.

"일어나라."

말투에서 이미 추모는 그가 자신을 헤칠 생각이 없다는 것을 알았다. 추모는 칼을 댄 그의 목을 만지작거리면서 서서히 몸을 일으켰다. 제일 먼저 활을 확인했다. 칼과 활은 그의 양 옆에 전통은 베개 삼아 머리에 베고 잤었다. 모두다 그대로 있었다. 추모는 일어서서 무기를 챙겼다.

"놈들이 쫓아오기 전에 이곳을 빠져나가."

그는 추모를 전혀 경계하지 않고 멀리 건너 숲속만을 응시하며 말했다. 좀 전과 달리 부드러운 말투였다.

"도대체 당신은 뭐하는 사람이오?"

"……."

이번에는 저쪽에서 말이 없었다.

"누군지 존함이나 압시다."

"그냥 가! 우린 두 번 다시 만날 인연이 아닌 듯하니."

그의 말투에는 체념 같은 것이 배어 있었다. 만사를 귀찮아하는 듯한.

"그런데 숲속 저쪽에서 누가 오고 있소? 왜 그쪽을 자꾸 보시오."

"몰라서 물어. 네 놈이 놈들을 끌고 왔잖아."

신경질적인 태도로 돌변했다. 하지만 지금까지의 정황을 살펴볼 때 이 자는 이미 자신의 모든 것을 알고 있음에 틀림없었다. 자신이 쫓기고 있는 것도, 무엇 때문에 쫓기는 지도.

"당신과 양맥과는 어떤 관계요?"

"……."

그는 숲속 너머만 응시한 채 말이 없었다.

“내가 도울 일이 없겠소?”

“그냥 가. 내 마음이 변하기 전에. 당신 하나 죽인다고 문제가 해결되는 것이 아니기에 그냥 돌려보내는 것이니. 더군다나 저놈들한테 당신을 넘겨주기도 싫고.”

도대체 무슨 말을 하는지 몰랐다. 이 자의 말처럼 무관심하면 그만이지만 뭔가 자신이 사단(事端)이 되어서 어떤 일이 벌어지고 있음이 틀림없었다. 추모는 자신을 무시하는 이 자에 대해서 점점 오기가 발동하기 시작했다. 힘으로 이 자를 제압하여 사연을 물어보기로 작정했다. 그는 살며시 등을 돌리고 있는 그를 향해 다가가 칼을 빼들었다. 산 속 생활을 하는 동안 추모는 모든 사람을 일단 적으로 간주하는 습관이 들었다. 이 땅에 그의 편이 아무도 없었기 때문이다. 또 실상이 그러했다. 모든 사람들이 마을과 부족에 속해 삶을 영위하고 있었지만 자신은 혼자 부족이고 마을이고 가정이었다. 그래서 부족 다툼을 하듯 그는 상대를 항상 적으로 간주하는 습관이 생겼고 그래서 쉽게 활과 칼을 빼들었다.

“어허, 이 사람 몹쓸 사람이구만.”

어떻게 알았는지 갑자기 상대가 고개를 돌렸다. 추모는 흠칫했다. 하지만 그는 이왕 칼을 빼든 김에 의도한 바를 얻고자 했다.

“당신은 계속 나의 자존심을 긁고 있어. 나는 말이오, 다른 것은 다 참아도 나를 무시하는 말은 참지를 못해. 당신에게 나쁜 감정은 없지만 무슨 사연인지 말하지 않는다면 목을 벨 수밖에 없어.”

추모는 칼을 바싹 겨누며 말했다.

“당신 뒤에는 내 부하들이 활을 겨누고 있어.”

하지만 상대방은 전혀 위축되지 않고 오히려 추모를 협박했다. 추모는 그가 자신을 속이는 것이라 생각하고 무시했다. 그런데 등 뒤에서 이상한 기운이 느껴졌다. 고개를 돌렸다. 그가 칼을 빼드는 순간 숲속에서 십 수 명의 장정들이 나타나 활을 겨누고 있었다. 순간 추모는 흠칫했다. 자신은 오랫동안 수도 생활을 했고 또 사냥을 하면서 다른 사람보다 훨씬 감각이 발달했다고 생각했다. 그런데 이들이 근처에 있는 것을 전혀 눈치 채지 못했다. 이로 보아 이들은 예사 사람들이 아니라는 것을 단번에 알 수 있었다.

추모는 칼을 내렸다. 상대는 얼굴에 불쾌한 기운이 역력했다. 하지만 그는 이내 추모를 외면하고 말았다. 고개를 돌려 다시 전방을 응시한 것이다.

그러나 그의 부하들은 달랐다. 어느새 달려왔는지 순식간에 추모를 둘러쌌다. 그들의 손에는 활이 들려 있었다. 태어나서 이렇게 많은 활이 자신을 겨눈 적은 없었다. 추모는 옴짝달싹할 수 없었다. 순식간에 그는 무장이 해제되고 말았다. 그리고는 전신이 묶였다. 옥지(屋智) 마을에서 전신이 묶인 채 끔찍한 일을 당할 뻔 했던 기억이 있는 그는 다시 몸이 묶이자 그때의 악몽이 떠올랐다. 얼굴이 벌겋게 상기되면서 심장이 고동치기 시작했다. 머리가 터질 것 같았다. 그러나 그는 큰 나무 등지에 묶인 채 꼼짝할 수 없게 되었다.

"이는 네가 선택한 일이니 나를 원망하지 마라."

낯선 자는 차갑게 말하고는 숲속에 몸을 숨겼다.

추모는 이들이 무엇을 하자는 것인지 몰랐다. 그러나 분명한 것은 자신이 추격자를 유인하기 위한 미끼이거나 아니면 자신을 추격자에게 넘겨주는 것 둘 중의 하나라는 것이다. 그 어느 것이나 자신은 살아 남지 못하는 것이다. 처음에 그 자는 분명 자신을 해코지 할 생각은 없었다. 괜한 자존심 때문에 이렇게 목숨이 위태로운 지경까지 이르렀다 생각하니 후회가 막심했다. 하지만 지금은 단순한 후회로 끝날 일이 아니었다. 이제 그를 기다리는 것은 죽음 밖에 없는 듯 했다. 공포심이 밀려왔다. 그의 얼굴은 하얗게 질려 있었다. 전신이 묶인 채 죽음을 기다리는 공포는 정말 끔찍했다. 머릿속에는 아무 것도 떠오르지 않았다. 모든 것이 하얀 색이었다.

그러다 문득 추모는 자신이 왜 이렇게 죽음을 두려워하는가를 생각하게 되었다. 죽음에 대해서 본능적인 두려움이 있었지만 곰곰이 생각해보니 두려워할 이유도 억울해 할 필요도 없었다. 지금과 같은 삶이 앞으로도 지속된다면 지금 죽어도 손해 볼 것이 하나도 없었다. 좋아하는 여자와 한 번 살아보지 못하는 것이 아쉽긴 했지만 어차피 그것은 자신과는 거리가 먼 삶이다. 편히 맘을 먹기로 했다. 죽으면 죽겠다는 생각을 갖게 되자 마음이 편했다.

자신이 미끼가 되어 묶여 있음에도 양맥의 군인들은 나타나지 않았다. 그렇다고 이쪽에서도 특별한 움직임이 있는 것도 아니었다. 한나절이 흘렀다. 추모는 마음을 편히 먹으려 하였지만 금세 지쳐갔다. 배가 고팠다. 그는 어제 저녁부터 아무 것도 먹지 못한 상태였다. 미끼한테 아깝게 떡밥을 줄 리 만무했다.

또 다시 반나절이 흘렀다. 추모는 이제 완전 녹초가 되었다. 그는 밧줄에 몸을 의탁하여 그냥 기댄 채 졸기도 하고 깨기도 하면서 매달려 있었다. 이제 날은 또 다시 어둑해졌다. 그 무렵 희미하게 개짖는 소리가 들리는 것 같았다. 추모는 정신이 번쩍 들었다. 개짖는 소리는 점점 가까이 다가왔다. 하지만 숲속에 몸을 숨긴 낯선 자들의 움직임은 전혀 감지되지 않았다. 추모는 갑작스런 마음의 한기를 느꼈다. 두려움이 다시 밀려오기 시작한 것이다. 아무리 마음을 다잡으려 해도 잡히지 않았다.

바로 눈앞에서 개짖는 소리가 들리는 듯 하더니 곧이어 십 수 명의 추적꾼들이 모습을 드러냈다. 이들은 어젯밤 추모에 의해 개가 사살되자 추적을 포기했다가, 다음날 다시 개를 이끌고 수색에 나선 것이다. 개를 데리고 나타난 이들은 손쉽게 추모를 발견했다. 나무에 묶여 있는 추모의 모습을 본 그들의 얼굴에 득의의 미소가 떠올랐다.

"협보라는 놈이 우리가 두려웠던 모양이야."

순간 추모는 자신을 붙잡았던 자가 협보라는 것을 알게 되었다. 어제 왕읍에서 양맥의 군사들이 자신을 협보의 첩자라고 말하던 것이 생각났다. 이로 미루어 둘 사이는 분명 적대 관계가 분명했다.

"제 아무리 협보놈이라도 어젯밤부터 우리가 온 산을 다 뒤지고 다녔으니 겁도 났겠지"

"그러니까 이렇게 이놈을 잡아다가 나무에 묶어 놓고는 멀리 도망갔겠지."

양맥의 군사들은 나무에 묶인 추모를 보며 여러 가지 추측을 하며 득의의 미소를 지었다. 곧이어 고각소리가 온 산에 울렸다. 사냥물을 포획했다는 즐거운 울림이었다.

"우리가 고생한 것을 생각하면 당장 포 뜨고 싶지만 이 놈을 산 채로 잡아 오라 했으니 죽일 수도 없고."

"이 자식이 그렇게 활을 잘 쏜다면서."

"언제 여기까지 도망 왔지?"

"아마 협보놈들은 우리가 오는 소리를 듣고 멀리 도망갔겠지."

추격군들은 추모의 근처에 모여들어 힘들게 노획한 사냥물을 두고 한 마디씩 거들며 추모를 툭툭 쳤다.

동료들을 부르는 고각 소리가 울린 지 얼마 되지 않아 수십 명의 군사들이 모여들었다. 개짖는 소리는 더욱 요란했고 하늘에는 수를 알 수 없는 까마귀 떼가 모여들고 있었다.

양맥 사람들이 나타나자 처음에는 두려운 마음이 밀려들었다. 그러나 곧바로 마음을 편하게 먹기로 작정했다. 이왕 죽는 것 두려움에 떨며 추하게 죽지말자고 다짐한 그는 저들이 하는 대로 몸을 맡겼다. 하지만 사방에서 주먹이 날아들고 발길질이 끊이지 않아 비명이 절로 나왔다. 점점 참을 수 없는 고통이 밀려들었다.

"억."

그 순간이었다. 갑자기 사방에서 화살이 날아들었다. 비명소리와 동시에 가슴에 화살을 맞은 추격군들이 맥없이 쓰러지기 시작했다. 매복해있던 협보가 공격을 시작한 것이다.

협보의 계략에 빠진 양맥 군사들은 몸 피할 곳이 없이 속수무책으로 당하고 있었다. 추모는 화살이 날아들자 본능적으로 고개를 돌렸다. 하지만 전신이 묶인 상태라 어떻게 해볼 수가 없었다. 제발 화살이 피해가기만을 빌 뿐이었다.

첫 공격에서 살아 있는 양맥 병사들의 숫자는 절반으로 줄어 있었다. 살아남은 자들은 필사적으로 사거리 밖으로 달아나거나 엄폐물을 찾아 숨었다. 그리고는 보이지 않는 곳을 향해 활을 쏘기 시작했다. 그러자 협보의 군사들의 공격이 현격히 줄어들었다. 하지만 양맥 군사들도 쉽게 몸을 드러내지 못하고 조심스럽게 사태만 관망했다.

서로 대치하는 상태에서 또 한 참의 시간이 흘렀다. 이제 날은 어두워지고 있었다. 추모는 초조해졌다. 아무 것도 먹지 못하여 배는 고팠고 몸은 점점 지쳐갔다. 하지만 전신이 묶인 상태라 어떻게 해 볼 수도 없었다. 잘못하다간 짐승의 밥이 될 수도 있었다.

그런데, 날이 어두워 사방이 캄캄해지자 양맥 병사들이 어둠 속에서 몸을 움직이기 시작했다. 그들은 한밤중이라 활 공격이 여의치 못할 것이라 생각하여 조심스럽게 추모에게 접근한 것이다. 하지만 그것이 아니었다. 마치 활시위를 고정시켜 놓은 듯 그들은 추모에게 접근하는 병사들을 정확하게 맞추었다. 살아남은 양맥 병사들은 기겁을 하여 또 다시 자신의 엄폐처로 돌아갔다.

양맥 병사들은 여태까지 어둠 속에서 보이지 않는 적을 향해 활을 쏜다는 소리는 들어 본 적이 없었다. 그런데 어제 오늘 그런 일이 벌어진 것에 대해 경악했다. 돌아가고 싶었지만 되돌아 갈 수 없었다. 바로 눈앞에 먹이가 있기 때문이다. 둘째 왕자가 화살을 맞고 사경을 헤맨다는 소식을 들은 왕이 대노하여 범인을 산 채로 잡아 오라는 특명을 내렸기 때문이다. 만약 사로잡아 오지 못하면 돌아올 생각을 하지 말라 했다. 그러니 땅 끝까지라도 쫓아가야했다. 그런데 하루 밤낮을 헤매 겨우 찾은 범인을 눈앞에 두고 이렇게 곤욕을 치르고 있는 것이다.

어느 정도 예상하긴 했지만 하필 이런 때 협보를 만났다는 것이 불행한 일이었다. 협보 무리는 숫자는 많지 않았지만 훈련이 잘 되어 함부로 대할 수 없었다. 거기다 협보의 뛰어난 전술응용력 때문에 섣불리 나서다가는 낭패 보기 십상이었다. 추격군 대장은 사방을 살피다가 한 명씩 어둠 속으로 내몰았다. 하지만 그때마다 저격을 받았다. 이번에는 한꺼번에 활을 쏘며 엄호하면서 두 명의 군사를 내보냈다. 하지만 이들도 몇 발자국 가지 못해 활을 맞고 쓰러졌다. 이제는 기다릴 수밖에 없었다. 어차피 저들도 적극적으로 나서서 공격할 상황이 아니었으므로 섣불리 나서서 군사를 잃을 필요가 없었다. 어제부터 쉬지 못해 피로한 군사들을 쉬게 하면서 장기전에 나서기로 했다. 어차피 먹이는 묶인 상태라 도망갈 수 없기 때문이었다.

　밤이 더욱 깊었다. 초조한 마음으로 양 진영의 대치를 바라보던 추모는 곧 잠이 들었다. 그의 마음은 이미 체념상태였다. 그런데 그가 다시 눈을 떴을 때는 강한 금속음 부딪히는 소리가 온 숲을 울리고 있었다. 예상을 깨고 협보가 잠들어 있는 양맥 병사들을 공격한 것이다. 기습을 받은 양맥 병사들은 곧바로 사방으로 흩어졌다. 우두머리의 고함소리도 온갖 협박소리도 더 이상 소용이 없었다.

　오래지 않아 사방은 조용해 졌다. 추모의 앞에 다시 협보가 나타났다. 하지만 그는 더 이 상 추모를 상대하지 않았다.

　"이 정도 혼내 줬으면 됐다. 이제 함부로 우리 경계로 넘어 들어오지 못할 것이다. 돌아가자."

　"저 놈은 어떡합니까?"

　"은혜를 원수로 갚으려 한 놈이니 죄 값을 받아야지. 양맥 놈들이 잡아가거나 재수 없으면 짐승들이 포식하겠지."

　협보는 남아 있는 부하를 이끌고 추모의 앞을 그냥 지나쳤다.

"살려 주시오."

추모의 입에서 절로 목숨을 구걸하는 소리가 나왔다. 하지만 거의 탈진한 추모의 입에서 나오는 목소리는 겨우 곁에 있는 사람이 알아들을까 말까한 목소리였다. 협보는 알아듣지 못했다. 그들 일행은 냉정하게 추모를 버려둔 채 떠나갔다. 그의 말과 활, 그리고 칼을 챙긴 채.

이제 추모는 맹수의 밥이 되거나 아니면 양맥 추격병의 손에 사로잡히는 운명에 가로 놓여 있었다. 오늘이 그의 짧은 인생의 마지막 날이 되는 것이다.

협보는 이틀 동안 제대로 잠을 이루지 못했다. 정탐군이 왕도에서 일어난 일을 전해주는 순간부터 그는 초긴장상태였다. 왕자를 살해한 범인이 산속으로 도망쳤다는 말에 그는 얼른 왕도 쪽으로 말을 몰아 상황을 점검했다. 왕이 수십 명을 풀어 범인을 잡아 오게 했다는 첩보가 연하여 들렸다. 하필 범인이 자신들의 경계지역으로 들어오고 있었다. 임금도 암묵적으로 인정한 자신들의 경계였다. 만약 그가 경계지역으로 들어오면 양맥 병사들과 또 다시 물리적 충돌이 일어날 수밖에 없었다. 아직은 그들과 전면전을 할 상황이 아니었다. 그들과는 마찰을 피하고 싶었다.

그에게는 소망하는 일이 있었다. 그것을 위해서는 아직까지 양맥에게 도전해서는 안 되었다. 비록 자신의 정적인 왕자를 살해해 자신에게는 이로운 일을 한 자이지만 살인범을 잡아 저들에게 넘기려 했다. 그는 양맥 병사들이 자신들의 영역에 들어오기 전에 범인을 잡기 위해 부하를 이끌고 나섰다. 상황을 살피며 기회를 엿보던 그는 범인의 기막힌 활솜씨에 감탄했고 추격병을 따돌리는 방법에 또 한 번 감탄했다. 그를 살려주고 싶은 마음이 들었다. 그래서 마음을 바꾸었다. 양맥과의 다소의 마찰을 감수하고서라도 그를 살려 주려했다.

살인범을 살리기 위해 그를 자신의 경계지역으로 유인했다. 그가 올 만한 길목을 지켰다. 불을 밝히고 오는 추격병과는 반대방향에 미리 매복하고 기다렸던 것이다. 예상대로 범인은 그곳에 나타났고 피곤에 곯아떨어진 그를 쉽게 사로잡았던 것이다.

양맥 사람들이 자신의 영역으로 쉽게 못 들어 올 것이라고 판단한 그는 범인을 자신의 영역을 통과시켜 멀리 도망가게 하려 하였다. 그런데 이놈이 자신의 뜻을 알지도 못하고 적대적으로 나온 것이다. 그는 다시 생각을 바꿨다. 살인범을 다시 저들에게 넘겨주기로. 하지만 그냥 넘겨주긴 아까웠다. 범인을 넘겨주기 전에 양맥놈들을 혼 좀 내줘야겠다고 생각했다. 어차피 범인만 넘겨주면 더 이상 충돌은 없을 것이라 생각했기 때문이다.

계획대로 양맥 놈들을 혼내준 그는 군사들을 데리고 다른 지역으로 이동했다. 이곳에 있으면 아무래도 또다시 양맥 군사들을 만날 수도 있었기 때문이다.

"어디를 그리 급하게 가느냐?"

갑자기 협보 앞에 한 중년의 사람이 나타났다.

"선비님이 아니십니까?"

협보는 그 목소리에 익숙한 듯 반가운 얼굴로 그를 맞았다.

"오랜만일세."

"너무 오랜만에 뵙습니다. 이런 험한 곳에 어쩐 일로 갑자기 나타나셨는지요?"

협보의 태도는 매우 공손했다.

"그 자를 풀어 주어라."

"예?"

"그 자를 풀어 주라는 말이다."

그는 화난 듯 큰소리로 말했다.

"그 자라면?"

"너희가 묶어 놓은 자 말이다."

"선비님과는 어떤 사이신지?"

"나중에 말할 기회가 있을 것이네."

"선비님이 말씀하시니 풀어는 주겠습니다만……."

협보는 선비의 말에 순순히 순종하지는 않았다.

"내가 말하던 분이 바로 그분일세."

"예!"

협보의 얼굴에 놀란 표정이 역력했다.

"알겠습니다. 곧바로 풀어 드리겠습니다."

"내가 나타난 것은 비밀로 하고."

선비는 몇 마디 더 안부를 묻더니 금세 사라졌다. 그가 돌아간 뒤 협보는 잠시 뭔가를 생각하더니 부하들을 이끌고 오던 길을 되돌아 추모가 있는 곳으로 갔다.

9. 졸본부여

　동부여왕 금와는 오십 회 생일을 맞이하던 해 예년과 다른 국중대회를 생각했다. BC 39년 무렵이다. 이제는 선위(禪位)를 위해 후계자를 세워야할 때였기 때문이다. 이전에 해부루는 아들이 없기도 하였지만 피 한 방울 섞이지 않은 자신에게 왕의 자리를 양도했다. 한나라의 동진을 막기 위해서 패기만만한 젊은 금와에게 임금 자리를 양도한 것이다. 금와도 지금 그것을 염두에 두고 있었다. 자신이 버티고 있기 때문에 환도군은 더 이상 동진을 하지 못하고 있다. 단순히 아들이라는 이유만으로 왕위를 넘겼을 때 지금까지 지켜오던 평화가 깨질 수도 있다는 것을 생각하고 있는 것이다. 예전에 왕은 권력자라기보다는 제사장에 더 가까웠다. 나라의 안녕을 비는 제사를 지내고 굿을 하면서 농사가 잘되고 백성들이 평안하기를 비는 것이 왕이 해야 할 가장 중요한 일이었다. 통치는 부족장들이 했다. 부족장이 자신의 부족을 다스렸기 때문에 왕보다 더 많은 군사를 거느리고 있었다. 그러나 지금은 그런 때가 아니었다. 부족장보다 더 강한 힘을 가진 왕이 필요했다.

금와는 임금 자리를 누구에게 물려 줄 것인가를 고민했다. 양아버지인 해부루처럼 전국을 돌아다니면서 뛰어난 인재를 구할 것인가? 아니면 부족장 중에서 구할 것인가? 또 아니면 아들에게 물려줄 것인가? 아직까지 임금 자리를 아들에게 물려준 경우는 없었다. 지금까지는 부족장들이 돌아가면서 하거나 아니면 동생들에게 물려준 경우가 대부분이었다.

그러나 지금은 사정이 달랐다. 칠십여 개의 부족들이 서로 정복활동을 벌이는 예맥 땅에서 단순히 덕망을 갖춘 자에게 임금 자리를 물려줄 수 없었다. 젊었을 때의 자신처럼 패기만만한 젊은이에게 임금 자리를 물려주고 싶었다. 하지만 아무런 족보도 없는 자를 택할 수는 없었다. 그래서 그가 생각한 것이 아들이었다.

금와는 네 명의 부인에게서 일곱 명의 아들을 이미 얻고 있었다. 아니 하나 더 있긴 했다. 하지만 그는 자신의 아들인지 아닌지 몰랐다. 그리고 그는 지금 어디 있는 지도 알 수 없다. 이 네 명의 부인은 자색이 아름답거나 금와가 사랑하여서 결혼한 여성이 아니었다. 다 정략적인 결혼이었다. 우가를 제외한 나머지 세 부족에서 왕녀들을 데려다 결혼 한 것이다. 그런데 가장 힘센 부족인 마가의 여자는 둘이었다. 이들에게서 얻은 아들이 다섯이었다. 그중 큰 마씨부인에게서 나은 아들이 셋으로 장남인 대소(帶素)와 그의 아우 모갑과 모정이었다. 궁궐 내에서 이들의 위치는 확고하였다. 마가를 외가로 지닌데다 임금인 아버지 금와도 아들 대소를 믿음직하게 생각하였기 때문이다. 이들에게 맞설만한 사람으로는 저가부인에게서 난 아들인 모을이었다. 저가도 우가가 몰락한 뒤 나머지 부족을 규합하여 마가에 맞설 만큼 성장하여 무시하지 못하였다.

금와는 아들에게 임금 자리를 물려주겠다는 결심을 굳혔다. 지금 동부여는 매우 강성하였다. 예맥족이 사는 진한(辰韓, 혹은 예맥조선) 지역에서는 절대강자였다. 이 위치를 그대로 이어받기 위해서는 강력한 통치력을 발휘할 수 있어야하는데 아들이 제일 나을 것 같았다. 물론 그 강력한 통치력은 백성의 지지에서 나와야 했다. 이것이 고민이었다. 마가를 외가로 둔 대소를 왕으로 삼으면 언젠가는 부여가 분열될 가능성이 있었다. 이미 저가를 비롯한 나머지 부족이 마가에 맞설 만큼 성장하였기 때문이다. 반면 저가 출신의 모을을 왕으로 삼으면 마가가 반발할 것은 명약관화(明若觀火)한 일이었다.

이로 인해 금와는 오십이 되도록 후계를 정하지 않았다. 아니 어쩌면 다양한 세력들이 성장하도록 기다렸다는 말이 맞았다. 어느 한 부족이 모든 것을 독점하기보다는 서로 견제하면서 성장하기를 기다린 것이다. 그 결과 오랜 세월이 지난 후 금와왕 자신의 권력도 굳건해졌다. 해모수의 연합세력에 밀려 해부루와 함께 곤연 땅으로 쫓겨 갔다가 갈사(曷思) 지역을 평정하고 다시 부여성을 되찾았을 때만 해도 마가의 영향력은 대단하였다. 이들은 금와의 힘든 노정에 함께 하였을 뿐 아니라 부여성 탈환에도 큰 공을 세웠기 때문에 해모수의 통치하에 있었던 나머지 부족에 대해 거의 점령자와 같은 위세를 부렸다. 그래서 금와도 마가출신의 부인을 두 명이나 두어야만 했다. 그 중에서도 큰 마씨부인은 금와의 힘든 노정에서 고락을 함께 나누었기 때문에 그녀의 위상은 대단하였다.

큰 마씨부인은 자신의 아들이 어렸을 때는 후계문제를 표면화시키지 않았다. 하지만 내심으로는 철저하게 이를 준비했다. 다른 부인에게서 아들을 낳으면 그를 죽이거나 내다버리기 까지 했다. 물론 아들이 강한 모습으로 성장한 뒤에는 관대해졌다. 그래서 지금은 저가부인에게서도 아들이 생겼고, 구가부인에게도 아들이 생겼다. 하지만 이들은 마가부인의 아들인 대소 삼 형제에 맞설 만큼은 아니었다. 그러다 차츰 세월이 지나고 저가를 비롯한 나머지 부족이 힘을 합치면서 저가부인의 아들 모을이 급성장하였다. 아직 대소에 맞설 만큼은 아니지만 무시 못할 아이였다.

마씨부인은 금와왕에게 후계자를 빨리 정하라고 압력을 넣기 시작하였다. 하지만 금와왕은 쉽게 승낙하지 않았다. 물론 금와도 대소를 믿음직스럽게 생각했다. 하지만 부여는 마가부족만의 나라가 아니었기에 머뭇거렸다. 그러나 나이가 오십에 들어서자 그도 이제는 후계문제에 더 이상 무관심할 수 없었다.

후계 문제가 표면화되자 부인들 간의 다툼은 치열하였다. 금와는 이런 양상을 보면서 합리적으로 문제를 해결할 방법을 찾았다. 그래서 그가 생각해낸 것이 국중대회(國中大會)였다.

국중대회는 추수가 끝난 뒤에 온 부족의 사람들이 모여 하늘에 제사 지내는 일종의 축제였는데, 제사장인 왕이 굿이라는 제천 의식을 행하여 하늘에 감사한 후 부족원들이 모여서 술 마시고 춤추면서 지난 한 해의 묵은 감정을 씻고 새로운 기운을 받아들이려는 의식이었다.

금와왕은 자신의 오십 회 생일을 맞이하는 올 해는 거국적인 국중대회를 열기로 하고, 그때 자신의 후계자를 발표하기로 하였다. 지금은 그 기능이 많이 약화되긴 했지만 하늘에 제를 지내는 굿 의식도 매우 중요하였기 때문에 이도 일단 잘 해야 하고, 또 나라를 지키기 위해서 무술이 뛰어나야 했는데 그 중에서도 제일 중요한 것이 활솜씨였다. 따라서 사냥 대회를 열어 가장 많은 그리고 가장 큰 사냥물을 얻는 아들이 자신의 후계자가 될 것이라는 것을 온 나라에 공포했다. 부여는 시월에 '영고'라는 제천의식이 열렸는데 그 때 모든 것이 결정되는 것이다.

금와왕의 기습적인 공포(公布)에 가장 불만인 사람이 마씨부인이었다. 그녀는 곧바로 금와왕을 찾았다.

"매우 섭섭합니다. 저는 당신과 함께 한 평생을 살면서 온갖 어려움을 함께 했습니다. 당신이 이 땅에서 쫓겨나 존재가 미미한 곤연 땅으로 들어갔을 때도 함께 했고, 당신이 갈사국을 점령한 뒤 이 땅에 다시 되돌아 왔을 때도 늘 당신 곁에 있었습니다."

"그래서 나는 늘 당신에게 감사하게 생각하고 있소."

"이 땅에 돌아온 뒤에도 내 아버지는 군사들을 이끌고 저항하는 부족들을 진압했습니다. 그 덕분으로 오늘날 부여는 존재하는 것입니다."

"마가부족에게도 늘 빚지고 산다고 생각하고 있소."

"그렇다면 당연히 왕위는 맏아들인 대소에게 돌아가야 하는 것 아닙니까?"

"나도 그렇게 생각하고 있소. 어느 누구보다 대소가 가장 믿음직스럽소."

"그런데 왜 국중대회 기간 중 사냥대회를 열고 거기서 계승자를 뽑겠다고 공포하셨어요?"

평소의 마씨부인은 금와를 대할 때 늘 미소를 지었다. 그런데 이날은 달랐다. 금와의 말 한 마디 한 마디에 일일이 반응하며 따지 듯 말했다.

"그런 대회를 거쳐 왕위 계승자가 되어야만 정통성을 인정받고 다른 부족이 불만을 갖지 못할 것 아니오."

"예?"

"부인도 생각해보시오. 이제 저가를 비롯한 나머지 부족도 많이 성장했소. 저들의 세력도 무시 못 할 정도가 되었단 말이오. 내가 저들을 무시하고 대소를 곧바로 후계자로 내세우면 저들도 반발할 것이오. 따라서 이런 공식적인 자리에서 대소가 능력을 보인다면 아무도 거부하지 못할 것 아니오."

"……."

맞는 말이었다. 마씨부인은 금와의 의중을 알고는 자신이 너무 경솔하게 말하지 않았나 하는 생각이 들었다. 하지만 만약 대소가 장원을 하지 못한다면 그것도 문제였다.

"만약 대소가 아닌 모을이 일등을 한다면 어떻게 하실 것입니까?"

"부인에게는 아들이 셋이나 있지 않소. 그들이 힘을 합친다면 어느 누구도 당하지 못할 것이오."

결국 셋이 힘을 합쳐야만 된다는 말이었다. 마씨부인은 곰곰이 생각해보았다. 금와왕의 말대로 셋이 힘을 합친다면 장원은 떼논 당상이었다. 결국 금와왕은 자신의 편이었다.

"대왕님의 말씀이 맞는 것 같습니다. 제가 너무 경솔했습니다."

마씨부인은 결국 금와왕에게 자신의 경솔함을 사과한 후에 대전을 나왔다. 그리고는 아들들을 셋 다 불러 금와왕의 의중을 전달했다.

"나는 대소가 당연히 장원을 할 것이라 믿는다. 그러나 혹시 그 날 운대가 맞지 않는다면 장원을 못할 수도 있다. 그래서 너희들에게 제안을 한다. 일단 왕위는 너희 형제가 가져와야 되기 때문에 너희 셋이 힘을 합쳐야 한다. 둘째와 셋째의 모든 사냥물은 다 대소에게 주어라. 그래서 대소가 왕이 될 수 있도록 도와야 한다. 대소가 죽고 나면 모갑이, 그 다음은 모정이 왕위를 계승할 수 있게 할 터이니 이번에는 반드시 힘을 합쳐야 한다."

"만약에 나머지 왕자들도 우리들처럼 힘을 합치면 어떡합니까?"

"너희 작은 어머니에게도 말하여서 대소를 돕게 할 터이니 그것은 염려하지 마라."

대소의 작은 어머니는 또 다른 마씨부인이다. 마가부족은 금와왕에게 두 명의 여인을 시집보냈다. 그 첫째를 마씨부인 둘째를 작은 마씨부인이라 하였다. 작은 마씨부인에게도 두 명의 아들이 있었는데 마씨가 그들까지 끌어들이려 하는 것이다. 그렇게 되면 저가와 구가가 힘을 합쳐도 두 명밖에 되지 않기 때문에 이것은 처음부터 불공정한 시합이었다.

며칠이 지난 후 금와왕은 저씨부인의 거처를 찾았다. 젊은 시절에는 마씨부인의 눈치를 보면서도 가장 많이 찾은 여인 중 하나였다. 물론 유화부인을 얻고 난 뒤에는 조금 소홀해지긴 했지만.

"어쩐 일이십니까?"

저씨부인은 약간 냉소적인 말과 달리 금와의 방문을 반기는 듯 했다.

"내 오늘 부인에게 긴히 할 얘기가 있어 찾았소."

"긴히 하실 말씀이라면……."

저씨부인은 약간 긴장했다. 이 상황에서 긴한 얘기라면 후계자 문제밖에 없었다.

"부인도 아마 국중대회를 개최한다는 말을 들었을 것이오."

"예, 들었습니다."

"이것이 부인과 모을에게는 좋은 기회이니 놓치지 마시오."

"기회라니요?"

"부인도 아다시피 우리 부여에서 마가의 세력은 아무도 무시할 수 없소. 그래서 나도 왕위계승자를 마가의 외손을 고려하지 않을 수 없소. 하지만 나는 저가에게도 기회를 주기 위해 국중대회를 개최한 것이니 잘 생각해서 전략을 짜시오. 저가나 구가나 이제는 다 마가에 맞설 만큼 세력이 성장하였으니 두 세력이 연합하여 계획을 잘 세운다면 불가능한 일만은 아닐 것이오."

저씨부인은 그동안 궁궐에 들어온 이후로 마씨부인들로부터 많은 구박을 받았다. 아주 무식하고 미개한 종족 대접을 받았다. 하지만 힘이 모자랐기 때문에 어쩔 수 없이 참고 지냈다. 마가부인들끼리 세력 다툼을 벌이는 것을 이용하여 나머지 부족의 여인들을 규합하였다. 이쪽은 세 명이었을 뿐 아니라 부족들끼리도 힘을 합하였기 때문에 이제는 저들에 맞설 만큼 세력이 커졌다. 그래서 한 때는 멀게만 느껴졌던 왕위 계승도 노려볼 만했다. 하지만 궁궐 내에서 무력싸움을 벌이기도 애매하여 그 기회를 엿보고 있는 중이었는데 국중대회를 개최한다는 것이다. 이것은 공정한 기회라고 생각했다. 아들 모을도 스물이 넘어 힘이 셀 뿐 아니라 사냥도 능숙하였다. 대소에 절대 뒤지지 않는다고 생각했다. 그래서 그녀는 아들을 불러 국중대회의 개최를 설명하고 활 연습에 온 힘을 기울이라고 말하였다.

그런데, 임금이 직접 와서 구가와 연합하라는 말을 하고 갔다. 마씨부인 말고 아들이 있는 부인은 자신과 구씨부인이었다. 두 명이 힘을 합친다면 제 각각 힘겨루기를 하는 대회에서 매우 유리할 것이라는 생각을 하였다. 더구나 구가부인의 딸은 자신의 장남 모을의 아내가 되어 있는 상황이었기에 그녀는 자신에게 협조할 수밖에 없을 것이라 생각하고 구가부인을 찾았다.

"이번 국중대회에 우리 두 부족이 연합하면 마씨부인의 자식들을 이길 수도 있을 것 같습니다."

저씨부인은 구씨부인에게 자신의 계획을 설명했다.

"만약 연합한다면 누구를 내세울 것이오?"

"그야 우리 모을이……."

저씨부인은 두 부족이 연합한다면 당연히 저가의 외손인 모을을 앞에 내세워야 한다고 생각했다. 지금까지 연합 세력을 이끈 것도 자신이었다. 더군다나 모을은 구가의 사위이기도 했다. 그러데 갑자기 구씨부인의 말을 들으니 황당했다.

"아니 그러면 모경을 내세워야 한다는 말이오?"

모경은 구씨의 아들이었다.

"당연히 모을 내세워야지요."

저씨부인이 정색을 하고 묻자 구씨는 의외로 명쾌하게 말했다.

"그럼 무엇이오?"

"우리 구가에게도 뭔가 이익이 돌아와야 하지 않겠냐는 것입니다."

"어떻게 하면 구가에게 이익이 되겠는가?"

"앞으로 왕은 저가에서 나더라도 왕비는 구가족에서 내는 것입니다."

전혀 생각하지도 못한 것이었지만 손해 볼 것이 없었다.

"그 점은 내가 약속하겠네. 어차피 우리 모을의 처도 구가족 출신이니 어려울 것이 뭐 있겠나."

저가부인은 흔쾌히 약속했다. 별 어려운 문제가 아닐 뿐 아니라 나중일은 나중에 생각하기로 하고 지금의 문제를 푸는 것이 급선무라 생각한 것이다.

"그런데, 말입니다. 마씨부인도 세 명이 힘을 합칠 수 있는 것 아니오."

"뭐!"

맞는 말이었다. 장성한 아들 셋이 힘을 합친다면 도저히 당할 수 없을 것 같았다. 저씨부인은 혼란에 빠졌다. 겨우 희망을 찾았는데.

"작은 마씨부인을 우리 편으로 끌어들이면 어떻겠소."

"작은 마씨를?"

"그녀도 큰 마씨에게 눌려 있어 불만이 많은 것 같아요."

"그녀가 우리 편에 붙을까?"

"우리가 작은 마씨 편이 되겠다고 하여 큰 마씨와 싸움을 붙여 먼저 큰 마씨를 몰아내고 그 다음에 우리가 군사를 동원하여 작은 마씨를 몰아낸다면 될 것이오. 마씨 전체에는 맞설 수 없지만 저들이 둘로 쪼개진다면 얼마든지 우리에게 승산이 있소."

저씨부인은 놀란 표정으로 구씨를 쳐다보았다. 지금까지 그녀는 자신을 순순히 따랐다. 그리고 자신의 의중을 모두 내보였다. 그런데 아니었다. 자신보다 훨씬 생각이 깊었다. 어쩌면 가장 힘이 약한 부족이 살아남기 위한 지혜일 수도 있었다. 아무튼 경계해야 할 여자였다.

"아주 좋은 생각일세."

저씨부인은 환한 웃음으로 구씨부인의 의견에 동조했다.

이렇게 왕위를 놓고 각 부인들이 이전투구를 벌이고 있을 즈음 금와왕의 행보가 조금 이상해 보였다. 그는 마씨와 구씨에 이어 이번에는 별당에서 거의 구금생활과 다름없는 삶을 살아가는 유화부인을 찾았다. 처음 그녀를 얻었을 때 금와는 유화부인 곁을 떠나지 않았다. 마씨의 극심한 견제 속에서도 금와는 눈치 보지 않고 그녀만 찾았다. 그녀가 아이를 가졌을 때 마씨부인은 유화의 아이는 다른 남자의 씨라며 그녀와 아이를 해하려 했다. 하지만 금와는 개의치 않고 여전히 유화를 사랑했다. 유화가 드디어 아이를 낳았다. 딸을 원하였지만 불행하게도 건강한 사내아이였다. 이 아이의 운명은 험난했다. 어느 날 누군지 모르는 자들이 납치해 간 것이다. 더러는 산속에 버렸다고 했고 혹자는 마굿간에 버렸다고도 했다. 아무튼 아이의 행방은 지난 이십 년간 알지 못했다. 죽었을 것이라고 단정했다. 이런 불행한 일이 있은 후에도 금와는 아이를 잃은 충격에 휩싸인 유화를 찾아 위로했고 오래지 않아 또 다른 아이를 임신했다.

이번에는 다행히 딸이었다. 딸아이는 아무도 해치려 하지 않았다. 아이는 너무나 예뻤다. 잃어버린 아이에 대한 기억이 점점 사라져갔다. 딸아이와 함께하는 시간은 너무 행복했다. 하지만 아이가 자라면서 금와왕은 유화부인에게서 점점 멀어져갔다. 딸아이가 어렸을 때에는 아이의 재롱에 시간가는 줄 모르던 아버지가 딸아이가 열 살을 넘어서면서부터는 점점 모녀로부터 멀어져갔다. 유화부인도 별당에서 나오지 않았다. 궁궐의 여러 정황에 휩싸이고 싶지가 않았기 때문이었다.

그러나 문제는 딸아이의 장래였다. 언제까지 과년한 딸을 데리고 살 수는 없었다. 물론 자신의 삶도 문제가 되었지만 그녀는 이미 자신의 인생과 꿈은 접었다. 딸만 행복할 수 있다면 모든 것을 희생할 수 있었다. 그런데 열일곱이 다 되도록 금와는 딸의 장래에 대해서 한 마디 말도 하지 않았다. 비록 힘없는 부족의 외손이지만 그래도 왕녀다. 왕녀에게 아무런 혼담이 없는 것은 매우 이상한 일이었다. 유화는 답답한 마음을 이기지 못해 금와를 찾았지만 그는 가타부타 말이 없었다. 그러고는 서로 왕래가 없던 터였다.

이런 금와가 유화부인을 찾은 것이다. 자신이 찾아간 적은 있었지만 그가 몸소 별당을 찾은 것은 실로 십오 년만이었다.

"어서 오십시오."

유화는 웃는 얼굴로 반겼다.

"너는 나를 원망하지도 않느냐?"

금와는 여전히 자신을 웃는 얼굴로 반기는 유화가 참 안쓰러웠다.

"이렇게 잊지 않고 찾아오시는 것만으로도 고마운 일이지요."

유화는 미소를 잃지 않았다.

"참 고맙구나. 그래 우리 딸 하희는 잘 있겠지?"

"예. 그런데 이제는 시집을 보낼 때가 된 것 같습니다."

유화는 만나기가 쉽지 않은 남편이 눈앞에 나타나자 혹시 그가 사라질까봐 딸아이의 장래부터 말하였다.

"나도 생각하고 있어. 하지만 당신도 눈치 챘겠지만 좋은 집안의 청년들이 나서지 않아……. 앞으로는 우가(牛加)도 끌어안아야 될 것 같은데……."

금와는 유화의 눈치를 힐끔 보며 말했다.

"저는 우가족 사람도 개의치 않아요. 우리 딸 하희만 행복하다면. 아니 저처럼 이렇게 정치적 희생양이 되어 남편 얼굴도 제대로 볼 수 없는 삶보다는 더 나을 것 같아요."

유화의 말에 많은 애환이 묻어 있음을 금와는 알았다. 하지만 대놓고 그녀를 위로할 수 없는 것이 또한 그의 입장이었다.

"고맙네. 내 입장을 이해해줘서."

"아닙니다. 저희 모녀를 기억해주는 것만으로도 고마울 따름입니다."

"내 조만간 우가의 부족장들을 부를 계획이오. 그때 좋은 사람이 있으면 사위감으로 데려오겠소."

"고맙습니다."

"그리고 또 하나."

금와는 말을 꺼내 놓고 한동안 말을 잇지 않았다.

"무슨 말씀을 하셔도 괜찮으니 말씀하십시오."

"우리 아들이 아직 살아 있소?"

"예!"

"아들이 살아 있냔 말이오."

"……."

"아들이 살아 있다면 시월의 국중대회에 참석시키시오."

"예!"

유화는 놀란 표정으로 그를 쳐다보았다.

"나는 아직 후계를 정하지 않았소. 그 대회에서 사냥을 가장 많이 하는 자를 왕으로 삼을 것이오."

"그런데, 우리 아들에게도 기회를 주시겠다는 것입니까?"

"물론이지. 그 대회는 단순한 대회가 아니야. 사냥 솜씨와 더불어 온갖 술수와 모략이 뒤섞인 대회가 될 것이야. 정치의 축소판이지. 자신이 있으면 아들을 불러들이게."

"그러면 대왕께서는 우리 아들이 아직 살아 있는 것을 알고 계신단 말입니까?"

"지금 알았소."

"예!"

"다만 살아 있을 것이란 생각은 하고 있었소."

금와왕은 딸아이를 불러 한참동안 부녀간의 정을 나누다 돌아갔다. 한 마디 말을 남기고.

"아들이 살아 있으면 불러들여 함께 사시오. 이제는 아무도 해치려 하지 않을 테니까."

유화는 아들이라는 말에 가슴이 뛰었다. 사실 그녀의 가슴 속에서 아들이 잊혀진 적은 한 번도 없었다. 돌도 지내지 못하고 자신의 품을 떠난 아들이 사무치게 그리웠다. 하지만 그녀는 아들을 만날 수가 없었다. 아주 오래 전에 자신이 낳은 아들은 그녀의 품을 떠났다. 누군지 알 수 없는 자들이 아이를 납치해간 것이다. 그녀는 울고불고 날뛰었다. 몇 날 며칠을 잠 못 이뤘는지 알 수 없었다.

자신의 경호를 맡는다며 우발수부터 따라온 무골이라는 자가 아이를 찾겠다며 궁을 떠났다가 닷새 만에 돌아왔다. 아이는 잘 있다며 안전한 곳에 맡겼으니 걱정 말라 했다. 유화는 아이가 살아있으면 자신에게 돌려 달라 떼를 썼다. 하지만 무골의 다음 말에 그녀는 곧 모든 것을 포기했다.

"이곳에 있으면 아이는 죽습니다. 아이는 산속에 짐승의 먹이로 버려져 있었습니다. 아이를 버린 자들은 또 다시 버릴 것입니다. 아니면 죽이든지."

"왜? 그들은 내 아이를 해치려합니까?"

"부인께서 금와왕의 사랑을 독차지 하셔서 불안한 것입니다."

"그렇다면 저는 앞으로도 계속 내 아들을 볼 수가 없단 말이오?"

"아닙니다. 언젠가는 제가 데려올 것입니다. 아주 강한 자가 되어서."

무골은 몇 마디의 말만 나누고는 다시 떠나갔다. 그리고는 돌아오지 않았다. 이십 년이 다 되어 가도록.

그런데, 느닷없이 금와가 나타나 아들을 찾은 것이다. 금와는 분명 아들이 살아 있다는 것을 알고 있는 눈치였다. 그렇지 않고서는 그렇게 말할 리가 없었다. 지금 생각해보니 이십 년 전 금와왕의 태도가 수상하긴 했다. 아들을 잃어버렸다는데도 그는 태연했다. 유화는 아직도 누가 아들을 납치했는지 알지 못했다. 어렴풋이 마씨부인이라는 것만 짐작하고 있을 뿐이었다. 그런데 오늘 생각해보니 금와도 의심할 만 했다.

지금 중요한 것은 누가 아이를 납치했느냐가 아니었다. 아들이 살아 있다면 그를 빨리 찾는 일이었다. 하지만 아직 그는 아들의 이름도 몰랐다. 아니 이름도 지어주지 않은 상태에서 빼앗기고 말았다. 그런데 어떻게 이름도 모르는 아들을 찾을지 막막했다. 무골이라는 자가 다시 나타나면 해결될 수 있을 것인데 그도 종적을 감춘 지 이십 년이 다 되어갔다. 답답했다. 그녀는 아들을 찾아 그를 왕위 계승자를 만들어야겠다는 생각은 전혀 하지 않았다. 다만 아들을 찾아 말년을 함께 보냈으면 좋겠다는 생각을 했다. 그것만으로도 만족했다. 하지만 그것은 이룰 수 없는 꿈이었다. 그녀는 모든 것을 체념한 지 오래였다.

유화는 며칠 동안 아들 생각에 잠을 이루지 못했다. 딸이 옆에서 좋은 말로 위로했지만 소용이 없었다. 한 번 아들에게 생각이 미치자 걷잡을 수 없었던 것이다. 그러다 문득 유화는 이십 년 전 해모수가 자신에게 한 말이 떠올랐다. '어려울 때 펼쳐 보라' 며 건네 준 주머니였다. 그 때도 도저히 헤어 나올 수 없는 상황이었는데 결국은 아무 탈 없이 무사히 넘어 갔었다. 그녀는 급하게 주머니를 찾았다. 장롱 속에 깊이 간직해 준 주머니에는 아직도 두 개의 조그만 반짇고리가 밀봉되어 있었다. 그녀는 '이(二)' 라고 쓰인 반짇고리의 뚜껑을 열었다. 그리고는 내용을 읽었다.

'모든 것은 무골에게 맡겨라.'

　도망간 지 이십 년이 넘은 자에게 맡기라니 말도 되지 않았다. 역시 해모수는 사기꾼이었다. 최근에 그녀가 해모수의 정체를 단정한 말이 사기꾼이었다. 한 동안은 그를 잊지 못했다. 하지만 그는 한 번도 나타나지 않았다. 무책임하게 아이를 갖게 하여 온갖 어려움을 다 겪게 했다. 그럴 때마다 그가 전해주는 위로의 한 마디가 그립기도 했었다. 그 후로도 이십년이라는 세월이 흘렀지만 그는 한 번도 모습을 드러내지 않았다. 그러니 그녀가 그를 사기꾼이라 부르는 것은 전혀 이상하지 않았다. 이십 년이 지나서야 속은 것을 안 자신이 너무 바보 같았다. 당연히 아들이 살아 있다는 무골의 말도 믿을 수가 없었다. 단지 아들이 살아 있기만을 바랬다.

　아들을 마음속에 한 번 묻어 둔 경험이 있는 유화는 아들 생각에 밤잠을 설치는 횟수가 잦아졌지만 다시 잊고 살기로 했다. 하희가 행복하게 잘 살 수 있기를 바라는 마음만을 갖기로 했다.

　그 시각 추모는 졸본국에 있었다. 양맥에서 무사히 빠져 나온 그는 또 다시 발길을 돌려 소수맥 북쪽으로 향했다. 졸본국에 이르러서야 그는 이곳은 정착할 만한 곳이라는 생각을 갖게 되었다. 이곳은 한 때 한사군이 주둔하던 곳으로 폐쇄된 다른 예맥조선국들과 달리 매우 개방적이었다. 나라는 작았지만 개방적인 특성으로 인해 활달하고 적극적인 사람들이 모여들어 늘 활기찼다. 산악지대라 농사를 짓기는 힘들었지만 상업이 발달하여 물자가 활발하게 교류되어 늘 풍족하였다. 큰 장사꾼들은 상단을 형성하여 동가강을 따라 하류지역으로 내려가면서 무역을 하여 멀리는 한나라 땅인 현도군의 노성(老城, 오늘날 헤

투하란)은 물론 요동의 무순지역까지 진출하여 한나라의 종이나 비
단, 책은 물론이고 생필품을 들여왔다. 따라서 졸본국은 새로운 문물
이 넘쳤고 은전과 동전 같은 돈도 유통되어 없는 것이 없을 정도였다.

　추모는 졸본에 들어서서야 소수맥 사회에 동화될 수 있었다. 이곳은
상업이 발달하여 다른 나라 사람들이 늘 드나들었기 때문에 추모처럼
낯선 사람을 배타시하지 않았다. 또한 상업의 발달로 인하여 상도(商
道)가 어느 정도 자리 잡았기 때문에 외지인에 대한 텃세도 심하지 않
았다. 이곳에서 추모는 사냥 끝에 남은 고기와 가죽을 팔아 제법 짭짤
한 수입을 올렸다. 아직까지 성중에서 살 만큼은 안 되었지만 그래도
열심히 살아야겠다는 생각을 가질 만큼은 되었다. 산속에 오두막을
짓고 비와 눈을 피하면서 사냥을 하여 가죽이 제법 모이면 졸본으로
가져가 팔았다. 잠시 동안 잊고 있었던 꿈도 되살아났다. 언젠가는 이
곳에 집을 짓고 예린을 데려다 아들 딸 낳고 살 수 있겠다는 희망이 생
겼다.

　일 년여의 시간이 지났다. 그는 이곳 생활에 만족했다. 특히 돈이라
는 것의 마력에 빠져 들었다. 돈만 있으면 물물교환을 할 필요도 없이
언제든지 필요한 것을 살 수 있었고, 또 복잡하게 물건으로 자신의 재
산을 축적할 필요도 없이 돈만 모으면 되었다. 돈이 있으면 집도 살 수
있었다. 예맥조선 땅에서 졸본이 가장 살기 좋은 곳이라는 생각이 들
정도였다. 추모는 이런 생활에 만족했다. 그는 돈을 모았다. 물론 가끔
씩은 술도 마셨다. 이곳에는 술도 넘쳐 그는 술맛을 알게 되었다. 술이
적당히 취했을 때가 참 좋았다. 술에 취하면 혼자라는 외로움도 낯설
음도 그리움도 다 위로를 받았다. 스물이 넘도록 더벅머리로 살아야

하는 자신의 삶도 위로 받았다. 술 마시고 노래를 부르다 잠이 들면 모든 것을 다 잊을 수 있었다. 물론 그가 잊고 싶은 생각 속에는 아버지 어머니에 대한 기대감도 담겨 있었다.

졸본국에는 있고 다른 소수맥 지역의 나라에는 없는 것 중 하나가 큰 점방이었다. 상인들이 강을 따라 한나라 땅에서 가지고 온 상품들은 이곳 점방에서 팔았다. 이들은 상단을 운영하여 필요한 물건을 구해오기도 하고 또 예맥족의 다른 나라에도 팔았다. 특히 대수맥이나 소수맥 지역의 귀족들은 사람을 이곳까지 보내 비단이나 종이 등을 사갔다.

추모도 이곳 점방을 이용했다. 처음에는 그도 길거리에 서서 물건을 팔았다. 하지만 점방에 내다 팔면 시간을 허비하지 않아도 된다는 것을 알고 난 뒤로는 짐승 가죽을 점방에 넘겼다. 물론 개인적으로 파는 것보다는 쌌지만 그래도 그게 나았다.

자연히 사람들을 사귀게 되었다. 솔개는 사냥을 하다 알게 된 사냥꾼이고 비단은 점방을 드나들면서 안면을 익힌 점주(店主)이다. 솔개는 추모 보다 나이가 많은 사람으로 이곳 토박이였다. 그는 노련한 사냥꾼으로 활솜씨도 뛰어났다. 이미 가정을 가진 그는 산 속에 집이 있었는데 추모가 며칠씩 신세를 지기도 했다. 솔개도 추모의 뛰어난 활솜씨에 감탄하여 그와 함께 사냥하는 것이 더 효과적이라 생각하고 그와 함께 자주 사냥을 나갔다. 추모는 혼자서 사냥술을 익힌데 반해 솔개는 대대로 사냥꾼 집안에서 태어난 관계로 아버지로부터 사냥술을 배웠다. 그는 추모와 친해지면서 동물의 특성은 물론이고 사냥하는 법을 하나하나 추모에게 가르쳐 주었다. 이로 인해 추모의 사냥술은 눈에 띠게 늘어 불과 일 년여 만에 졸본 인근에서 가장 뛰어난 사냥꾼으로 추모와 술개를 꼽을 정도가 되었다.

자연히 술개와 추모는 점방출입이 잦아졌고 이로 인해 그들은 점방의 주요한 고객이 되었다. 어떤 때는 점방에서 표범이며 호랑이 가죽을 주문할 정도로 이들의 명성은 높아졌다. 이때 알게 된 사람이 비단이었다. 그는 짐승 가죽을 전문적으로 취급하는 점방의 주인이었다. 그 역시 졸본의 토박이로 장사는 할아버지 때부터 시작하였다고 하였다. 한나라 사람들이 들어온 뒤 그들 밑에서 장삿일을 배웠는데 한나라 사람들이 쫓겨 가면서 그 점방을 그대로 이어 받았다고 한다. 그때 점방의 주인이 지금 현도군의 도호부가 설치되어 있는 무순지역에서 여전히 큰 점방을 운영하고 있는데 이들과 거래를 하면서 큰돈을 번 사람이었다.

비단은 추모가 사냥한 짐승 가죽으로 옷을 만들어 무순지역에 팔았다. 무순지역은 혼강 유역에 성을 쌓은 성읍으로 혼강이 자연 해자가 되어 외적 방어에 매우 유리한 성이었다. 현도군은 예맥 사람들의 공격으로 이곳까지 후퇴하여 도호부를 설치한 것이다. 특히 이곳은 철이 많이 나서 철제무기를 사용하는 이들로서는 더 이상 물러설 곳이 없는 아주 주요한 지역이었다. 하지만 이곳은 넓은 평원으로 산이 없었다. 겨울에는 무척 추웠는데 추위를 막기 위해서 소수맥 지역에서 가죽옷을 사들였던 것이다.

추모는 비단과 친해지면서 성읍생활에 익숙해졌다. 장사도 배웠으며 한나라 사람들의 통치방법도 배웠다. 그리고 어떻게 해서 졸본국이 부강한 나라가 되었는지도 알게 되었다. 졸본국에는 왕이 있긴 했지만 그는 말 그대로 제사장 역할밖에 하지 못했다. 사실상 졸본국을 지배하는 것은 부족장들인데, 졸본에는 세 개의 큰 부족이 있었다. 이들은 각각의 영역을 지키고 살아 독립된 국가나 다름없었다. 다만 왕이 주재하는 제사에 참석하고 나라에 위기가 닥치면 부족장들은 군대를 보내 줄 뿐이었다. 왕도인 졸본성에는 소나부족이 살았는데 이들은 주로 장사를 하며 지냈다. 따라서 이곳을 지배하는 부족장 역시 장사꾼이었다. 그는 땅을 가지지도 않았고 말과 소도 없었다. 다만 돈과 점방을 가졌을 뿐이었고 상권을 장악하고 있었다. 물론 군사도 가지고 있었는데 이들이 장사꾼을 이끌고 먼 한나라 땅 현도지역과 부여까지 나가서 무역을 하였던 것이다.

추모는 솔개와 함께 비단의 점방을 드나들면서 밥도 함께 먹고 술도 함께 마시면서 이들의 문화에 젖어 들었다. 살아 갈수록 떠나고 싶지 않은 곳이었다. 다른 지역과는 완전 별다른 세계였다. 그러던 어느 날 그는 이들과 함께 술을 마시면서 '소서노'를 아는 지 물었다. 일 년 전 도움을 주었던 소서노가 분명 졸본부여 사람이라 하였던 것 같았다.

"자네 지금 누구라 그랬지?"

"소서노."

"그분이 진짜 누군지 몰라?"

비단이 의심스러운 듯 되물었다.

"알면서 왜 물어요?"

"우리 대가 어른의 부인이시네."

솔개가 답답하다는 듯 얼른 말했다.

"예! 그렇다면 대가 어른이 혹시~ 우태?"

추모는 조심스럽게 물었다.

"허허, 이 사람 큰일 낼 사람이구만 대가 어른의 이름을 함부로 부르고."

"잘 몰라서……."

추모는 대충 얼버무렸다.

"자네가 아무리 떠돌이라도 나라의 주인이 누군가 정도는 알고 있어야지."

비단은 꾸짖듯이 말했다.

"죄송합니다. 워낙 그런 데는 관심이 없어서……."

그러나 내심 추모는 매우 놀랐다. 우태가 이 지역의 대가일 줄은 몰랐다.

"이 졸본 부여에서 그 분의 허락 없이는 아무 것도 할 수 없어. 대가 어른은 졸본의 왕과 다름없는 분이셔. 물론 군사도 많고 상단도 여럿 거느리고 계시지."

솔개가 비단의 말을 거들며 우태에 대해 자세히 설명했다.

"그렇군요. 그 분 부하 중에 부분노라는 사람도 있다고 들었는데……."

"이 친구 이거 첩자 아냐? 어떻게 알아야 하는 건 하나도 모르고 몰라도 될 실력자들의 이름만 다 알고 있지."

비단은 정말 화난 사람처럼 말했다.

"이 친구야 부여에서 온 외지인인데 모르는 것이 당연하지."

솔개가 추모를 두둔하며 말했다.

"부분노가 어떤 사람인데요?"

추모는 다시 한 번 물었다.

"자네 정말 몰라?"

이번에는 진짜 수상하다는 듯 되물었다.

"아, 졸본국에 들어온 지 일 년도 아직 안 되었는데 그 정도 이름만 알아도 대단한 것 아니오?"

"하긴, 부분노는 말일세. 우리 졸본국 최고의 장수야. 아직까지 그를 이긴 사람이 없어. 그런데 자네 아무래도 양맥의 첩자 같아."

비단은 추모의 얼굴을 유심히 쳐다보며 말했다.

"그런 말씀 마시오. 난 양맥에서 죽을 뻔 한 사람이오."

추모는 손사래를 치며 부정했다. 그리고는 양맥에서 있었던 일을 대충 이야기했다. 물론 왕자를 죽였다는 이야기는 빼고 말했다.

"농담일세. 내가 어떻게 자네를 의심하겠나. 자네 양맥에서 그런 해코지를 당했다니 하는 말인데 혹시 양맥 왕자를 죽인 사냥꾼 이야기 들어봤나?"

"아니오."

추모는 고개를 좌우로 흔들며 강하게 부정했다.

"그 살인범이 활을 무지하게 잘 쏜다는 거야. 캄캄한 밤에 소리만 듣고 삼백 보 너머에서 정확하게 사냥개들을 맞추었대. 그래서 추적도 못했다는 거야."

졸본은 양맥을 야만국 취급하며 아주 우습게 알았다. 하지만 그들은 군사적으로는 졸본을 위협할 만한 이웃나라였기 때문에 한마디로 싫어하지만 무시할 수 없는 신경 쓰이는 나라였다. 그래서 비단은 사냥꾼의 편이 되어 신이 난 표정으로 약간 과장된 내용을 섞어 가며 몇 달 전부터 나돌기 시작한 소문을 말했다.

"양맥 왕이 사방에 사람을 풀어 그 자를 잡으려 한다는군."

"아, 그래서 저더러 양맥 첩자가 아니냐고 물으셨군요. 그런데 그 자를 잡았답니까?"

"그런 귀신같은 활솜씨를 갖고 있는데 잡을 수 있겠어."

비단은 어림없다는 듯한 표정이었다.

아무튼 이곳에서는 양맥에 대한 적대적 감정 때문에 그 사냥꾼이 영웅이 되어 있다는 것이다.

"나도 들은 소문하나 이야기함세."

이번에는 솔개였다.

"우리 대가께서 대가가 되기 이 년 전쯤에 있었던 일인데, 우리 사냥꾼들에게는 역시 전설이 된 이야기야. 물론 양맥의 사냥꾼에게는 미치지 못하지만 활 솜씨가 뛰어난 사냥꾼 이야기야."

"나도 그건 들었어. 우리 졸본국에서 그 이야기 모르는 사람은 이제 없어."

비단이 알은 체를 하며 나섰다.

"그래도 이 친군 모를 걸."

솔개는 추모를 쳐다보며 말했다.

"말씀 좀 해주세요. 저도 졸본국에 살려면 졸본국 사람들이 무슨 생각을 하는지 알아야 합니다."

"우리 대가 어른이 아직 대가가 되기 전 처가살이를 끝내고 부인과 함께 합달령을 넘어오다 예족 놈들에게 기습을 받았어."

솔개는 우태의 피습 사건을 신이 나서 말하기 시작했다.

"아 그런데 그 사냥꾼의 활솜씨가 얼마나 뛰어난지 수십 명의 예족 놈들을 순식간에 다 쏘아 죽였다는 것이야."

추모는 자신의 행적이 이미 이곳에서 영웅담처럼 떠도는 것에 매우 놀랐다. 하지만 내색할 수 없어 이들의 말에 감탄하며 술잔만 들이켰다.

"혹시 두 사람이 같은 사람 아닐까요?"

추모는 그냥 있을 수 없어 슬며시 새로운 화두를 던졌다.

"뭐! 그럴 리가 없어. 합달령하고 양맥은 거리가 너무 멀어."

비단은 잠깐 생각하더니 혼자 결론을 내렸다.

"아니야 같은 사람일 수도 있어. 사냥꾼들은 사냥을 하다 보면 그 정도의 거리 이동은 순식간에 할 수 있어."

솔개는 가능성을 제기하며 비단의 말에 반박했다. 그리고는 두 사람이 황주를 들이키며 한동안 논박을 계속 벌였다.

"그 자의 이름이 뭐라 합니까?"

두 사람의 논쟁이 길어지자 추모가 슬며시 이들이 어느 정도 알고 있는 것이 있는지 물었다.

"이곳에서는 그를 주몽(朱蒙, 활잘쏘는 사람)이라 부르네. 아마 이십이 채 안 되어 보인다지."

비단이 자못 큰 비밀이라도 얘기하듯 작은 목소리로 소곤소곤 말했다.

"그러고 보니 자네도 활을 잘 쏘고 이제 이십이 갓 되었네 그려. 혹시 자네가 그 주몽 아닌가?"

“농담 마시오.”

“농담이 아닐 수도 있는 것 아닌가?”

“쓸데없는 말씀 마시고 그만 일어섭시다. 오늘 술자리는 매우 재미있었습니다.”

추모가 자리에서 일어나며 말했다.

“그러세. 너무 어두워졌어. 아무튼 오랜만에 아주 재밌는 이야기 많이 했네.”

추모는 두 사람과 헤어져 자신의 집으로 돌아갔다. 집이랬자 비바람을 피할 정도의 오두막이었다. 이 무렵 졸본성은 성(城)이라고 하기에는 아직 이른 감이 있는 흙으로 쌓아 올린 야트막한 방어벽이었다. 더구나 산으로 이어진 부분은 그나마도 쌓지 않았기 때문에 추모는 산으로 이어진 자신의 오두막으로 쉽게 갈 수 있었다.

집으로 돌아온 추모는 품속에 간직하고 있는 소서노의 신표를 꺼내 보았다. 이곳 졸본에 자신의 이야기가 영웅담으로 이 정도 퍼져 있다면 만나도 푸대접 하지는 않을 것 같았다. 최소한 군관자리 하나 정도는 마련해 줄 것 같았다. 그렇게 되면 사냥꾼보다는 예린을 데려와 살 수 있는 가능성은 더 커지는 셈이었다.

그는 조만간 한 번 찾아야겠다는 생각을 하고 자리에 누웠다. 그런데 이곳의 술인 황주나 매괴주는 과일주이긴 했지만 발효 과정에서 석회석이 섞여 들어가기 때문에 술을 마시면 머리가 아팠다. 추모가 자리에 눕자 곧바로 머리가 지끈거리며 아프기 시작했다. 그는 쉽게 잠들지 못하고 이리저리 몸을 뒤척였다.

그때였다. 문 두드리는 소리가 들렸다. 바람 소리는 분명 아니었다.

"뉘시오?"

"여기가 추모의 집이오?"

"그렇소만."

추모는 벌떡 자리에서 일어나 칼을 집어 들었다.

"나는 당신의 아버지가 보낸 무골이란 사람입니다. 문 좀 열어주시오."

"난 아버지가 없소."

"공자님의 아버지 어머니는 분명히 살아 계십니다. 이제는 만날 때가 되었습니다."

추모는 부정을 하긴 했지만 '아버지', '어머니'라는 말에 생각과 몸 둘 다 갑자기 얼어붙은 듯 한동안 꼼짝 않고 있었다.

"문을 열지 않으면 제가 열고 들어가겠습니다."

"돌아가시오. 나는 아버지 어머니가 없는 사람이니."

추모는 여전히 문을 열지 않았다. 그러면서도 지금 밖에 있는 사람의 말이 거짓이 아니란 생각이 들었다. 세상풍파를 오래 겪으면서 이제는 그 사람의 말과 행동에서 참과 거짓을 구별할 수 있을 만큼은 되었던 것이다.

"아닙니다. 그분들도 공자님 이상으로 힘든 시간을 보냈고 또 괴로워 하셨습니다. 이제는 공자님께서 그분들의 한과 고통을 풀어 드려야 합니다. 아버님은 공자님이 이렇게 듬직하게 자라나기를 얼마나 고대하고 기다리셨는지 모릅니다."

무골이라는 자는 추모를 계속 공자님이라 불렀다. 문득 추모는 옥지(屋智) 추장의 말이 떠올랐다. 그분의 말에 의하면 아버지는 분명 살아 있고, 그분은 평범한 사람은 아니라는 암시를 주었다. 이윽고 추모는 자리에서 일어나 문을 열었다.

찬바람이 확 밀려들었다. 문밖에는 한 사람이 서 있었다. 반백의 머리를 길게 늘어뜨린 채 한 손에는 지팡이를 든 평범한 노인이었다. 하지만 자세히 보니 흰머리와는 대조적으로 얼굴에 주름이 거의 없었다. 길게 찢어진 두 눈에서는 예사롭지 않은 기가 느껴졌다.

"안으로 들어가겠습니다."

무골이라는 자는 추모의 태도와는 상관없이 안으로 들어왔다. 조그만 추모의 방이 더욱 비좁았다.

"인사 올리겠습니다. 저는 무골입니다. 아버님이 보냈습니다."

"도대체 아버님은 어떤 사람이기에 내가 그렇게 고통스럽게 지낼 때는 나타나지도 않다가 이제 혼자 살아갈 수 있을 만하니까 찾는단 말이오?"

"아버님은 한 시도 공자님의 곁을 떠나지 않았습니다. 이제 만나 보시면 알게 될 것입니다."

"아버지를 만난다고요?"

"그렇습니다. 그래서 제가 찾아온 것입니다. 짐을 챙기시죠."

"난 안 갑니다. 이제는 아버지가 필요 없습니다. 혼자서도 잘 살 수 있습니다."

이제는 아버지가 정말로 필요 없었다. 아버지가 없어도 살아갈 자신이 생겼다.

"사냥꾼으로 말입니까? 아버님이 공자님을 사냥꾼을 만들려고 그 고생을 다 참으시고 인내하신 줄 아십니까?"

"예?"

"어서 짐을 챙기십시오. 아니면 제가 강제로 모셔갈 것입니다."

무골은 추모가 주춤거리자 강압적 태도를 보였다.

"아저씨가 날 이길 수 있을 것이라 생각하십니까?"

추모는 갑자기 자신을 무시하는 무골에 대해 오기가 생겼다. 자신의 행적은 이미 이곳에서 영웅시 될 만큼 실력을 인정받은 상황이었기 때문이다.

"하하하! 좋습니다. 그 패기가 좋습니다."

무골은 크게 웃었다. 그리고는 갑자기 손을 쑥 내밀어 추모의 손목을 쥐었다. 추모는 꼼짝할 수가 없었다. 가볍게 쥔 것 같았는데 추모는 손을 빼낼 수가 없었다. 점점 고통이 밀려왔다.

"풀어 주시오."

"풀어 주면 따라 가겠습니까?"

"따~ 따라 가겠소."

10. 천명天命

추모는 무골을 따라 한 밤중에 집을 나섰다. 그는 집을 나서기 전 돈을 챙겼다. 이제는 어느 곳에 가든지 돈부터 챙겼다. 물론 귀중품은 자신만이 아는 곳에 묻어 두어 숨기는 습관도 생겼다. 그는 소서노에게 받은 금은보석도 이미 어느 나무 밑에 숨겨 두었다.

무골은 그의 이런 행위를 묵묵히 지켜보며 웃기만 했다.

"이제 이곳은 돌아오지 않을 것입니다."

"사람의 일이란 아무도 모르는 것이오."

추모는 무골의 말을 무시한 채 문을 잘 잠근 후에 활과 칼을 챙기고 그를 따라 나섰다.

추모가 산속 생활을 한 지도 벌써 이 년이 다 되었다. 그 사이 예맥족의 영역을 웬만큼은 돌아보았다. 대수맥은 물론 소수맥까지도 다가 봤다. 물론 옥저와 동예 지역은 가보지 못했지만. 하지만 무골이

가는 곳은 도저히 알 수가 없었다. 대수맥 지역을 지난다는 것은 알 수 있었지만 그 다음은 몰랐다. 산 속을 열흘 이상 걸었다. 워낙 산이 험하여 말이 소용없는 지역도 있었다.

"도대체 어디까지 가는 거요?"

"조금만 더 가면 됩니다."

어딘지를 물을 때마다 무골이 하는 말이었다. 그리고도 며칠을 더 걸었다.

"이제 저기 보이는 봉우리만 가면 됩니다."

사방이 울창한 나무로 가득한 곳에서 무골은 높은 봉우리를 가리키며 대답했다. 또 다시 한나절을 걸었다. 보름 가까이 걷는 동안 무골은 지친 기색을 보이지 않았다. 산속 생활을 하면서 추모도 산길을 걷는 것이라면 자신이 있었다. 그런데 이제 반백은 되어 보이는 그의 걸음걸이가 자신보다 더 빨랐다. 오히려 그가 쫓아가기에 더 바빴다. 추모는 그에게 뒤지지 않기 위해서 이를 악물고 걸었다.

"그런데 저 산속에 제 아버지가 계신단 말이오?"

"그렇습니다. 저 산 꼭대기에 계십니다."

추모의 머릿속에는 아버지가 자리하지 못했다. 이 년 전 옥지를 떠날 때 추장 어른이 한 말이 있었지만 이제는 그 말도 믿지 않았다. 설사 그 말이 사실이라 해도 스무 살 나이에 아버지가 무슨 소용이 있냐는 생각이었다. 자연스럽게 이 사람을 따라 이 깊은 산 속으로만 다니는 것이 싫어졌다. 자신은 이제 산속 생활보다는 성읍 생활이 더 좋았다.

"나는 그만 돌아 가겠습니다."

"안 됩니다. 이제 조금만 더 가면 됩니다."

"저 산꼭대기에서 살기가 싫단 말이오."

"저 산에서는 아버님만 사실 것입니다. 공자님은 산 아래에서 사실 것이니 염려 마시고 절 따라 오십시오."

여기까지 오는 동안 무골은 화를 내지 않았다. 추모의 말에 그냥 웃기만 할 뿐 모든 투정을 다 받아 주었다.

"자 조금만 더 힘을 냅시다."

무골은 걷는 것 같지가 않았다. 두 발이 마치 땅 위를 스치듯 날아가는 것 같았다. 추모는 그의 뒤를 따르며 이 사람의 정체가 무엇인지 매우 궁금했다.

"아저씨는 어떤 분이십니까?"

"저는 아버님을 모시는 사람입니다."

"왜 아버님을 모시고 이런 힘든 곳에서 사십니까?"

"아버님은 천명(天命)을 받은 분이기 때문입니다."

"천명(天命)?"

"아주 안 좋은 팔자지요. 받고 싶지 않은."

추모는 도무지 이해할 수가 없었다. 여기까지 오는 동안 계속 이랬다. 더 이상은 말을 걸지 않는 것이 낫겠다는 생각으로 침묵을 지켰다. 그러자 그도 더 이상 말을 하지 않았다. 마치 곁에 사람이 없는 것 같은 침묵이었다. 또 반나절을 올라갔다. 사방에 보이는 것이라고는 나무밖에 없었다. 높다란 침엽수들이 가득 차 하늘이 잘 보이지 않을 정도였다. 어디가 길인지도 잘 몰랐다. 소나무, 잣나무, 전나무, 참나무, 백양나무 등 무수히 많은 나무들이 끝없는 숲을 이루었을 뿐이다. 한

참을 더 걸어 가다보니 더 이상 나무가 보이지 않았다. 낮은 관목들만이 모습을 드러내고 그 위로는 보이지 않던 파란 하늘이 보였다. 참 별천지였다.

"이 산은 어떤 산입니까?"

"백산이라는 곳입니다. 하느님의 아들이 땅을 다스리기 위해 하강하신 산이지요."

추모는 하느님의 아들이 인간을 다스리기 위해 땅을 찾았다는 말을 이전에 들은 적이 있었다.

"아, 이 산이 바로 환인께서 하강하신 산이군요."

조선인이라면 누구나 알고 있는 신선한 산이 바로 이 산이라는 말에 추모는 새삼스러워져 사방을 둘러보며 새로운 것이 없나 살펴보았다.

"자 이제 조금만 더 가면 됩니다. 저기 보이는 저 봉우리입니다."

이제는 봉우리가 보였다. 목표가 보이는 것이다. 이곳까지 오는 동안 그가 답한 것이라고는 조금만 더 가면 된다는 말뿐이었지만 비로소 봉우리가 보였고, 추모는 아버지를 만난다는 설렘이 생기기 시작했다. 아버지는 어떤 분일까? 나이는 얼마나 되었으며 어떻게 생기신 분일까? 나와 비슷하게 생기신 분인가? 아버지에 대한 생각으로 두어 시진 걸어갈 무렵 눈앞에 큰 폭포가 가로놓여 있었다. 더 이상 길은 보이지 않았다. 너무나 높은 폭포였다. 추모는 산속을 다니며 많은 폭포를 봤지만 이 만큼 웅장하고 높은 폭포는 본 적이 없었다. 폭포의 끝에는 하얀 구름이 몰려 있어 마치 폭포는 하늘로 올라가는 계단처럼 보였다.

“참 아름답습니다.”

“그렇지요. 참 아름답지요. 하하하!”

무골은 뭔가 의미심장한 미소를 짓고는 큰 소리로 웃었다.

“이제부터 저 폭포 위로 올라가야 합니다.”

“예!”

“말은 이곳에 내버려 두십시오. 그러면 스스로 풀을 뜯어 먹으며 지낼 것입니다.”

말을 마친 무골은 두 손을 이용하여 폭포 옆의 절벽을 기어오르기 시작했다. 추모는 너무 어이가 없어 한참을 바라보다 되돌아갈까라는 생각을 해보았다. 하지만 한 번 가보고 싶었다. 폭포 저 위에는 어떤 세계가 있는지 가보고 싶었다. 추모는 그를 따라 오르기 시작했다. 온몸에서 땀이 비 오듯 쏟아졌다. 하지만 무골은 별 어려움 없이 마치 평지를 걷듯이 잘도 올라갔다. 하지만 추모는 달랐다. 조금만 발을 잘못 디뎌도 곧바로 죽음이었다. 아찔하여 쉽게 올라가지 못했다. 날은 벌써 어두워지고 갈 길은 많이 남았다. 중간쯤 올랐다 싶을 즈음 이미 무골의 모습은 보이지 않았다. 아래를 내려다봤다. 아찔했다. 이제는 내려갈 자신도 없었다. 무조건 올라가야 했다. 바윗돌에 부딪힌 손에 핏방울이 맺혔다. 이제 사방은 어두워져 오가지도 못할 지경이 되었다. 추모는 겨우 발을 디딜 공간을 찾아 휴식을 취했다. 구름 속에 있어서 끝이 어딘지 보이지도 않았다. 이왕 여기까지 온 것 끝까지 올라가기로 마음을 먹고 손으로 더듬으며 한 발 한 발 올라갔다. 다행히 달빛이 그의 앞길을 밝히기 시작했다. 구름 속을 통과하자 새로운 별천지가 펼쳐졌다. 달빛에 비친 봉우리들이 너무 아름다웠다. 그가 겨우 폭포

위에 다다르자 무골이 웃으면서 반겼다.

"고생하셨습니다. 자 이제 조금만 더 가면 됩니다."

여기까지 오는 열닷새 동안 듣던 지겨운 소리를 또 들었다. 하지만 그 소리에 화를 내지 않았다. 정말로 조금만 더 가면 된다는 것을 알고 있었기 때문이다.

정말 조금 더 걸었을 무렵 눈앞에 펼쳐진 광경에 입을 다물지 못했다. 산꼭대기에 거대한 호수가 있었다. 하늘 끝에 호수가 있는 셈이었다. 달빛에 반사된 호수의 모습은 마치 별천지를 보는 것 같았다.

"이곳은 달천(達天, 천지)이라는 곳입니다. 하늘에 오르는 문이지요."

"아버님은 어디에 계십니까?"

"저 곳에 계십니다."

무골이 가리키는 곳에 여러 채의 집들이 보였다. 호숫가에 지은 띠 집이었다. 입구에는 거대한 솟대가 세워져 있었다.

"여기는 선비들이 수련하는 소도입니다."

추모가 다가서자 몇 사람이 등불을 들고 마중 나왔다. 앞에 선 사람의 얼굴이 낯설지 않았다.

"어서 오십시오."

웃고 있었다. 너무 낯익은 사람이었다.

"선비님 아니십니까?"

등불을 든 사람은 자신에게 무술을 가르쳐 준 묵거 선비였다. 그는 미소로 추모를 반겼다.

"선비님께서 여긴 어쩐 일이십니까? 또 이분과는 어떤 사이시고?"

"저희들은 다 아버님을 모시는 사람들입니다."

무골이 대신 대답했다.

"그렇습니다. 저는 아버님의 명령으로 공자님을 훈련시킨 것입니다."

묵거 선비는 만면에 웃음을 띠며 말했다.

추모는 순간 자신이 그곳에서 지낸 것은 아버지의 뜻이었다는 옥지 마을 추장 어른의 말이 생각났다. 결국 지금까지 자신의 삶이 모두 아버지의 계획에 의한 것이라는 것을 깨닫게 되었다. 아버지라는 분이 어떤 분인지는 모르겠지만 보통 분이 아님은 순간적으로 알 수 있었다. 지금까지 그는 아버지 어머니에 대해 원망의 마음이 앞섰다. 그러나 이상하게 그런 마음이 사라졌다. 지금까지 자신의 삶을 되돌아 볼 때 과연 이 모든 것이 아버지의 뜻이었다면 그것은 정말 놀라운 일이었다. 마음 속에 아버지에 대한 원망보다는 외경심이 앞섰다. 두렵고도 무서운 그러면서도 공경할 수밖에 없는.

"저의 아버님은 어디에 계십니까?"

"저 안에 계십니다. 저희들과 함께 가시죠."

아버지가 거처하는 집은 매우 작았다. 방 한 칸에 부엌 한 칸이었다. 추모는 무골이 이끄는 방 앞에 이르렀다.

"단군님. 아드님을 모셔왔습니다."

"들이시오."

아주 맑고 청량한 목소리였다. 그 순간 추모의 가슴은 뛰기 시작했다. 다듬이돌 두드리는 듯한 소리가 울리기 시작했다.

'아버지는 어떤 분일까?

방안에 들어서자 향내가 가득하였다. 그리고 촛불을 앞에 두고 머리가 하얀 노인이 정좌를 하고 있었다. 그의 뒷면 벽에는 큰 초상화가 걸려 있었다. 단번에 환웅단군의 초상이라는 것을 짐작할 수 있었다.

"아버님이십니다."

무골은 작은 소리로 추모에게 말했다. 추모는 젊은 아버지를 기대했는데 눈앞에 노인이 앉아 있는 것이 다소 실망스러웠다. 하지만 그는 내색하지 않고 아버지라는 분 앞에서 큰 절을 올렸다.

"추모입니다."

인사를 드린 후에 추모는 아버지라는 분이 어떻게 생겼는지 찬찬히 살펴보았다. 비록 흰머리를 하고 있었지만 얼굴은 너무나 젊어 보였다. 팽팽한 피부에 주름살이 거의 없어 나이를 가늠하기가 쉽지 않았다. 그러나 다음 순간 피식 웃음이 나오고 말았다. 불과 얼마 전까지도 비단에게 무슨 귓속에서 수염이 나냐며 놀림을 당하였는데 아버지라는 분이 그러했다. 팔자 모양의 짙은 눈썹 또한 마찬가지였다. 자신은 까만색 아버지는 하얀색 그 차이만 있을 뿐이었다.

아들이 아버지를 확인하는 순간 아버지도 아들의 모습을 찬찬히 훑어보고 있었다. 너무나 듬직한 아들이었다. 어쩌면 젊은 시절의 자신과 너무나 흡사했다. 팔자 모양의 눈썹과 귓속에서부터 나와 구레나룻을 이룬 수염 등 씨도둑은 할 수 없다는 말이 딱 들어맞았다.

"영락없는 내 아들이구나. 물어 볼 필요도 없어. 하하하!"

흐뭇한 미소가 흘렀다.

"이리 오너라 내 아들아."

해모수는 아들을 덥석 껴안았다. 그리고 오랫동안 아들을 놓지 않았다. 웃음 섞였던 그의 얼굴에는 눈물이 어리기 시작했다.

"아비 없이 잘 자라 주었구나. 내 아들아."

노인네라고 할 수 없을 만한 힘이었다. 추모는 아버지의 품안에서 거의 움직일 수가 없었다. 아버지의 품안에서 전해 오는 부정(父情)이 너무 좋았다. 피붙이라는 감정이 어떤 것인지 느낄 수 있었다.

"어서 식사부터 하자."

백산에서 나는 약초와 사냥한 고기로 차린 푸짐한 상이 차려졌다. 여기까지 오는 동안, 아니 두무실의 집을 나선 이후 제대로 된 밥을 먹지 못하였던 추모는 배불리 밥을 먹었다. 해모수는 그의 곁에서 흐뭇한 미소를 지으며 밥 먹는 모습을 지켜보았다. 추모는 자신을 바라보며 미소를 띠는 사람을 처음 보았다. 다른 이유 없이 오직 자신의 존재만으로 인한 웃음은 이전에 접해 보지 못했다.

이날 밤 추모는 해모수와 함께 잤다. 아버지는 여기까지 오는 동안 아들이 힘들었을 것이라며 발바닥도 주물러 주고 종아리의 혈(穴)자리도 일일이 눌러 주었다. 편안했다. 이런 편안함은 처음이었다. 아무런 걱정이 없었다. 이것이 가족이라는 느낌이 들었다. 아무런 긴장 없이 편하게 잠들 수 있는 공간, 그것이 가정이라는 것을 그는 처음으로 맛봤다.

다음날은 아침 해가 뜨기 전에 일어났다. 아버지 해모수가 아들과 함께 하늘에 제를 올려야 한다며 깨웠기 때문이다. 백산의 꼭대기로 향하는 비탈진 길을 아버지와 아들은 땀을 흘리며 올라갔다. 무골과 묵거선비 그리고 이름을 잘 알지 못하는 선비가 뒤를 따랐다. 미끄러운 산비탈을 한참 오르자 드디어 하늘 아래 가장 높은 곳에 도달했다.

어느새 하늘에서는 붉은 기운이 솟아오르고 있었다.

해모수를 따라온 선비들은 재빨리 제단을 차렸다. 해모수는 제단 앞에 무릎을 꿇었다. 그리고 솟아오르는 태양을 바라보며 절을 올린 후 제문을 읽었다.

"우리 조상은 태양을 따라 이곳까지 왔습니다. 하늘 아래 해가 가장 먼저 돋아나는 이곳에서 나라를 열고 홍익인간이라는 하늘의 뜻을 펼쳐 왔습니다. 하지만 결국은 하화(夏華)족에게 나라를 빼앗기고 말았습니다. 저희는 잃어버린 나라를 되찾기 위해 지난 세월 너무나 힘든 고난의 길을 걸어왔습니다. 그 결과 이제 당신 앞에 새로운 단군을 세울 수 있게 되었습니다. 이 아들이 신시(神市)를 되찾아 하늘과 조상에 부끄럽지 않은 후손이 될 수 있도록 도와주옵소서.

제문을 읽고 난 해모수는 추모를 제단으로 불러 태양을 향해 절을 하게 한 후 제문을 불태웠다.

"자, 인사해라. 이 분들은 이곳에서 너를 가르치는 것은 물론 앞으로 너를 도와 나라를 세우는데 가장 힘을 쏟아 줄 사람들이다."

"예! 나라를 세운다고요?"

"그 이야기는 천천히 하고 인사부터 올려라."

"소인 추모입니다."

해모수는 추모에게 세 명의 선인을 인사시켰다. 한 사람은 재사, 또 한 사람은 그를 이곳까지 데려온 무골, 또 한 사람은 그를 가르친 묵거 선비였다. 묵거와는 이미 고락을 함께 했지만 그의 정체가 무엇인지 는 아직도 잘 몰랐다.

"이 세 사람은 이전에도 그랬지만 앞으로도 평생 보이지 않는 곳에서 너를 도와 줄 사람들이다. 나를 보듯 잘 모셔야 할 것이야."

"명심하겠습니다."

이해할 수 없는 제의(祭儀)와 알아들을 수 없는 말들이 많았지만 엄숙한 분위기에 압도되어 추모는 아무 말도 하지 못했다.

백산 꼭대기에서 제를 올린 후 이들은 다시 소도로 내려왔다. 아침을 먹은 후에는 소도의 사람이 이끄는 어느 초막으로 들어갔다. 그곳에서 사흘을 머무르면서 추모는 그동안 궁금했던 것들을 들을 수 있었다. 역사를 배우면서 왜 자신이 지금까지 이해할 수 없는 삶을 살았는가도 알 수 있었고 또 그에게 부여된 역사적 소명을 깨닫기 시작했다. 그를 가르친 사람은 재사(再思)였다. 사십대 초반 정도로 보이는 그는 선비답지 않게 하얀 피부와 야위게 보이는 얼굴과는 대조적으로 커다란 눈과 짙은 눈썹을 가져 매우 지적으로 보였다.

재사는 곰족과 호랑이족이 사는 이 땅에 청동기라는 강력한 문명을 지닌 기마민족의 등장부터 이야기를 시작했다. 하늘과 태양을 숭배하는 환인족의 서자인 환웅이 하늘의 뜻을 펼치기 위해 나라를 세웠다는 것이다.

"피정복민과 융화하기 위해 당시 가장 강한 토착민인 곰족과 호랑이족의 왕녀를 교화시켜 결혼하려 했습니다. 하지만 동굴 속에서의 가르침에서 호랑이족은 결국 새로운 종교를 받아들이지 못했습니다. 그래서 환웅께서는 곰족 왕녀와 결혼을 했습니다. 이 두 분 사이에서 태어나신 분이 단군왕검이십니다. 그분은 아사달에 나라를 열어 조선이라는 나라가 시작되었습니다."

단군의 탄생부터 시작한 조선 역사는 추모의 관심을 단박에 사로잡았다. 무시무시한 장수 치우왕검이 하화족(夏華,중국)의 헌원씨와 싸운 이야기는 매우 흥미진진했다. 제나라 관중의 공격으로 조선이 중원에서 밀려난 이야기며, 연(燕)나라가 강성해지면서 요서지역을 잃고 요동지역으로 쫓겨난 이야기는 추모를 매우 안타깝게 했다.

은나라가 망하면서 기씨가 조선으로 건너와 요동지역에 살고 있었는데 이들이 단군을 배반하여 조선이 두 개로 분열된 이야기에서는 분노를 느꼈고, 예맥 출신의 단군 모갑이 다시 조선을 통합하여 흉노족과 선비족을 점령한 이야기에서는 또 다시 신이 났다. 그러나 모갑이 죽고 난 뒤 연나라 진개장군의 공격으로 다시 요동지역으로 쫓겨난 부분에서는 안타까움을 금치 못했다.

둘째 날은 비교적 가까운 시대의 이야기도 이어졌다. 칠백 년간 이어지던 춘추전국시대를 끝내고 중원을 통일한 진시황이 죽고 난 뒤, 그 아들 조고가 환관의 꾐에 빠져 방탕한 틈을 이용하여 유방과 항우가 일어나 천하를 다툴 무렵, 조선은 또 한 번 강성해졌다는 것. 조선왕 모정이 서북쪽으로 출병하여 상곡, 어양(오늘날 북경) 등을 회복하는 전과를 올린 것이다. 하지만 이도 오래가지 못했다. 흉노왕 모돈의 반란으로 다시 국력이 쇠약해졌다는 것이다.

"이제부터는 최근의 역사를 말씀드리겠습니다."

재사는 연나라 출신의 조선인 위만이 조선의 단군을 내쫓고 자신이 중국식 왕이 된 이야기며 그가 다시 쫓겨난 단군 준이 세운 말한조선까지 점령하여 강력한 제국을 형성한 이야기를 소상하게 말했다. 그리고는 단군을 잃은 예맥 지역의 진한조선(辰韓朝鮮 혹은 예맥조선)이 칠십여 개의 나라로 분열된 이야기도 빼놓지 않고 말했다.

"위만조선의 삼대 왕검인 우거는 한무제를 상대로 전쟁을 벌입니다. 일 년 동안 치열한 전투를 벌였지만 싸움의 승패는 결정 나지 않았습니다. 전쟁의 승패는 엉뚱한 곳에서 벌어졌습니다. 지겹게 지속되는 전쟁에 환멸을 느낀 우거왕검의 부하가 그를 암살한 것입니다. 하지만 우거왕검의 죽음으로도 싸움은 끝이 나지 않았습니다. 재상 성기가 우거를 대신하여 군사를 지휘하여 또 다시 항전을 벌였던 것입니다. 그러나 그도 결국 부하들의 꾐에 빠져 암살당하고 결국은 위만조선은 망하고 말았습니다."

추모는 부하들에게 암살당한 우거와 성기의 이야기를 들을 때는 안타까운 마음으로 두 주먹을 불끈 쥐었다.

"다행한 것은 재상 성기는 조선의 운명을 직감하시고 아들을 삼한 땅으로 보내 위만에게 쫓겨난 단군을 찾으러 보내셨습니다. 이로 인해 조선의 맥은 다시 이어지게 되었습니다. 오늘 이야기는 여기까지입니다."

재사는 위만조선의 멸망을 끝으로 둘째 날 이야기를 모두 마쳤다.

"오늘은 아버님과 공자님으로 이어지는 역사를 말씀드리겠습니다. 잘 들으셔야 합니다."

셋째 날 강의가 시작되기 전에 재사는 추모의 주의 집중을 당부한 다음 이야기를 시작하였다.

"어제 제가 위만조선을 지키기 위해 끝까지 저항한 재상 성기에 대해 말씀드린 적이 있습니다. 기억하시겠죠."

"물론입니다."

"그분의 아드님이 단군을 찾아 마한 땅으로(한강이남 지역)로 갔다
는 이야기를 어제 말씀드렸습니다. 기억하시겠습니까?"

"예."

"바로 그분의 아드님이 찾은 사람이 바로 아버님 해모수이십니다."

"예!"

"그 후 아버님은 성기의 아들인 성삼과 힘을 합쳐 군사를 키우기 시
작했습니다. 그러나 성기의 아들인 성삼은 끝내 아버지의 유업을 이
루지 못하고 죽었고 그의 아들인 송양이 아버님과 함께 예맥 땅으로
들어간 것입니다. 두 분은 예맥 땅을 돌며 자신들의 뜻에 동조하는 많
은 선비들을 규합했습니다. 무골이나 묵거 선비도 다 그 때 만나신 분
입니다. 그러다 때마침 일어난 부여국 해부루의 현도군 공략을 이용
하여 적의 후방을 공격해 현도군을 예맥 땅에서 몰아냈습니다. 그들
을 몰아낸 구려땅에 세운 나라가 비류국(沸流國)[19]입니다. 아버님과
송양은 비류국을 세운데 만족하지 않고 부여로 진격하여 부여왕 해부
루도 몰아내고 그 지역에 북부여를 세웠습니다."

---

19) 신채호는 부여(夫餘), 부리(夫里), 불내(不耐), 불이(不而), 국내(國內), 불(佛), 벌
(伐), 발(發)을 다 '불'의 음역으로 보는데 이는 다 태양신 숭배와 관련된 지명이
다. 비류도 이 불의 음역이다. 즉 비류나 부여나 다 '불의 나라'라는 같은 의미를
지닌 같은 나라로 볼 수 있다. 그런데 우리 역사에서 해모수가 북부여를 세웠다는
말만 나오고 그 이후의 존립여부가 모호하다. 신채호는 유리왕 때 등장하는 황룡
국을 북부여라 말한 바가 있는데 황색은 중앙이고 용은 임금이라는데 기인한 듯
하다. 나중에 주몽이 비류국을 점령한 이후 이곳을 '다물'이라 하는데 '다물'은
'회복하다'의 의미를 지닌 고구려 말이다. 이를 추론해볼 때 비류국은 원래 주몽
의 아버지인 해모수가 세운 북부여였고 이를 다시 찾았기 때문에 다물국이라는
국호를 쓴 것이지 않은가 추측한다. 이 책에서는 비류국이 바로 해모수가 세웠던
북부여로 추정하여 글을 적었다.

추모는 환웅으로부터 시작된 조선사가 이제 바로 자신의 아버지 대
에 이르자 긴장하여 듣기 시작하였다.

"문제는 송양이 세우려는 나라와 아버님이 세우려는 나라는 성격이
틀렸다는 점입니다. 송양은 이전의 위만조선처럼 강력한 힘을 지닌
임금을 세우려 하였지만 아버님은 옛날 조선의 전통을 이어받아 제사
장이 통치하는 나라를 만들려 하셨습니다. 그래서 두 분 사이에는 마
찰이 있었던 것입니다."

"선비님은 두 분 중 어느 분의 말씀이 옳다고 생각하십니까?"

추모는 힘들게 찾은 나라가 흔들리는 것이 안타까워 재사에게 되물
었다.

"제사장적 성격을 지닌 통치자는 지금 이 시대에 맞지 않습니다."

"이유는 무엇입니까?"

"우리의 이웃에 절대 권력을 가진 강력한 임금이 정복자의 모습으
로 우리를 공격하기 때문입니다."

"왜 아버님은 그런 결정을 하셨습니까?"

"당시 아버님은 예맥족의 통합을 생각하셨던 것입니다. 예맥의 통
합을 위해서는 단군이 필요하였고 단군이 다시 세워진다면 당연히 예
맥의 대가들은 그의 권위에 굴복할 것이라 생각하신 것입니다."

"그런데 어떠했습니까?"

"이미 단군이 떠난 지 오랜 이 예맥 지역은 더 이상 아리씨의 핏줄
을 이어받은 단군이신 해모수의 권위를 인정하려 하지 않았습니다.
위만에게 단군이 쫓겨난 지 백 년이 넘은 상황이었기에 단군의 권위
를 경험한 대가가 아무도 없었기 때문입니다."

재사는 안타까운 듯 말했다.

"그래서 어떻게 되었습니까?"

"처음에 북부여의 임금은 단군이신 해모수였습니다. 공자님의 아버님이시죠. 하지만 예맥 지역이 아무도 아버님의 권위를 인정하려 하지 않자 송양이 마음을 바꾸었습니다. 그가 왕이 되어 북부여를 통치하기 시작한 것입니다. 어차피 군사력은 그가 지니고 있었기에 그를 막을 자는 아무도 없었습니다. 결국 아버님은 순수한 제사장이 되어 뒷전으로 물러나고 말았습니다."

재사는 이 부분에서 물을 한 잔 들이키고는 잠시 숨을 골랐다. 추모는 매우 안타까운 표정이 되어 재사의 말에 귀를 기울였다. 그는 지금까지 누구에게서도 이런 이야기를 들어 본 적이 없었다. 더군다나 자신의 아버지와 관련된 이야기였기에 더욱 긴장하며 들었다.

"그 뒤로는 어떻게 되었습니까?"

이제는 추모가 먼저 물었다.

"아버님과 송양의 연합군에게 쫓겨났던 금와가 다시 군사를 이끌고 부여성을 공략하였고 전투에서 패한 송양은 군사를 이끌고 비류국으로 돌아가고 말았습니다."

"아버님은 어떻게 되셨습니까?"

"아버님은 그 순간부터 속세를 떠나셨습니다."

"그런데 왜 아버님은 절 낳으시고 이렇게 부자의 인연을 끊다시피 하며 지내셨습니까?"

"아버님은 천명을 받으신 분입니다. 다시 조선을 일으켜 세워야 할 천명을 받으신 분입니다."

“지금 이렇게 늙은 사람 몇 명이서 그것이 가능하다고 생각하십니까?”

추모는 냉정하게 사태를 파악했다.

“아버님이 받은 그 천명을 실천하셔야 할 분이 바로 공자님이십니다.”

“예! 제가 그 일을 해야 한다고요?”

“그렇습니다. 그 일을 하실 분은 바로 공자님이십니다. 아버님은 이를 위해서 공자님을 그렇게 힘들게 단련시키신 것입니다.”

추모는 잠시 숨을 멈추었다. 자기는 아무 능력도 없는 사람이다. 그런데 조선을 다시 일으켜 세울 사람이 자기라는 것은 있을 수 없는 일이었다. 조금 전까지 아주 흥미 있게 듣던 이야기가 갑자기 다 황당한 이야기처럼 들렸다.

“그것이 가능하다고 보십니까?”

추모는 어이없다는 표정이 되어 재사에게 되물었다.

“가능합니다.”

“어떻게 그것이 가능합니까?”

“공자님은 아니지만 우리는 나라를 세워 본 경험이 있는 사람들입니다.”

“하지만 지금은 다들 연세가 많지 않습니까?”

“지난 이십 년 간 아버님과 저희들은 이 일을 준비하였습니다. 공자님만 고생하신 것이 아닙니다. 모든 준비는 이제 다 끝났습니다. 요즘 사람들은 단군을 아주 우습게 알고 있습니다만 앞으로는 절대 그렇지 않을 것입니다. 사람들의 기억 속에 남아 있는 단군은 자애로운 모습이었고 제사장으로서의 권위를 지닌 모습이었지만 공자님부터는 정복자로서의 단군의 모습을 보여줄 것입니다. 강력한 군사력을 지닌 정복자. 하늘을 공경하는 정복자."

"정복자 단군?"

"그렇습니다. 이제는 단군이라는 말도 쓰지 않을 것입니다. 우리 예맥족에게는 대칸이 될 것이며 중국인들에게는 황제라는 말을 쓸 것입니다. 그리고 우리 후손들은 공자님을 대왕이라 부를 것입니다. 그 최초의 대왕이 바로 공자님입니다."

재사는 가슴 속에 맺힌 것이 많은 듯 울분을 토하듯 한 마디 한 마디 힘주어 말했다.

"우리는 그 일을 위해……, 신명을 다 바칠 것입니다."

재사는 말을 잠깐 멈추는 듯 하더니 마지막 말을 힘주어 말했다. 추모는 잠깐 그의 말에 감화를 받은 듯 말을 잇지 않았다. 하지만 오래지 않아 다시 현실로 돌아왔다.

"하지만 나라는 말로 되는 것이 아니지 않습니까?"

"해모수 단군께서는 예맥 땅을 돌며 수많은 인재들을 이미 준비시켜 놓았습니다. 저와 무골과 묵거는 예맥 땅 곳곳에 이 일을 위해 일할 선비들을 훈련시켜 놓았습니다. 이제 공자님께서 천군의 상징인 청동방울과 청동거울을 높이 보이기만 하면 곳곳에서 많은 사람들이 달려올 것입니다."

"……"

혼란스러웠다. 과연 이들의 말을 믿어야 할지 몰랐다. 그런데, 문득 추모의 머릿속에 합달령에서 만난 부분노가 떠올랐다. 그도 묵거선비를 아는 것 같았기 때문이다.

"혹시 졸본 땅 부분노도 그 중 한 사람입니까?"

추모는 조심스럽게 물었다. 재사는 고개를 끄덕였다. 부분노는 졸본부여에서도 최고의 장수로 꼽히는 사람이 아닌가? 그런 사람들이 자기편이 되어 준다면 해 볼만 하다는 생각이 문득 들었다.

"부분노는 공자님을 가르쳤던 묵거선비의 제자입니다. 우리는 우리의 가르침을 따라 수련한 사람들을 선비라 부릅니다. 이 땅에는 수많은 선비들이 있습니다. 부분노 뿐만이 아닙니다. 공자님과 만난 사람 중에 협보라는 자도, 공자님의 친구인 오이도 다 선비 훈련을 받은 자들입니다."

깜짝 놀랐다. 이들은 자신의 일거수일투족을 다 관찰하고 있었다는 결론이었다.

"어떻게 그 사람들을 다 알고 계십니까?"

"우리는 한 시도 공자님 곁을 떠난 적이 없습니다."

가만 생각해보니 순간순간 위기를 탈출할 수 있었던 것도 누군가의 도움이 있었던 듯했다. 승냥이의 공격을 받들 때도 양맥의 추격을 받을 때도 그랬다.

"그러면 저들도 다 새로운 나라를 위해 준비하고 있는 사람들이란 말입니까?"

"그렇습니다. 그러니 이제 모든 것은 공자님 하기에 달렸습니다."

재사의 말을 들으며 추모는 두 주먹을 불끈 쥐었다. 그의 가슴 속 깊은 곳에서 강한 불길이 솟아오르고 있었다. 잃어버린 조상의 영토를 다시 찾고 잃어버린 민족사를 다시 이어가겠다는 강한 불길이 끓어오르고 있었다.

"이제 아버님은 연세가 너무 많으셔서 속세로 내려갈 수 없습니다. 이곳에서 수련을 하시다가 조상들이 계신 곳으로 들어가실 것입니다. 그러니 이제 우리 민족사는 공자님에게 떠넘겨진 것입니다."

"제가 하겠습니다. 아버님을 대신하여 제가 천명(天命)을 받들겠습니다."

추모는 마음속 깊은 곳에서 우러나는 뜨거운 기운을 느끼고 있었다.

"감사합니다."

재사는 고맙다는 말과 함께 자리에서 벌떡 일어나 추모에게 큰 절을 올렸다.

"이제부터 공자님이 단군이시고 대칸(大汗)이시고 대왕이시고 황제이십니다. 저와 여러 선비들은 이를 위해 신명을 받칠 것입니다."

"왜 이러십니까?"

추모는 당황하여 재사를 일으켜 세웠다.

"아닙니다. 이제부터 우리들은 다 공자님의 신하입니다."

"하지만 지금은 아니지 않습니까?"

"물론 아직은 아닙니다. 공자님께서 이곳을 내려가는 순간 또 다시 험난한 길을 걸어가야 할 것입니다. 종살이와 같은 어려움도 각오하셔야 합니다."

"예? 또 종살이를 해야 한다고요."

추모는 옥지 마을을 떠나면서 다시는 종살이를 하지 않겠다는 다짐을 했었다. 기껏 아버지를 찾고 하늘의 천명을 받겠노라고 다짐 했는데 다시 종살이를 해야 한다는 말에 실망했다.

"어머니를 찾기 위해서입니다. 그곳에서 다시 밑바닥부터 시작해야만 어머니를 찾을 수 있습니다."

"지금 어머니라고 하셨습니까?"

이제 추모는 어머니에 대해서도 원망의 마음을 품지 않았다. 아버지처럼 뭔가 말 못 할 사연이 숨어 있을 것이라 생각되었다. 아니 어쩌면 자신의 삶이 그러하였듯이 어머니의 삶도 아버지의 계획대로 움직였는지도 모른다는 생각이 문득 들었다.

"그렇습니다. 우리가 가장 먼저 해야 할 일은 어머니가 있는 곳으로 가서서 그곳에서 부여국을 제일 먼저 취하는 것입니다."

"부여국을 취한다고요?"

"부역국을 취하기 위해서는 몸을 낮추어 신분을 숨겨야 합니다."

"전 이제 종살이를 하지 않을 것입니다."

"종살이를 해야 한다는 말은 하지 않았습니다. 종살이와 같은 고통을 인내해야 한다는 것입니다. 다만 오래가지 않을 것입니다. 부여왕 금와가 가을에 국중대회를 열어 후계자를 뽑는다고 합니다. 공자님은 거기에 참여할 자격이 있습니다. 그때까지만 참고 견디면 됩니다."

"……."

추모는 정말 종살이가 싫었지만 잠깐이면 된다는 말에 더 이상 항변하지 않았다.

"모든 것은 저와 무골이 다 알아서 할 것입니다."

추모는 지금까지의 자기 인생이 전부 다 이들이 계획하고 꾸민 일이라 생각해볼 때 재사의 말을 믿지 않을 수가 없었다.

"알겠습니다. 저는 이제부터 선비님의 뜻을 따르겠습니다."

"하지만 싸움은 상대가 있기 때문에 우리 뜻대로만 되지는 않을 것입니다. 금와와 부여의 마가는 우리를 한 번 이긴 적이 있는 사람들이라 만만하지는 않을 것입니다."

"각오하고 있습니다."

"다만 명심할 것은 부여를 넘지 않고는 절대 예맥의 통합은 기대할 수 없습니다. 부여는 반드시 넘어야 할 큰 산입니다. 그러니 신중하게 최선을 다해야 할 것입니다."

"산을 넘는 것이라면 자신 있습니다. 하하하!"

재가는 추모의 모습을 물끄러미 바라만 보고 있었다. 그 표정 속에서 추모의 그릇됨을 읽으려 것이었다.

"저희 어머니에 대해서도 말씀해 주십시오."

"그것은 무골선비가 말씀해주실 것입니다."

추모는 이곳에서 한 달 간 머물며 아버지와의 부정을 쌓았다. 이제 떠나가면 언제 또 아버지를 볼 수 있을지 알 수 없었기에 재사와 무골 등 선비들에게 가르침을 받는 시간 외는 아버지와 함께 약초도 캐고 사냥도 하면서 아버지를 가슴에 담으려 애썼다.

꿈같은 시간이 지나갔다. 한 달 전에는 상상할 수조차 없었던 이야기를 들었다. 그의 마음 속에 있던 소박한 꿈은 이제 거대한 야망으로 바뀌어 있었다. 불과 한 달 만에 일어난 변화였다.

11. 마리摩離

　국중대회를 공포한 동부여왕 금와는 자신의 부인들을 차례로 만난 이후 갑자기 우가족(牛加族)의 추장들을 궁궐로 불러 들였다. 약 삼십 년 전, 현도군을 공격하기 직전 전격적으로 우가족장(牛加族長)을 공격한 이후 처음이었다. 우가는 송화강변에 흩어져 사는 맥족의 한 갈래로 십여 개의 큰 촌락을 이루고 살았다. 한 때는 마가와 더불어 부여에서 가장 강성한 부족이었지만 부여왕 해부루가 곤연 출신의 금와를 후계자로 정하자 이에 불만을 품고 반란을 꾀하다 기습을 당한 이후 몰락했다. 하지만 해부루가 해모수에 쫓겨 간 뒤에는 해모수를 도와 한 때 번성하기도 했다. 그러나 해모수가 금와에게 패하여 소수맥 지역으로 쫓겨 간 후에 우가는 다시 몰락의 비운을 맛봐야 했다.

　우가는 부여 내에서 철저하게 무시당하였다. 부여를 배반한 종족으로 낙인찍혀 다른 부족으로부터 노골적으로 무시당하였으며 결혼이

나 중앙권력 등에서 배척당하였다. 이들은 군사를 거느릴 수도 없었고, 또 전쟁이 나도 동원되지 않았다. 그냥 일상적인 생계활동만 하고 지낼 뿐이었다. 다른 부족들은 전쟁에 이겨 많은 노예를 얻고 부를 획득하여 날로 번성하는데 이들은 자급자족하며 하루하루의 삶에 만족하고 살아야했다.

금와가 오십 회 생일을 맞이할 즈음 이들에게 화해의 손짓을 보낸 것이다. 열 명의 우가족 추장들은 금와의 부름에 응했다. 금와와의 악연을 경험하지 않은 젊은 추장들이 대부분이었지만 금와왕의 축출에 앞장섰던 사람도 있었다. 이들은 금와를 원수처럼 생각했지만 자신들이 빠질 경우 우가 전체에게 해가 될 것 같아 할 수 없이 참석했다. 그 속에는 우가를 대표하는 구추(句鄒)마을 추장도 있었다.

금와는 이들을 위해 큰 잔치를 베풀었다. 돼지도 잡고 소도 잡았다. 그리고 메밀국수도 턱 높이까지 쌓아 놓았으며 쌀밥과 떡도 차려졌고 과일도 풍성하게 준비했다. 차려진 음식에서 금와가 이들을 생각하는 마음이 나타나는 듯 했다.

부름에 응하지 않은 추장은 없었다. 그들은 깨끗한 옷차림으로 연회장에 들어와 금와왕을 기다렸다. 금와는 온화한 미소를 띠고 연회석상에 들어섰다. 추장들은 자리에서 일어서서 그를 맞이했다.

"자 앉읍시다."

금와가 자리에 앉자 우가의 추장들도 착석했다. 구추 마을 추장도 옥지 추장도 이들과 꼭 같이 행동했다.

"자 이제 우리 그만 화해합시다."

금와가 거두절미하고 연회를 마련한 이유를 말했다. 무슨 연유로 자신들을 소환했는지 알지 못하던 사람들은 비로소 안도의 숨을 내쉬었다.

"이제는 내 후계자를 정해야 될 때가 된 것 같소이다. 여러분과 나 사이에 있었던 좋지 못했던 감정들은 이제 우리 대에서 끝냅시다. 그리고 내 후계자는 여러분과, 혹은 여러분의 자녀들과 서로 혼인도 하면서 국정에 참여하도록 합시다."

금와의 말에 연회장은 잠깐 동안 웅성거렸다. 그동안 우가에게 가해졌던 봉쇄령이 풀리는 순간이었다. 오래지 않아 일부 추장들이 박수를 치기 시작했다. 그러자 눈치를 보던 나머지 추장들도 뒤따라 박수를 쳤다.

"이제 나는 여러분들의 자녀들도 중앙에 불러들일 것입니다. 그리고 여러분 자제 중에서 우수한 자들은 군대도 입대시킬 것입니다. 이것으로 여러분의 명예는 회복되는 것입니다. 물론 이제부터 여러분들은 사병을 거느려도 좋습니다."

"만세! 만세! 금와 대왕만세!"

점입가경(漸入佳境)이었다. 일부 부족의 추장들은 만세 삼창과 함께 눈물을 흘리는 자도 있었다. 금와왕과의 마찰을 경험하지 못한 젊은 세대들은 자신들이 부여 사회에서 계속 불이익을 당하는 것을 몹시 억울해 했다. 더러는 왜 자신들이 이런 피해를 당해야 하느냐며 이전에 금와왕에 맞섰던 대가들을 원망하기도 했었다. 금와가 서로에게 쌓인 이런 원한(怨恨)을 풀자고 제의했을 때 이제야 부여 사회에서 제대로 대접받고 살 수 있게 되었다며 감격한 것이다.

"여러분들이 사병을 거느릴 수 있다는 것은 부족장으로서의 명예를

되찾을 수 있다는 것을 의미합니다. 앞으로 전쟁이 벌어지면 제일 먼
저 여러분들을 부를 터이니 많은 협조 부탁드립니다."

"저희들은 그저 대왕님의 자비에 감격할 따름입니다."

눈치를 살피던 구추 추장이 일어나서 금와왕의 조치에 감사하는 말
을 전했다. 그는 우가족의 대표였기에 자신의 뜻과는 상관없이 분위
기와 대세를 따를 수밖에 없었다.

"내 대에선 여러분과 많은 원한이 얽혀 있었지만 우리 아들 세대에
서는 그런 것을 다 씻고 화해해야 합니다. 언제까지나 우리 예맥 지역
이 이렇게 분열되어 있을 수 없습니다. 여러분도 함께 참여해서 이 예
맥 지역을 통합할 수 있도록 서로 화해하고 묵은 감정들을 한 잔 술과
함께 다 씻어 냅시다. 어떻습니까?"

"좋습니다. 만세, 금와 대왕 만세."

"자 그러면 이제 화해한 것으로 하고 마음껏 먹읍시다."

금와왕은 술잔에 술을 따른 후 건배를 제의한 후 화해주를 마셨다.
연회장의 분위기는 매우 화기애애(和氣靄靄)했다. 말 그대로 화해의
한마당이었고 축제의 자리였다.

금와왕은 얼굴에 미소를 머금고 회의장의 분위기를 살폈다. 대부분
자신의 뜻에 만족해 하는 눈치였다. 그는 노련한 통치자였다. 술잔을
들고 구추 추장에게로 다가갔다.

"자, 우리도 이제 화해해야 되지 않겠소."

"그래야 되겠지요."

구추 추장은 약간은 씁쓸한 표정이었다. 그는 금와왕에게 완전 복속
된 우가의 태도가 마뜩찮았던 것이다. 하지만 대세가 이미 기울었으

므로 자신의 속내를 드러낼 수가 없었다.

"자 우리도 화해주 한 잔 합시다."

구추 추장은 금와가 따라 준 술잔을 높이 들고 그와 함께 잔을 높이 들어 보인 후 술잔을 들이켰다.

"우리 이렇게 말로만 화해하지 말고 뭔가 행동으로 서로의 마음을 보이는 것이 어떻겠소?"

"어떻게 말입니까?"

"나한테 과년한 딸이 하나 있는데 대가의 아들과 결혼시키는 것이 어떻겠소."

뜻밖의 제안이었다. 아니 노련한 사람이라면 당연히 이런 수순을 밟아야 하는 것이다. 정적을 자신의 사위로 만들어 다시는 반란을 꿈꾸지 못하게 하는 것, 이러한 안전장치를 마련하지 않고는 화해할 수 없는 것이다. 노회한 정치가라면 당연히 밟아야 하는 수순이었다.

"저희야 그렇게만 해주신다면 영광입니다."

결혼의 의미가 무엇인지 알고 있는 구추 추장이었으므로 순순히 금와의 제의에 응했다. 이제 금와는 다시는 돌이킬 수 없는 대세였다. 자신의 아들은 자기와 달리 부여족의 중앙정계에 진출하여 자신과는 다른 삶을 살아야한다고 생각했다. 패배자는 자기 혼자만으로 족하다고 생각한 것이다.

"좋습니다. 그러면 머잖아 제가 사주단자를 보내겠습니다."

금와왕은 구추 추장과의 담화를 뒤로 한 채 이번에는 옥지 추장에게로 다가왔다. 옥지도 구추 마을 다음가는 부여족의 실세마을이었다.

"추장님의 아들이 아주 무예가 뛰어나다는 말을 들었습니다."

"예!"

옥지 추장의 아들이라면 오이(烏伊)를 말하는 것이다. 그는 은밀히 마을을 군제화(軍制化)로 바꾸고 있었다. 이것을 금와가 눈치 챈 것임에 틀림없었다.

"아드님의 무예가 뛰어나다는 것은 온 부여에 다 알려진 사실인데 무엇 때문에 그렇게 놀라시오."

금와는 모든 것을 알고 있다는 듯 미소를 띠며 옥지 추장의 의중을 떠보았다.

"어떻게 미천한 제 자식의 소식을 다 아시고……."

옥지 추장은 금와왕이 말한 것 이상을 말하지 않았다. 두 사람 사이에는 팽팽한 긴장감이 흘렀다.

"그래서 말인데요. 아드님을 나의 근위대에 보내주시면 어떻겠습니까?"

"예!"

지금까지 오이가 쌓아 올린 모든 것을 무너뜨리려는 의도였다.

"오이가 내 근위대에 들어와서 큰 공을 세운다면 이는 곧 옥지의 자랑이 되지 않겠습니까? 그렇게 된다면 부여국에서 옥지 마을이 차지하는 위상도 높아질 것이라 생각됩니다만."

"영광입니다."

거절할 수 없는 제안이었다. 아니 거절할 명분이 없었다.

금와는 각 마을의 추장들을 일일이 만나며 하나씩 제안을 했다. 그것은 결국 우가를 자신의 권력 아래에 두는 전략이었다. 하지만 오랜 세월 동안 권력의 뒤편에 방치되었던 우가의 추장들은 금와의 보호아래 들어가는 것을 매우 감격해했다. 이제는 권력의 보호 하에 살아 갈수 있다는 것을 안도하는 사람도 있었다. 다른 마을의 무시를 받지 않고 살 수 있게 된 것에 눈물 흘리며 고마워하는 사람도 있었다.

성공적인 연회를 마친 금와는 며칠이 지난 후 다시 유화부인을 찾았다. 근래 들어 그는 유화부인의 처소를 자주 찾았다.

"어서 오십시오."

유화는 여전히 웃는 얼굴로 금와를 맞았다. 금와는 그녀의 미소가 참 좋았다. 그래서 그녀를 자주 찾게 되었는지도 몰랐다.

"드디어 우리 하희의 배필을 찾았소."

"예! 감사합니다."

유화는 환한 미소로 금와의 배려에 고마워했다.

"그런데, 그게~ 전에 말했던~ 우가족 청년이오."

금와는 약간 머뭇거리며 말했다.

"전 상관없습니다. 우리 하희만 예뻐해 준다면."

유화는 전혀 개의치 않았다.

"우가 부족 중에서 가장 큰 마을인 구추족 대가의 아들이오. 지금은 비록 그들이 푸대접을 받고 있지만 오래지 않아 다시 강하고 큰 부족으로 성장할 것이오. 그러니 너무 상심하지 마시오."

"전 상심한 적이 없습니다. 오히려 이렇게 대왕께서 우리 모자를 챙겨주시니 고마울 따름입니다."

"그리고 또 하나 물어볼 것이 있소."

“무엇입니까?”

“아들은 찾았소?”

“아니오.”

“소식을 전혀 모르오?”

“예.”

유화부인은 침울한 표정을 짓고 있었다. 괜히 가슴에 묻어 두었던 큰 상처를 다시 긁어내는 것 같았다.

“미안하오. 당신의 마음이 어떤지 모르고 물어서.”

“아닙니다. 이렇게 저에게 관심을 가져 주셔서 참 고맙습니다.”

“당신의 마음 씀씀이가 참 곱소. 내 오늘은 여기서 자고 가겠소.”

금와는 나이가 들고 정력이 줄어들면서 젊은 여자보다는 오히려 자신을 편하게 해주는 여자가 더 좋았다. 젊은 시절 마씨부인의 견제로 오랜 시간 떠나 있어야 했던 유화를 다시 만나면서 마음이 편안해지는 것을 느꼈다. 그래서 그녀를 자주 찾게 되었다. 사랑의 진실은 육체적인 사랑만이 아니라 정신적 사랑이 더 중요하다는 것을 느끼며.

오래지 않아 금와와 구추족 사이의 약속을 이행하기 위하여 구추 추장이 아들을 보내왔다. 마리(摩離)라는 맏아들이었다. 이제 스무 살이 된 청년으로 벌써 수염이 얼굴 전체를 보송하게 뒤덮은 그는 곰을 연상시킬 만큼 덩치가 컸다. 부여의 결혼 제도는 데릴사위제였기 때문에 그는 궁궐로 들어와야만 했다. 최소한 삼 년은 생활하면서 아들을 낳은 후에나 구추 마을로 돌아갈 수 있었다. 결국 금와는 그를 볼모로 불러들인 셈이었다.

금와는 구추 추장에게 장가가지 않은 아들이 셋 있음을 알았다. 과연 구추 추장이 어떤 아들을 보낼 것인가에 관심이 쏠렸다. 말이 사위지 사실상 볼모나 다름없는 생활인데 과연 맏아들을 보낼 것인가 의심하였다. 그런데 첫째를 금와에게 보낸 것이었다. 금와는 내심 놀랐다. 그가 막내를 보냈어도 할 말이 없었다. 결국 구추 추장이 진심으로 화해하기를 바란다는 뜻으로 받아 들였다.

구추 추장의 맏아들 마리를 본 하희도 마음에 드는 눈치였다. 금와는 천관을 불러 적절한 날을 잡고 성혼식을 올렸다. 하늘에 두 사람이 결혼하였음을 아뢰고 합환주(合歡酒)를 마심으로써 두 사람이 부부가 되었음을 알렸다. 두 사람은 별당에 신방을 차리고 거처하게 되었다.

하희가 마리와 결혼 한 후 이해할 수 없는 것은 금와의 태도였다. 사위가 왕궁에 들어 왔으면 나라의 중요한 일 하나 정도는 맡겨야 했다. 하지만 그에게 맡긴 일은 궁궐의 말과 소를 관리하는 일이었다. 물론 말과 소가 궁궐의 매우 중요한 재산이긴 했지만 한직이나 다름없었다. 유화가 괜히 사위의 눈치를 살펴야 했다. 하지만 마리는 금와의 처사에 전혀 개의치 않았다. 저녁에 거처로 돌아오며 마분(馬糞) 냄새가 온 몸에서 났다. 두 사람이 신혼인 것을 생각한다면 너무 심한 처사였다. 이로 인해 나중에 딸 하희가 시댁으로 들어갔을 때 구박받지나 않을까 염려될 정도였다.

미안해 한 것은 오히려 마리였다. 그는 아침 일찍 나가서 저녁 늦게 돌아와서는 아내에게 힘없는 부족의 남자에게 시집와서 고생한다며 아내를 위로했다. 유화는 듬직한 사위를 얻게 된 것이 무척 기뻤지만 사위를 볼 때마다 미안한 생각이 들어 어느 날 금와가 찾아왔을 때 이에 대한 부당성을 말하였다.

"당신이 우가족 사위라도 괜찮다고 하지 않았소."

"하지만 아무리 그래도 임금의 사위인데 하루 종일 짐승들의 똥이나 치고 있다는 것이 너무 심하지 않으십니까?"

"나는 그런 험한 일을 시키지 않았소. 궁궐의 소와 말을 관리하라는 말만 했을 뿐이오."

금와는 대수롭지 않게 말했다.

"그런데 왜 그리 험한 일을 하죠?"

"사위가 모든 것에 낯설어, 사람들과 친해지기 위해서 일부러 그러는 것인지도 모르겠소."

"그러면 좀 나서서 말려 주십시오. 저녁 무렵의 몰골은 목불인견(目不忍見)입니다."

유화는 안타까운 듯 말했다.

"내버려두시오."

하지만 금와는 별로 신경 쓰지 않는 눈치였다.

"궁궐은 이미 큰아들 대소가 장악하였소. 궁궐의 웬만한 대소사는 이미 다 그가 처리하고 있는 마당에 우가 출신의 낯선 자가 사위라는 이유로 뒷짐을 지고 궁궐을 나다니는 것도 좋지 않을 것이오. 대소가 그를 자신의 식구로 받아들일 때까지는 그렇게 지내는 것이 더 현명한 일이오."

일변 맞는 말인 것 같았다. 금와가 왜 마리에게 그런 일을 시켰는지 알 수 있을 것 같았다. 유화는 더 이상 떼를 쓸 수가 없었다. 그녀도 이미 궁궐을 대소와 그 아우들이 장악한 것을 알고 있었다. 아버지가 노쇠하다는 이유로 그는 궁궐에서 벌어지는 모든 일에 관여하였다. 사실상의 후계자였던 셈이다.

유화는 사위에게 이런 상황을 설명했다. 그는 웃기만 했다. 요즘 들어 안 사실이었지만 그는 말이 없었다. 웬만해서는 그냥 웃었다. 구척의 장신에 백오십 근은 너끈히 나가는 듯한 장사가 실없이 웃기만 하는 것이 보기 안 좋았지만 인상 찌푸리는 것보다는 나았다.

차츰 마리의 존재가 궁궐에 알려지기 시작했다. 남들보다 머리 하나 더 있는 키 큰 사람이 말똥 냄새를 풍기며, 실없이 웃으면서 지나가는 모습을 한 번이라도 본 사람은 그를 잊을 수가 없었던 것이다.

드디어 대소도 그의 존재를 알게 되었다. 부여족 출신이 아닌 유화 부인은 대소에게는 안중에도 없었다. 일부다처가 일반화 된 사회였기에 대소(帶素)는 유화를 아버지의 첩 정도로 인식하고 있었다. 실제 궁궐에서 그녀의 존재 가치는 매우 미미했다. 그래서 자신의 배다른 여동생 중에 하희가 있는지 조차 몰랐다. 그런데 곰 같은 미련한 놈이 바로 그녀의 데릴사위라는 말을 듣고는 웃고 말았다. 그리고는 그에게 '바보' 라는 별명을 지어 주었다.

오래지 않아 마리는 궁궐에서 '바보' 라고 불리기 시작했다. '말똥 냄새를 풍기고 다니는 바보.' 유화는 그 소리를 처음 들었을 때 매우 속상했다. 분명 자신과 딸 아이 앞에서는 참 경우가 바르고 말 잘하는 든든한 사위였다. 어쩌다가 그런 별명이 붙게 되었는지 불만이었다. 그렇다고 달리 해 볼 도리가 없었다. 처음 '바보' 라는 별명을 지은 자가 대소라는 말을 들었기 때문이었다.

하희는 남편이 너무 마음에 들었다. 어디서 이런 남자를 숨겨두었다가 자신에게 주었는지 하늘에 감사했다. 이런 좋은 사람을 궁궐에서

'바보'라 부르니 이해할 수도 없었고, 너무나 속상했다. 그래서 그는 제발 웃고 다니지 말라고 남편을 다그쳤다.

"어차피 나는 여기서 살 사람이 아니오. 우리 아이가 생기고 나면 떠날 사람이오. 개의치 마시오."

"그래도 내 남편을 바보라고 부르는데 어찌 참을 수가 있습니까?"

"하하하! 이들에게 내가 '장사'라고 소문나는 것이 좋겠소, 아니면 바보라고 소문나는 것이 좋겠소?"

마리는 표정을 싹 바꾸며 물었다. 그의 눈 속에서 매서운 기운이 솟아나는 것을 하희는 느꼈다.

"예! 그게 무슨 말씀입니까?"

"우리 우가가 언제까지나 이렇게 굴복하고 살지는 않을 것이라는 말이오."

"그렇다면 서방님은 일부러……."

"아마 힘으로는 부여에서 나를 당할 자가 없을 것이오. 하하하! 그러니 부인은 저들이 무슨 소리를 하든 신경 쓰지 마시오. 나 스스로 바보로 불려지길 바라고 있으니까."

그렇게 두 달이 흘러갔다. 계절은 여름으로 바뀌고 있었다. 산천이 온통 푸른 색으로 바뀌면서 마리는 더욱 바빠졌다. 하지만 유화와 하희, 그리고 사위 마리는 궁궐 내에서는 잊혀 진 존재였다. 단지 마리를 떠올릴 때마다 절로 웃음이 나올 뿐이었다. 그것도 조소가 가득 담긴.

그러던 어느 날이었다. 한 낮의 더위가 물러나면서 사방이 어둑해질 무렵이었다. 개마국에서 손님이 왔다며 유화부인을 찾는 사람이 있었다. 부여성에서 개마국까지는 아주 먼 거리였다. 최소한 한 달 정도는 산길을 걸어야 했다. 그런 이유로 유화는 시집을 온 이후 한 번도 친정 집에 가보지 못했다. 갇힌 몸이나 다름없었다. 가끔씩 친정에서 사람이 오긴 했지만 최근 몇 년 동안은 그나마 끊어졌다. 친정에서 사람이 오면 마치 친정어머니를 대하듯 반가웠지만 이제는 어머니의 모습이 잘 그려지지도 않았다.

그러던 중 친정에서 사람이 왔다니 너무 반가워 얼른 문을 열고 나섰다. 두 명의 낯선 남자가 뜰아래 서 있었다. 한 사람은 반백의 머리를 하고 있었고 또 한 사람은 젊은이였다. 두 사람 다 햇볕에 알맞게 타 매우 건강해 보였다. 물론 세월이 많이 지났기에 낯선 사람이 올 수도 있는 일이었지만 이런 일에는 낯익은 자를 보내는 것이 상례였다.

"저를 모르겠습니까?"

한 사람이 불쑥 말을 걸었다. 유화는 상대방의 얼굴을 곰곰이 뜯어봤다. 흰머리가 낯설긴 했지만 불거진 광대뼈와 위로 솟아오른 눈꼴에서 어렵지 않게 무골이라는 이름을 기억해냈다. 별로 반갑지 않은. 자신의 인생을 이렇게 망쳐버린 사람.

"저, 무골입니다."

"알고 있습니다."

"이십 년만입니다. 그동안 별고 없으신지요."

무골은 고개 숙여 공손히 인사했다. 하지만 유화는 그의 등장이 반갑지 않았다.

"당신들을 더 이상 보고 싶지 않으니 어서 여길 떠나시오."

유화는 화를 냈다. 그 소리가 별당을 울릴 정도였다.

"허허, 그동안 부인의 섭섭했던 마음은 충분히 이해합니다. 하지만……."

"여길 떠나라지 않는가?"

무골이 채 말을 마치기도 전에 갑자기 대갈성(大喝聲)이 들렸다. 무골은 고개를 돌렸다. 구척장신의 사내가 마당으로 내려서고 있었다.

"떠나라는 말이 들리지 않는가?"

마리였다. 그는 일을 마치고 들어와 밥을 먹다말고 지금까지 한 번도 들어보지 못한 장모의 앙칼진 목소리를 듣고 얼른 뛰쳐나온 것이었다. 그는 오래되진 않았지만 궁궐 생활을 하면서 그의 아내와 장모가 자신의 부족과 다름없는 대접을 받으며 살고 있다는 것을 알고 이들 모녀를 매우 측은하게 생각하였다. 아들처럼 평생 이들을 지켜주어야겠다는 다짐과 함께.

"자네는 누군가?"

대부분의 경우, 그가 정색을 한 채 버티고 서면 꼬리를 내렸다. 물론 궁궐에 들어온 이후로는 정색을 한 적이 없었지만. 하지만 이 사람들은 달랐다. 전혀 위축되지 않았다.

"궁궐에 바보가 하나 들어왔다더니 바로 자네구나! 영특한 바보. 하하하!"

평소에 무덤덤하게 잘 참던 마리였지만 자신의 식구를 건드리는 것은 용서할 수가 없었다. 그는 곧바로 무골을 향해 두 손을 뻗었다. 무엇이든 그의 손에 걸리면 온전한 것은 없었다. 그런데 이 자는 손에 잡히지 않았다. 여러 차례 손을 뻗었지만 잘도 피했다.

"그만하게."

마리의 모습이 안쓰러웠는지 유화부인은 마리를 제지했다. 그녀의 말에 마리는 순한 양처럼 얌전해졌다.

"자네는 들어가 있게."

"괜찮으시겠습니까?"

"이 사람들 나쁜 사람들 아니니까 염려하지 말고 들어가 있게."

마리는 머뭇거리다가 결국 자신의 방으로 들어갔다.

"여긴 갑자기 어인 일이오?"

마리가 방으로 들어간 뒤에야 그는 무골에게 물었다. 그의 목소리는 이전보다 많이 누그러져 있었지만 여전히 차가웠다.

"혹시 최근에 이십 년 전 우리 천군께서 주신 주머니를 풀어보시지 않으셨습니까?"

"예!"

유화는 깜짝 놀랐다. 이들은 이십 년이 지난 일을 아직도 기억하고 있단 말인가? 아니 이십년 전에 벌써 오늘을 예견했다는 말이었다. 그녀는 너무 놀라 더 이상 말을 할 수가 없었다.

"이제 뿌린 것을 추수할 때가 되었습니다. 이제부터는 제가 나설 때입니다. 그동안 부인께서 잘 참아주셨습니다."

무골은 진심으로 유화부인에게 존경을 표했다.

"그 첫째 일로 아드님을 돌려 드리겠습니다. 이분이 아드님이십니다."

"예, 제 아들이라고요."

"이름은 추모입니다."

유화부인은 채 이름도 짓기 전에 아들을 잃어버렸다. 이십 년이 지난 지금에야 비로소 아들의 이름을 들었다. 기막힌 일이었다.

"이름은 해모수 천군께서 직접 지어주신 것입니다."

해모수라는 이름을 너무 오랜만에 들었다. 유화는 이십 년 전 우발수에서 그를 만났던 일을 떠올렸다. 짧은 순간이었지만 꿈같은 시간이었다. 하지만 분명 자신의 남편은 금와였다. 이제는 낯선 이름이었다.

"추모, 이름이 좋군요."

유화는 나직이 아들의 이름을 불러 보았다.

추모는 태어나서 처음 보는 자신의 어머니를 물끄러미 쳐다만 볼 뿐이었다. 아무런 감흥도 일어나지 않았다. 처음 어머니를 만나러 간다 할 때는 매우 설레었다. 어떤 말을 처음 걸어야할지 연습도 많이 해보았다. 그런데 막상 어머니를 보자 아무 말도 떠오르지 않았다. 그냥 가슴이 울컥할 뿐이었다.

그러나 유화는 아니었다. 금세 눈물범벅이 되었다. 한동안 말도 꺼내지 못했다. 엉엉 소리 내어 울었다. 그 모습에 놀라 마리도 또 하희도 다 방문을 열고 모자 상봉의 광경을 말없이 지켜보았다.

"어디 보자 내 아들."

유화는 아들의 얼굴을 유심히 살폈다. 짙은 팔자 눈썹과 귓속에 수염이 난 모습 등 한 사람의 얼굴이 떠올랐다. 가슴 속에만 남아 있는 사람의 얼굴과 너무 닮았다. 영락없는 아들이었다. 그녀는 아들을 껴안았다. 그리고는 서럽게 울기만 했다.

"이제부터 아드님은 부인의 곁을 떠나지 않을 것입니다. 남들의 이목도 있으니 안으로 들어가시죠."

무골은 유화가 울음을 그칠 기미가 보이지 않자 그녀를 진정시켰다.

"하나만 물어봅시다. 우리 아들을 훔쳐간 사람이 누구였소? 금와왕
이오, 아니면 마씨부인이요 아니면 당신들이오?"

유화는 방에 들어와서도 한참을 울다가 갑자기 원망어린 목소리로
물었다.

"산 속에 버려진 것을 제가 거두었습니다. 궁궐에 두면 어떤 일을
당할지 알 수 없었으므로 제가 숨겼습니다."

"나쁜 사람들……."

유화는 이를 꽉 깨물며 말했다.

"삼월이는 누가 죽였나요?"

마치 유화는 모든 것이 무골로 인해 일어난 불행이라고 여긴 듯 그
를 보자마자 가슴 속에 묻어 두었던 한(恨)을 하나씩 풀어내기 시작했
다.

"삼월이가 죽었기 때문에 아드님이 살 수 있었던 것입니다. 그것으
로 위로를 삼으십시오."

"누가 죽었냐니깐?"

유화는 벌컥 화를 냈다.

"……."

그러나 무골은 아무 대답이 없었다.

추모는 두 사람이 나누는 대화를 무덤덤하게 지켜보기만 했다. 사실
그는 백산 소도에서 지낼 때 이 일에 대한 사건의 전말을 다 들어 알고
있었다. 왜 자신이 불행한 삶을 살 수 밖에 없었는지도. 하지만 그는
아무 말도 하지 않았다. 어머니가 이해하지 못할 하늘의 아픈 섭리가
있었기 때문이었다.

"이제는 다 지나간 일입니다. 잊으십시오. 대신 제가 곁에서 어머니를 지켜드릴 것입니다."

추모는 대신 어머니 유화를 위로했다. 하지만 그의 말투는 사무적이었다. 아직 어머니에 대한 애틋한 감정이 살아나지 않았던 것이다.

"고맙다."

유화는 다시 한 번 추모를 꼭 껴안았다.

"아, 참 저도 이제 이 별당에 머물 것입니다. 추모 도령과 함께."

무골은 두 모자의 상봉에서 자신의 존재가 어색해진 것을 느끼고 자리를 피하고자 했다. 하지만 유화는 그 말의 의미를 알아듣지 못하고 계속 추모만 붙잡고 있었다. 한참이 지나서야 비로소 그에게 별당의 빈방 하나를 마련해 주었다. 무골이 나간 뒤에도 유화는 아들을 품속에서 놔주지 않았다. 결국 추모는 낯선 어머니와 함께 밤을 새고 말았다. 종살이를 했던 이야기며 사냥꾼이 되어 졸본국에서 지냈던 이야기, 그리고 아버지 해모수를 만난 이야기를 했다. 그러나 그는 도적과 싸운 이야기, 양맥 왕자를 죽인 이야기 등 험한 이야기는 하지 않았다. 아직 어머니라는 포근함과 무조건적으로 아들 편인 어머니의 일방적 사랑을 느끼지 못한 것이다.

유화부인은 금와왕에게 아들을 찾았다는 말을 했다. 금와는 저녁 무렵 별당을 찾았다. 그는 추모의 얼굴을 꼼꼼하게 뜯어보았다. 아무래도 자신의 피가 섞였는지 아닌지를 확인하려는 것 같았다. 햇볕에 탄 그의 얼굴은 생각보다 나이가 많이 들어 보였다. 하지만 제법 거뭇하게 자란 그의 수염은 얼굴형을 쉽게 구별할 수 없게 했다. 다만 구척에 가까운 큰 키와 탄탄하게 보이는 긴 팔과 다리에서 쉽게 범접할 수 없는 분위기가 느껴질 뿐이었다. 어떻게 보면 사냥물을 앞에 둔 매의 눈처럼 날카로운 눈매가 자신을 닮은 것 같기도 했다. 둥근 얼굴형은 어머니를 닮은 것 같기도 하고.

"너에게도 국중대회에 참여할 기회를 주겠다. 이제부터는 네 어머니 곁을 떠나지 말고 지켜드려라."

추모를 만나본 금와는 별다른 감정을 표현하지 않았다. 지극히 사무적인 말만 했다. 추모에 대한 그의 생각이 어떠한지는 전혀 알 수 없었다. 다만 그도 국중대회에 참석시키겠다는 말에서 추모도 아들의 하나로 인정하려 한다는 것을 알 수 있을 뿐이었다.

추모는 다음날부터 궁궐에서 생활했다. 하지만 그를 기다리고 있는 일과 지위는 없었다. 이미 궁궐은 질서가 잡혀 있었고 왕자들은 자신의 영역을 차지하고 그것을 뺏기지 않기 위해 애쓰는 상황이었다. 이십 년 만에 불쑥 나타난 그를 왕자로 인정하고 그에게 자신의 영역을 양보해줄 사람은 없었다. 추모는 무료한 나날을 보낼 수밖에 없었다. 더구나 그의 존재를 아는 사람은 아무도 없었다. 그가 궁궐을 거닐 때면 그냥 별당지기 정도로만 여길 뿐이었다.

그는 큰 뜻을 가지고 궁궐에 들어왔다. 그렇지만 첫 단추를 끼울 공간조차 그에게는 허락되지 않았다.

"도대체 여기서 무슨 일부터 시작해야 합니까?"

그는 답답한 마음에 무골에게 투정하듯 물었다. 무골은 계속 궁궐에 머무르며 그와 유화를 보호했다. 아마도 그것이 그에게 맡겨진 일인 것 같았다.

"아무도 관심가지지 않는 일부터 해야 합니다. 그리고 지금 제일 중요한 것은 공자님의 사람을 만드는 것입니다. 그 첫째가 마리입니다."

"마리는 바보라고 사람들이 부르던데요."

"아닙니다. 제가 살핀 바에 의하면 마리는 재주가 비상합니다. 자신의 능력을 숨기고 있음이 분명합니다. 그를 우리 사람으로 끌어들인다면 아주 유용할 것 같습니다."

"그렇다면 제가 무슨 일을 해야 합니까?"

"내일부터 그를 따라 들판으로 나가십시오."

"또 말똥을 치워야 합니까?"

"선택의 여지가 없습니다."

다음날부터 추모는 마리를 따라 들판에 나갔다. 왕실의 장원이었다. 두 사람은 서먹한 관계였지만 처남과 매부라는 이유 때문에 서로 무시할 수 없는 존재였다. 마리는 추모를 달가워하지 않는 눈치였다. 마리는 추모에게 말들을 씻기고 말똥을 수거하여 말리는 일을 도와 달라 했다. 이런 일을 시키면 내일부터는 귀찮게 따라 나오지 않을 것이라는 생각과 함께.

부여는 대수맥과 소수맥 지역과 달리 산악지대가 아니었기에 나무가 귀했다. 겨울철 난방으로 말과 소의 똥을 말려 태웠기 때문에 겨울이 되기 전에 소똥과 말똥을 확보하여 말려두는 것은 매우 중요한 일이었다. 이 일은 이미 옥지 마을에서 경험한 적이 있는 일이었기에 추모에게는 익숙한 일이었다. 옥지 마을은 산과 강이 함께 있는 마을이었기에 난방을 나무와 소똥 둘 다 이용하였다.

추모는 자신이 선택한 종살이를 다시 시작하게 되었다. 그는 옥지 마을을 떠나면서 다시는 종살이를 하지 않겠노라 말했다. 그러나 이번에는 달랐다. 이는 자신이 의도한 종살이였다. 그는 무골에게 궁궐에 들어오기 전 궁궐의 권력분포에 대해 이미 사전 설명을 들었다. 마씨부인의 자녀들이 궁궐을 장악하여 모든 재산관리나 인력관리를 다한다는 것이다. 이런 상황에서 섣불리 나섰다가는 또 다시 쫓겨날 수밖에 없다. 그가 궁궐에 돌아온 가장 큰 목적은 부여국의 왕이 되기 위해서였다. 그것이 예맥조선을 통일하는 가장 빠른 지름길이었기 때문이다. 따라서 쫓겨나지 않기 위해서는 자신을 숨겨야 했다.

추모는 백산에 있을 때 재사와 더불어 치밀한 계획을 세운 후 궁궐에 들어왔다. 자신의 몸을 낮추어 사람들과 사귀고 그런 와중에 대소형제의 독주에 불만을 가진 인재들을 끌어 모으고, 국중대회를 통해 자신을 부각시키려는 계획이었다.

추모가 백산을 내려오기 전 해모수가 그에게 당부한 말이 있었다.

"아무리 힘들더라도 참고 견뎌라. 몇 천 년 이어져 온 민족의 성쇠(盛衰)가 네 한 몸에 달려 있다. 만약 이대로 가다가는 결국 예맥조선도 한나라의 공격을 받아 결국은 망하고 말 것이다. 다행히 금와가 통치하는 부여가 버티고 있기 때문에 한나라의 현도군이 함부로 하지 못하는 것일 뿐이다. 너는 이제 부여의 왕이 되어야한다. 그것이 예맥조선 통일의 첩경이다."

또 해모수는 건국의 조건으로 세 가지를 말했다.

"나라를 건국하기 위해서는 첫째는 하늘을 공경하는 마음이 있어야 한다. 하늘을 공경하는 것은 곧 백성에 대한 사랑이다. 하늘의 뜻과 생각이 나타난 것이 사람이기 때문이다. 사람을 귀히 여기려면 나라가 있어야 하고, 나라를 지키기 위해선 무(武)를 숭상해야 한다. 이를 잊지 마라. 이를 위해 무골과 묵거가 예맥의 산천을 돌며 많은 인재들을 육성해 놓았으며 앞으로도 더 많은 인재를 육성하기 위해 애쓸 것이다. 이들이 뿌려놓은 씨앗들은 나라가 위태로우면 언제든지 달려 나올 것이다.

둘째는 인재가 필요하다. 한 나라를 다스리려면 뛰어난 재상과 장군이 있어야한다. 백성과 고을 사이의 분쟁을 조정하고 다른 나라와의 마찰을 해소할 뿐 아니라 자연재난을 미리 예방하기 위해서는 뛰어난 재상이 필요하다. 또한 군사를 모으고 조직하고 훈련하여 외침을 막을 뿐 아니라 국익을 위해서, 나라의 자존심을 지키기 위해서 다른 나라를 공격할 필요를 느낄 때 능히 이를 감당할 수 있는 장군이 필요하다. 이는 전적으로 임금의 몫이다. 인재를 구하고 적절한 곳에 쓰는 것 그것이 임금이 해야 할 가장 중요한 일이다.

마지막으로 중요한 것은 적절한 재화다. 임금이 가장 큰 목표로 삼아야 하는 것은 백성을 잘 먹이고 잘 입히는 것인데 이를 위해서는 나라를 부강하게 만들어야 한다. 예맥조선은 위만조선과 달리 산과 강이 많아 외침을 막기에는 적합하지만 외부와의 교류가 적어 고립되고 미개한 생활을 하는 곳이 많다. 이를 해소하기 위해서는 비록 적이지만 한나라의 우수하고 발달한 문물을 과감하게 받아들이고, 또 저들과의 무역을 통하여 나라를 부강하게 할 재화를 확보해야 할 것이다."

추모는 처음이자 마지막인 아버지 해모수의 말을 가슴에 새겼다. 그래서 이제 그의 마음 속에는 나라를 세우겠다는 원대한 꿈과 포부가 들어있었다. 옥지 마을을 떠나면서 다시는 종살이를 하지 않겠노라고 다짐했었지만 지금의 종살이는 그 꿈을 향하는 길목에서 반드시 거쳐야하는 과정이었기에 그의 태도는 이전과 달랐다. 이전에는 일하기 싫어 도망 다녔지만 지금은 적극적이었다. 오히려 남들보다 더 앞장을 섰다.

이런 추모의 태도는 많은 동료들의 주목을 받았다. 그 중에서도 특히 마리의 관심을 끌었다. 마리는 추모에 대해 관망하는 태도를 취했었다. 비록 처남이긴 했지만 남처럼 무덤덤하게 지냈다. 가볍게 인사만 했을 뿐 특별한 애정은 보이지 않았다. 아내도 그의 존재에 대해 잘 몰랐다. 이전에 오라버니가 하나 있긴 했는데 죽었다는 말만 들었다는 것이다. 이제 이십 년 만에 처남이라고 나타난 그가 어떤 존재인지 모르는 상태에서 섣불리 친해지고 싶지 않았다. 어차피 자신은 정해진 처가살이를 마치고 아들을 얻어 떠나면 그만이었다. 이전에 보지 않았던 것처럼 다시 안 볼 사람이었다.

일부러 험한 일을 부탁했는데 그는 싫다는 말도 하지 않고 묵묵히 일만했다. 일도 아주 잘했다. 이런 그의 태도가 몹시 마음에 들었다. 분명 자신의 처남이면 금와왕의 아들임에 틀림이 없을 것인데 말구유나 청소하고 지내는 것이 안쓰럽기까지 했다. 분명히 무슨 사연이 있음에 틀림없다는 생각을 했다. 어느 날 그는 슬며시 추모에게 다가왔다.

"일이 힘들지 않소?"

"남의 일이면 힘들겠지만 다 내 집안일이라 생각하니 힘들지가 않소."

"아무리 열심히 일해도 결국은 대소의 재산이지 않소."

"길고 짧은 것은 대봐야 알지."

마리는 깜짝 놀랐다. 이 사람이 분명 대소에게 맞설 생각을 하고 있음이 분명했다. 어리석다는 생각을 했다.

"국중대회를 염두에 두고 있는 것이오?"

"그렇소."

"그것은 이미 승자가 결정되었소. 괜히 무모한 생각 가졌다가 여러 사람 다치게 하지 말고 마음을 바꾸시오."

"글쎄……."

추모는 대충 얼버무렸다. 그에게 모든 것을 말할 수는 없었기 때문이다.

이곳에서 일하는 동안 추모는 마리를 유심히 살폈다. 말 다루는 재주가 매우 뛰어났다. 말에게 언제 무엇을 먹여야 하는지는 물론이고 기마술도 뛰어났다. 추모에게 부족한 것이 기마술이었다. 물론 그도 소서노에게 말 한 필을 선물 받아 부지런히 기마술을 익혔지만 그것은 어디까지나 독학이었다. 제대로 배운 것이 아니었다. 하지만 마리는 달랐다. 먼 길을 달릴 때는 전날 말에게 콩을 먹여야하고 다음날에는 콩 대신 찬물을 먹여야 하는 등 말에 대해서 제대로 알았다. 그런 것을 배우고 싶었다. 하지만 그는 쉽게 마음을 열지 않았다. 아무래도 자신이 금와의 아들이라 경계하는 것 같았다.

"내가 왜 이런 대접을 받고 사는지 알아."

어느새 두 사람은 처남과 매부 사이를 떠나 말을 놓고 지내는 관계까지 발전해 있었다. 하지만 여전히 마리는 속마음을 내비치지 않았다. 아마도 그는 궁궐에 들어오면서 굳은 결심을 하고 들어 왔음이 틀림없었다. 그래서 추모가 자신의 처지를 먼저 밝히려 했다. 그의 마음을 열기 위해서.

"나도 그것이 궁금했네."

"내 외가가 개마국 출신이기 때문이야. 나는 부여족도 아닌 개마국 출신의 여인에게서 태어났기 때문에 궁궐에서 살지도 못하고 버림받았어."

개마국이라면 송화강 상류 지역에 있는 부여의 속국이었다. 부여 사람들은 그곳 사람들을 아주 우습게 알았다.

"임금의 사랑을 받는 개마국 출신 여인의 아들을 좋아할 부여 여인은 없었기에 나는 이십 년 동안 고아나 다름없는 삶을 살았어."

자신이 경계하던 사람이 자신보다 못한 사람이라는 느낌을 받아서일까, 마리는 점점 마음을 열어갔다. 바보로 행세하며 살아가는 그의 마음 속에 있는 울분과 한을 말했다. 우가가 당했던 설움도 털어 놓기 시작했다. 그러면서 두 사람은 점점 가까워 졌다.

마리는 추모에게 말 타는 법과 함께 말 다루는 법을 가르쳤다. 그는 매우 뛰어난 선생이었다. 혼자 말 타는 법을 익혔던 추모는 오래지 않아 아주 익숙하게 말을 다룰 수 있게 되었다.

추모와 마리가 우정을 나눌 수 있을 만큼 가까워지자 멀리서 두 사람의 관계를 지켜보던 무골은 다녀올 데가 있다며 별당을 떠났다. 추모는 그의 행적이 궁금했지만 속 시원히 말하지 않았다. 다만 나중을 위해서 꼭 필요한 일을 하기 위해서라는 말만 남겼다. 추모는 마리와 매우 친숙해 졌기 때문에 그가 곁을 떠난 것이 별로 섭섭하지 않았다.

"나한테 좋은 말 한 필을 추천해 주게."

어느 날 추모가 불쑥 마리에게 말했다.

"뭣하게?"

"국중대회에 참석해야지."

"아직도 포기하지 않았나?"

"길고 짧은 것은 대봐야 안다고 하지 않았는가?"

"저들은 이미 둘씩 셋씩 짝이 맺어져 있어. 자네는 혼자일 뿐 아니라 궁궐에 자네의 정체를 아는 사람은 거의 없어. 도와줄 사람이 아무도 없단 말이야."

"자네가 있잖아."

"내가?"

"자네가 도와주면 충분히 승산이 있어."

"나는 그런 무모한 짓은 하지 않아."

"좋아. 그것은 나중에 말하기로 하지. 대신 이 중에서 가장 좋은 말 한 필을 자네가 골라주게."

"…… 자네 고집은 어쩔 수 없어. 하지만 분명히 말하지만 난 그런 무모한 짓은 하지 않아."

"걱정 마. 자네에게 곤란한 일은 닥치지 않게 할 테니."

마리는 단 번에 한 필을 골라냈다. 왕의 마장(馬場)에 들어올 정도의 말이면 매우 좋은 말이었다. 그 중에서도 대장 말은 있게 마련이다. 그것을 마리가 손쉽게 찾아낸 것이다. 자주빛깔의 윤기 나는 갈기를 가진 말이었다. 아주 날렵하고 강하게 보였다.

"고맙네."

"어떻게 하려고?"

"내가 타려고."

"이제 열흘 후면 대소를 비롯한 왕자들이 나타나서 서로 좋은 말을 차지하려고 할 텐데 어떻게 자네가 그 말을 탈 수 있겠나."

이미 마리에게는 대소로부터의 공문이 전달되어 있었다. 열흘 후에 말을 보러 갈 테니 말들을 잘 먹여서 살찌워 놓으라는 것이었다.

"방법이 있겠지."

"그렇다고 빼돌릴 생각은 하지 마. 이미 모든 재물은 다 파악되어 보고가 올라간 상태이니"

"염려 말게."

추모는 큰소리를 쳤지만 뾰족한 방법이 떠오르지 않았다. 집으로 돌아왔지만 그때까지도 좋은 방법이 떠오르지 않았다. 저녁상을 대하였지만 여전히 고민했다. 이런 모습을 유화부인이 봤다. 추모는 궁궐에 들어온 이후 아침과 저녁은 반드시 어머니와 함께 했다. 식구로서의 정을 느끼기 위해서였다. 두 사람은 비록 어머니와 아들이라는 이 세상에서 가장 가까운 사이였지만 만난 지 한 달이 지나도록 여전히 서먹했다. 어머니는 이렇게 크도록 아무것도 해준 것이 없는 것에 대한 미안함 때문에, 아들은 어렵고 힘든 고비를 함께 하지 않은 어머니에 대한 낯섦 때문이었다. 하지만 어머니는 아들의 모든 것을 다 살피고 있었다.

"밥을 먹지 않고 뭘 그렇게 고민하고 있느냐?"

추모는 낮에 있었던 일을 대충 말했다.

"그것이라면 그리 고민할 필요가 뭐 있겠느냐?"

"예! 무슨 좋은 방법이라도 있습니까?"

"그야 풀을 못 먹게 하면 되지 않느냐? 풀을 못 먹게 하면 야위어질 것이고 야위어진 말을 탈 사람은 아무도 없지 않겠느냐? 어차피 임금이 너에게도 말 한 필을 가지게 할 것이고."

"하하하! 그것은 원론적인 말이지요. 제 말은 어떻게 말이 풀을 먹지 않게 하는 방법을 묻는 것입니다."

추모는 그냥 웃고 말았다. 여자가 무엇을 알겠냐는 투였다. 하지만 유화는 해모수가 예맥족의 수많은 여인 중에서 고른 여자였다.

"풀을 먹지 못하게 말의 혀에 바늘을 찔러 보아라. 그러면 먹지 못하여 금방 야위어 질 것이다. 그런 다음 너는 그 말을 선택하고 바늘을 뺀 뒤에 다시 잘 먹이면 되지 않겠느냐."

"예!"

추모는 깜짝 놀랐다. 어머니의 지혜가 보통이 아니었다. 그의 마음 속에서 어머니를 무시하던 생각이 순간적으로 사라졌다.

"감사합니다. 앞으로도 많이 도와주세요."

추모는 왜 아버지 해모수가 어머니를 찾아가라는 말을 하였는지 이해할 수 있을 것 같았다. 백산을 떠나기 전 천하는 음과 양의 조화를 거치지 않고 만들어진 것이 하나도 없다는 말과 함께 아버지의 사람들로부터 양기(陽氣)를 받아 무술을 배웠다면 어머니로부터는 지혜와 겸양 그리고 은둔하는 음기(陰氣)를 배워야한다는 재사의 말도 떠올랐다.

과연 유화의 말처럼 되었다. 혓바닥에 바늘이 박힌 갈색 갈기를 지닌 대장 말은 닷새가 지나지 않아 비쩍 마르기 시작했다. 먹지를 못해 힘을 쓰지 못하자 다른 말들로부터도 외면 받는 것 같았다. 결국 대장 말은 괴로워하며 구석자리로 밀려났다.

닷새가 또 지났다. 이제는 제법 찬 기운이 아침저녁으로 불기 시작했다. 마리는 이날 아침부터 서두르기 시작했다. 오늘은 금와왕과 그의 아들들이 장원의 마장을 방문하는 날이었기 때문이다. 마구간을 청소하기 위해 계곡에서 계속 물동이를 날라야 했으며, 마구간 구석진 곳을 깨끗이 씻어냈다. 그리고 말들을 목욕시킨 후 약간의 휴식을 취할 때쯤 금와왕이 일곱 왕자들을 데리고 나타났다.

추모는 하인들 뒤편에 서서 이들 일행을 관찰했다. 워낙 큰 행차라 많은 근위병들이 뒤따랐다. 날카로운 창과 칼로 무장한 그들의 위세는 대단해 보였다. 추모는 아직까지 이렇게 중무장한 군인들은 보지 못했다. 근위병들 가운데 금와왕과 그의 아들들이 역시 중무장한 채 나타났다. 이들을 유심히 지켜보던 추모는 깜짝 놀랐다. 오이를 발견한 것이다. 너무 반가웠다. 하지만 많은 사람들이 있어 내색할 수는 없었다. 오이도 자신을 발견한 듯 환하게 웃었다.

아버지 금와보다 대소가 더 기세등등했다. 거의 아버지를 대신하는 듯 했다. 하인들의 등을 두드리기도 하고 청소가 잘못된 것은 일일이 지적했다. 이십대 후반의 그는 첫 인상이 매우 강인해 보였다. 눈빛도 날카로웠으며 말투도 거칠었다. 다만 배가 나온 것으로 보아 수련을 열심히 하지는 않는 것 같았다. 추모는 자신이 극복해야할 대상인 대소의 습관, 움직임, 태도 등 행동 하나하나를 유심히 살폈다.

왕실 전용 마장에는 오십여 마리의 말이 있었다. 왕실에 소속된 사람들이 필요하면 언제든 탈 수 있도록 준비해 둔 말이었다. 마차를 끄는 말도 있었지만 왕이 타는 말도 있었다. 여러 필의 말을 정해 놓고 그 중에서 가장 상태가 좋은 말을 골라서 임금이 타게 했다.

이날 금와왕이 이곳을 방문한 이유는 국중대회를 준비하기 위해서다. 그날의 사냥대회를 위해 왕자들에게 말을 하나씩 선물할 계획이었다.

"말들을 아주 잘 관리하였구나."

금와는 마리를 불러 칭찬했다. 자신의 사위이긴 했지만 아무런 공적이 없는 그를 갑자기 나라의 중요한 자리에 앉힐 수 없어 궁중의 주요한 재산인 말과 소의 관리를 맡긴 것인데 아주 마음에 들게 잘 관리하였다. 이 정도의 공적이면 또 다른 주요한 일을 맡겨도 능히 감당할 수 있을 뿐 아니라 다른 사람들도 반발하지 못할 것이라 생각되었다.

"이번 제천 행사가 끝난 뒤에는 너에게 아주 중요한 일을 맡기겠다."

금와는 다시 한 번 마리의 등을 두드리며 격려했다.

"자 이제 너희들도 한 필씩 말을 골라 보아라. 국중대회에서 쓸 말이니 잘 골라야 할 것이다."

금와왕의 말이 끝나자 일곱 왕자들은 앞 다퉈 나서서 말을 살폈다. 그러나 대소가 말을 정하기 전까지 먼저 말을 고르는 자는 없었다. 이들의 행동으로 보아 대소의 위상이 어느 정도인지 쉽게 알 수 있었다. 다만 그 중에서 딱 한 사람, 모을이라는 왕자만 대소의 눈치를 살피지 않는 모습이었다. 그렇다고 필요 이상으로 대소를 자극하는 것은 아니었다. 금와왕의 아들 중 대소와 모갑을 제외한 나머지는 다 부여성에 재입성하여 이곳 부족 여인들에게서 얻은 아들들이었다. 따라서 이 둘을 제외한 나머지는 스물에서 스물다섯 사이의 비슷비슷한 나이였다.

왕자들은 직접 말을 타면서 까다롭게 말을 한 필 씩 골랐다. 그러자 금와왕은 말 한 필에 관리인을 하나씩 맡겨 말을 책임지게 하였다.

"이제부터는 각자 말도 정해졌으니 수련활동을 게을리 하지 마라."

금와왕은 왕자들에게 국중대회 준비에 만전을 기할 것을 말했다. 그러던 중 금와는 하인들 틈에 섞여 일하고 있는 추모를 발견하였다.

"너 추모가 맞지."

"예."

금와는 처음에 그가 추모인지 알지 못했다. 밤중에 한 번 얼핏 보았기 때문에 얼굴이 제대로 낯익지 못했던 것도 있지만 그가 이런 곳에서 일할 것이라는 것은 생각지도 않았던 것이다. 하지만 구척이나 되는 큰 키와 짙은 팔자눈썹을 보고서야 추모를 기억해 낸 것이다.

"왜 이런 곳에서 일하고 있느냐?"

"특별히 할 일이 없어 처남을 따라와 이곳에서 일하고 있습니다."

순간 금와는 모든 것이 이해되었다.

"너도 말 한 필을 골라라. 국중대회에 참석하려면 말이 필요할 것 아니냐?"

"감사합니다. 저는 저 놈을 하겠습니다."

추모는 구석진 곳에서 다른 말들과 어울리지 못하고 있는 비쩍 마른 말을 가리켰다.

"왜 저런 말을 택하느냐? 좀 좋은 말을 고르지."

"아닙니다. 저 말이면 충분합니다."

"알았다. 그러면 오늘부터 저 말은 네 말이다. 네가 알아서 잘 키워라."

금와는 더 이상 권하지 않았다.

겉으로는 무관심하게 보였지만 사실 그는 추모의 행적 하나하나를 보고 받고 있었다. 그도 추모가 누구의 자식인지 궁금했다. 그래서 유화의 행적을 뒷조사 했다. 그러나 우발수에서 자신에게 시집오기 위해 하늘에 제사를 지내던 중 납치되었다가 풀려났다는 사실까지만 알 수 있었다. 그곳에서의 행적은 알 수가 없었다. 그래서 내심 그도 추모가 태어난 것은 유화의 납치와 관련이 있다는 것을 짐작하고 있었다.

추모가 태어난 지 백일이 채 안 되었을 때 마씨부인이 추모를 납치했다는 것을 보고 받았다. 이미 예상한 일이었다. 하지만 그는 모른 척했다. 아이가 강한 생명력을 지녔으면 살아남을 것이고 그렇게 살아남은 아이에 대해서만 관심을 갖기로 이미 생각해 두었던 것이다. 산속에 버려졌던 아이를 누군가 데려갔고, 옥지 마을의 추장 집에서 거둬들였다는 것까지 다 보고 받았다. 추장 집에서 종노릇하며 자란다는 보고를 듣고는 더 이상 관심을 가지지 않았다. 그러다 어디서 익혔는지는 모르지만 대단한 활솜씨와 함께 검술까지 익혔다는 보고를 받고는 깜짝 놀랐다. 어느 날 밤 그는 집을 떠났고 그 이후의 행적은 알 수 없다는 것이 그가 받은 마지막 보고였다.

지난 봄 금와는 유화부인을 찾아가 국중대회가 열리는 것을 알리면서 추모에게도 이 대회에 참석할 기회를 줄 터이니 아이의 행적을 알고 있으면 참석시키라는 말을 전했지만 유화는 전혀 반응을 보이지 않았었다. 잊고 있었는데 계절이 여름으로 바뀔 무렵 추모가 나타난 것이다. 분명 추모의 탄생과 관련을 가진 세력들이 지금까지 숨기고 키웠다는 결론이었다. 이들이 지금까지 추모를 키운 것으로 봐서는 만만한 세력이 아니라는 것을 알 수 있었다. 금와는 이들 세력을 모른 척하기로 했다. 대신 이번 국중대회에서 추모가 대소를 누른다면 기꺼이 자신의 후계자로 삼을 생각이었다. 자신이 이루지 못한 꿈을 이루기 위해서였다. 맏아들 대소는 자신의 오랜 소망이었던 예맥 통일의 꿈을 이루기에는 왠지 부족하다는 생각이 들었다. 내심 뛰어난 능력을 가진 아들이 나타나기를 기다리고 있는 중이었다. 해부루가 자신을 아들로 삼고 후계자로 내세워 강력한 부여를 이루었듯이. 부여를 강하게 만들고 예맥조선의 통일을 위한 뛰어난 아들이 필요했다. 혹시 그 기대를 추모가 채워줄 수도 있다는 아주 작은 기대감을 갖고 있었다. 물론 그러기 위해서는 추모를 아들로 인정해야만 했다.

"대소야, 이 아이가 누군 줄 아느냐?"

금와는 추모를 자신의 곁으로 불렀다.

"잘 모르겠습니다."

"유화부인이 낳은 네 동생이다."

대소는 유화부인이 아들을 낳은 사실을 알고 있었다. 그 때 그의 나이가 아홉 살이었다. 그리고 그 아이가 오래지 않아 죽었다는 말을 들었다.

"그 때 유화부인이 낳은 아이는 죽지 않았습니까?"

"아니다. 잠깐 다른데 맡겨 키웠을 뿐이다. 얼마 전에 다시 찾아왔다. 너희들에게 말할 기회가 없었는데 때마침 이렇게 기회가 와서 알리는 것이다."

대소는 추모를 얼핏 쳐다보는 것으로 끝이었다.

"오늘부터는 네 동생으로 여기고 잘 보살펴 주어라."

"저 아이도 국중대회에 참석합니까?"

"기회는 줄 것이다."

"활시위를 제대로 당길 수 있겠습니까?"

대소는 빈정대며 말했다.

"글쎄 그게 나도 의문이긴 하다."

금와는 더 이상 추모에게 관심을 두지 않았다. 동시에 대소의 관심도 사라졌다. 하지만 이들 중에 추모의 등장을 가장 놀랍게 받아들인 사람이 있었다. 오이였다. 그는 이년 만에 갑자기 부여국 궁궐에 나타난 추모를 보고 깜짝 놀랐다. 더구나 금와왕은 지금 그를 아들이라 부르고 있었다. 그가 국중대회에 참여한다는 말은 더욱 흥미롭게 했다. 그의 활솜씨는 이미 부여에서 따를 자가 없다는 것을 알고 있었기 때문이다.

BC 109년	조선왕 우거 한나라 무제의 공격을 물리침
BC 108년	조선왕 우거 암살, 재상 성기 암살, 위만조선 한나라에 멸망
BC 71년	대수맥 지역 한나라 현도군 공격
BC 37년	고주몽(동명성왕) 고구려 건국
BC 36년	고주몽 비류국 병합
BC 32년	고주몽 행인국 공략
BC 28년	고주몽 북옥저 공략
BC 19년	동명왕 죽음, 유리왕 즉위
BC 18년	유리왕 동명왕묘(東明王廟)세움
BC 9년	고구려왕 선비를 공격하여 항복시킴
AD 3년	고구려 도읍지를 국내성으로 옮김
AD 12년	한나라(신나라) 왕망 흉노를 공격하기 위해 고구려에 원조를 요청
AD 13년	부여왕 대소 고구려 침공하여 대패
AD 14년	유리와 양맥을 멸하고 한나라 현도군의 고구려현 빼앗음
AD 18년	고구려왕 2대 유리왕 죽고 3대 대무신왕 즉위
AD 22년	고구려 대무신왕 부여를 공격하여 부여왕 대소를 죽임
AD 23년	부여왕 귀순
AD 26년	대무신왕 개마국 공격 멸망시킴
AD 49년	고구려 5대 모본왕 한나라 북평, 어양(오늘날 북경), 상곡, 대원 등을 습격
AD 56년	태조왕 동옥저 토벌
AD 118년	태조왕 한나라 현도군 공격
AD 146년	태조왕 한나라 요동군 공격 대방령 죽이고 낙랑태수 처자 잡아옴

고조선 강역도(기원전 2세기 무렵)

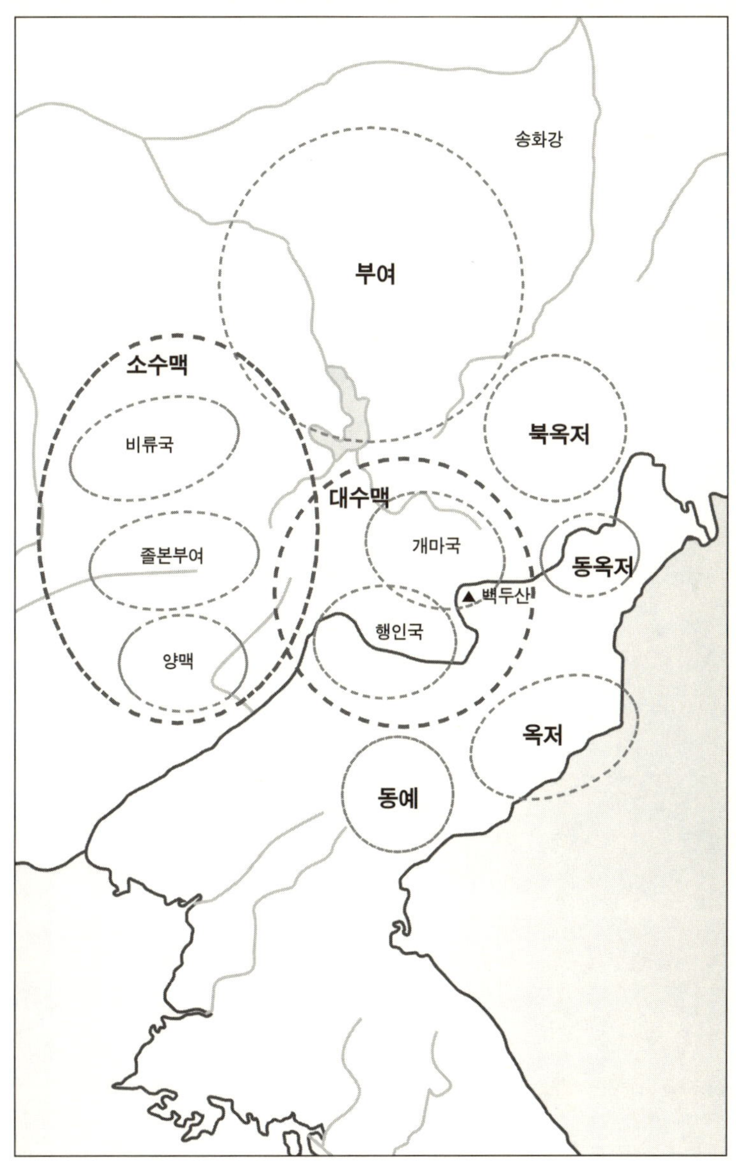

예맥조선 강역도